MA CHA DO DE ASSIS

Memórias póstumas de Brás Cubas / Dom Casmurro

1ª edição: Março 2025

Autor:
Machado de Assis

Revisão:
Gabriel Silva

Projeto gráfico:
Jéssica Wendy

Capa:
Rafael Brum

DADOS INTERNACIONAIS DE CATALOGAÇÃO NA PUBLICAÇÃO (CIP)

Assis, Machado de, 1839-1908
Memórias póstumas de Brás Cubas + Dom Casmurro : edição especial 2 em 1 / Machado de Assis. – Porto Alegre : Citadel, 2025.
416 p.

ISBN 978-65-5047-533-8

1. Literatura brasileira I. Título II. Memórias póstumas de Brás Cubas

24-4407 CDD B869

Angélica Ilacqua – Bibliotecária – CRB-8/7057

Produção editorial e distribuição:

CITADEL
Grupo Editorial

contato@citadel.com.br
www.citadel.com.br

MACHADO DE ASSIS

TEMPORALIS

MEMÓRIAS PÓSTUMAS DE BRÁS CUBAS

DOM CASMURRO

PREFÁCIO

POR CLÓVIS DE BARROS FILHO

Machado de Assis! Um gênio absoluto, um mestre incomparável! O maior dos nossos escritores! O nosso Nobel moral.

Aquele que pega a própria realidade vivida e observada, torce, martela, esmaga e dos estilhaços a recria com gênio e esmero. Nela, tramas são tecidas com cinzel, pincel e agulhas de alta costura. Fermento certo para espíritos elevados. Elevador de inteligências altaneiras.

Recém-aplaudido por leitores supraequatoriais, em geral nada finos no conhecimento das nuances de nossa cultura, Machado vai arrancando aos poucos o reconhecimento tardio dos que o leem traduzido.

E nós, seus conterrâneos, tão esmagados em autoestima intelectiva, sentimo-nos enfim autorizados, agora em robustas tiragens, a degustar, ufanando, as linhas que há mais de século encantam tão poucos.

Prefaciamos, honrados, em poucas e discretas linhas, duas de suas grandes obras. *Memórias póstumas de Brás Cubas* e *Dom Casmurro*. Implacáveis ambas na denúncia do fio de hipocrisia que asfixia nosso conviver social, da escassa verdade sobre nossos eus, do desamor pelo que genuinamente somos, da ignorância de nossa condição solitária.

Não são apenas romances. São espelhos; perdoem o clichê, mas não há como escapar. Espelhos, insisto. Que como quaisquer do gênero, nos escancaram a nós mesmos. Possibilitando flagrantes que, sem eles, permaneceriam exclusivos dos outros. Espelhos em que vemos a fratura exposta do que somos! Egoísmo, ciúme, insegurança, vaidade! Vemos, acima de tudo, a miséria da humanidade, em nós tão mal encarnada.

Brás Cubas e Bentinho são duas moedas de uma face só: um ri de seu fracasso, o outro se afoga nele. Dois narradores que apresentam o mundo segundo a tirania surda de seus afetos. Incapazes de remediar a própria mediocridade, fazem dela discurso.

Uma marretada no Romantismo!

Antes de Machado, a literatura brasileira era um jardim florido de ilusões! Amores impossíveis, heróis perfeitos, mocinhas puras, vilões sem alma! Tudo muito higiênico, e previsível!

Com ele, a existência humana vem a lume.

O ser humano? É pequeno! É mesquinho! É egoísta! E, acima de tudo, contraditório! Nada de mocinhos. Tampouco de vilões. Basta de heróis e seus patéticos oponentes! O que tem agora é gente. Gente que erra, que manipula, que engana e se engana!

Machado desnuda os fatos e te deixa afundar neles.

Se no Romantismo o amor era salvação, agora é armadilha, é ruína, é veneno!

***Memórias Póstumas de Brás Cubas*: a ironia do "quase"**

Brás Cubas! Aquele que quase foi quase tudo. Quase brilhante, quase amado, quase poderoso! Que nasceu em berço de ouro e morreu de mãos vazias! Que teve todas as oportunidades, mas as converteu em fracasso. Brás Cubas. Do milhão ao mil. Porque quem como ele não pensa, empobrece. Por nunca ter sido foda em nada do que fez, acabou mesmo fodido.

Brás Cubas sempre foi nota cinco. Porque medíocre tem mesmo a ver com médio. Cinco sobre dez. Que bastaria para aprovação escolar mas não deu conta da vida. Em tudo que tentou, nada a destacar. Nenhuma nota positiva.

Como político, deplorável!

E como amante? Um brinquedo na mão de mulheres que nunca o quiseram de verdade! Mas e Marcela? "Amou-me durante quinze meses e onze contos de réis"! Virgília? Nunca deixou o marido por ele! Brás Cubas não é um conquistador, é um enganado!

Passou a vida em vão. Perseguindo a glória, sem nunca a ter alcançado.

Sua grande conquista? Nenhuma!

Seu único alívio?

Deixemos que ele mesmo responda.

"Não tive filhos, não transmiti a nenhuma criatura o legado da nossa miséria!"

Um homem que sonhou grande, mas morreu pequeno! Porque nem sempre somos do tamanho de nossos sonhos.

Machado traz os devaneios das livrarias de aeroporto para a terra do chão batido. Lugar de fracassados. Onde o sucesso é circunstância e exceção.

***Dom Casmurro*: o homem que se destruiu na dúvida!**

Se Brás Cubas ri da própria mediocridade, Bentinho se afoga nela. O sujeito que vive para se corroer! O homem que constrói a própria prisão e joga fora a chave!

Quantos Bentinhos haverá em circulação anônima pelas cidades? Adormecidos. Ignorantes dos afetos que os movem. Iludidos pelos motivos de ocasião, sugeridos por um espírito opaco, a justificar suas mesmices de todo dia, seus desvarios de quase dia nenhum.

Capitu! Ah, Capitu! Um fenômeno! Esperta, independente, indomável! Uma mulher que se impõe, que sabe o que quer!

E Bentinho?

Sempre um passo atrás. Sempre menor que ela. E ele sabe disso. Ele sente isso. E o ciúme? O ciúme vira obsessão. Ele precisa encontrar provas. Precisa transformar uma suspeita em uma condenação.

E então começa a enxergar o que quer ver: a visita flagrada! Fazendo a realidade se encaixar a fórceps e marteladas aos contornos de sua certeza maior. O choro no enterro de Escobar, o filho com os trejeitos do amigo.

A desconfiança vai virando certeza equilibrando-se entre o acaso das evidências e as evidências do acaso. Certeza sim! Para ele. Só para ele!

E o que acontece?

Bentinho se destrói! Afunda-se na paranoia. Condena-se a uma existência miserável. No fim, está só! Sem Capitu, sem Escobar, sem o filho! Um homem consumido pela própria mente.

E Capitu?

Capitu segue! Com dignidade! Com força! Protege o filho, protege a própria memória!

E a pergunta? Ah, a pergunta! A única que importa! Capitu traiu ou não traiu? Olha, eu sei lá. E sabe do que mais? Pra mim, pouco importa. Importa a destruição de Bentinho. Para a trama, claro. Não sou daqueles que exulta com a devastação de ninguém.

Quanto ao autor, esse não te oferece conclusões. Menos ainda assertivas definitivas. Deixa o leitor na dúvida. Veneno que excita mas também corrói.

Em suma

Brás Cubas falha e ri. Bentinho falha e chora. Dois destinos, uma mesma tragédia! Machado de Assis nos entrega a verdade que evitamos: somos pequenos, vaidosos, inseguros! Queremos glória, mas essa sempre dependerá do que não podemos controlar. O outro. Tirano que nos inferniza. Além de nos escravizar.

Ler Machado é encarar a própria fragilidade. É ver a grandeza do nada. É considerar a vida como um possível punhado de ilusões. Onde a realidade se resume ao que escolhemos acreditar.

Mais uma de suas genialidades: a maior das mentiras é a que contamos a nós mesmos!

MEMÓRIAS PÓSTUMAS DE BRÁS CUBAS

(1881)

Ao verme que
primeiro roeu as frias carnes
do meu cadáver
dedico
como saudosa lembrança
estas
Memórias Póstumas

PRÓLOGO DA TERCEIRA EDIÇÃO

A primeira edição destas *Memórias póstumas de Brás Cubas* foi feita aos pedaços na *Revista Brasileira*, pelos anos de 1880. Postas mais tarde em livro, corrigi o texto em vários lugares. Agora que tive de o rever para a terceira edição, emendei ainda alguma coisa e suprimi duas ou três dúzias de linhas. Assim composta, sai novamente à luz esta obra que alguma benevolência parece ter encontrado no público.

Capistrano de Abreu, noticiando a publicação do livro, perguntava: "As *Memórias póstumas de Brás Cubas* são um romance?" Macedo Soares, em carta que me escreveu por esse tempo, recordava amigamente as *Viagens na minha terra*. Ao primeiro respondia já o defunto Brás Cubas (como o leitor viu e verá no prólogo dele que vai adiante) que sim e que não, que era romance para uns e não o era para outros. Quanto ao segundo, assim se explicou o finado: "Trata-se de uma obra difusa, na qual eu, Brás Cubas, se adotei a forma livre de um Sterne ou de um Xavier de Maistre, não sei se lhe meti algumas rabugens de pessimismo". Toda essa gente viajou: Xavier de Maistre à roda do quarto, Garret na terra dele, Sterne na terra dos outros. De Brás Cubas se pode dizer que viajou à roda da vida.

O que faz do meu Brás Cubas um autor particular é o que ele chama "rabugens de pessimismo". Há na alma deste livro, por mais risonho que pareça, um sentimento amargo e áspero, que está longe de vir de seus modelos. É taça que pode ter lavores de igual escola, mas leva outro vinho. Não digo mais para não entrar na crítica de um defunto, que se pintou a si e a outros, conforme lhe pareceu melhor e mais certo.

Machado de Assis.

AO LEITOR

Que Stendhal confessasse haver escrito um de seus livros para cem leitores, coisa é que admira e consterna. O que não admira nem provavelmente consternará é se este outro livro não tiver os cem leitores de Stendhal, nem cinquenta, nem vinte e, quando muito, dez. Dez? Talvez cinco. Trata-se, na verdade, de uma obra difusa, na qual eu, Brás Cubas, se adotei a forma livre de um Sterne, ou de um Xavier de Maistre, não sei se lhe meti algumas rabugens de pessimismo. Pode ser. Obra de finado. Escrevi-a com a pena da galhofa e a tinta da melancolia, e não é difícil antever o que poderá sair desse conúbio. Acresce que a gente grave achará no livro umas aparências de puro romance, ao passo que a gente frívola não achará nele o seu romance usual; ei-lo aí fica privado da estima dos graves e do amor dos frívolos, que são as duas colunas máximas da opinião.

Mas eu ainda espero angariar as simpatias da opinião, e o primeiro remédio é fugir a um prólogo explícito e longo. O melhor prólogo é o que contém menos coisas, ou o que as diz de um jeito obscuro e truncado. Conseguintemente, evito contar o processo extraordinário que empreguei na composição destas *Memórias*, trabalhadas cá no outro mundo. Seria curioso, mas nimiamente extenso, e aliás desnecessário ao entendimento da obra. A obra em si mesma é tudo: se te agradar, fino leitor, pago-me da tarefa; se te não agradar, pago-te com um piparote, e adeus.

Brás Cubas.

I
ÓBITO DO AUTOR

Algum tempo hesitei se devia abrir estas memórias pelo princípio ou pelo fim, isto é, se poria em primeiro lugar o meu nascimento ou a minha morte. Suposto o uso vulgar seja começar pelo nascimento, duas considerações me levaram a adotar diferente método: a primeira é que eu não sou propriamente um autor defunto, mas um defunto autor, para quem a campa foi outro berço; a segunda é que o escrito ficaria assim mais galante e mais novo. Moisés, que também contou a sua morte, não a pôs no introito, mas no cabo: diferença radical entre este livro e o Pentateuco.

Dito isto, expirei às duas horas da tarde de uma sexta-feira do mês de agosto de 1869, na minha bela chácara de Catumbi. Tinha uns sessenta e quatro anos, rijos e prósperos, era solteiro, possuía cerca de trezentos contos e fui acompanhado ao cemitério por onze amigos. Onze amigos! Verdade é que não houve cartas nem anúncios. Acresce que chovia – peneirava uma chuvinha miúda, triste e constante, tão constante e tão triste, que levou um daqueles fiéis da última hora a intercalar esta engenhosa ideia no discurso que proferiu à beira de minha cova: "Vós, que o conhecestes, meus senhores, vós podeis dizer comigo que a natureza parece estar chorando a perda irreparável de um dos mais belos caracteres que têm honrado a humanidade. Este ar sombrio, estas gotas do céu, aquelas nuvens escuras que cobrem o azul como um crepe funéreo, tudo isso é a dor crua e má que lhe rói à Natureza as mais íntimas entranhas; tudo isso é um sublime louvor ao nosso ilustre finado."

Bom e fiel amigo! Não, não me arrependo das vinte apólices que lhe deixei. E foi assim que cheguei à cláusula dos meus dias; foi assim que me encaminhei para o *undiscovered country* de Hamlet, sem as ânsias nem as dúvidas do moço príncipe, mas pausado e trôpego como quem se retira tarde do espetáculo. Tarde e aborrecido. Viram-me ir umas nove ou dez pessoas, entre elas três senhoras, minha irmã Sabina, casada com o Cotrim, a filha – um lírio do vale – e... Tenham paciência! Daqui a pouco lhes direi quem era a terceira senhora. Contentem-se de saber que essa anônima, ainda que não parenta, padeceu mais do que as parentas. É verdade, padeceu mais. Não digo que se carpisse, não digo que se deixasse rolar pelo chão, convulsa. Nem o meu óbito era coisa altamente dramática... Um solteirão que expira aos sessenta e quatro anos não parece que reúna em si todos os elementos de uma tragédia. E dado que sim, o que menos convinha a essa anônima era aparentá-lo. De pé, à cabeceira da cama, com os olhos estúpidos, a boca entreaberta, a triste senhora mal podia crer na minha extinção.

– Morto! Morto! – dizia consigo.

E a imaginação dela, como as cegonhas que um ilustre viajante viu desferirem o voo desde o Ilisso às ribas africanas, sem embargo das ruínas e dos tempos – a imaginação dessa senhora também voou por sobre os destroços presentes até às ribas de uma África juvenil... Deixá-la ir; lá iremos mais tarde; lá iremos quando eu me restituir aos primeiros anos. Agora, quero morrer tranquilamente, metodicamente, ouvindo os soluços das damas, as falas baixas dos homens, a chuva que tamborila nas folhas de tinhorão da chácara, e o som estrídulo de uma navalha que um amolador está afiando lá fora, à porta de um correeiro. Juro-lhes que essa orquestra da morte foi muito menos triste do que podia parecer. De certo ponto em diante chegou a ser deliciosa. A vida estrebuchava-me no peito, com uns ímpetos de vaga marinha, esvaía-se-me a consciência, eu descia à imobilidade física e moral, e o corpo fazia-se-me planta, e pedra e lodo, e coisa nenhuma.

Morri de uma pneumonia; mas se lhe disser que foi menos a pneumonia, do que uma ideia grandiosa e útil, a causa da minha morte, é possível que o leitor me não creia, e todavia é verdade. Vou expor-lhe sumariamente o caso. Julgue-o por si mesmo.

II

O EMPLASTO

Com efeito, um dia de manhã, estando a passear na chácara, pendurou-se-me uma ideia no trapézio que eu tinha no cérebro. Uma vez pendurada, entrou a bracejar, a pernear, a fazer as mais arrojadas cabriolas de volatim, que é possível crer. Eu deixei-me estar a contemplá-la. Súbito, deu um grande salto, estendeu os braços e as pernas, até tomar a forma de um X: decifra-me ou devoro-te.

Essa ideia era nada menos que a invenção de um medicamento sublime, um emplastro anti-hipocondríaco, destinado a aliviar a nossa melancólica humanidade. Na petição de privilégio que então redigi, chamei a atenção do governo para esse resultado, verdadeiramente cristão. Todavia, não neguei aos amigos as vantagens pecuniárias que deviam resultar da distribuição de um produto de tamanhos e tão profundos efeitos. Agora, porém, que estou cá do outro lado da vida, posso confessar tudo: o que me influiu principalmente foi o gosto de ver impressas nos jornais, mostradores, folhetos, esquinas, e enfim nas caixinhas do remédio, estas três palavras: Emplasto Brás Cubas. Para que negá-lo? Eu tinha a paixão do arruído, do cartaz, do foguete de lágrimas. Talvez os modestos me argúam esse defeito; fio, porém, que esse talento me hão de reconhecer os hábeis. Assim, a minha ideia trazia duas faces, como as medalhas, uma virada para o público, outra para mim. De um lado, filantropia e lucro; de outro lado, sede de nomeada. Digamos: amor da glória.

Um tio meu, cônego de prebenda inteira, costumava dizer que o amor da glória temporal era a perdição das almas, que só devem cobiçar a glória eterna. Ao que retorquia outro tio, oficial de um dos antigos terços de infantaria, que o amor da glória era a coisa mais verdadeiramente humana que há no homem, e, conseguintemente, a sua mais genuína feição.

Decida o leitor entre o militar e o cônego; eu volto ao emplasto.

III
GENEALOGIA

Mas já que falei nos meus dois tios, deixem-me fazer aqui um curto esboço genealógico.

O fundador da minha família foi um certo Damião Cubas, que floresceu na primeira metade do século XVIII. Era tanoeiro de ofício, natural do Rio de Janeiro, onde teria morrido na penúria e na obscuridade, se somente exercesse a tanoaria. Mas não; fez-se lavrador, plantou, colheu, permutou o seu produto por boas e honradas patacas, até que morreu, deixando grosso cabedal a um filho, licenciado Luís Cubas. Neste rapaz é que verdadeiramente começa a série de meus avós – dos avós que a minha família sempre confessou –, porque o Damião Cubas era afinal de contas um tanoeiro, e talvez mau tanoeiro, ao passo que o Luís Cubas estudou em Coimbra, primou no Estado, e foi um dos amigos particulares do vice-rei Conde da Cunha.

Como este apelido de Cubas lhe cheirasse excessivamente a tanoaria, alegava meu pai, bisneto de Damião, que o dito apelido fora dado a um cavaleiro, herói nas jornadas da África, em prêmio da façanha que praticou, arrebatando trezentas cubas aos mouros. Meu pai era homem de imaginação; escapou à tanoaria nas asas de um *calembour*. Era um bom caráter, meu pai, varão digno e leal como poucos. Tinha, é verdade, uns fumos de pacholice; mas quem não é um pouco pachola nesse mundo? Releva notar que ele não recorreu à inventiva senão depois de experimentar a falsificação; primeiramente, entroncou-se na família daquele meu famoso homônimo, o capitão-mor, Brás Cubas, que fundou a vila de São Vicente, onde morreu em 1592, e por esse motivo é que me deu o nome de Brás. Opôs-se-lhe, porém, a família do capitão-mor, e foi então que ele imaginou as trezentas cubas mouriscas.

Vivem ainda alguns membros de minha família, minha sobrinha Venância, por exemplo, o lírio do vale, que é a flor das damas do seu tempo; vive o pai, o Cotrim, um sujeito que... Mas não antecipemos os sucessos; acabemos de uma vez com o nosso emplasto.

IV
A IDEIA FIXA

A minha ideia, depois de tantas cabriolas, constituíra-se ideia fixa. Deus te livre, leitor, de uma ideia fixa; antes um argueiro, antes uma trave no olho. Vê o Cavour; foi a ideia fixa da unidade italiana que o matou. Verdade é que Bismarck não morreu; mas cumpre advertir que a natureza é uma grande caprichosa e a história uma eterna loureira. Por exemplo, Suetônio deu-nos um Cláudio, que era um simplório – ou "uma abóbora" como lhe chamou Sêneca, e um Tito, que mereceu ser as delícias de Roma. Veio modernamente um professor e achou meio de demonstrar que dos dois césares, o delicioso, o verdadeiro delicioso, foi o "abóbora" de Sêneca. E tu, madama Lucrécia, flor dos Bórgias, se um poeta te pintou como a Messalina católica, apareceu um Gregorovius incrédulo que te apagou muito essa qualidade, e, se não vieste a lírio, também não ficaste pântano. Eu deixo-me estar entre o poeta e o sábio.

Viva pois a história, a volúvel história que dá para tudo; e, tornando à ideia fixa, direi que é ela a que faz os varões fortes e os doidos; a ideia móbil, vaga ou furta-cor é a que faz os Cláudios – fórmula Suetônio.

Era fixa a minha ideia, fixa como... Não me ocorre nada que seja assaz fixo nesse mundo: talvez a lua, talvez as pirâmides do Egito, talvez a finada dieta germânica. Veja o leitor a comparação que melhor lhe quadrar, veja-a e não esteja daí a torcer-me o nariz, só porque ainda não chegamos à parte narrativa destas memórias. Lá iremos. Creio que prefere a anedota à reflexão, como os outros leitores, seus confrades, e acho que faz muito bem. Pois lá iremos. Todavia, importa dizer que este livro é escrito com pachorra, com a pachorra de um homem já desafrontado da brevidade do século, obra supinamente filosófica, de uma filosofia desigual, agora austera, logo brincalhona, coisa que não edifica nem destrói, não inflama nem regala, e é todavia mais do que passatempo e menos do que apostolado.

Vamos lá; retifique o seu nariz, e tornemos ao emplasto. Deixemos a história com os seus caprichos de dama elegante. Nenhum de nós pelejou a batalha de Salamina, nenhum escreveu a confissão de Augsburgo; pela minha parte, se alguma vez me lembro de Cromwell, é só pela ideia de que Sua Alteza, com a mesma mão que trancara o parlamento, teria imposto aos ingleses o emplasto Brás Cubas. Não se riam dessa vitória comum da farmácia e do puritanismo. Quem não sabe que ao pé de cada bandeira grande, pública, ostensiva, há muitas vezes várias outras bandeiras modestamente particulares, que se hasteiam e flutuam à sombra daquela, e não poucas vezes lhe sobrevivem? Mal comparando, é como a arraia-miúda, que se acolhia à sombra do castelo feudal; caiu este e a arraia ficou. Verdade é que se fez graúda e castelã... Não, a comparação não presta.

V

EM QUE APARECE A ORELHA DE UMA SENHORA

Senão quando, estando eu ocupado em preparar e apurar a minha invenção, recebi em cheio um golpe de ar; adoeci logo, e não me tratei. Tinha o emplasto no cérebro; trazia comigo a ideia fixa dos doidos e dos fortes. Via-me, ao longe, ascender do chão das turbas, e remontar ao Céu, como uma águia imortal, e não é diante de tão excelso espetáculo que um homem pode sentir a dor que o punge. No outro dia estava pior; tratei-me enfim, mas incompletamente, sem método, nem cuidado, nem persistência; tal foi a origem do mal que me trouxe à eternidade. Sabem já que morri numa sexta-feira, dia aziago, e creio haver provado que foi a minha invenção que me matou. Há demonstrações menos lúcidas e não menos triunfantes.

Não era impossível, entretanto, que eu chegasse a galgar o cimo de um século, e a figurar nas folhas públicas, entre macróbios. Tinha saúde e robustez. Suponha-se que, em vez de estar lançando os alicerces de uma invenção farmacêutica, tratava de coligir os elementos de uma instituição política, ou de uma reforma religiosa. Vinha a corrente de ar, que vence em eficácia o cálculo humano, e lá se ia tudo. Assim corre a sorte dos homens.

Com esta reflexão me despedi eu da mulher, não direi mais discreta, mas com certeza mais formosa entre as contemporâneas suas, a anônima do primeiro capítulo, a tal, cuja imaginação à semelhança das cegonhas do Ilisso... Tinha então 54 anos, era uma ruína, uma imponente ruína. Imagine o leitor que nos amamos, ela e eu, muitos anos antes, e que um dia, já enfermo, vejo-a assomar à porta da alcova...

VI

CHIMÈNE, QUI L'EÛT DIT? RODRIGUE, QUI L'EÛT CRU?

Vejo-a assomar à porta da alcova, pálida, comovida, trajada de preto, e ali ficar durante um minuto, sem ânimo de entrar, ou detida pela presença de um homem que estava comigo. Da cama, onde jazia, contemplei-a durante esse tempo, esquecido de lhe dizer nada ou de fazer nenhum gesto. Havia já dois anos que nos não víamos, e eu via-a agora não qual era, mas qual fora, quais fôramos ambos, porque um Ezequias misterioso fizera recuar o sol até os dias juvenis. Recuou o sol, sacudi todas as misérias, e este punhado de pó, que a morte ia espalhar na eternidade do nada, pôde mais do que o tempo, que é o ministro da morte. Nenhuma água de Juventa igualaria ali a simples saudade.

Creiam-me, o menos mau é recordar; ninguém se fie da felicidade presente; há nela uma gota da baba de Caim. Corrido o tempo e cessado o espasmo, então sim, então talvez se pode gozar deveras, porque entre uma e outra dessas duas ilusões, melhor é a que se gosta sem doer.

Não durou muito a evocação; a realidade dominou logo; o presente expeliu o passado. Talvez eu exponha ao leitor, em algum canto deste livro, a minha teoria das edições humanas. O que por agora importa saber é que Virgília – chamava-se Virgília – entrou na alcova, firme, com a gravidade que lhe davam as roupas e os anos, e veio até o meu leito. O estranho levantou-se e saiu. Era um sujeito, que me visitava todos os dias para falar do câmbio, da colonização e da necessidade de desenvolver a viação férrea; nada mais interessante para um moribundo. Saiu; Virgília deixou-se estar de pé; durante algum tempo ficamos a olhar um para o outro, sem articular palavra. Quem diria? De dois grandes namorados, de duas paixões sem freio, nada mais havia ali, vinte anos depois; havia apenas dois corações murchos, devastados pela vida e saciados dela, não sei se em igual dose, mas enfim saciados. Virgília tinha agora a beleza da velhice, um ar austero e maternal; estava menos magra do que quando a vi, pela última vez, numa festa de São João, na Tijuca; e porque era das que resistem muito, só agora começavam os cabelos escuros a intercalar-se com alguns fios de prata.

– Anda visitando os defuntos? – disse-lhe eu.

– Ora, defuntos! – respondeu Virgília com um muxoxo. E depois de me apertar as mãos: – Ando a ver se ponho os vadios para a rua.

Não tinha a carícia lacrimosa de outro tempo; mas a voz era amiga e doce. Sentou-se. Eu estava só, em casa, com um simples enfermeiro; podíamos falar um ao outro, sem perigo. Virgília deu-me longas notícias de fora, narrando-as com graça, com um certo travo de má língua, que era o sal da palestra; eu, prestes a deixar o mundo, sentia um prazer satânico em mofar dele, em persuadir-me que não deixava nada.

– Que ideias essas! – interrompeu-me Virgília um tanto zangada. – Olhe que não volto mais. Morrer! Todos nós havemos de morrer; basta estarmos vivos.

E vendo o relógio:

– Jesus! São três horas. Vou-me embora.

– Já?

– Já; virei amanhã ou depois.

– Não sei se faz bem – retorqui –; o doente é um solteirão e a casa não tem senhoras...

– Sua mana?

– Há de vir cá passar uns dias, mas não pode ser antes de sábado.

Virgília refletiu um instante, levantou os ombros e disse com gravidade:

– Estou velha! Ninguém mais repara em mim. Mas, para cortar dúvidas, virei com o Nhonhô.

Nhonhô era um bacharel, único filho de seu casamento, que, na idade de cinco anos, fora cúmplice inconsciente de nossos amores. Vieram juntos, dois dias depois, e confesso que, ao vê-los ali, na minha alcova, fui tomado de um acanhamento que nem me permitiu corresponder logo às palavras afáveis do rapaz. Virgília adivinhou-me e disse ao filho:

– Nhonhô, não repares nesse grande manhoso que aí está; não quer falar para fazer crer que está à morte.

Sorriu o filho, eu creio que também sorri, e tudo acabou em pura galhofa. Virgília estava serena e risonha, tinha o aspecto das vidas imaculadas. Nenhum olhar suspeito, nenhum gesto que pudesse denunciar nada; uma igualdade de palavra e de espírito, uma dominação sobre si mesma, que pareciam e talvez fossem raras. Como tocássemos, casualmente, nuns amores ilegítimos, meio secretos, meio divulgados, vi-a falar com desdém e um pouco de indignação da mulher de que se tratava, aliás sua amiga. O filho sentia-se satisfeito, ouvindo aquela palavra digna e forte, e eu perguntava a mim mesmo o que diriam de nós os gaviões, se Buffon tivesse nascido gavião...

Era o meu delírio que começava.

VII

O DELÍRIO

Que me conste, ainda ninguém relatou o seu próprio delírio; faço-o eu, e a ciência mo agradecerá. Se o leitor não é dado à contemplação destes fenômenos mentais, pode saltar o capítulo; vá direito à narração. Mas, por menos curioso que seja, sempre lhe digo que é interessante saber o que se passou na minha cabeça durante uns vinte a trinta minutos.

Primeiramente, tomei a figura de um barbeiro chinês, bojudo, destro, escanhoando um mandarim, que me pagava o trabalho com beliscões e confeitos: caprichos de mandarim.

Logo depois, senti-me transformado na *Suma Teológica* de São Tomás, impressa num volume, e encadernada em marroquim, com fechos de prata e estampas; ideia esta que me deu ao corpo a mais completa imobilidade; e ainda agora me lembra que, sendo as minhas mãos os fechos do livro, e cruzando-as eu sobre o ventre, alguém as descruzava (Virgília decerto), porque a atitude lhe dava a imagem de um defunto.

Ultimamente, restituído à forma humana, vi chegar um hipopótamo, que me arrebatou. Deixei-me ir, calado, não sei se por medo ou confiança; mas, dentro em pouco, a carreira de tal modo se tornou vertiginosa, que me atrevi a interrogá-lo, e com alguma arte lhe disse que a viagem me parecia sem destino.

– Engana-se – replicou o animal –, nós vamos à origem dos séculos.

Insinuei que deveria ser muitíssimo longe; mas o hipopótamo não me entendeu ou não me ouviu, se é que não fingiu uma dessas coisas; e, perguntando-lhe, visto que ele falava, se era descendente do cavalo de Aquiles ou da asna de Balaão, retorquiu-me com um gesto peculiar a estes dois quadrúpedes: abanou as orelhas. Pela minha parte fechei os olhos e deixei-me ir à ventura. Já agora não se me dá de confessar que sentia umas tais ou quais cócegas de curiosidade, por saber onde ficava a origem dos séculos, se era tão misteriosa como a origem do Nilo, e sobretudo se valia alguma coisa mais ou menos do que a consumação dos mesmos séculos: reflexões de cérebro enfermo. Como ia de olhos fechados, não via o caminho; lembra-me só que a sensação de frio aumentava com a jornada, e que chegou uma ocasião em que me pareceu entrar na região dos gelos eternos. Com efeito, abri os olhos e vi que o meu animal galopava numa planície branca de neve, e vários animais grandes e de neve. Tudo neve; chegava a gelar-nos um sol de neve. Tentei falar, mas apenas pude grunhir esta pergunta ansiosa:

– Onde estamos?

– Já passamos o Éden.

– Bem; paremos na tenda de Abraão.

– Mas se nós caminhamos para trás! – redarguiu motejando a minha cavalgadura.

Fiquei vexado e aturdido. A jornada entrou a parecer-me enfadonha e extravagante, o frio incômodo, a condução violenta, e o resultado impalpável. E depois – cogitações do enfermo – dado que chegássemos ao fim indicado, não era impossível que os séculos, irritados com lhes devassarem a origem, me esmagassem entre as unhas, que deviam ser tão seculares como eles. Enquanto assim pensava, íamos devorando caminho, e a planície voava debaixo dos nossos pés, até que o animal estacou, e pude olhar mais tranquilamente em torno de mim. Olhar somente; nada vi, além da imensa brancura da neve, que desta vez invadira o próprio céu, até ali azul. Talvez, a espaços, me parecia uma ou outra planta, enorme, brutesca, meneando ao vento as suas largas folhas. O silêncio daquela região era igual ao do sepulcro: dissera-se que a vida das coisas ficara estúpida diante do homem.

Caiu do ar? Destacou-se da terra? Não sei; sei que um vulto imenso, uma figura de mulher me apareceu então, fitando-me uns olhos rutilantes como o sol. Tudo nessa figura tinha a vastidão das formas selváticas, e tudo escapava à compreensão do olhar humano, porque os contornos perdiam-se no ambiente, e o que parecia espesso era muita vez diáfano. Estupefato, não disse nada, não cheguei sequer a soltar um grito; mas, ao cabo de algum tempo, que foi breve, perguntei quem era e como se chamava: curiosidade de delírio.

– Chama-me Natureza ou Pandora; sou tua mãe e tua inimiga.

Ao ouvir esta última palavra, recuei um pouco, tomado de susto. A figura soltou uma gargalhada, que produziu em torno de nós o efeito de um tufão; as plantas torceram-se e um longo gemido quebrou a mudez das coisas externas.

– Não te assustes – disse ela –, minha inimizade não mata; é sobretudo pela vida que se afirma. Vives; não quero outro flagelo.

– Vivo? – perguntei eu, enterrando as unhas nas mãos, como para certificar-me da existência.

– Sim, verme, tu vives. Não receies perder esse andrajo que é teu orgulho; provarás ainda, por algumas horas, o pão da dor e o vinho da miséria. Vives: agora mesmo que ensandeceste, vives; e se a tua consciência reouver um instante de sagacidade, tu dirás que queres viver.

Dizendo isto, a visão estendeu o braço, segurou-me pelos cabelos e levantou-me ao ar, como se fora uma pluma. Só então pude ver-lhe de perto o rosto, que era enorme. Nada mais quieto; nenhuma contorção violenta, nenhuma expressão de ódio ou ferocidade; a feição única, geral, completa, era a da impassibilidade egoísta, a da eterna surdez, a da vontade imóvel. Raivas, se as tinha, ficavam encerradas no coração. Ao mesmo tempo, nesse rosto de expressão glacial, havia um ar de juventude, mescla de força e viço, diante do qual me sentia eu o mais débil e decrépito dos seres.

– Entendeste-me? – disse ela, no fim de algum tempo de mútua contemplação.

– Não – respondi –; nem quero entender-te; tu és absurda, tu és uma fábula. Estou sonhando, decerto, ou, se é verdade que enlouqueci, tu não passas de uma concepção de alienado, isto é, uma coisa vã, que a razão ausente não pode reger nem palpar. Natureza, tu? A Natureza que eu conheço é só mãe e não inimiga; não faz da vida um flagelo, nem, como tu, traz esse rosto indiferente, como o sepulcro. E por que Pandora?

– Porque levo na minha bolsa os bens e os males, e o maior de todos, a esperança, consolação dos homens. Tremes?

– Sim; o teu olhar fascina-me.

– Creio; eu não sou somente a vida; sou também a morte, e tu estás prestes a devolver-me o que te emprestei. Grande lascivo, espera-te a voluptuosidade do nada.

Quando esta palavra ecoou, como um trovão, naquele imenso vale, afigurou-se-me que era o último som que chegava a meus ouvidos; pareceu-me sentir a decomposição súbita de mim mesmo. Então, encarei-a com olhos súplices, e pedi mais alguns anos.

– Pobre minuto! – exclamou. – Para que queres tu mais alguns instantes de vida? Para devorar e seres devorado depois? Não estás farto do espetáculo e da luta? Conheces de sobejo tudo o que eu te deparei menos torpe ou menos aflitivo: o alvor do dia, a melancolia da tarde, a quietação da noite, os aspectos da Terra, o sono, enfim, o maior benefício das minhas mãos. Que mais queres tu, sublime idiota?

– Viver somente, não te peço mais nada. Quem me pôs no coração este amor da vida, senão tu? E, se eu amo a vida, por que te hás de golpear a ti mesma, matando-me?

– Porque já não preciso de ti. Não importa ao tempo o minuto que passa, mas o minuto que vem. O minuto que vem é forte, jucundo, supõe trazer em si a eternidade, e traz a morte, e perece como o outro, mas o tempo subsiste. Egoísmo, dizes tu? Sim, egoísmo, não tenho outra lei. Egoísmo, conservação. A onça mata o novilho porque o raciocínio da onça é que ela deve viver, e se o novilho é tenro tanto melhor: eis o estatuto universal. Sobe e olha.

Isto dizendo, arrebatou-me ao alto de uma montanha. Inclinei os olhos a uma das vertentes, e contemplei, durante um tempo largo, ao longe, através de um nevoeiro, uma coisa única. Imagina tu, leitor, uma redução dos séculos, e um desfilar de todos eles, as raças todas, todas as paixões, o tumulto dos Impérios, a guerra dos apetites e dos ódios, a destruição recíproca dos seres e das coisas. Tal era o espetáculo, acerbo e curioso espetáculo. A história do homem e da Terra tinha assim uma intensidade que lhe não podiam dar nem a imaginação nem a ciência, porque a ciência é mais lenta e a imaginação mais vaga, enquanto que o que eu ali via era a condensação viva de todos os tempos. Para descrevê-la seria preciso fixar o relâmpago. Os séculos desfilavam num turbilhão, e, não obstante, porque os olhos do delírio são outros, eu via tudo o que passava diante de mim – flagelos e delícias – desde essa coisa que se chama glória até essa outra que se chama miséria, e via o amor multiplicando a miséria, e via a miséria agravando a debilidade. Aí vinham a cobiça que devora, a cólera que inflama, a inveja que baba, e a enxada e a pena, úmidas de suor, e a ambição, a fome, a vaidade, a melancolia, a riqueza, o amor, e todos agitavam o homem, como um chocalho, até destruí-lo, como um farrapo. Eram as formas várias de um mal, que ora mordia a víscera, ora mordia o pensamento, e passeava eternamente as suas vestes de arlequim, em derredor da espécie humana. A dor cedia alguma vez, mas cedia à indiferença, que era um sono sem sonhos, ou ao prazer, que era uma dor bastarda. Então o homem, flagelado e rebelde, corria diante da fatalidade das coisas, atrás de uma figura nebulosa e esquiva, feita de retalhos, um retalho de impalpável, outro de improvável, outro de invisível, cosidos todos a ponto precário, com a agulha da imaginação; e essa figura – nada menos que a quimera da felicidade – ou lhe fugia perpetuamente, ou deixava-se apanhar pela fralda, e o homem a cingia ao peito, e então ela ria, como um escárnio, e sumia-se, como uma ilusão.

Ao contemplar tanta calamidade, não pude reter um grito de angústia, que Natureza ou Pandora escutou sem protestar nem rir; e não sei por que lei de transtorno cerebral, fui eu que me pus a rir – de um riso descompassado e idiota.

– Tens razão – disse eu –, a coisa é divertida e vale a pena, talvez monótona, mas vale a pena. Quando Jó amaldiçoava o dia em que fora concebido, é porque lhe davam ganas de ver cá de cima o espetáculo. Vamos lá, Pandora, abre o ventre, e digere-me; a coisa é divertida, mas digere-me.

A resposta foi compelir-me fortemente a olhar para baixo, e a ver os séculos que continuavam a passar, velozes e turbulentos, as gerações que se superpunham às gerações, umas tristes, como os Hebreus do cativeiro, outras alegres, como os devassos de Cômodo, e todas elas pontuais na sepultura. Quis fugir, mas uma força misteriosa me retinha os pés; então disse comigo: "Bem, os séculos vão passando, chegará o meu, e passará também, até o último, que me dará a decifração da eternidade". E fixei os olhos, e continuei a ver as idades, que vinham chegando e passando, já então tranquilo e resoluto, não sei até se alegre. Talvez alegre. Cada século trazia a sua porção de sombra e de luz, de apatia e de combate, de verdade e de erro, e o seu cortejo de sistemas, de ideias novas, de novas ilusões; cada um deles rebentavam as verduras de uma primavera, e amareleciam depois, para remoçar mais tarde. Ao passo que a vida tinha assim uma regularidade de calendário, fazia-se a história e a civilização, e o homem, nu e desarmado, armava--se e vestia-se, construía o tugúrio e o palácio, a rude aldeia e Tebas de cem portas, criava a ciência, que perscruta, e a arte que enleva, fazia-se orador, mecânico, filósofo, corria a face do globo, descia ao ventre da Terra, subia à esfera das nuvens, colaborando assim na obra misteriosa, com que entretinha a necessidade da vida e a melancolia do desamparo. Meu olhar, enfarado e distraído, viu enfim chegar o século presente, e atrás deles os futuros. Aquele vinha ágil, destro, vibrante, cheio de si, um pouco difuso, audaz, sabedor, mas ao cabo tão miserável como os primeiros, e assim passou e assim passaram os outros, com a mesma rapidez e igual monotonia. Redobrei de atenção; fitei a vista; ia enfim ver o último – o último!; mas então já a rapidez da marcha era tal, que escapava a toda a compreensão; ao pé dela o relâmpago seria um século. Talvez por isso entraram os objetos a trocarem-se; uns cresceram, outros minguaram, outros perderam-se no ambiente; um nevoeiro cobriu tudo – menos o hipopótamo que ali me trouxera, e que aliás começou a diminuir, a diminuir, a diminuir, até ficar do tamanho de um gato. Era efetivamente um gato. Encarei-o bem; era o meu gato Sultão, que brincava à porta da alcova, com uma bola de papel...

VIII
RAZÃO CONTRA SANDICE

Já o leitor compreendeu que era a Razão que voltava à casa, e convidava a Sandice a sair, clamando, e com melhor jus, as palavras de Tartufo:

La maison est à moi, c'est à vous d'en sortir.

Mas é sestro antigo da Sandice criar amor às casas alheias, de modo que, apenas senhora de uma, dificilmente lha farão despejar. É sestro; não se tira daí; há muito que lhe calejou a vergonha. Agora, se advertirmos no imenso número de casas que ocupa, umas de vez, outras durante as suas estações calmosas, concluiremos que esta amável peregrina é o terror dos proprietários. No nosso caso, houve quase um distúrbio à porta do meu cérebro, porque a adventícia não queria entregar a casa, e a dona não cedia da intenção de tomar o que era seu. Afinal, já a Sandice se contentava com um cantinho no sótão.

– Não, senhora – replicou a Razão –, estou cansada de lhe ceder sótãos, cansada e experimentada, o que você quer é passar mansamente do sótão à sala de jantar, daí à de visitas e ao resto.

– Está bem, deixe-me ficar algum tempo mais, estou na pista de um mistério...

– Que mistério?

– De dois – emendou a Sandice –; o da vida e o da morte; peço-lhe só uns dez minutos.

A Razão pôs-se a rir.

– Hás de ser sempre a mesma coisa... sempre a mesma coisa... sempre a mesma coisa...

E dizendo isto, travou-lhe dos pulsos e arrastou-a para fora; depois entrou e fechou-se. A Sandice ainda gemeu algumas súplicas, grunhiu algumas zangas; mas desenganou-se depressa, deitou a língua de fora, em ar de surriada, e foi andando...

IX
TRANSIÇÃO

E vejam agora com que destreza; com que arte faço eu a maior transição deste livro. Vejam: o meu delírio começou em presença de Virgília; Virgília foi o meu grão pecado da juventude; não há juventude sem meninice; meninice supõe nascimento; e eis aqui como chegamos nós, sem esforço, ao dia 20 de outubro de 1805, em que nasci. Viram? Nenhuma juntura aparente, nada que divirta a atenção pausada do leitor: nada. De modo que o livro fica assim com todas as vantagens do método, sem a rigidez do método. Na verdade, era tempo. Que isto de método, sendo, como é, uma coisa indispensável, todavia é melhor tê-lo sem gravata nem suspensórios, mas um pouco à fresca e à solta, como quem não se lhe dá da vizinha fronteira, nem do inspetor de quarteirão. É como a eloquência, que há uma genuína e vibrante, de uma arte natural e feiticeira, e outra tesa, engomada e chocha. Vamos ao dia 20 de outubro.

X
NAQUELE DIA

Naquele dia, a árvore dos Cubas brotou uma graciosa flor. Nasci; recebeu-me nos braços a Pascoela, insigne parteira minhota, que se gabava de ter aberto a porta do mundo a uma geração inteira de fidalgos. Não é impossível que meu pai lhe ouvisse tal declaração; creio, todavia, que o sentimento paterno é que o induziu a gratificá-la com duas meias dobras. Lavado e enfaixado, fui desde logo o herói da nossa casa. Cada qual prognosticava a meu respeito o que mais lhe quadrava ao sabor. Meu tio João, o antigo oficial de infantaria, achava-me um certo olhar de Bonaparte, coisa que meu pai não pôde ouvir sem náuseas; meu tio Ildefonso, então simples padre, farejava-me cônego.

– Cônego é o que ele há de ser, e não digo mais por não parecer orgulho; mas não me admiraria nada se Deus o destinasse a um bispado... É verdade, um bispado; não é coisa impossível. Que diz você, mano Bento?

Meu pai respondia a todos que eu seria o que Deus quisesse; e alçava-me ao ar, como se intentasse mostrar-me à cidade e ao mundo; perguntava a todos se eu me parecia com ele, se era inteligente, bonito...

Digo essas coisas por alto, segundo as ouvi narrar anos depois; ignoro a mor parte dos pormenores daquele famoso dia. Sei que a vizinhança veio ou mandou cumprimentar o recém-nascido, e que durante as primeiras semanas muitas foram as visitas em nossa casa.

Não houve cadeirinha que não trabalhasse; aventou-se muita casaca e muito calção. Se não conto os mimos, os beijos, as admirações, as bênçãos, é porque, se os contasse, não acabaria mais o capítulo, e é preciso acabá-lo.

Item, não posso dizer nada do meu batizado, porque nada me referiram a tal respeito, a não ser que foi uma das mais galhardas festas do ano seguinte, 1806; batizei-me na igreja de São Domingos, uma terça-feira de março, dia claro, luminoso e puro, sendo padrinhos o Coronel Rodrigues de Matos e sua senhora. Um e outro descendiam de velhas famílias do Norte e honravam deveras o sangue que lhes corria nas veias, outrora derramado na guerra contra Holanda. Cuido que os nomes de ambos foram das primeiras coisas que aprendi; e certamente os dizia com muita graça, ou revelava algum talento precoce, porque não havia pessoa estranha diante de quem me não obrigassem a recitá-los.

– Nhonhô, diga a estes senhores como é que se chama seu padrinho.

– Meu padrinho? É o Excelentíssimo Senhor Coronel Paulo Vaz Lobo César de Andrade e Sousa Rodrigues de Matos; minha madrinha é a Excelentíssima Senhora D. Maria Luísa de Macedo Resende e Sousa Rodrigues de Matos.

– É muito esperto o seu menino! – exclamavam os ouvintes.

– Muito esperto – concordava meu pai; e os olhos babavam-se--lhe de orgulho, e ele espalmava a mão sobre a minha cabeça, fitava--me longo tempo, namorado, cheio de si.

Item, comecei a andar, não sei bem quando, mas antes do tempo. Talvez por apressar a natureza, obrigavam-me cedo a agarrar às cadeiras, pegavam-me da fralda, davam-me carrinhos de pau. "Só só, nhonhô, só só", dizia-me a mucama. E eu, atraído pelo chocalho de lata, que minha mãe agitava diante de mim, lá ia para a frente, cai aqui, cai acolá; e andava, provavelmente mal, mas andava, e fiquei andando.

XI

O MENINO É PAI DO HOMEM

Cresci; e nisso é que a família não interveio; cresci naturalmente, como crescem as magnólias e os gatos. Talvez os gatos são menos matreiros, e com certeza, as magnólias são menos inquietas do que eu era na minha infância. Um poeta dizia que o menino é pai do homem. Se isto é verdade, vejamos alguns lineamentos do menino.

Desde os cinco anos merecera eu a alcunha de "menino diabo"; e verdadeiramente não era outra coisa; fui dos mais malignos do meu tempo, arguto, indiscreto, traquinas e voluntarioso. Por exemplo, um dia quebrei a cabeça de uma escrava, porque me negara uma colher do doce de coco que estava fazendo, e, não contente com o malefício, deitei um punhado de cinza ao tacho, e, não satisfeito da travessura, fui dizer à minha mãe que a escrava é que estragara o doce "por pirraça"; e eu tinha apenas seis anos. Prudêncio, um moleque de casa, era o meu cavalo de todos os dias; punha as mãos no chão, recebia um cordel nos queixos, à guisa de freio, eu trepava-lhe ao dorso, com uma varinha na mão, fustigava-o, dava mil voltas a um e outro lado, e ele obedecia – algumas vezes gemendo –, mas obedecia sem dizer palavra, ou, quando muito, um "ai, nhonhô!", ao que eu retorquia: "Cala a boca, besta!". Esconder os chapéus das visitas, deitar rabos de papel a pessoas graves, puxar pelo rabicho das cabeleiras, dar beliscões nos braços das matronas, e outras muitas façanhas deste jaez, eram mostras de um gênio indócil, mas devo crer que eram também expressões de um espírito robusto, porque meu pai tinha-me em grande admiração; e se às vezes me repreendia, à vista de gente, fazia-o por simples formalidade: em particular dava-me beijos.

Não se conclua daqui que eu levasse todo o resto da minha vida a quebrar a cabeça dos outros nem a esconder-lhes os chapéus; mas opiniático, egoísta e algo contemptor dos homens, isso fui; se não passei o tempo a esconder-lhes os chapéus, alguma vez lhes puxei pelo rabicho das cabeleiras.

Outrossim, afeiçoei-me à contemplação da injustiça humana, inclinei-me a atenuá-la, a explicá-la, a classificá-la por partes, a entendê-la, não segundo um padrão rígido, mas ao sabor das circunstâncias e lugares. Minha mãe doutrinava-me a seu modo, fazia-me decorar alguns preceitos e orações; mas eu sentia que, mais do que as orações, me governavam os nervos e o sangue, e a boa regra perdia o espírito, que a faz viver, para se tornar uma vã fórmula. De manhã, antes do mingau, e de noite, antes da cama, pedia a Deus que me perdoasse, assim como eu perdoava aos meus devedores; mas entre a manhã e a noite fazia uma grande maldade, e meu pai, passado o alvoroço, dava-me pancadinhas na cara, e exclamava a rir: "Ah! Brejeiro! Ah! Brejeiro!"

Sim, meu pai adorava-me. Minha mãe era uma senhora fraca, de pouco cérebro e muito coração, assaz crédula, sinceramente piedosa – caseira, apesar de bonita, e modesta, apesar de abastada; temente às trovoadas e ao marido. O marido era na Terra o seu deus. Da colaboração dessas duas criaturas nasceu a minha educação, que, se tinha alguma coisa boa, era no geral viciosa, incompleta, e, em partes, negativa. Meu tio cônego fazia às vezes alguns reparos ao irmão; dizia-lhe que ele me dava mais liberdade do que ensino, e mais afeição do que emenda; mas meu pai respondia que aplicava na minha educação um sistema inteiramente superior ao sistema usado; e por este modo, sem confundir o irmão, iludia-se a si próprio.

De envolta com a transmissão e a educação, houve ainda o exemplo estranho, o meio doméstico. Vimos os pais; vejamos os tios. Um deles, o João, era um homem de língua solta, vida galante, conversa picaresca. Desde os onze anos entrou a admitir-me às anedotas reais ou não, eivadas todas de obscenidade ou imundície. Não me respeitava a adolescência, como não respeitava a batina do irmão; com a diferença que este fugia logo que ele enveredava por assunto escabroso. Eu não; deixava-me estar, sem entender nada, a princípio, depois entendendo, e enfim achando-lhe graça. No fim de certo tempo, quem o procurava era eu; e ele gostava muito de mim, dava-me doces, levava-me a passeio. Em casa, quando lá ia passar alguns dias, não poucas vezes me aconteceu achá-lo, no fundo da chácara, no lavadouro, a palestrar com as escravas que batiam roupa; aí é que era um desfiar de anedotas, de ditos, de perguntas, e um estalar de risadas, que ninguém podia ouvir, porque o lavadouro ficava muito longe de casa. As pretas, com uma tanga no ventre, a arregaçar-lhes um palmo dos vestidos, umas dentro do tanque, outras fora, inclinadas sobre as peças de roupa, a batê-las, a ensaboá-las, a torcê-las, iam ouvindo e redarguindo às pilhérias do tio João, e a comentá-las de quando em quando com esta palavra:

– Cruz, diabo!... Este sinhô João é o diabo!

Bem diferente era o tio cônego. Esse tinha muita austeridade e pureza; tais dotes, contudo, não realçavam um espírito superior, apenas compensavam um espírito medíocre. Não era homem que visse a parte substancial da igreja; via o lado externo, a hierarquia, as preeminências, as sobrepelizes, as circunflexões. Vinha antes da sacristia que do altar. Uma lacuna no ritual excitava-o mais do que uma infração dos mandamentos. Agora, a tantos anos de distância, não estou certo se ele poderia atinar facilmente com um trecho de Tertuliano, ou expor, sem titubear, a história do símbolo de Niceia; mas ninguém, nas festas cantadas, sabia melhor o número e casos das cortesias que se deviam ao oficiante. Cônego foi a única ambição de sua vida; e dizia de coração que era a maior dignidade a que podia aspirar. Piedoso, severo nos costumes, minucioso na observância das regras, frouxo, acanhado, subalterno, possuía algumas virtudes, em que era exemplar, mas carecia absolutamente da força de as incutir, de as impor aos outros.

Não digo nada de minha tia materna, D. Emerenciana, e aliás era a pessoa que mais autoridade tinha sobre mim; essa diferenciava-se grandemente dos outros; mas viveu pouco tempo em nossa companhia, uns dois anos. Outros parentes e alguns íntimos não merecem a pena de ser citados; não tivemos uma vida comum, mas intermitente, com grandes claros de separação. O que importa é a expressão geral do meio doméstico, e essa aí fica indicada – vulgaridade de caracteres, amor das aparências rutilantes, do arruído, frouxidão da vontade, domínio do capricho, e o mais. Dessa terra e desse estrume é que nasceu esta flor.

XII
UM EPISÓDIO DE 1814

Mas eu não quero passar adiante, sem contar sumariamente um galante episódio de 1814; tinha nove anos.

Napoleão, quando eu nasci, estava já em todo o esplendor da glória e do poder; era imperador e granjeara inteiramente a admiração dos homens. Meu pai, que à força de persuadir os outros da nossa nobreza, acabara persuadindo-se a si próprio, nutria contra ele um ódio puramente mental. Era isso motivo de renhidas contendas em nossa casa, porque meu tio João, não sei se por espírito de classe e simpatia de ofício, perdoava no déspota o que admirava no general, meu tio padre era inflexível contra o corso; os outros parentes dividiam-se: daí as controvérsias e as rusgas.

Chegando ao Rio de Janeiro a notícia da primeira queda de Napoleão, houve naturalmente grande abalo em nossa casa, mas nenhum chasco ou remoque. Os vencidos, testemunhas do regozijo público, julgaram mais decoroso o silêncio; alguns foram além e bateram palmas. A população, cordialmente alegre, não regateou demonstrações de afeto à real família; houve iluminações, salvas, Te-Deum, cortejo e aclamações. Figurei nesses dias com um espadim novo, que meu padrinho me dera no dia de Santo Antônio; e, francamente, interessava-me mais o espadim do que a queda de Bonaparte. Nunca me esqueceu esse fenômeno. Nunca mais deixei de pensar comigo que o nosso espadim é sempre maior do que a espada de Napoleão. E notem que eu ouvi muito discurso, quando era vivo, li muita página rumorosa de grandes ideias e maiores palavras, mas não sei por que, no fundo dos aplausos que me arrancavam da boca, lá ecoava alguma vez este conceito de experimentado:

– Vai-te embora, tu só cuidas do espadim.

Não se contentou a minha família em ter um quinhão anônimo no regozijo público; entendeu oportuno e indispensável celebrar a destituição do imperador com um jantar, e tal jantar que o ruído das aclamações chegasse aos ouvidos de Sua Alteza, ou quando menos, de seus ministros. Dito e feito. Veio abaixo toda a velha prataria, herdada do meu avô Luís Cubas; vieram as toalhas de Flandres, as grandes jarras da Índia; matou-se um capado; encomendaram-se às madres da Ajuda as compotas e as marmeladas; lavaram-se, arearam-se, poliram-se as salas, escadas, castiçais, arandelas, as vastas mangas de vidro, todos os aparelhos do luxo clássico.

Dada a hora, achou-se reunida uma sociedade seleta: o juiz-de--fora, três ou quatro oficiais militares, alguns comerciantes e letrados, vários funcionários da administração, uns com suas mulheres e filhas, outros sem elas, mas todos comungando no desejo de atolar a memória de Bonaparte no papo de um peru. Não era um jantar, mas um Te-Deum; foi o que pouco mais ou menos disse um dos letrados presentes, o Dr. Vilaça, glosador insigne, que acrescentou aos pratos de casa o acepipe das musas. Lembra-me, como se fosse ontem, lembra--me de o ver erguer-se, com a sua longa cabeleira de rabicho, casaca de seda, uma esmeralda no dedo, pedir a meu tio padre que lhe repetisse o mote, e, repetido o mote, cravar os olhos na testa de uma senhora, depois tossir, alçar a mão direita, toda fechada, menos o dedo índice, que apontava para o teto; e, assim posto e composto, devolver o mote glosado. Não fez uma glosa, mas três; depois jurou aos seus deuses não acabar mais. Pedia um mote, davam-lho, ele glosava-o prontamente, e logo pedia outro e mais outro; a tal ponto que uma das senhoras presentes não pôde calar a sua grande admiração.

– A senhora diz isso – retorquia modestamente o Vilaça – porque nunca ouviu o Bocage, como eu ouvi, no fim do século, em Lisboa. Aquilo sim! Que facilidade! E que versos! Tivemos lutas de uma e duas horas, no botequim do Nicola, a glosarmos, no meio de palmas e bravos. Imenso talento o do Bocage! Era o que me dizia, há dias, a senhora Duquesa de Cadaval...

E estas três palavras últimas, expressas com muita ênfase, produziram em toda a assembleia um frêmito de admiração e pasmo. Pois esse homem tão dado, tão simples, além de pleitear com poetas, discreteava com duquesas! Um Bocage e uma Cadaval! Ao contato de tal homem, as damas sentiam-se superfinas; os varões olhavam-no com respeito, alguns com inveja, não raros com incredulidade. Ele, entretanto, ia caminho, a acumular adjetivo sobre adjetivo, advérbio sobre advérbio, a desfiar todas as rimas de tirano e de usurpador. Era à sobremesa; ninguém já pensava em comer. No intervalo das glosas, corria um burburinho alegre, um palavrear de estômagos satisfeitos; os olhos moles e úmidos, ou vivos e cálidos, espreguiçavam-se ou saltitavam de uma ponta à outra da mesa, atulhada de doces e frutas, aqui o ananás em fatias, ali o melão em talhadas, as compoteiras de cristal deixando ver o doce de coco, finamente ralado, amarelo como uma gema – ou então o melado escuro e grosso, não longe do queijo e do cará. De quando em quando um riso jovial, amplo, desabotoado, um riso de família, vinha quebrar a gravidade política do banquete. No meio do interesse grande e comum, agitavam-se também os pequenos e particulares. As moças falavam das modinhas que haviam de cantar ao cravo, e do minuete e do solo inglês; nem faltava matrona que prometesse bailar um oitavado de compasso, só para mostrar como folgara nos seus bons tempos de criança. Um sujeito, ao pé de mim, dava a outro notícia recente dos negros novos, que estavam a vir, segundo cartas que recebera de Loanda, uma carta em que o sobrinho lhe dizia ter já negociado cerca de quarenta cabeças, e outra carta em que... Trazia-as justamente na algibeira, mas não as podia ler naquela ocasião. O que afiançava é que podíamos contar, só nessa viagem, uns cento e vinte negros, pelo menos.

– Trás... trás... trás... – fazia o Vilaça batendo com as mãos uma na outra. O rumor cessava de súbito, como um estacado de orquestra, e todos os olhos se voltavam para o glosador. Quem ficava longe aconcheava a mão atrás da orelha para não perder palavra; a mor parte, antes mesmo da glosa, tinha já um meio riso de aplauso, trivial e cândido.

Quanto a mim, lá estava, solitário e deslembrado, a namorar certa compota da minha paixão. No fim de cada glosa ficava muito contente, esperando que fosse a última, mas não era, e a sobremesa continuava intacta. Ninguém se lembrava de dar a primeira voz. Meu pai, à cabeceira, saboreava a goles extensos a alegria dos convivas, mirava-se todo nos carões alegres, nos pratos, nas flores, deliciava-se com a familiaridade travada entre os mais distantes espíritos, influxo de um bom jantar. Eu via isso, porque arrastava os olhos da compota para ele e dele para a compota, como a pedir-lhe que ma servisse; mas fazia-o em vão. Ele não via nada; via-se a si mesmo. E as glosas sucediam-se, como bátegas d'água, obrigando-me a recolher o desejo e o pedido. Pacientei quanto pude; e não pude muito. Pedi em voz baixa o doce; enfim, bradei, berrei, bati com os pés. Meu pai, que seria capaz de me dar o sol, se eu lho exigisse, chamou um escravo para me servir o doce; mas era tarde. A tia Emerenciana arrancara-me da cadeira e entregara-me a uma escrava, não obstante os meus gritos e repelões.

Não foi outro o delito do glosador: retardara a compota e dera causa à minha exclusão. Tanto bastou para que eu cogitasse uma vingança, qualquer que fosse, mas grande e exemplar, coisa que de alguma maneira o tornasse ridículo. Que ele era um homem grave o Dr. Vilaça, medido e lento, quarenta e sete anos, casado e pai. Não me contentava o rabo de papel nem o rabicho da cabeleira; havia de ser coisa pior. Entrei a espreitá-lo, durante o resto da tarde, a segui-lo, na chácara, aonde todos desceram a passear. Vi-o conversar com D. Eusébia, irmã do sargento-mor Domingues, uma robusta donzelona, que se não era bonita, também não era feia.

– Estou muito zangada com o senhor – dizia ela.

– Por quê?

– Porque... não sei por quê... porque é a minha sina... creio às vezes que é melhor morrer.

Tinham penetrado numa pequena moita; era lusco-fusco; eu segui-os. O Vilaça levava nos olhos umas chispas de vinho e de volúpia.

– Deixe-me! – disse ela.

– Ninguém nos vê. Morrer, meu anjo? Que ideias são essas! Você sabe que eu morrerei também... Que digo?... Morro todos os dias, de paixão, de saudades...

D. Eusébia levou o lenço aos olhos. O glosador vasculhava na memória algum pedaço literário e achou este, que mais tarde verifiquei ser de uma das óperas do Judeu:

– Não chores, meu bem; não queiras que o dia amanheça com duas auroras.

Disse isto; puxou-a para si; ela resistiu um pouco, mas deixou-se ir; uniram os rostos, e eu ouvi estalar, muito ao de leve, um beijo, o mais medroso dos beijos.

– O Dr. Vilaça deu um beijo em D. Eusébia! – bradei eu correndo pela chácara.

Foi um estouro esta minha palavra; a estupefação imobilizou a todos; os olhos espraiavam-se a uma e outra banda; trocavam-se sorrisos, segredos, à socapa, as mães arrastavam as filhas, pretextando o sereno. Meu pai puxou-me as orelhas, disfarçadamente, irritado deveras com a indiscrição; mas no dia seguinte, ao almoço, lembrando o caso, sacudiu-me o nariz a rir: Ah! Brejeiro! Ah! Brejeiro!

XIII
UM SALTO

Unamos agora os pés e demos um salto por cima da escola, a enfadonha escola, onde aprendi a ler, escrever, contar, dar cacholetas, apanhá-las, e ir fazer diabruras, ora nos morros, ora nas praias, onde quer que fosse propício a ociosos.

Tinha amarguras esse tempo; tinha os ralhos, os castigos, as lições árduas e longas, e pouco mais, muito pouco e muito leve. Só era pesada, a palmatória, e ainda assim... Ó palmatória, terror dos meus dias pueris, tu que foste o *compelle intrare* com que um velho mestre, ossudo e calvo, me incutiu no cérebro o alfabeto, a prosódia, a sintaxe, e o mais que ele sabia, benta palmatória, tão praguejada dos modernos, quem me dera ter ficado sob o teu jugo, com a minha alma imberbe, as minhas ignorâncias, e o meu espadim, aquele espadim de 1814, tão superior à espada de Napoleão! Que querias tu, afinal, meu velho mestre de primeiras letras? Lição de cor e compostura na aula; nada mais, nada menos do que quer a vida, que é das últimas letras; com a diferença que tu, se me metias medo, nunca me meteste zanga. Vejo-te ainda agora entrar na sala, com as tuas chinelas de couro branco, capote, lenço na mão, calva à mostra, barba rapada; vejo-te sentar, bufar, grunhir, absorver uma pitada inicial, e chamar-nos depois à lição. E fizeste isto durante vinte e três anos, calado, obscuro, pontual, metido numa casinha da Rua do Piolho, sem enfadar o mundo com a tua mediocridade, até que um dia deste o grande mergulho nas trevas, e ninguém te chorou, salvo um preto velho – ninguém, nem eu, que te devo os rudimentos da escrita.

Chamava-se Ludgero o mestre; quero escrever-lhe o nome todo nesta página: Ludgero Barata – um nome funesto, que servia aos meninos de eterno mote a chufas. Um de nós, o Quincas Borba, esse então era cruel com o pobre homem. Duas, três vezes por semana, havia de lhe deixar na algibeira das calças – umas largas calças de enfiar –, ou na gaveta da mesa, ou ao pé do tinteiro, uma barata morta. Se ele a encontrava ainda nas horas da aula, dava um pulo, circulava os olhos chamejantes, dizia-nos os últimos nomes: éramos sevandijas, capadócios, malcriados, moleques. Uns tremiam, outros rosnavam; o Quincas Borba, porém, deixava-se estar quieto, com os olhos espetados no ar.

Uma flor, o Quincas Borba. Nunca em minha infância, nunca em toda a minha vida, achei um menino mais gracioso, inventivo e travesso. Era a flor, e não já da escola, senão de toda a cidade. A mãe, viúva, com alguma coisa de seu, adorava o filho e trazia-o amimado, asseado, enfeitado, com um vistoso pajem atrás, um pajem que nos deixava gazear a escola, ir caçar ninhos de pássaros, ou perseguir lagartixas nos morros do Livramento e da Conceição, ou simplesmente arruar, à toa, como dois peraltas sem emprego. E de imperador! Era um gosto ver o Quincas Borba fazer de imperador nas festas do Espírito Santo. De resto, nos nossos jogos pueris, ele escolhia sempre um papel de rei, ministro, general, uma supremacia, qualquer que fosse. Tinha garbo o traquinas, e gravidade, certa magnificência nas atitudes, nos meneios.

Quem diria que... Suspendamos a pena; não adiantemos os sucessos. Vamos de um salto a 1822, data da nossa independência política, e do meu primeiro cativeiro pessoal.

XIV
O PRIMEIRO BEIJO

Tinha dezessete anos; pungia-me um buçozinho que eu forcejava por trazer a bigode. Os olhos, vivos e resolutos, eram a minha feição verdadeiramente máscula. Como ostentasse certa arrogância, não se distinguia bem se era uma criança, com fumos de homem, se um homem com ares de menino. Ao cabo, era um lindo garção, lindo e audaz, que entrava na vida de botas e esporas, chicote na mão e sangue nas veias, cavalgando um corcel nervoso, rijo, veloz, como o corcel das antigas baladas, que o romantismo foi buscar ao castelo medieval, para dar com ele nas ruas do nosso século. O pior é que o estafaram a tal ponto, que foi preciso deitá-lo à margem, onde o realismo o veio achar, comido de lazeira e vermes, e, por compaixão, o transportou para os seus livros.

Sim, eu era esse garção bonito, airoso, abastado; e facilmente se imagina que mais de uma dama inclinou diante de mim a fronte pensativa, ou levantou para mim os olhos cobiçosos. De todas, porém, a que me cativou logo foi uma... uma... não sei se diga; este livro é casto, ao menos na intenção; na intenção é castíssimo. Mas vá lá; ou se há de dizer tudo ou nada. A que me cativou foi uma dama espanhola, Marcela, a "linda Marcela", como lhe chamavam os rapazes do tempo. E tinham razão os rapazes. Era filha de um hortelão das Astúrias; disse-mo ela mesma, num dia de sinceridade, porque a opinião aceita é que nascera de um letrado de Madri, vítima da invasão francesa, ferido, encarcerado, espingardeado, quando ela tinha apenas doze anos.

Cosas de España. Quem quer que fosse, porém, o pai, letrado ou hortelão, a verdade é que Marcela não possuía a inocência rústica, e mal chegava a entender a moral do código. Era boa moça, lépida, sem escrúpulos, um pouco tolhida pela austeridade do tempo, que lhe não permitia arrastar pelas ruas os seus estouvamentos e berlindas; luxuosa, impaciente, amiga de dinheiro e de rapazes. Naquele ano, morria de amores por um certo Xavier, sujeito abastado e tísico – uma pérola.

Vi-a pela primeira vez, no Rocio Grande, na noite das luminárias, logo que constou a declaração da independência, uma festa de primavera, um amanhecer da alma pública. Éramos dois rapazes, o povo e eu; vínhamos da infância, com todos os arrebatamentos da juventude. Vi-a sair de uma cadeirinha, airosa e vistosa, um corpo esbelto, ondulante, um desgarre, alguma coisa que nunca achara nas mulheres puras. "Segue-me", disse ela ao pajem. E eu segui-a, tão pajem como o outro, como se a ordem me fosse dada, deixei-me ir namorado, vibrante, cheio das primeiras auroras. A meio caminho, chamaram-lhe "linda Marcela", lembrou-me que ouvira tal nome a meu tio João, e fiquei, confesso que fiquei tonto.

Três dias depois perguntou-me meu tio, em segredo, se queria ir a uma ceia de moças, nos Cajueiros. Fomos; era em casa de Marcela. O Xavier, com todos os seus tubérculos, presidia ao banquete noturno, em que eu pouco ou nada comi, porque só tinha olhos para a dona da casa. Que gentil que estava a espanhola! Havia mais uma meia dúzia de mulheres – todas de partido –, e bonitas, cheias de graça, mas a espanhola... O entusiasmo, alguns goles de vinho, o gênio imperioso, estouvado, tudo isso me levou a fazer uma coisa única; à saída, à porta da rua, disse a meu tio que esperasse um instante, e tornei a subir as escadas.

– Esqueceu alguma coisa? – perguntou Marcela de pé, no patamar.

– O lenço.

Ela ia abrir-me caminho para tornar à sala; eu segurei-lhe nas mãos, puxei-a para mim, e dei-lhe um beijo. Não sei se ela disse alguma coisa, se gritou, se chamou alguém; não sei nada; sei que desci outra vez as escadas, veloz como um tufão, e incerto como um ébrio.

XV
MARCELA

Gastei trinta dias para ir do Rocio Grande ao coração de Marcela, não já cavalgando o corcel do cego desejo, mas o asno da paciência, a um tempo manhoso e teimoso. Que, em verdade, há dois meios de granjear a vontade das mulheres: o violento, como o touro de Europa, e o insinuativo, como o cisne de Leda e a chuva de ouro de Danae, três inventos do Padre Zeus, que, por estarem fora da moda, aí ficam trocados no cavalo e no asno. Não direi as traças que urdi, nem as peitas, nem as alternativas de confiança e temor, nem as esperas baldadas, nem nenhuma outra dessas coisas preliminares. Afirmo-lhes que o asno foi digno do corcel – um asno de Sancho, deveras filósofo, que me levou à casa dela, no fim do citado período; apeei-me, bati-lhe na anca e mandei-o pastar.

Primeira comoção da minha juventude, que doce que me foste! Tal devia ser, na criação bíblica, o efeito do primeiro sol. Imagina tu esse efeito do primeiro sol, a bater de chapa na face de um mundo em flor. Pois foi a mesma coisa, leitor amigo, e se alguma vez contaste dezoito anos, deves lembrar-te que foi assim mesmo.

Teve duas fases a nossa paixão, ou ligação, ou qualquer outro nome, que eu de nomes não curo, teve a fase consular e a fase imperial. Na primeira, que foi curta, regemos o Xavier e eu, sem que ele jamais acreditasse dividir comigo o governo de Roma; mas, quando a credulidade não pôde resistir à evidência, o Xavier depôs as insígnias, e eu concentrei todos os poderes na minha mão; foi a fase cesariana. Era meu o universo; mas – ai triste! – não o era de graça. Foi-me preciso coligir dinheiro, multiplicá-lo, inventá-lo. Primeiro explorei as larguezas de meu pai; ele dava-me tudo o que eu lhe pedia, sem repreensão, sem demora, sem frieza; dizia a todos que eu era rapaz e que ele o fora também. Mas a tal extremo chegou o abuso, que ele restringiu um pouco as franquezas, depois mais, depois mais. Então recorri a minha mãe, e induzi-a a desviar alguma coisa, que me dava às escondidas. Era pouco; lancei mão de um recurso último: entrei a sacar sobre a herança de meu pai, a assinar obrigações, que devia resgatar um dia com usura.

– Em verdade – dizia-me Marcela, quando eu lhe levava alguma seda, alguma joia –: em verdade, você quer brigar comigo... Pois isto é coisa que se faça... um presente tão caro...

E, se era joia, dizia isto a contemplá-la entre os dedos, a procurar melhor luz, a ensaiá-la em si, e a rir, e a beijar-me com uma reincidência impetuosa e sincera; mas, protestando, derramava-se-lhe a felicidade dos olhos, e eu sentia-me feliz com vê-la assim. Gostava muito das nossas antigas dobras de ouro, e eu levava-lhe quantas podia obter; Marcela juntava-as todas dentro de uma caixinha de ferro, cuja chave ninguém nunca jamais soube onde ficava; escondia-a por medo dos escravos. A casa em que morava, nos Cajueiros, era própria. Eram sólidos e bons os móveis, de jacarandá lavrado, e todas as demais alfaias, espelhos, jarras, baixela – uma linda baixela da Índia, que lhe doara um desembargador. Baixela do diabo, deste-me grandes repelões aos nervos. Disse-o muita vez à própria dona; não lhe dissimulava o tédio que me faziam esses e outros despojos dos seus amores de antanho.

Ela ouvia-me e ria, com uma expressão cândida – cândida e outra coisa, que eu nesse tempo não entendia bem; mas agora, relembrando o caso, penso que era um riso misto, como devia ter a criatura que nascesse, por exemplo, de uma bruxa de Shakespeare com um serafim de Klopstock. Não sei se me explico. E porque tinha notícia dos meus zelos tardios, parece que gostava de os açular mais. Assim foi que um dia, como eu lhe não pudesse dar certo colar, que ela vira num joalheiro, retorquiu-me que era um simples gracejo, que o nosso amor não precisava de tão vulgar estímulo.

– Não lhe perdoo, se você fizer de mim essa triste ideia – concluiu ameaçando-me com o dedo.

E logo, súbita como um passarinho, espalmou as mãos, cingiu-me com elas o rosto, puxou-me a si e fez um trejeito gracioso, um momo de criança. Depois, reclinada na marquesa, continuou a falar daquilo, com simplicidade e franqueza. Jamais consentiria que lhe comprassem os afetos. Vendera muita vez as aparências, mas a realidade, guardava-a para poucos. Duarte, por exemplo, o alferes Duarte, que ela amara deveras, dois anos antes, só a custo conseguia dar-lhe alguma coisa de valor, como me acontecia a mim; ela só lhe aceitava sem relutância os mimos de escasso preço, como a cruz de ouro, que lhe deu, uma vez, de festas.

– Esta cruz...

Dizia isto, metendo a mão no seio e tirando uma cruz fina, de ouro, presa a uma fita azul e pendurada ao colo.

– Mas essa cruz – observei eu –, não me disseste que era teu pai que...

Marcela abanou a cabeça com um ar de lástima:

– Não percebeste que era mentira, que eu dizia isso para te não molestar? Vem cá, chiquito, não sejas assim desconfiado comigo... Amei a outro; que importa, se acabou? Um dia, quando nos separarmos...

– Não digas isso! – bradei eu.

– Tudo cessa! Um dia...

Não pôde acabar; um soluço estrangulou-lhe a voz; estendeu as mãos, tomou das minhas, conchegou-me ao seio, e sussurrou-me baixo ao ouvido:

– Nunca, nunca, meu amor!

Eu agradeci-lho com os olhos úmidos. No dia seguinte levei-lhe o colar que havia recusado.

– Para te lembrares de mim, quando nos separarmos – disse eu.

Marcela teve primeiro um silêncio indignado; depois fez um gesto magnífico: tentou atirar o colar à rua. Eu retive-lhe o braço; pedi-lhe muito que não me fizesse tal desfeita, que ficasse com a joia. Sorriu e ficou.

Entretanto, pagava-me à farta os sacrifícios; espreitava os meus mais recônditos pensamentos; não havia desejo a que não acudisse com alma, sem esforço, por uma espécie de lei da consciência e necessidade do coração. Nunca o desejo era razoável, mas um capricho puro, uma criancice, vê-la trajar de certo modo, com tais e tais enfeites, este vestido e não aquele, ir a passeio ou outra coisa assim, e ela cedia a tudo, risonha e palreira.

– Você é das Arábias – dizia-me.

E ia a pôr o vestido, a renda, os brincos, com uma obediência de encantar.

XVI
UMA REFLEXÃO IMORAL

Ocorre-me uma reflexão imoral, que é ao mesmo tempo uma correção de estilo. Cuido haver dito, no capítulo XIV, que Marcela morria de amores pelo Xavier. Não morria, vivia. Viver não é a mesma coisa que morrer; assim o afirmam todos os joalheiros deste mundo, gente muito vista na gramática. Bons joalheiros, que seria do amor se não fossem os vossos dixes e fiados? Um terço ou um quinto do universal comércio dos corações. Esta é a reflexão imoral que eu pretendia fazer, a qual é ainda mais obscura do que imoral, porque não se entende bem o que eu quero dizer. O que eu quero dizer é que a mais bela testa do mundo não fica menos bela, se a cingir um diadema de pedras finas; nem menos bela, nem menos amada. Marcela, por exemplo, que era bem bonita, Marcela amou-me...

XVII
DO TRAPÉZIO E OUTRAS COISAS

... Marcela amou-me durante quinze meses e onze contos de réis; nada menos. Meu pai, logo que teve aragem dos onze contos, sobressaltou-se deveras; achou que o caso excedia as raias de um capricho juvenil.

– Desta vez – disse ele –, vais para a Europa; vais cursar uma Universidade, provavelmente Coimbra; quero-te para homem sério e não para arruador e gatuno. – E como eu fizesse um gesto de espanto: – Gatuno, sim senhor; não é outra coisa um filho que me faz isto...

Sacou da algibeira os meus títulos de dívida, já resgatados por ele, e sacudiu-mos na cara.

– Vês, peralta? É assim que um moço deve zelar o nome dos seus? Pensas que eu e meus avós ganhamos o dinheiro em casas de jogo ou a vadiar pelas ruas? Pelintra! Desta vez ou tomas juízo, ou ficas sem coisa nenhuma.

Estava furioso, mas de um furor temperado e curto. Eu ouvi-o calado, e nada opus à ordem da viagem, como de outras vezes fizera; ruminava a ideia de levar Marcela comigo. Fui ter com ela; expus-lhe a crise e fiz-lhe a proposta. Marcela ouviu-me com os olhos no ar, sem responder logo; como insistisse, disse-me que ficava, que não podia ir para a Europa.

– Por que não?

– Não posso – disse ela com ar dolente –; não posso ir respirar aqueles ares, enquanto me lembrar de meu pobre pai, morto por Napoleão...

– Qual deles: o hortelão ou o advogado?

Marcela franziu a testa, cantarolou uma seguidilha, entre dentes; depois queixou-se do calor, e mandou vir um copo de aluá. Trouxe-lho a mucama, numa salva de prata, que fazia parte dos meus onze contos. Marcela ofereceu-me polidamente o refresco; minha resposta foi dar com a mão no copo e na salva; entornou-se-lhe o líquido no regaço, a preta deu um grito, eu bradei-lhe que se fosse embora. Ficando a sós, derramei todo o desespero de meu coração; disse-lhe que ela era um monstro, que jamais me tivera amor, que me deixara descer a tudo, sem ter ao menos a desculpa da sinceridade; chamei-lhe muitos nomes feios, fazendo muitos gestos descompostos. Marcela deixara-se estar sentada, a estalar as unhas nos dentes, fria como um pedaço de mármore. Tive ímpetos de a estrangular, de a humilhar ao menos, subjugando-a a meus pés. Ia talvez fazê-lo; mas a ação trocou-se noutra; fui eu que me atirei aos pés dela, contrito e súplice; beijei-lhos, recordei aqueles meses da nossa felicidade solitária, repeti-lhe os nomes queridos de outro tempo, sentado no chão, com a cabeça entre os joelhos dela, apertando-lhe muito as mãos; ofegante, desvairado, pedi-lhe com lágrimas que me não desamparasse... Marcela esteve alguns instantes a olhar para mim, calados ambos, até que brandamente me desviou e, com um ar enfastiado:

– Não me aborreça – disse.

Levantou-se, sacudiu o vestido, ainda molhado, e caminhou para a alcova.

– Não! – bradei eu –; não hás de entrar... não quero...

Ia a lançar-lhe as mãos: era tarde; ela entrara e fechara-se.

Saí desatinado; gastei duas mortais horas em vaguear pelos bairros mais excêntricos e desertos, onde fosse difícil dar comigo. Ia mastigando o meu desespero, com uma espécie de gula mórbida; evocava os dias, as horas, os instantes de delírio, e ora me comprazia em crer que eles eram eternos, que tudo aquilo era um pesadelo, ora, enganando-me a mim mesmo, tentava rejeitá-los de mim, como um fardo inútil. Então resolvia embarcar imediatamente para cortar a minha vida em duas metades, e deleitava-me com a ideia de que Marcela, sabendo da partida, ficaria ralada de saudades e remorsos. Que ela amara-me a tonta, devia de sentir alguma coisa, uma lembrança qualquer, como do alferes Duarte... Nisto, o dente do ciúme enterrava-se-me no coração; toda a natureza bradava que era preciso levar Marcela comigo.

– Por força... por força... – dizia eu ferindo o ar com uma punhada.

Enfim, tive uma ideia salvadora... Ah! Trapézio dos meus pecados, trapézio das concepções abstrusas! A ideia salvadora trabalhou nele, como a do emplasto (capítulo II). Era nada menos que fasciná-la, fasciná-la muito, deslumbrá-la, arrastá-la; lembrou-me pedir-lhe por um meio mais concreto do que a súplica. Não medi as consequências; recorri a um derradeiro empréstimo; fui à Rua dos Ourives, comprei a melhor joia da cidade, três diamantes grandes encastoados num pente de marfim; corri à casa de Marcela.

Marcela estava reclinada numa rede, o gesto mole e cansado, uma das pernas pendentes, a ver-se-lhe o pezinho calçado de meia de seda, os cabelos soltos, derramados, o olhar quieto e sonolento.

– Vem comigo – disse eu –, arranjei recursos... temos muito dinheiro, terás tudo o que quiseres... Olha, toma.

E mostrei-lhe o pente com os diamantes... Marcela teve um leve sobressalto, ergueu metade do corpo, e, apoiada num cotovelo, olhou para o pente durante alguns instantes curtos; depois retirou os olhos; tinha-se dominado. Então, eu lancei-lhe as mãos aos cabelos, coligi-os, enlacei-os à pressa, improvisei um toucado, sem nenhum alinho, e rematei-o com o pente de diamantes; recuei, tornei a aproximar-me, corrigi-lhe as madeixas, abaixei-as de um lado, busquei alguma simetria naquela desordem, tudo com uma minuciosidade e um carinho de mãe.

– Pronto – disse eu.

– Doudo! – Foi a sua primeira resposta.

A segunda foi puxar-me para si, e pagar-me o sacrifício com um beijo, o mais ardente de todos. Depois tirou o pente, admirou muito a matéria e o lavor, olhando a espaços para mim, e abanando a cabeça, com um ar de repreensão:

– Ora você! – dizia.

– Vens comigo?

Marcela refletiu um instante. Não gostei da expressão com que passeava os olhos de mim para a parede, e da parede para a joia; mas toda a má impressão se desvaneceu, quando ela me respondeu resolutamente:

– Vou. Quando embarcas?

– Daqui a dois ou três dias.

– Vou.

Agradeci-lho de joelhos. Tinha achado a minha Marcela dos primeiros dias, e disse-lho; ela sorriu, e foi guardar a joia, enquanto eu descia a escada.

XVIII
VISÃO DO CORREDOR

No fim da escada, ao fundo do corredor escuro, parei alguns instantes para respirar, apalpar-me, convocar as ideias dispersas, reaver-me enfim no meio de tantas sensações profundas e contrárias. Achava-me feliz. Certo é que os diamantes corrompiam-me um pouco a felicidade; mas não é menos certo que uma dama bonita pode muito bem amar os gregos e os seus presentes. E depois eu confiava na minha boa Marcela; podia ter defeitos, mas amava-me...

– Um anjo! – murmurei olhando para o teto do corredor.

E aí, como um escárnio, vi o olhar de Marcela, aquele olhar que pouco antes me dera uma sombra de desconfiança, o qual chispava de cima de um nariz, que era ao mesmo tempo o nariz de Bakbarah e o meu. Pobre namorado das *Mil e uma Noites*! Vi-te ali mesmo correr atrás da mulher do vizir, ao longo da galeria, ela a acenar-te com a posse, e tu a correr, a correr, a correr, até a alameda comprida, donde saíste à rua, onde todos os correeiros te apuparam e desancaram. Então pareceu-me que o corredor de Marcela era a alameda, e que a rua era a de Bagdá. Com efeito, olhando para a porta, vi na calçada três dos correeiros, um de batina, outro de libré, outro à paisana, os quais todos três entraram no corredor, tomaram-me pelos braços, meteram-me numa sege, meu pai à direita, meu tio cônego à esquerda, o da libré na boleia, e lá me levaram à casa do intendente de polícia, donde fui transportado a uma galera que devia seguir para Lisboa. Imaginem se resisti; mas toda a resistência era inútil.

Três dias depois segui barra fora, abatido e mudo. Não chorava sequer; tinha uma ideia fixa... Malditas ideias fixas! A dessa ocasião era dar um mergulho no oceano, repetindo o nome de Marcela.

XIX
A BORDO

Éramos onze passageiros, um homem doido, acompanhado pela mulher, dois rapazes que iam a passeio, quatro comerciantes e dois criados. Meu pai recomendou-me a todos, começando pelo capitão do navio, que aliás tinha muito que cuidar de si, porque, além do mais, levava a mulher tísica em último grau.

Não sei se o capitão suspeitou alguma coisa do meu fúnebre projeto, ou se meu pai o pôs de sobreaviso; sei que não me tirava os olhos de cima; chamava-me para toda a parte. Quando não podia estar comigo, levava-me para a mulher. A mulher ia quase sempre numa camilha rasa, a tossir muito, e a afiançar que me havia de mostrar os arredores de Lisboa. Não estava magra, estava transparente; era impossível que não morresse de uma hora para outra. O capitão fingia não crer na morte próxima, talvez por enganar-se a si mesmo. Eu não sabia nem pensava nada. Que me importava a mim o destino de uma mulher tísica, no meio do oceano? O mundo para mim era Marcela.

Uma noite, logo no fim de uma semana, achei ensejo propício para morrer. Subi cauteloso, mas encontrei o capitão, que junto à amurada, tinha os olhos fitos no horizonte.

– Algum temporal? – disse eu.

– Não – respondeu ele estremecendo –; não; admiro o esplendor da noite. Veja; está celestial!

O estilo desmentia da pessoa, assaz rude e aparentemente alheia a locuções rebuscadas. Fitei-o; ele pareceu saborear o meu espanto. No fim de alguns segundos, pegou-me na mão e apontou para a lua, perguntando-me por que não fazia uma ode à noite; respondi-lhe que não era poeta. O capitão rosnou alguma coisa, deu dois passos, meteu a mão no bolso, sacou um pedaço de papel, muito amarrotado; depois, à luz de uma lanterna, leu uma ode horaciana sobre a liberdade da vida marítima. Eram versos dele.

– Que tal?

Não me lembra o que lhe disse; lembra-me que ele me apertou a mão com muita força e muitos agradecimentos; logo depois recitou-me dois sonetos; ia recitar-me outro, quando o vieram chamar da parte da mulher.

– Lá vou – disse ele; e recitou-me o terceiro soneto, com pausa, com amor.

Fiquei só; mas a musa do capitão varrera-me do espírito os pensamentos maus; preferi dormir, que é um modo interino de morrer. No dia seguinte, acordamos debaixo de um temporal, que meteu medo a toda a gente, menos ao doido; esse entrou a dar pulos, a dizer que a filha o mandava buscar, numa berlinda; a morte de uma filha fora a causa da loucura. Não, nunca me há de esquecer a figura hedionda do pobre homem, no meio do tumulto das gentes e dos uivos do furacão, a cantarolar e a bailar, com os olhos a saltarem-lhe da cara, pálido, cabelo arrepiado e longo. Às vezes parava, erguia ao ar as mãos ossudas, fazia umas cruzes com os dedos, depois um xadrez, depois umas argolas, e ria muito, desesperadamente. A mulher não podia já cuidar dele; entregue ao terror da morte, rezava por si mesma a todos os santos do Céu. Enfim, a tempestade amainou. Confesso que foi uma diversão excelente à tempestade do meu coração. Eu, que meditava ir ter com a morte, não ousei fitá-la quando ela veio ter comigo.

O capitão perguntou-me se tivera medo, se estivera em risco, se não achara sublime o espetáculo: tudo isso com um interesse de amigo. Naturalmente a conversa versou sobre a vida do mar; o capitão perguntou-me se não gostava de idílios piscatórios; eu respondi-lhe ingenuamente que não sabia o que era.

– Vai ver – respondeu.

E recitou-me um poemazinho, depois outro – uma égloga –, e enfim cinco sonetos, com os quais rematou nesse dia a confidência literária. No dia seguinte, antes de me recitar nada, explicou-me o capitão que só por motivos graves abraçara a profissão marítima, porque a avó queria que ele fosse padre, e com efeito possuía algumas letras latinas; não chegou a ser padre, mas não deixou de ser poeta, que era a sua vocação natural. Para prová-lo, recitou-me logo, de corpo presente, uma centena de versos. Notei um fenômeno: os ademanes que ele usava eram tais, que uma vez me fizeram rir; mas o capitão, quando recitava, de tal sorte olhava para dentro de si mesmo, que não viu nem ouviu nada.

Os dias passavam, e as águas, e os versos, e com eles ia também passando a vida da mulher. Estava por pouco. Um dia, logo depois do almoço, disse-me o capitão que a enferma talvez não chegasse ao fim da semana.

– Já! – exclamei.

– Passou muito mal a noite.

Fui vê-la; achei-a, na verdade, quase moribunda, mas falando ainda de descansar em Lisboa alguns dias, antes de ir comigo a Coimbra, porque era seu propósito levar-me à Universidade. Deixei-a consternado; fui achar o marido a olhar para as vagas, que vinham morrer no costado do navio, e tratei de o consolar; ele agradeceu-me, relatou-me a história dos seus amores, elogiou a fidelidade e a dedicação da mulher, relembrou os versos que lhe fez, e recitou-mos. Neste ponto vieram buscá-lo da parte dela; corremos ambos; era uma crise. Esse e o dia seguinte foram cruéis; o terceiro foi o da morte; eu fugi ao espetáculo, tinha-lhe repugnância. Meia hora depois encontrei o capitão, sentado num molho de cabos, com a cabeça nas mãos, disse-lhe alguma coisa de conforto.

– Morreu como uma santa – respondeu ele; e, para que estas palavras não pudessem ser levadas à conta de fraqueza, ergueu-se logo, sacudiu a cabeça, e fitou o horizonte, com um gesto longo e profundo. – Vamos – continuou –, entreguemo-la à cova que nunca mais se abre.

Efetivamente, poucas horas depois, era o cadáver lançado ao mar, com as cerimônias do costume. A tristeza murchara todos os rostos; o do viúvo trazia a expressão de um cabeço rijamente lascado pelo raio. Grande silêncio. A vaga abriu o ventre, acolheu o despojo, fechou-se – uma leve ruga – e a galera foi andando. Eu deixei-me estar alguns minutos à popa, com os olhos naquele ponto incerto do mar em que ficava um de nós... Fui dali ter com o capitão, para distraí-lo.

– Obrigado – disse-me ele compreendendo a intenção –; creia que nunca me esquecerei dos seus bons serviços. Deus é que lhos há de pagar. Pobre Leocádia! Tu te lembrarás de nós no Céu.

Enxugou com a manga uma lágrima importuna; eu busquei um derivativo na poesia, que era a paixão dele. Falei-lhe dos versos, que me lera, e ofereci-me para imprimi-los. Os olhos do capitão animaram-se um pouco.

– Talvez aceite – disse ele –; mas não sei... são bem frouxos versos.

Jurei-lhe que não; pedi que os reunisse e mos desse antes do desembarque.

– Pobre Leocádia! – murmurou sem responder ao pedido. – Um cadáver... o mar... o céu... o navio...

No dia seguinte veio ler-me um epicédio composto de fresco, em que estavam memoradas as circunstâncias da morte e da sepultura da mulher; leu-mo com a voz comovida deveras, e a mão trêmula; no fim perguntou-me se os versos eram dignos do tesouro que perdera.

– São – disse eu.

– Não haverá estro – ponderou ele, no fim de um instante –, mas ninguém me negará sentimento, se não é que o próprio sentimento prejudicou a perfeição...

– Não me parece; acho os versos perfeitos.

– Sim, eu creio que... Versos de marujo.

– De marujo poeta.

Ele levantou os ombros, olhou para o papel, e tornou a recitar a composição, mas já então sem tremuras, acentuando as intenções literárias, dando relevo às imagens e melodia aos versos. No fim, confessou-me que era a sua obra mais acabada; eu disse-lhe que sim; ele apertou-me muito a mão e predisse-me um grande futuro.

XX
BACHARELO-ME

Um grande futuro! Enquanto esta palavra me batia no ouvido, devolvia eu os olhos, ao longe, no horizonte misterioso e vago. Uma ideia expelia outra, a ambição desmontava Marcela. Grande futuro? Talvez naturalista, literato, arqueólogo, banqueiro, político, ou até bispo – bispo que fosse –, uma vez que fosse um cargo, uma preeminência, uma grande reputação, uma posição superior. A ambição, dado que fosse águia, quebrou nessa ocasião o ovo, e desvendou a pupila fulva e penetrante. Adeus, amores! Adeus, Marcela! Dias de delírio, joias sem preço, vida sem regímen, adeus! Cá me vou às fadigas e à glória; deixo-vos com as calcinhas da primeira idade.

E foi assim que desembarquei em Lisboa e segui para Coimbra. A Universidade esperava-me com as suas matérias árduas; estudei-as muito mediocremente, e nem por isso perdi o grau de bacharel; deram--mo com a solenidade do estilo, após os anos da lei; uma bela festa que me encheu de orgulho e de saudades – principalmente de saudades. Tinha eu conquistado em Coimbra uma grande nomeada de folião; era um acadêmico estroina, superficial, tumultuário e petulante, dado às aventuras, fazendo romantismo prático e liberalismo teórico, vivendo na pura fé dos olhos pretos e das constituições escritas. No dia em que a Universidade me atestou, em pergaminho, uma ciência que eu estava longe de trazer arraigada no cérebro, confesso que me achei de algum modo logrado, ainda que orgulhoso. Explico-me: o diploma era uma carta de alforria; se me dava a liberdade, dava-me a responsabilidade. Guardei-o, deixei as margens do Mondego, e vim por ali fora assaz desconsolado, mas sentindo já uns ímpetos, uma curiosidade, um desejo de acotovelar os outros, de influir, de gozar, de viver – de prolongar a Universidade pela vida adiante...

XXI
O ALMOCREVE

Vai então, empacou o jumento em que eu vinha montado; fustiguei-o, ele deu dois corcovos, depois mais três, enfim mais um, que me sacudiu fora da sela, com tal desastre, que o pé esquerdo me ficou preso no estribo; tento agarrar-me ao ventre do animal, mas já então, espantado, disparou pela estrada fora. Digo mal: tentou disparar, e efetivamente deu dois saltos, mas um almocreve, que ali estava, acudiu a tempo de lhe pegar na rédea e detê-lo, não sem esforço nem perigo. Dominado o bruto, desvencilhei-me do estribo e pus-me de pé.

– Olhe do que vosmecê escapou – disse o almocreve.

E era verdade; se o jumento corre por ali fora, contundia-me deveras, e não sei se a morte não estaria no fim do desastre; cabeça partida, uma congestão, qualquer transtorno cá dentro, lá se me ia a ciência em flor. O almocreve salvara-me talvez a vida; era positivo; eu sentia-no no sangue que me agitava o coração. Bom almocreve! Enquanto eu tornava à consciência de mim mesmo, ele cuidava de consertar os arreios do jumento, com muito zelo e arte. Resolvi dar-lhe três moedas de ouro das cinco que trazia comigo; não porque tal fosse o preço da minha vida – essa era inestimável; mas porque era uma recompensa digna da dedicação com que ele me salvou. Está dito, dou-lhe as três moedas.

– Pronto – disse ele, apresentando-me a rédea da cavalgadura.

– Daqui a nada – respondi –; deixa-me, que ainda não estou em mim...

– Ora qual!

– Pois não é certo que ia morrendo?

– Se o jumento corre por aí fora, é possível; mas, com a ajuda do Senhor, viu vosmecê que não aconteceu nada.

Fui aos alforjes, tirei um colete velho, em cujo bolso trazia as cinco moedas de ouro, e durante esse tempo cogitei se não era excessiva a gratificação, se não bastavam duas moedas. Talvez uma. Com efeito, uma moeda era bastante para lhe dar estremeções de alegria. Examinei-lhe a roupa; era um pobre-diabo, que nunca jamais vira uma moeda de ouro. Portanto, uma moeda. Tirei-a, vi-a reluzir à luz do sol; não a viu o almocreve, porque eu tinha-lhe voltado as costas; mas suspeitou-o talvez, entrou a falar ao jumento de um modo significativo; dava-lhe conselhos, dizia-lhe que tomasse juízo, que o "senhor doutor" podia castigá-lo; um monólogo paternal. Valha-me Deus! Até ouvi estalar um beijo: era o almocreve que lhe beijava a testa.

– Olé! – exclamei.

– Queira vosmecê perdoar, mas o diabo do bicho está a olhar para a gente com tanta graça...

Ri-me, hesitei, meti-lhe na mão um cruzado em prata, cavalguei o jumento, e segui a trote largo, um pouco vexado, melhor direi um pouco incerto do efeito da pratinha. Mas a algumas braças de distância, olhei para trás, o almocreve fazia-me grandes cortesias, com evidentes mostras de contentamento. Adverti que devia ser assim mesmo; eu pagara-lhe bem, pagara-lhe talvez demais. Meti os dedos no bolso do colete que trazia no corpo e senti umas moedas de cobre; eram os vinténs que eu devera ter dado ao almocreve, em lugar do cruzado em prata. Porque, enfim, ele não levou em mira nenhuma recompensa ou virtude, cedeu a um impulso natural, ao temperamento, aos hábitos do ofício; acresce que a circunstância de estar, não mais adiante nem mais atrás, mas justamente no ponto do desastre, parecia constituí-lo simples instrumento da Providência; e de um ou de outro modo, o mérito do ato era positivamente nenhum. Fiquei desconsolado com esta reflexão, chamei-me pródigo, lancei o cruzado à conta das minhas dissipações antigas; tive (por que não direi tudo?), tive remorsos.

XXII
VOLTA AO RIO

Jumento de uma figa, cortaste-me o fio às reflexões. Já agora não digo o que pensei dali até Lisboa, nem o que fiz em Lisboa, na península e em outros lugares da Europa, da velha Europa, que nesse tempo parecia remoçar. Não, não direi que assisti às alvoradas do romantismo, que também eu fui fazer poesia efetiva no regaço da Itália; não direi coisa nenhuma. Teria de escrever um diário de viagem e não umas memórias, como estas são, nas quais só entra a substância da vida.

Ao cabo de alguns anos de peregrinação, atendi às súplicas de meu pai: "Vem", dizia ele na última carta; "se não vieres depressa, acharás tua mãe morta!". Esta última palavra foi para mim um golpe. Eu amava minha mãe; tinha ainda diante dos olhos as circunstâncias da última bênção que ela me dera, a bordo do navio. "Meu triste filho, nunca mais te verei", soluçava a pobre senhora apertando-me ao peito. E essas palavras ressoavam-me agora, como uma profecia realizada.

Note-se que eu estava em Veneza, ainda recendente aos versos de Lord Byron; lá estava, mergulhado em pleno sonho, revivendo o pretérito, crendo-me na Sereníssima República. É verdade; uma vez aconteceu-me perguntar ao locandeiro se o doge ia a passeio nesse dia. "Que doge, *signor mio*?". Caí em mim, mas não confessei a ilusão; disse-lhe que a minha pergunta era um gênero de charada americana; ele mostrou compreender, e acrescentou que gostava muito das charadas americanas. Era um locandeiro. Pois deixei tudo isso, o locandeiro, o doge, a Ponte dos Suspiros, a gôndola, os versos do lorde, as damas do Rialto, deixei tudo e disparei como uma bala na direção do Rio de Janeiro.

Vim... Mas não; não alonguemos este capítulo. Às vezes, esqueço-me a escrever, e a pena vai comendo papel, com grave prejuízo meu, que sou autor. Capítulos compridos quadram melhor a leitores pesadões; e nós não somos um público in-folio, mas in-12, pouco texto, larga margem, tipo elegante, corte dourado e vinhetas... Não, não alonguemos o capítulo.

XXIII
TRISTE, MAS CURTO

Vim. Não nego que, ao avistar a cidade natal, tive uma sensação nova. Não era efeito da minha pátria política; era-o do lugar da infância, a rua, a torre, o chafariz da esquina, a mulher de mantilha, o preto do ganho, as coisas e cenas da meninice, buriladas na memória. Nada menos que uma renascença. O espírito, como um pássaro, não se lhe deu da corrente dos anos, arrepiou o voo na direção da fonte original, e foi beber da água fresca e pura, ainda não mesclada do enxurro da vida.

Reparando bem, há aí um lugar-comum. Outro lugar-comum, tristemente comum, foi a consternação da família. Meu pai abraçou-me com lágrimas. "Tua mãe não pode viver", disse-me. Com efeito, não era já o reumatismo que a matava, era um cancro no estômago. A infeliz padecia de um modo cru, porque o cancro é indiferente às virtudes do sujeito; quando rói, rói; roer é o seu ofício. Minha irmã Sabina, já então casada com o Cotrim, andava a cair de fadiga. Pobre moça! Dormia três horas por noite, nada mais. O próprio tio João estava abatido e triste. D. Eusébia e algumas outras senhoras lá estavam também, não menos tristes e não menos dedicadas.

– Meu filho!

A dor suspendeu por um pouco as tenazes; um sorriso alumiou o rosto da enferma, sobre o qual a morte batia a asa eterna. Era menos um rosto do que uma caveira: a beleza passara, como um dia brilhante; restavam os ossos, que não emagrecem nunca. Mal poderia conhecê-la; havia oito ou nove anos que nos não víamos. Ajoelhado, ao pé da cama, com as mãos dela entre as minhas, fiquei mudo e quieto, sem ousar falar, porque cada palavra seria um soluço, e nós temíamos avisá-la do fim. Vão temor! Ela sabia que estava prestes a acabar; disse-mo; verificamo-lo na seguinte manhã.

Longa foi a agonia, longa e cruel, de uma crueldade minuciosa, fria, repisada, que me encheu de dor e estupefação. Era a primeira vez que eu via morrer alguém. Conhecia a morte de outiva; quando muito, tinha-a visto já petrificada no rosto de algum cadáver, que acompanhei ao cemitério, ou trazia-lhe a ideia embrulhada nas amplificações de retórica dos professores de coisas antigas – a morte aleivosa de César, a austera de Sócrates, a orgulhosa de Catão. Mas esse duelo do ser e do não ser, a morte em ação, dolorida, contraída, convulsa, sem aparelho político ou filosófico, a morte de uma pessoa amada, essa foi a primeira vez que a pude encarar. Não chorei; lembra-me que não chorei durante o espetáculo: tinha os olhos estúpidos, a garganta presa, a consciência boquiaberta. Quê? Uma criatura tão dócil, tão meiga, tão santa, que nunca jamais fizera verter uma lágrima de desgosto, mãe carinhosa, esposa imaculada, era força que morresse assim, trateada, mordida pelo dente tenaz de uma doença sem misericórdia? Confesso que tudo aquilo me pareceu obscuro, incongruente, insano...

Triste capítulo; passemos a outro mais alegre.

XXIV

CURTO, MAS ALEGRE

Fiquei prostrado. E contudo era eu, nesse tempo, um fiel compêndio de trivialidade e presunção. Jamais o problema da vida e da morte me oprimira o cérebro; nunca até esse dia me debruçara sobre o abismo do Inexplicável; faltava-me o essencial, que é o estímulo, a vertigem...

Para lhes dizer a verdade toda, eu refletia as opiniões de um cabeleireiro, que achei em Módena, e que se distinguia por não as ter absolutamente. Era a flor dos cabeleireiros; por mais demorada que fosse a operação do toucado, não enfadava nunca; ele intercalava as penteadelas com muitos motes e pulhas, cheios de um pico, de um sabor... Não tinha outra filosofia. Nem eu. Não digo que a Universidade me não tivesse ensinado alguma; mas eu decorei-lhe só as fórmulas, o vocabulário, o esqueleto. Tratei-a como tratei o latim; embolsei três versos de Virgílio, dois de Horácio, uma dúzia de locuções morais e políticas, para as despesas da conversação. Tratei-os como tratei a história e a jurisprudência. Colhi de todas as coisas a fraseologia, a casca, a ornamentação...

Talvez espante ao leitor a franqueza com que lhe exponho e realço a minha mediocridade; advirta que a franqueza é a primeira virtude de um defunto. Na vida, o olhar da opinião, o contraste dos interesses, a luta das cobiças obrigam a gente a calar os trapos velhos, a disfarçar os rasgões e os remendos, a não estender ao mundo as revelações que faz à consciência; e o melhor da obrigação é quando, à força de embaçar os outros, embaça-se um homem a si mesmo, porque em tal caso poupa-se o vexame, que é uma sensação penosa, e a hipocrisia, que é um vício hediondo. Mas, na morte, que diferença! Que desabafo! Que liberdade! Como a gente pode sacudir fora a capa, deitar ao fosso as lantejoulas, despregar-se, despintar-se, desafeitar-se, confessar lisamente o que foi e o que deixou de ser! Porque, em suma, já não há vizinhos, nem amigos, nem inimigos, nem conhecidos, nem estranhos; não há plateia. O olhar da opinião, esse olhar agudo e judicial, perde a virtude, logo que pisamos o território da morte; não digo que ele se não estenda para cá, e nos não examine e julgue; mas a nós é que não se nos dá do exame nem do julgamento. Senhores vivos, não há nada tão incomensurável como o desdém dos finados.

XXV
NA TIJUCA

Ui! Lá me ia a pena a escorregar para o enfático. Sejamos simples, como era simples a vida que levei na Tijuca, durante as primeiras semanas depois da morte de minha mãe.

No sétimo dia, acabada a missa fúnebre, travei de uma espingarda, alguns livros, roupa, charutos, um moleque – o Prudêncio do capítulo XI – e fui meter-me numa velha casa de nossa propriedade. Meu pai forcejou por me torcer a resolução, mas eu é que não podia nem queria obedecer-lhe. Sabina desejava que eu fosse morar com ela algum tempo – duas semanas, ao menos; meu cunhado esteve a ponto de me levar à fina força. Era um bom rapaz este Cotrim; passara de estroina a circunspecto. Agora comerciava em gêneros de estiva, labutava de manhã até à noite, com ardor, com perseverança. De noite, sentado à janela, a encaracolar as suíças, não pensava em outra coisa. Amava a mulher e um filho, que então tinha, e que lhe morreu alguns anos depois. Diziam que era avaro.

Renunciei tudo; tinha o espírito atônito. Creio que por então é que começou a desabotoar em mim a hipocondria, essa flor amarela, solitária e mórbida, de um cheiro inebriante e sutil. "Que bom que é estar triste e não dizer coisa nenhuma!" Quando esta palavra de Shakespeare me chamou a atenção, confesso que senti em mim um eco, um eco delicioso. Lembra-me que estava sentado, debaixo de um tamarineiro, com o livro do poeta aberto nas mãos, e o espírito ainda mais cabisbaixo do que a figura – ou jururu, como dizemos das galinhas tristes. Apertava ao peito a minha dor taciturna, com uma sensação única, uma coisa a que poderia chamar volúpia do aborrecimento. Volúpia do aborrecimento: decora esta expressão, leitor; guarda-a, examina-a, e se não chegares a entendê-la, podes concluir que ignoras uma das sensações mais sutis desse mundo e daquele tempo.

Às vezes, caçava, outras dormia, outras lia – lia muito –, outras enfim não fazia nada; deixava-me atoar de ideia em ideia, de imaginação em imaginação, como uma borboleta vadia ou faminta. As horas iam pingando uma a uma, o sol caía, as sombras da noite velavam a montanha e a cidade. Ninguém me visitava; recomendei expressamente que me deixassem só. Um dia, dois dias, três dias, uma semana inteira passada assim, sem dizer palavra, era bastante para sacudir-me da Tijuca fora e restituir-me ao bulício. Com efeito, ao cabo de sete dias, estava farto da solidão; a dor aplacara; o espírito já se não contentava com o uso da espingarda e dos livros, nem com a vista do arvoredo e do céu. Reagia a mocidade, era preciso viver. Meti no baú o problema da vida e da morte, os hipocondríacos do poeta, as camisas, as meditações, as gravatas, e ia fechá-lo, quando o moleque Prudêncio me disse que uma pessoa do meu conhecimento se mudara na véspera para uma casa roxa, situada a duzentos passos da nossa.

– Quem?

– Nhonhô talvez não se lembre mais de D. Eusébia...

– Lembra-me... É ela?

– Ela e a filha. Vieram ontem de manhã.

Ocorreu-me logo o episódio de 1814, e senti-me vexado; mas adverti que os acontecimentos tinham-me dado razão. Na verdade, fora impossível evitar as relações íntimas do Vilaça com a irmã do sargento-mor; antes mesmo do meu embarque, já se boquejava misteriosamente no nascimento de uma menina. Meu tio João mandou-me dizer depois que o Vilaça, ao morrer, deixara um bom legado a D. Eusébia, coisa que deu muito que falar em todo o bairro. O próprio tio João, guloso de escândalos, não tratou de outro assunto na carta, aliás de muitas folhas. Tinham-me dado razão os acontecimentos. Ainda porém que ma não dessem, 1814 lá ia longe, e, com ele, a travessura, e o Vilaça, e o beijo da moita; finalmente, nenhumas relações estreitas existiam entre mim e ela. Fiz comigo essa reflexão e acabei de fechar o baú.

– Nhonhô não vai visitar sinhá D. Eusébia? perguntou-me o Prudêncio. Foi ela quem vestiu o corpo da minha defunta senhora.

Lembrei-me que a vira, entre outras senhoras, por ocasião da morte e do enterro; ignorava porém que ela houvesse prestado a minha mãe esse derradeiro obséquio. A ponderação do moleque era razoável; eu devia-lhe uma visita; determinei fazê-la imediatamente, e descer.

XXVI
O AUTOR HESITA

Súbito ouço uma voz:

– Olá, meu rapaz, isto não é vida!

Era meu pai, que chegava com duas propostas na algibeira. Sentei-me no baú e recebi-o sem alvoroço. Ele esteve alguns instantes de pé, a olhar para mim; depois estendeu-me a mão com um gesto comovido:

– Meu filho, conforma-te com a vontade de Deus.

– Já me conformei – foi a minha resposta, e beijei-lhe a mão.

Não tinha almoçado; almoçamos juntos. Nenhum de nós aludiu ao triste motivo da minha reclusão. Uma só vez falamos nisso, de passagem, quando meu pai fez recair a conversa na Regência: foi então que aludiu à carta de pêsames que um dos Regentes lhe mandara. Trazia a carta consigo, já bastante amarrotada, talvez por havê-la lido a muitas outras pessoas. Creio haver dito que era de um dos Regentes. Leu-ma duas vezes.

– Já lhe fui agradecer este sinal de consideração – concluiu meu pai –, e acho que deves ir também...

– Eu?

– Tu; é um homem notável, faz hoje as vezes de imperador. Demais trago comigo uma ideia, um projeto, ou... sim, digo-te tudo; trago dois projetos, um lugar de deputado e um casamento.

Meu pai disse isto com pausa, e não no mesmo tom, mas dando às palavras um jeito e disposição, cujo fim era cavá-las mais profundamente no meu espírito. A proposta, porém, desdizia tanto das minhas sensações últimas, que eu cheguei a não entendê-la bem. Meu pai não fraqueou e repetiu-a; encareceu o lugar e a noiva.

– Aceitas?

– Não entendo de política – disse eu depois de um instante –; quanto à noiva... deixe-me viver como um urso, que sou.

– Mas os ursos casam-se – replicou ele.

– Pois traga-me uma ursa. Olhe, a Ursa-Maior...

Riu-se meu pai, e depois de rir, tornou a falar sério. Era-me necessária a carreira política, dizia ele, por vinte e tantas razões, que deduziu com singular volubilidade, ilustrando-as com exemplos de pessoas do nosso conhecimento. Quanto à noiva, bastava que eu a visse; se a visse, iria logo pedi-la ao pai, logo, sem demora de um dia. Experimentou assim a fascinação, depois a persuasão, depois a intimação; eu não dava resposta, afiava a ponta de um palito ou fazia bolas de miolo de pão, a sorrir ou a refletir; e, para tudo dizer, nem dócil nem rebelde à proposta. Sentia-me aturdido. Uma parte de mim mesmo dizia que sim, que uma esposa formosa e uma posição política eram bens dignos de apreço; outra dizia que não; e a morte de minha mãe me aparecia como um exemplo da fragilidade das coisas, das afeições, da família...

– Não vou daqui sem uma resposta definitiva – disse meu pai. – De-fi-ni-ti-va! – repetiu, batendo as sílabas com o dedo.

Bebeu o último gole de café; repoltreou-se, e entrou a falar de tudo, do Senado, da Câmara, da Regência, da restauração, do Evaristo, de um coche que pretendia comprar, da nossa casa de Matacavalos... Eu deixava-me estar ao canto da mesa, a escrever desvairadamente num pedaço de papel, com uma ponta de lápis; traçava uma palavra, uma frase, um verso, um nariz, um triângulo, e repetia-os muitas vezes, sem ordem, ao acaso, assim:

arma virumque cano
A
Arma virumque cano
arma virumque cano
arma virumque
arma virumque cano
virumque

Maquinalmente tudo isto; e, não obstante, havia certa lógica, certa dedução; por exemplo, foi o *virumque* que me fez chegar ao nome do próprio poeta, por causa da primeira sílaba; ia a escrever *virumque* – e sai-me *Virgílio*, então continuei:

Vir
Virgílio
Virgílio
Virgílio
Virgílio
Virgílio

Meu pai, um pouco despeitado com aquela indiferença, ergueu-se, veio a mim, lançou os olhos ao papel...

– Virgílio! – exclamou. – És tu, meu rapaz; a tua noiva chama-se justamente Virgília.

XXVII
VIRGÍLIA?

Virgília? Mas então era a mesma senhora que alguns anos depois?... A mesma; era justamente a senhora que em 1869 devia assistir aos meus últimos dias, e que antes, muito antes, teve larga parte nas minhas mais íntimas sensações. Naquele tempo contava apenas uns quinze ou dezesseis anos; era talvez a mais atrevida criatura da nossa raça, e, com certeza, a mais voluntariosa. Não digo que já lhe coubesse a primazia da beleza, entre as mocinhas do tempo, porque isto não é romance, em que o autor sobredoura a realidade e fecha os olhos às sardas e espinhas; mas também não digo que lhe maculasse o rosto nenhuma sarda ou espinha, não. Era bonita, fresca, saía das mãos da natureza, cheia daquele feitiço, precário e eterno, que o indivíduo passa a outro indivíduo, para os fins secretos da criação. Era isto Virgília, e era clara, muito clara, faceira, ignorante, pueril, cheia de uns ímpetos misteriosos; muita preguiça e alguma devoção – devoção, ou talvez medo; creio que medo.

Aí tem o leitor, em poucas linhas, o retrato físico e moral da pessoa que devia influir mais tarde na minha vida; era aquilo com dezesseis anos. Tu que me lês, se ainda fores viva, quando estas páginas vierem à luz – tu que me lês, Virgília amada, não reparas na diferença entre a linguagem de hoje e a que primeiro empreguei quando te vi? Crê que era tão sincero então como agora; a morte não me tornou rabugento, nem injusto.

– Mas – dirás tu – como é que podes assim discernir a verdade daquele tempo, e exprimi-la depois de tantos anos?

Ah! Indiscreta! Ah! Ignorantona! Mas é isso mesmo que nos faz senhores da Terra, é esse poder de restaurar o passado, para tocar a instabilidade das nossas impressões e a vaidade dos nossos afetos. Deixa lá dizer Pascal que o homem é um caniço pensante. Não; é uma errata pensante, isso sim. Cada estação da vida é uma edição, que corrige a anterior, e que será corrigida também, até a edição definitiva, que o editor dá de graça aos vermes.

XXVIII

CONTANTO QUE...

– Virgília? – interrompi eu.

– Sim, senhor; é o nome da noiva. Um anjo, meu pateta, um anjo sem asas. Imagina uma moça assim, desta altura, viva como um azougue, e uns olhos... filha do Dutra...

– Que Dutra?

– O Conselheiro Dutra, não conheces; uma influência política. Vamos lá, aceitas?

Não respondi logo; fitei por alguns segundos a ponta do botim; declarei depois que estava disposto a examinar as duas coisas, a candidatura e o casamento, contanto que...

– Contanto quê?

– Contanto que não fique obrigado a aceitar as duas; creio que posso ser separadamente homem casado ou homem público...

– Todo o homem público deve ser casado – interrompeu sentenciosamente meu pai. – Mas seja como queres; estou por tudo, fico certo de que a vista fará fé! Demais, a noiva e o Parlamento são a mesma coisa... isto é, não... saberás depois... Vá; aceito a dilação, contanto que...

– Contanto quê?... – interrompi eu, imitando-lhe a voz.

– Ah! Brejeiro! Contanto que não te deixes ficar aí inútil, obscuro, e triste; não gastei dinheiro, cuidados, empenhos, para te não ver brilhar, como deves, e te convém, e a todos nós; é preciso continuar o nosso nome, continuá-lo e ilustrá-lo ainda mais. Olha, estou com sessenta anos, mas se fosse necessário começar vida nova, começava, sem hesitar um só minuto. Teme a obscuridade, Brás; foge do que é ínfimo. Olha que os homens valem por diferentes modos, e que o mais seguro de todos é valer pela opinião dos outros homens. Não estragues as vantagens da tua posição, os teus meios...

E foi por diante o mágico, a agitar diante de mim um chocalho, como me faziam, em pequeno, para eu andar depressa, e a flor da hipocondria recolheu-se ao botão para deixar a outra flor menos amarela, e nada mórbida – o amor da nomeada, o emplasto Brás Cubas.

XXIX

A VISITA

Vencera meu pai; dispus-me a aceitar o diploma e o casamento, Virgília e a Câmara dos Deputados. "As duas Virgílias", disse ele num assomo de ternura política. Aceitei-os; meu pai deu-me dois fortes abraços. Era o seu próprio sangue que ele, enfim, reconhecia.

– Desces comigo?

– Desço amanhã. Vou fazer primeiramente uma visita a D. Eusébia...

Meu pai torceu o nariz, mas não disse nada; despediu-se e desceu. Eu, na tarde desse mesmo dia, fui visitar D. Eusébia. Achei-a a repreender um preto jardineiro, mas deixou tudo para vir falar-me, com um alvoroço, um prazer tão sincero, que me desacanhou logo. Creio que chegou a cingir-me com o seu par de braços robustos. Fez-me sentar ao pé de si, na varanda, entre muitas exclamações de contentamento:

– Ora, o Brasinho! Um homem! Quem diria, há anos... Um homenzarrão! E bonito! Qual! Você não se lembra de mim...

Disse lhe que sim, que não era possível esquecer uma amiga tão familiar de nossa casa. D. Eusébia começou a falar de minha mãe, com muitas saudades, com tantas saudades, que me cativou logo, posto me entristecesse. Ela percebeu-o nos meus olhos, e torceu a rédea à conversação; pediu-me que lhe contasse a viagem, os estudos, os namoros... Sim, os namoros também; confessou-me que era uma velha patusca. Nisto recordei-me do episódio de 1814, ela, o Vilaça, a moita, o beijo, o meu grito; e estando a recordá-lo, ouço um ranger de porta, um farfalhar de saias e esta palavra:

– Mamãe... mamãe...

XXX
A FLOR DA MOITA

A voz a as saias pertenciam a uma mocinha morena, que se deteve à porta, alguns instantes, ao ver gente estranha. Silêncio curto e constrangido. D. Eusébia quebrou-o, enfim, com resolução e franqueza:

– Vem cá, Eugênia – disse ela –, cumprimenta o Dr. Brás Cubas, filho do Sr. Cubas; veio da Europa.

E voltando-se para mim:

– Minha filha Eugênia.

Eugênia, a flor da moita, mal respondeu ao gesto de cortesia que lhe fiz; olhou-me admirada e acanhada, e lentamente se aproximou da cadeira da mãe. A mãe arranjou-lhe uma das tranças do cabelo, cuja ponta se desmanchara.

– Ah! Travessa! – dizia. – Não imagina, doutor, o que isto é...

E beijou-a com tão expansiva ternura que me comoveu um pouco; lembrou-me minha mãe, e – direi tudo – tive umas cócegas de ser pai.

– Travessa? – disse eu. – Pois já não está em idade própria, ao que parece.

– Quantos lhe dá?

– Dezessete.

– Menos um.

– Dezesseis. Pois então! É uma moça.

Não pôde Eugênia encobrir a satisfação que sentia com esta minha palavra, mas emendou-se logo, e ficou como dantes, ereta, fria e muda. Em verdade, parecia ainda mais mulher do que era; seria criança nos seus folgares de moça; mas assim quieta, impassível, tinha a compostura da mulher casada. Talvez essa circunstância lhe diminuía um pouco da graça virginal. Depressa nos familiarizamos; a mãe fazia-lhe grandes elogios, eu escutava-os de boa sombra, e ela sorria com os olhos fúlgidos, como se lá dentro do cérebro lhe estivesse a voar uma borboletinha de asas de ouro e olhos de diamante...

Digo lá dentro, porque cá fora o que esvoaçou foi uma borboleta preta, que subitamente penetrou na varanda, e começou a bater as asas em derredor de D. Eusébia. D. Eusébia deu um grito, levantou-se, praguejou umas palavras soltas:

– T'esconjuro!... Sai, diabo!... Virgem Nossa Senhora!...

– Não tenha medo – disse eu; e, tirando o lenço, expeli a borboleta.

D. Eusébia sentou-se outra vez, ofegante, um pouco envergonhada; a filha, pode ser que pálida de medo, dissimulava a impressão com muita força de vontade. Apertei-lhes a mão e saí, a rir comigo da superstição das duas mulheres, um rir filosófico, desinteressado, superior. De tarde, vi passar a cavalo a filha de D. Eusébia, seguida de um pajem; fez-me um cumprimento com a ponta do chicote. Confesso que me lisonjeei com a ideia de que, alguns passos adiante, ela voltaria a cabeça para trás; mas não voltou.

XXXI

A BORBOLETA PRETA

No dia seguinte, como eu estivesse a preparar-me para descer, entrou no meu quarto uma borboleta, tão negra como a outra, e muito maior do que ela. Lembrou-me o caso da véspera, e ri-me; entrei logo a pensar na filha de D. Eusébia, no susto que tivera, e na dignidade que, apesar dele, soube conservar. A borboleta, depois de esvoaçar muito em torno de mim, pousou-me na testa. Sacudi-a, ela foi pousar na vidraça; e, porque eu a sacudisse de novo, saiu dali e veio parar em cima de um velho retrato de meu pai. Era negra como a noite. O gesto brando com que, uma vez posta, começou a mover as asas, tinha um certo ar escarninho, que me aborreceu muito. Dei de ombros, saí do quarto; mas tornando lá, minutos depois, e achando-a ainda no mesmo lugar, senti um repelão dos nervos, lancei mão de uma toalha, bati-lhe e ela caiu.

Não caiu morta; ainda torcia o corpo e movia as farpinhas da cabeça. Apiedei-me; tomei-a na palma da mão e fui depô-la no peitoril da janela. Era tarde; a infeliz expirou dentro de alguns segundos. Fiquei um pouco aborrecido, incomodado.

– Também por que diabo não era ela azul? – disse comigo.

E esta reflexão – uma das mais profundas que se tem feito, desde a invenção das borboletas – me consolou do malefício, e me reconciliou comigo mesmo. Deixei-me estar a contemplar o cadáver, com alguma simpatia, confesso. Imaginei que ela saíra do mato, almoçada e feliz. A manhã era linda. Veio por ali fora, modesta e negra, espairecendo as suas borboletices, sob a vasta cúpula de um céu azul, que é sempre azul, para todas as asas. Passa pela minha janela, entra e dá comigo. Suponho que nunca teria visto um homem; não sabia, portanto, o que era o homem; descreveu infinitas voltas em torno do meu corpo, e viu que me movia, que tinha olhos, braços, pernas, um ar divino, uma estatura colossal. Então disse consigo: "Este é provavelmente o inventor das borboletas". A ideia subjugou-a, aterrou-a; mas o medo, que é também sugestivo, insinuou-lhe que o melhor modo de agradar ao seu criador era beijá-lo na testa, e beijou-me na testa. Quando enxotada por mim, foi pousar na vidraça, viu dali o retrato de meu pai, e não é impossível que descobrisse meia verdade, a saber, que estava ali o pai do inventor das borboletas, e voou a pedir-lhe misericórdia.

Pois um golpe de toalha rematou a aventura. Não lhe valeu a imensidade azul, nem a alegria das flores, nem a pompa das folhas verdes, contra uma toalha de rosto, dois palmos de linho cru. Vejam como é bom ser superior às borboletas! Porque, é justo dizê-lo, se ela fosse azul, ou cor de laranja, não teria mais segura a vida; não era impossível que eu a atravessasse com um alfinete, para recreio dos olhos. Não era. Esta última ideia restituiu-me a consolação; uni o dedo grande ao polegar, despedi um piparote e o cadáver caiu no jardim. Era tempo; aí vinham já as próvidas formigas... Não, volto à primeira ideia; creio que para ela era melhor ter nascido azul.

XXXII
COXA DE NASCENÇA

Fui dali acabar os preparativos da viagem. Já agora não me demoro mais. Desço imediatamente; desço, ainda que algum leitor circunspecto me detenha para perguntar se o capítulo passado é apenas uma sensaboria ou se chega a empulhação... Ai, não contava com D. Eusébia. Estava pronto, quando me entrou por casa. Vinha convidar-me para transferir a descida, e ir lá jantar nesse dia. Cheguei a recusar; mas instou tanto, tanto, tanto, que não pude deixar de aceitar; demais, era-lhe devida aquela compensação; fui.

Eugênia desataviou-se nesse dia por minha causa. Creio que foi por minha causa – se é que não andava muita vez assim. Sem as bichas de ouro, que trazia na véspera, lhe pendiam agora das orelhas, duas orelhas finamente recortadas numa cabeça de ninfa. Um simples vestido branco, de cassa, sem enfeites, tendo ao colo, em vez de broche, um botão de madrepérola, e outro botão nos punhos, fechando as mangas, e nem sombra de pulseira.

Era isso no corpo; não era outra coisa no espírito. Ideias claras, maneiras chãs, certa graça natural, um ar de senhora, e não sei se alguma outra coisa; sim, a boca, exatamente a boca da mãe, a qual me lembrava o episódio de 1814, e então dava-me ímpetos de glosar o mesmo mote à filha...

– Agora vou mostrar-lhe a chácara – disse a mãe –, logo que esgotamos o último gole de café.

Saímos à varanda, dali à chácara, e foi então que notei uma circunstância. Eugênia coxeava um pouco, tão pouco, que eu cheguei a perguntar-lhe se machucara o pé. A mãe calou-se; a filha respondeu sem titubear:

– Não, senhor, sou coxa de nascença.

Mandei-me a todos os diabos; chamei-me desastrado, grosseirão. Com efeito, a simples possibilidade de ser coxa era bastante para lhe não perguntar nada. Então lembrou-me que da primeira vez que a vi – na véspera – a moça chegara-se lentamente à cadeira da mãe, e que naquele dia já a achei à mesa de jantar. Talvez fosse para encobrir o defeito; mas por que razão o confessava agora? Olhei para ela e reparei que ia triste.

Tratei de apagar os vestígios de meu desazo – não me foi difícil, porque a mãe era, segundo confessara, uma velha patusca, e prontamente travou de conversa comigo. Vimos toda a chácara, árvores, flores, tanque de patos, tanque de lavar, uma infinidade de coisas, que ela me ia mostrando, e comentando, ao passo que eu, de soslaio, perscrutava os olhos de Eugênia...

Palavra que o olhar de Eugênia não era coxo, mas direito, perfeitamente são; vinha de uns olhos pretos e tranquilos. Creio que duas ou três vezes baixaram estes, um pouco turvados; mas duas ou três vezes somente; em geral, fitavam-me com franqueza, sem temeridade, nem biocos.

XXXIII
BEM-AVENTURADOS OS QUE NÃO DESCEM

O pior é que era coxa. Uns olhos tão lúcidos, uma boca tão fresca, uma compostura tão senhoril; e coxa! Esse contraste faria suspeitar que a natureza é às vezes um imenso escárnio. Por que bonita, se coxa? Por que coxa, se bonita? Tal era a pergunta que eu vinha fazendo a mim mesmo ao voltar para casa, de noite, sem atinar com a solução do enigma. O melhor que há, quando se não resolve um enigma, é sacudi-lo pela janela fora; foi o que eu fiz; lancei mão de uma toalha e enxotei essa outra borboleta preta, que me adejava no cérebro. Fiquei aliviado e fui dormir. Mas o sonho, que é uma fresta do espírito, deixou novamente entrar o bichinho, e aí fiquei eu a noite toda a cavar o mistério, sem explicá-lo.

Amanheceu chovendo, transferi a descida; mas no outro dia, a manhã era límpida e azul, e apesar disso deixei-me ficar, não menos que no terceiro dia, e no quarto, até o fim da semana. Manhãs bonitas, frescas, convidativas; lá embaixo a família a chamar-me, e a noiva, e o Parlamento, e eu sem acudir a coisa nenhuma, enlevado ao pé da minha Vênus Manca. Enlevado é uma maneira de realçar o estilo; não havia enlevo, mas gosto, uma certa satisfação física e moral. Queria-lhe, é verdade; ao pé dessa criatura tão singela, filha espúria e coxa, feita de amor e desprezo, ao pé dela sentia-me bem, e ela creio que ainda se sentia melhor ao pé de mim. E isto na Tijuca. Uma simples égloga. D. Eusébia vigiava-nos, mas pouco; temperava a necessidade com a conveniência. A filha, nessa primeira explosão da natureza, entregava-me a alma em flor.

– O senhor desce amanhã? – disse-me ela no sábado.

– Pretendo.

– Não desça.

Não desci, e acrescentei um versículo ao Evangelho: "Bem-aventurados os que não descem, porque deles é o primeiro beijo das moças". Com efeito, foi no domingo esse primeiro beijo de Eugênia, – o primeiro que nenhum outro varão jamais lhe tomara, e não furtado ou arrebatado, mas candidamente entregue, como um devedor honesto paga uma dívida. Pobre Eugênia! Se tu soubesses que ideias me vagavam pela mente fora naquela ocasião! Tu, trêmula de comoção, com os braços nos meus ombros, a contemplar em mim o teu bem-vindo esposo, e eu com os olhos de 1814, na moita, no Vilaça, e a suspeitar que não podias mentir ao teu sangue, à tua origem...

D. Eusébia entrou inesperadamente, mas não tão súbita, que nos apanhasse ao pé um do outro. Eu fui até à janela; Eugênia sentou-se a concertar uma das tranças. Que dissimulação graciosa! Que arte infinita e delicada! Que tartufice profunda! E tudo isso natural, vivo, não estudado, natural como o apetite, natural como o sono. Tanto melhor! D. Eusébia não suspeitou nada.

XXXIV
A UMA ALMA SENSÍVEL

Há aí, entre as cinco ou dez pessoas que me leem, há aí uma alma sensível, que está decerto um tanto agastada com o capítulo anterior, começa a tremer pela sorte de Eugênia, e talvez... sim, talvez, lá no fundo de si mesma, me chame cínico. Eu cínico, alma sensível? Pela coxa de Diana! Esta injúria merecia ser lavada com sangue, se o sangue lavasse alguma coisa nesse mundo. Não, alma sensível, eu não sou cínico, eu fui homem; meu cérebro foi um tablado em que se deram peças de todo gênero, o drama sacro, o austero, o piegas, a comédia louçã, a desgrenhada farsa, os autos, as bufonerias, um pandemônio, alma sensível, uma barafunda de coisas e pessoas, em que podias ver tudo, desde a rosa de Esmirna até a arruda do teu quintal, desde o magnífico leito de Cleópatra até o recanto da praia em que o mendigo tirita o seu sono. Cruzavam-se nele pensamentos de vária casta e feição. Não havia ali a atmosfera somente da águia e do beija-flor; havia também a da lesma e do sapo. Retira, pois, a expressão, alma sensível, castiga os nervos, limpa os óculos – que isso às vezes é dos óculos – e acabemos de uma vez com esta flor da moita.

XXXV
O CAMINHO DE DAMASCO

Ora aconteceu, que, oito dias depois, como eu estivesse no caminho de Damasco, ouvi uma voz misteriosa, que me sussurrou as palavras da Escritura (At. IX, 7): "Levanta-te, e entra na cidade". Essa voz saía de mim mesmo, e tinha duas origens: a piedade, que me desarmava ante a candura da pequena, e o terror de vir a amar deveras, e desposá-la. Uma mulher coxa! Quanto a este motivo da minha descida, não há duvidar que ela o achou e mo disse. Foi na varanda, na tarde de uma segunda-feira, ao anunciar-lhe que na seguinte manhã viria para baixo.

– Adeus – suspirou ela estendendo-me a mão com simplicidade –; faz bem. – E como eu nada dissesse, continuou: – Faz bem em fugir ao ridículo de casar comigo.

Ia dizer-lhe que não; ela retirou-se lentamente, engolindo as lágrimas. Alcancei-a a poucos passos, e jurei-lhe por todos os santos do Céu que eu era obrigado a descer, mas que não deixava de lhe querer e muito; tudo hipérboles frias, que ela escutou sem dizer nada.

– Acredita-me? – perguntei eu no fim.

– Não, e digo-lhe que faz bem.

Quis retê-la, mas o olhar que me lançou não foi já de súplica, senão de império. Desci da Tijuca, na manhã seguinte, um pouco amargurado, outro pouco satisfeito. Vinha dizendo a mim mesmo que era justo obedecer a meu pai, que era conveniente abraçar a carreira política... que a constituição... que a minha noiva... que o meu cavalo...

XXXVI
A PROPÓSITO DE BOTAS

Meu pai, que me não esperava, abraçou-me cheio de ternura e agradecimento.

– Agora é deveras? – disse ele. – Posso enfim...?

Deixei-o nessa reticência, e fui descalçar as botas, que estavam apertadas. Uma vez aliviado, respirei à larga, e deitei-me a fio comprido, enquanto os pés, e todo eu atrás deles, entrávamos numa relativa bem-aventurança. Então considerei que as botas apertadas são uma das maiores venturas da Terra, porque, fazendo doer os pés, dão azo ao prazer de as descalçar. Mortifica os pés, desgraçado, desmortifica-os depois, e aí tens a felicidade barata, ao sabor dos sapateiros e de Epicuro. Enquanto esta ideia me trabalhava no famoso trapézio, lançava eu os olhos para a Tijuca, e via a aleijadinha perder-se no horizonte do pretérito, e sentia que o meu coração não tardaria também a descalçar as suas botas. E descalçou-as o lascivo. Quatro ou cinco dias depois, saboreava esse rápido, inefável e incoercível momento de gozo, que sucede a uma dor pungente, a uma preocupação, a um incômodo... Daqui inferi eu que a vida é o mais engenhoso dos fenômenos, porque só aguça a fome, com o fim de deparar a ocasião de comer, e não inventou os calos, senão porque eles aperfeiçoam a felicidade terrestre. Em verdade vos digo que toda a sabedoria humana não vale um par de botas curtas.

Tu, minha Eugênia, é que não as descalçaste nunca; foste aí pela estrada da vida, manquejando da perna e do amor, triste como os enterros pobres, solitária, calada, laboriosa, até que vieste também para esta outra margem... O que eu não sei é se a tua existência era muito necessária ao século. Quem sabe? Talvez um comparsa de menos fizesse patear a tragédia humana.

XXXVII

ENFIM!

Enfim! Eis aqui Virgília. Antes de ir à casa do Conselheiro Dutra, perguntei a meu pai se havia algum ajuste prévio de casamento.

– Nenhum ajuste. Há tempos, conversando com ele a teu respeito, confessei-lhe o desejo que tinha de te ver deputado; e de tal modo falei, que ele prometeu fazer alguma coisa, e creio que o fará. Quanto à noiva, é o nome que dou a uma criaturinha, que é uma joia, uma flor, uma estrela, uma coisa rara... é a filha dele; imaginei que, se casasses com ela, mais depressa serias deputado.

– Só isto?

– Só isto.

Fomos dali à casa do Dutra. Era uma pérola esse homem, risonho, jovial, patriota, um pouco irritado com os males públicos, mas não desesperando de os curar depressa. Achou que a minha candidatura era legítima; convinha, porém, esperar alguns meses. E logo me apresentou à mulher – uma estimável senhora – e à filha, que não desmentiu em nada o panegírico de meu pai. Juro-vos que em nada. Relede o capítulo XXVII. Eu, que levava ideias a respeito da pequena, fitei-a de certo modo; ela, que não sei se as tinha, não me fitou de modo diferente; e o nosso olhar primeiro foi pura e simplesmente conjugal. No fim de um mês estávamos íntimos.

XXXVIII
A QUARTA EDIÇÃO

– Venha cá jantar amanhã – disse-me o Dutra uma noite.

Aceitei o convite. No dia seguinte, mandei que a sege me esperasse no Largo de São Francisco de Paula, e fui dar várias voltas. Lembra-vos ainda a minha teoria das edições humanas? Pois sabei que, naquele tempo, estava eu na quarta edição, revista e emendada, mas ainda inçada de descuidos e barbarismos; defeito que, aliás, achava alguma compensação no tipo, que era elegante, e na encadernação, que era luxuosa. Dadas as voltas, ao passar pela Rua dos Ourives, consulto o relógio e cai-me o vidro na calçada. Entro na primeira loja que tinha à mão; era um cubículo – pouco mais – empocirado e escuro.

Ao fundo, por trás do balcão, estava sentada uma mulher, cujo rosto amarelo e bexiguento não se destacava logo, à primeira vista; mas logo que se destacava era um espetáculo curioso. Não podia ter sido feia; ao contrário, via-se que fora bonita, e não pouco bonita; mas a doença e uma velhice precoce destruíam-lhe a flor das graças. As bexigas tinham sido terríveis; os sinais, grandes e muitos, faziam saliências e encarnas, declives e aclives, e davam uma sensação de lixa grossa, enormemente grossa. Eram os olhos a melhor parte do vulto, e aliás tinham uma expressão singular e repugnante, que mudou, entretanto, logo que eu comecei a falar. Quanto ao cabelo, estava ruço e quase tão poento como os portais da loja. Num dos dedos da mão esquerda fulgia-lhe um diamante. Crê-lo-eis, pósteros? Essa mulher era Marcela.

Não a conheci logo; era difícil; ela porém conheceu-me apenas lhe dirigi a palavra. Os olhos chisparam e trocaram a expressão usual por outra, meio doce e meio triste. Vi-lhe um movimento como para esconder-se ou fugir; era o instinto da vaidade, que não durou mais de um instante. Marcela acomodou-se e sorriu.

– Quer comprar alguma coisa? – disse ela estendendo-me a mão.

Não respondi nada. Marcela compreendeu a causa do meu silêncio (não era difícil), e só hesitou, creio eu, em decidir o que dominava mais, se o assombro do presente, se a memória do passado. Deu-me uma cadeira, e, com o balcão permeio, falou-me longamente de si, da vida que levara, das lágrimas que eu lhe fizera verter, das saudades, dos desastres, enfim das bexigas, que lhe escalavraram o rosto, e do tempo, que ajudou a moléstia, adiantando-lhe a decadência. Verdade é que tinha a alma decrépita. Vendera tudo, quase tudo; um homem, que a amara outrora, e lhe morreu nos braços, deixara-lhe aquela loja de ourivesaria, mas, para que a desgraça fosse completa, era agora pouco buscada a loja – talvez pela singularidade de a dirigir uma mulher. Em seguida pediu-me que lhe contasse a minha vida. Gastei pouco tempo em dizer-lha; não era longa, nem interessante.

– Casou? – disse Marcela no fim de minha narração.

– Ainda não – respondi secamente.

Marcela lançou os olhos para a rua, com a atonia de quem reflete ou relembra; eu deixei-me ir então ao passado, e, no meio das recordações e saudades, perguntei a mim mesmo por que motivo fizera tanto desatino. Não era esta certamente a Marcela de 1822; mas a beleza de outro tempo valia uma terça parte dos meus sacrifícios? Era o que eu buscava saber, interrogando o rosto de Marcela. O rosto dizia-me que não; ao mesmo tempo os olhos me contavam que, já outrora, como hoje, ardia neles a flama da cobiça. Os meus é que não souberam ver-lha; eram olhos da primeira edição.

– Mas por que entrou aqui? Viu-me da rua? – perguntou ela, saindo daquela espécie de torpor.

– Não, supunha entrar numa casa de relojoeiro; queria comprar um vidro para este relógio; vou a outra parte; desculpe-me; tenho pressa.

Marcela suspirou com tristeza. A verdade é que eu me sentia pungido e aborrecido, ao mesmo tempo, e ansiava por me ver fora daquela casa. Marcela, entretanto, chamou um moleque, deu-lhe o relógio, e, apesar da minha oposição, mandou-o, a uma loja na vizinhança, comprar o vidro. Não havia remédio; sentei-me outra vez. Disse ela então que desejava ter a proteção dos conhecidos de outro tempo; ponderou que mais tarde ou mais cedo era natural que me casasse, e afiançou que me daria finas joias por preços baratos. Não disse preços baratos, mas usou uma metáfora delicada e transparente. Entrei a desconfiar que não padecera nenhum desastre (salvo a moléstia), que tinha o dinheiro a bom recado, e que negociava com o único fim de acudir à paixão do lucro, que era o verme roedor daquela existência; foi isso mesmo que me disseram depois.

XXXIX
O VIZINHO

Enquanto eu fazia comigo mesmo aquela reflexão, entrou na loja um sujeito baixo, sem chapéu, trazendo pela mão uma menina de quatro anos.

– Como passou de hoje de manhã? – disse ele a Marcela.

– Assim, assim. Vem cá, Maricota.

O sujeito levantou a criança pelos braços e passou-a para dentro do balcão.

– Anda – disse ele –; pergunta a D. Marcela como passou a noite. Estava ansiosa por vir cá, mas a mãe não tinha podido vesti-la.., Então, Maricota? Toma a bênção... Olha a vara de marmelo! Assim... Não imagina o que ela é lá em casa; fala na senhora a todos os instantes, e aqui parece uma pamonha. Ainda ontem... Digo, Maricota?

– Não, diga, não, papai.

– Então foi alguma coisa feia? – perguntou Marcela batendo na cara da menina.

– Eu lhe digo; a mãe ensina-lhe a rezar todas as noites um padre-nosso e uma ave-maria, oferecidos a Nossa Senhora; mas a pequena ontem veio pedir-me com voz muito humilde... imagine o quê?... que queria oferecê-los a Santa Marcela.

– Coitadinha! – disse Marcela beijando-a.

– É um namoro, uma paixão, como a senhora não imagina... A mãe diz que é feitiço...

Contou mais algumas coisas o sujeito, todas muito agradáveis, até que saiu levando a menina, não sem deitar-me um olhar interrogativo ou suspeitoso. Perguntei a Marcela quem era ele.

– É um relojoeiro da vizinhança, um bom homem; a mulher também; e a filha é galante, não? Parecem gostar muito de mim... é boa gente.

Ao proferir estas palavras havia um tremor de alegria na voz de Marcela; e no rosto como que se lhe espraiou uma onda de ventura...

XL

NA SEGE

Nisto entrou o moleque trazendo o relógio com o vidro novo. Era tempo; já me custava estar ali; dei uma moedinha de prata ao moleque; disse a Marcela que voltaria noutra ocasião, e saí a passo largo. Para dizer tudo, devo confessar que o coração me batia um pouco; mas era uma espécie de dobre de finados. O espírito ia travado de impressões opostas. Notem que aquele dia amanhecera alegre para mim. Meu pai, ao almoço, repetiu-me, por antecipação, o primeiro discurso que eu tinha de proferir na Câmara dos Deputados; rimo-nos muito, e o sol também, que estava brilhante, como nos mais belos dias do mundo; do mesmo modo que Virgília devia rir, quando eu lhe contasse as nossas fantasias do almoço. Vai senão quando, cai-me o vidro do relógio; entro na primeira loja que me fica à mão; e eis me surge o passado, ei-lo que me lacera e beija; ei-lo que me interroga, com um rosto cortado de saudades e bexigas...

Lá o deixei; meti-me às pressas na sege, que me esperava no Largo de São Francisco de Paula, e ordenei ao boleeiro que rodasse pelas ruas fora. O boleeiro atiçou as bestas, a sege entrou a sacolejar-me, as molas gemiam, as rodas sulcavam rapidamente a lama que deixara a chuva recente, e tudo isso me parecia estar parado. Não há, às vezes, um certo vento morno, não forte nem áspero, mas abafadiço, que nos não leva o chapéu da cabeça, nem rodomoinha nas saias das mulheres, e todavia é ou parece ser pior do que se fizesse uma e outra coisa, porque abate, afrouxa, e como que dissolve os espíritos? Pois eu tinha esse vento comigo; e, certo de que ele me soprava por achar-me naquela espécie de garganta entre o passado e o presente, almejava por sair à planície do futuro. O pior é que a sege não andava.

– João – bradei eu ao boleeiro. – Esta sege anda ou não anda?

– Uê! Nhonhô! Já estamos parados na porta de sinhô conselheiro.

XLI
A ALUCINAÇÃO

Era verdade. Entrei apressado; achei Virgília ansiosa, mau humor, fronte nublada. A mãe, que era surda, estava na sala com ela. No fim dos cumprimentos disse-me a moça com sequidão:

– Esperávamos que viesse mais cedo.

Defendi-me do melhor modo; falei do cavalo que empacara, e de um amigo, que me detivera. De repente morre-me a voz nos lábios, fico tolhido de assombro. Virgília... seria Virgília aquela moça? Fitei-a muito, e a sensação foi tão penosa, que recuei um passo e desviei a vista. Tornei a olhá-la. As bexigas tinham-lhe comido o rosto; a pele, ainda na véspera tão fina, rosada e pura, aparecia-me agora amarela, estigmada pelo mesmo flagelo, que devastara o rosto da espanhola. Os olhos, que eram travessos, fizeram-se murchos; tinha o lábio triste e a atitude cansada. Olhei-a bem; peguei-lhe na mão, e chamei-a brandamente a mim. Não me enganava; eram as bexigas. Creio que fiz um gesto de repulsa.

Virgília afastou-se, e foi sentar-se no sofá. Eu fiquei algum tempo a olhar para os meus próprios pés. Devia sair ou ficar? Rejeitei o primeiro alvitre, que era simplesmente absurdo, e encaminhei-me para Virgília, que lá estava sentada e calada. Céus! Era outra vez a fresca, a juvenil, a florida Virgília. Em vão procurei no rosto dela algum vestígio da doença; nenhum havia; era a pele fina e branca do costume.

– Nunca me viu? – perguntou Virgília, vendo que a encarava com insistência.

– Tão bonita, nunca.

Sentei-me, enquanto Virgília, calada, fazia estalar as unhas. Seguiram-se alguns segundos de pausa. Falei-lhe de coisas estranhas ao incidente; ela porém não me respondia nada, nem olhava para mim. Menos o estalido, era a estátua do Silêncio. Uma só vez me deitou os olhos, mas muito de cima, soerguendo a pontinha esquerda do lábio, contraindo as sobrancelhas, ao ponto de as unir; todo esse conjunto de coisas dava-lhe ao rosto uma expressão média, entre cômica e trágica.

Havia alguma afetação naquele desdém; era um arrebique do gesto. Lá dentro, ela padecia, e não pouco – ou fosse mágoa pura, ou só despeito; e porque a dor que se dissimula dói mais, é muito provável que Virgília padecesse em dobro do que realmente devia padecer. Creio que isto é metafísica.

XLII
QUE ESCAPOU A ARISTÓTELES

Outra coisa que também me parece metafísica é isto: dá-se movimento a uma bola, por exemplo; rola esta, encontra outra bola, transmite-lhe o impulso, e eis a segunda boa a rolar como a primeira rolou. Suponhamos que a primeira bola se chama... Marcela – é uma simples suposição; a segunda, Brás Cubas; a terceira, Virgília. Temos que Marcela, recebendo um piparote do passado, rolou até tocar em Brás Cubas – o qual, cedendo à força impulsiva, entrou a rolar também até esbarrar em Virgília, que não tinha nada com a primeira bola; e eis aí como, pela simples transmissão de uma força, se tocam os extremos sociais, e se estabelece uma coisa que poderemos chamar solidariedade do aborrecimento humano. Como é que este capítulo escapou a Aristóteles?

XLIII
MARQUESA, PORQUE EU SEREI MARQUÊS

Positivamente, era um diabrete Virgília, um diabrete angélico, se querem, mas era-o, e então...

Então apareceu o Lobo Neves, um homem que não era mais esbelto que eu, nem mais elegante, nem mais lido, nem mais simpático, e todavia foi quem me arrebatou Virgília e a candidatura, dentro de poucas semanas, com um ímpeto verdadeiramente cesariano. Não precedeu nenhum despeito; não houve a menor violência de família. Dutra veio dizer-me, um dia, que esperasse outra aragem, porque a candidatura de Lobo Neves era apoiada por grandes influências. Cedi; tal foi o começo da minha derrota. Uma semana depois, Virgília perguntou ao Lobo Neves, a sorrir, quando seria ele ministro.

– Pela minha vontade, já; pelas dos outros, daqui a um ano.

Virgília replicou:

– Promete que algum dia me fará baronesa?

– Marquesa, porque eu serei marquês.

Desde então fiquei perdido. Virgília comparou a águia e o pavão, e elegeu a águia, deixando o pavão com o seu espanto, o seu despeito, e três ou quatro beijos que lhe dera. Talvez cinco beijos; mas dez que fossem não queria dizer coisa nenhuma. O lábio do homem não é como a pata do cavalo de Átila, que esterilizava o solo em que batia; é justamente o contrário.

XLIV
UM CUBAS!

Meu pai ficou atônito com o desenlace, e quer-me parecer que não morreu de outra coisa. Eram tantos os castelos que engenhara, tantos e tantíssimos os sonhos, que não podia vê-los assim esboroados, sem padecer um forte abalo no organismo. A princípio não quis crê-lo. Um Cubas! Um galho da árvore ilustre dos Cubas! E dizia isto com tal convicção, que eu, já então informado da nossa tanoaria, esqueci um instante a volúvel dama, para só contemplar aquele fenômeno, não raro, mas curioso: uma imaginação graduada em consciência.

– Um Cubas! – repetia-me ele na seguinte manhã, ao almoço.

Não foi alegre o almoço; eu próprio estava a cair de sono. Tinha velado uma parte da noite. De amor? Era impossível; não se ama duas vezes a mesma mulher, e eu, que tinha de amar aquela, tempos depois, não lhe estava agora preso por nenhum outro vínculo, além de uma fantasia passageira, alguma obediência e muita fatuidade. E isto basta a explicar a vigília; era despeito, um despeitozinho agudo como ponta de alfinete, o qual se desfez, com charutos, murros, leituras truncadas, até romper a aurora, a mais tranquila das auroras.

Mas eu era moço, tinha o remédio em mim mesmo. Meu pai é que não pôde suportar facilmente a pancada. Pensando bem, pode ser que não morresse precisamente do desastre; mas que o desastre lhe complicou as últimas dores, é positivo. Morreu daí a quatro meses – acabrunhado, triste, com uma preocupação intensa e contínua, à semelhança de remorso, um desencanto mortal, que lhe substituiu os reumatismos e tosses. Teve ainda meia hora de alegria; foi quando um dos ministros o visitou. Vi-lhe – lembra-me bem –, vi-lhe o grato sorriso de outro tempo, e nos olhos uma concentração de luz, que era, por assim dizer, o último lampejo da alma expirante. Mas a tristeza tornou logo, a tristeza de morrer sem me ver posto em algum lugar alto, como aliás me cabia.

– Um Cubas!

Morreu alguns dias depois da visita do ministro, uma manhã de maio, entre os dois filhos, Sabina e eu, e mais o tio Ildefonso e meu cunhado. Morreu sem lhe poder valer a ciência dos médicos, nem o nosso amor, nem os cuidados, que foram muitos, nem coisa nenhuma; tinha de morrer, morreu.

– Um Cubas!

XLV
NOTAS

Soluços, lágrimas, casa armada, veludo preto nos portais, um homem que veio vestir o cadáver, outro que tomou a medida do caixão, caixão, essa, tocheiros, convites, convidados que entravam, lentamente, a passo surdo, e apertavam a mão à família, alguns tristes, todos sérios e calados, padre e sacristão, rezas, aspersões d'água benta, o fechar do caixão, a prego e martelo, seis pessoas que o tomam da essa, e o levantam, e o descem a custo pela escada, não obstante os gritos, soluços e novas lágrimas da família, e vão até o coche fúnebre, e o colocam em cima e traspassam e apertam as correias, o rodar do coche, o rodar dos carros, um a um... Isto que parece um simples inventário, eram notas que eu havia tomado para um capítulo triste e vulgar que não escrevo.

XLVI
A HERANÇA

Veja-nos agora o leitor, oito dias depois da morte de meu pai – minha irmã sentada num sofá –, pouco adiante, Cotrim, de pé, encostado a um consolo, com os braços cruzados e a morder o bigode – eu a passear de um lado para outro, com os olhos no chão. Luto pesado. Profundo silêncio.

– Mas afinal – disse Cotrim –; esta casa pouco mais pode valer de trinta contos; demos que valha trinta e cinco...

– Vale cinquenta – ponderei –; Sabina sabe que custou cinquenta e oito...

– Podia custar até sessenta – tornou Cotrim –; mas não se segue que os valesse, e menos ainda que os valha hoje. Você sabe que as casas, aqui há anos, baixaram muito. Olhe, se esta vale os cinquenta contos, quantos não vale a que você deseja para si, a do Campo?

– Não fale nisso! Uma casa velha.

– Velha! – exclamou Sabina, levantando as mãos ao teto.

– Parece-lhe nova, aposto?

– Ora, mano, deixe-se dessas coisas – disse Sabina, erguendo-se do sofá –; podemos arranjar tudo em boa amizade, e com lisura. Por exemplo, Cotrim não aceita os pretos, quer só o boleeiro de papai e o Paulo...

– O boleeiro não – acudi eu –; fico com a sege e não hei de ir comprar outro.

– Bem; fico com o Paulo e o Prudêncio.

– O Prudêncio está livre.

– Livre?

– Há dois anos.

– Livre? Como seu pai arranjava estas coisas cá por casa, sem dar parte a ninguém! Está direito. Quanto à prata... creio que não libertou a prata?

Tínhamos falado na prata, a velha prataria do tempo de D. José I, a porção mais grave da herança, já pelo lavor, já pela vetustez, já pela origem da propriedade; dizia meu pai que o Conde da Cunha, quando vice-rei do Brasil, a dera de presente a meu bisavô Luís Cubas.

– Quanto à prata – continuou Cotrim –, eu não faria questão nenhuma, se não fosse o desejo que sua irmã tem de ficar com ela; e acho-lhe razão. Sabina é casada, e precisa de uma copa digna, apresentável. Você é solteiro, não recebe, não...

– Mas posso casar.

– Para quê? – interrompeu Sabina.

Era tão sublime esta pergunta, que por alguns instantes me fez esquecer os interesses. Sorri; peguei na mão de Sabina, bati-lhe levemente na palma, tudo isso com tão boa sombra, que o Cotrim interpretou o gesto como de aquiescência, e agradeceu-mo.

– Que é lá? – redargui –; não cedi coisa nenhuma, nem cedo.

– Nem cede?

Abanei a cabeça.

– Deixa, Cotrim – disse minha irmã ao marido –; vê se ele quer ficar também com a nossa roupa do corpo; é só o que falta.

– Não falta mais nada. Quer a sege, quer o boleeiro, quer a prata, quer tudo. Olhe, é muito mais sumário citar-nos a juízo e provar com testemunhas que Sabina não é sua irmã, que eu não sou seu cunhado e que Deus não é Deus. Faça isto, e não perde nada, nem uma colherinha. Ora, meu amigo, outro ofício!

Estava tão agastado, e eu não menos, que entendi oferecer um meio de conciliação; dividir a prata. Riu-se e perguntou-me a quem caberia o bule e a quem o açucareiro; e depois desta pergunta, declarou que teríamos tempo de liquidar a pretensão, quando menos em juízo. Entretanto, Sabina fora até à janela que dava para a chácara – e depois de um instante, voltou, e propôs ceder o Paulo e outro preto, com a condição de ficar com a prata; eu ia dizer que não me convinha, mas Cotrim adiantou-se e disse a mesma coisa.

– Isso nunca! Não faço esmolas! – disse ele.

Jantamos tristes. Meu tio cônego apareceu à sobremesa, e ainda presenciou uma pequena altercação.

– Meus filhos – disse ele –, lembrem-se de que meu irmão deixou um pão bem grande para ser repartido por todos.

Mas Cotrim:

– Creio, creio. A questão, porém, não é de pão, é de manteiga. Pão seco é que eu não engulo.

Fizeram-se finalmente as partilhas, mas nós estávamos brigados. E digo-lhes que, ainda assim, custou-me muito a brigar com Sabina. Éramos tão amigos! Jogos pueris, fúrias de criança, risos e tristezas da idade adulta, dividimos muita vez esse pão da alegria e da miséria, irmãmente, como bons irmãos que éramos. Mas estávamos brigados. Tal qual a beleza de Marcela, que se esvaiu com as bexigas.

XLVII
O RECLUSO

Marcela, Sabina, Virgília... aí estou eu a fundir todos os contrastes, como se esses nomes e pessoas não fossem mais do que modos de ser da minha afeição interior. Pena de maus costumes, ata uma gravata ao estilo, veste-lhe um colete menos sórdido; e depois sim, depois vem comigo, entra nessa casa, estira-te nessa rede que me embalou a melhor parte dos anos que decorreram desde o inventário de meu pai até 1842. Vem; se te cheirar a algum aroma de toucador, não cuides que o mandei derramar para meu regalo; é um vestígio da N. ou da Z. ou da U. – que todas essas letras maiúsculas embalaram aí a sua elegante abjeção. Mas, se além do aroma, quiseres outra coisa, fica-te com o desejo, porque eu não guardei retratos, nem cartas, nem memórias, a mesma comoção esvaiu-se, e só me ficaram as letras iniciais.

Vivi meio recluso, indo de longe em longe a algum baile, ou teatro, ou palestra, mas a maior parte do tempo passei-a comigo mesmo. Vivia; deixava-me ir ao curso e recurso dos sucessos e dos dias, ora buliçoso, ora apático, entre a ambição e o desânimo. Escrevia política e fazia literatura. Mandava artigos e versos para as folhas públicas, e cheguei a alcançar certa reputação de polemista e de poeta. Quando me lembrava do Lobo Neves, que era já deputado, e de Virgília, futura marquesa, perguntava a mim mesmo por que não seria melhor deputado e melhor marquês do que o Lobo Neves – eu, que valia mais, muito mais do que ele –, e dizia isto a olhar para a ponta do nariz...

XLVIII
UM PRIMO DE VIRGÍLIA

– Sabe quem chegou ontem de São Paulo? – perguntou-me uma noite Luís Dutra.

Luís Dutra era um primo de Virgília, que também privava com as musas. Os versos dele agradavam e valiam mais do que os meus; mas ele tinha necessidade da sanção de alguns, que lhe confirmasse o aplauso dos outros. Como fosse acanhado, não interrogava a ninguém; mas deleitava-se com ouvir alguma palavra de apreço; então criava novas forças e arremetia juvenilmente ao trabalho.

Pobre Luís Dutra! Apenas publicava alguma coisa, corria à minha casa, e entrava a girar em volta de mim, à espreita de um juízo, de uma palavra, de um gesto, que lhe aprovasse a recente produção, e eu falava-lhe de mil coisas diferentes – do último baile do Catete, da discussão das câmaras, de berlindas e cavalos –, de tudo, menos dos seus versos ou prosas. Ele respondia-me, a princípio com animação, depois mais frouxo, torcia a rédea da conversa para o assunto dele, abria um livro, perguntava-me se tinha algum trabalho novo, e eu dizia-lhe que sim ou que não, mas torcia a rédea para o outro lado, e lá ia ele atrás de mim, até que empacava de todo e saía triste. Minha intenção era fazê-lo duvidar de si mesmo, desanimá-lo, eliminá-lo. E tudo isto a olhar para a ponta do nariz...

XLIX
A PONTA DO NARIZ

Nariz, consciência sem remorsos, tu me valeste muito na vida... Já meditaste alguma vez no destino do nariz, amado leitor? A explicação do Doutor Pangloss é que o nariz foi criado para uso dos óculos – e tal explicação confesso que até certo tempo me pareceu definitiva; mas veio um dia, em que, estando a ruminar esse e outros pontos obscuros de filosofia, atinei com a única, verdadeira e definitiva explicação.

Com efeito, bastou-me atentar no costume do faquir. Sabe o leitor que o faquir gasta longas horas a olhar para a ponta do nariz, com o fim único de ver a luz celeste. Quando ele finca os olhos na ponta do nariz, perde o sentimento das coisas externas, embeleza-se no invisível, aprende o impalpável, desvincula-se da terra, dissolve-se, eteriza-se. Essa sublimação do ser pela ponta do nariz é o fenômeno mais excelso do espírito, e a faculdade de a obter não pertence ao faquir somente: é universal. Cada homem tem necessidade e poder de contemplar o seu próprio nariz, para o fim de ver a luz celeste, e tal contemplação, cujo efeito é a subordinação do universo a um nariz somente, constitui o equilíbrio das sociedades. Se os narizes se contemplassem exclusivamente uns aos outros, o gênero humano não chegaria a durar dois séculos: extinguia-se com as primeiras tribos.

Ouço daqui uma objeção do leitor: "Como pode ser assim", diz ele, "se nunca jamais ninguém não viu estarem os homens a contemplar o seu próprio nariz?".

Leitor obtuso, isso prova que nunca entraste no cérebro de um chapeleiro. Um chapeleiro passa por uma loja de chapéus; é a loja de um rival, que a abriu há dois anos; tinha então duas portas, hoje tem quatro; promete ter seis a oito. Nas vidraças ostentam-se os chapéus do rival; pelas portas entram os fregueses do rival; o chapeleiro compara aquela loja com a sua, que é mais antiga e tem só duas portas, e aqueles chapéus com os seus, menos buscados, ainda que de igual preço. Mortifica-se naturalmente; mas vai andando, concentrado, com os olhos para baixo ou para a frente, a indagar as causas da prosperidade do outro e do seu próprio atraso, quando ele chapeleiro é muito melhor chapeleiro do que o outro chapeleiro... Nesse instante é que os olhos se fixam na ponta do nariz.

A conclusão, portanto, é que há duas forças capitais: o amor, que multiplica a espécie, e o nariz, que a subordina ao indivíduo. Procriação, equilíbrio.

L
VIRGÍLIA CASADA

– Quem chegou de São Paulo foi minha prima Virgília, casada com o Lobo Neves – continuou Luís Dutra.

– Ah!

– E só hoje é que eu soube uma coisa, seu maganão...

– Que foi?

– Que você quis casar com ela.

– Ideias de meu pai. Quem lhe disse isso?

– Ela mesma. Falei-lhe muito em você, e ela então contou-me tudo.

No dia seguinte, estando na Rua do Ouvidor, à porta da tipografia do Plancher, vi assomar, a distância, uma mulher esplêndida. Era ela; só a reconheci a poucos passos, tão outra estava, a tal ponto a natureza e a arte lhe haviam dado o último apuro. Cortejamo-nos; ela seguiu; entrou com o marido na carruagem, que os esperava um pouco acima; fiquei atônito.

Oito dias depois, encontrei-a num baile; creio que chegamos a trocar duas ou três palavras. Mas noutro baile, dado daí a um mês, em casa de uma senhora, que ornara os salões do primeiro reinado, e não desornava então os do segundo, a aproximação foi maior e mais longa, porque conversamos e valsamos. A valsa é uma deliciosa coisa. Valsamos; não nego que, ao conchegar ao meu corpo aquele corpo flexível e magnífico, tive uma singular sensação, uma sensação de homem roubado.

– Está muito calor – disse ela, logo que acabamos. – Vamos ao terraço?

– Não; pode constipar-se. Vamos a outra sala.

Na outra sala estava Lobo Neves, que me fez muitos cumprimentos, acerca dos meus escritos políticos, acrescentando que nada dizia dos literários por não entender deles; mas os políticos eram excelentes, bem pensados e bem escritos. Respondi-lhe com iguais esmeros de cortesia, e separamo-nos contentes um do outro.

Cerca de três semanas depois recebi um convite dele para uma reunião íntima. Fui; Virgília recebeu-me com esta graciosa palavra: "O senhor hoje há de valsar comigo". Em verdade, eu tinha fama e era valsista emérito; não admira que ela me preferisse. Valsamos uma vez, e mais outra vez. Um livro perdeu Francesca; cá foi a valsa que nos perdeu. Creio que essa noite apertei-lhe a mão com muita força, e ela deixou-a ficar, como esquecida, e eu a abraçá-la, e todos com os olhos em nós, e nos outros que também se abraçavam e giravam... Um delírio.

LI

É MINHA!

– É minha! – disse eu comigo, logo que a passei a outro cavalheiro; e confesso que durante o resto da noite, foi-se-me a ideia entranhando no espírito, não à força de martelo, mas de verruma, que é mais insinuativa.

– É minha! – dizia eu ao chegar à porta de casa.

Mas aí, como se o destino ou o acaso, ou o que quer que fosse, se lembrasse de dar algum pasto aos meus arroubos possessórios, luziu-me no chão uma coisa redonda e amarela. Abaixei-me; era uma moeda de ouro, uma meia dobra.

– É minha! – repeti eu a rir-me, e meti-a no bolso.

Nessa noite não pensei mais na moeda; mas no dia seguinte, recordando o caso, senti uns repelões da consciência, e uma voz que me perguntava por que diabo seria minha uma moeda que eu não herdara nem ganhara, mas somente achara na rua. Evidentemente não era minha; era de outro, daquele que a perdera, rico ou pobre, e talvez fosse pobre, algum operário que não teria com que dar de comer à mulher e aos filhos; mas se fosse rico, o meu dever ficava o mesmo. Cumpria restituir a moeda, e o melhor meio, o único meio, era fazê-lo por intermédio de um anúncio ou da polícia. Enviei uma carta ao chefe de polícia, remetendo-lhe o achado, e rogando-lhe que, pelos meios a seu alcance, fizesse devolvê-lo às mãos do verdadeiro dono.

Mandei a carta e almocei tranquilo, posso até dizer que jubiloso. Minha consciência valsara tanto na véspera, que chegou a ficar sufocada, sem respiração; mas a restituição da meia dobra foi uma janela que se abriu para o outro lado da moral; entrou uma onda de ar puro, e a pobre dama respirou à larga. Ventilai as consciências! Não vos digo mais nada. Todavia, despido de quaisquer outras circunstâncias, o meu ato era bonito, porque exprimia um justo escrúpulo, um sentimento de alma delicada. Era o que me dizia a minha dama interior, com um modo austero e meigo a um tempo; é o que ela me dizia, reclinada ao peitoril da janela aberta.

– Fizeste bem, Cubas; andaste perfeitamente. Este ar não é só puro, é balsâmico, é uma transpiração dos eternos jardins. Queres ver o que fizeste, Cubas?

E a boa dama sacou um espelho e abriu-mo diante dos olhos. Vi, claramente vista, a meia dobra da véspera, redonda, brilhante, multiplicando-se por si mesma – ser dez, depois trinta, depois quinhentas –, exprimindo assim o benefício que me daria na vida e na morte o simples ato da restituição. E eu espraiava todo o meu ser na contemplação daquele ato, revia-me nele, achava-me bom, talvez grande. Uma simples moeda, hem? Vejam o que é ter valsado um poucochinho mais.

Assim eu, Brás Cubas, descobri uma lei sublime, a lei da equivalência das janelas, e estabeleci que o modo de compensar uma janela fechada é abrir outra, a fim de que a moral possa arejar continuamente a consciência. Talvez não entendas o que aí fica; talvez queiras uma coisa mais concreta, um embrulho, por exemplo, um embrulho misterioso. Pois toma lá o embrulho misterioso.

LII

O EMBRULHO MISTERIOSO

Foi o caso que, alguns dias depois, indo eu a Botafogo, tropecei num embrulho, que estava na praia. Não digo bem; houve menos tropeção que pontapé. Vendo um embrulho, pão grande, mas limpo e corretamente feito, atado com um barbante rijo, uma coisa que parecia alguma coisa, lembrou-me bater-lhe com o pé, assim por experiência, e bati, e o embrulho resistiu. Relanceei os olhos em volta de mim; a praia estava deserta; ao longe uns meninos brincavam – um pescador curava as redes ainda mais longe –, ninguém que pudesse ver a minha ação; inclinei-me, apanhei o embrulho e segui.

Segui, mas não sem receio. Podia ser uma pulha de rapazes. Tive ideia de devolver o achado à praia, mas apalpei-o e rejeitei a ideia. Um pouco adiante, desandei o caminho e guiei para casa.

– Vejamos – disse eu ao entrar no gabinete.

E hesitei um instante, creio que por vergonha; assaltou-me outra vez o receio da pulha. É certo que não havia ali nenhuma testemunha externa; mas eu tinha dentro de mim mesmo um garoto, que havia de assobiar, guinchar, grunhir, patear, apupar, cacarejar, fazer o diabo, se me visse abrir o embrulho e achar dentro uma dúzia de lenços velhos ou duas dúzias de goiabas podres. Era tarde; a curiosidade estava aguçada, como deve estar a do leitor; desfiz o embrulho, e vi... achei... contei... recontei nada menos de cinco contos de réis. Nada menos. Talvez uns dez mil-réis mais. Cinco contos em boas notas e moedas, tudo asseadinho e arranjadinho, um achado raro. Embrulhei-as de novo. Ao jantar pareceu-me que um dos moleques falara a outro com os olhos. Ter-me-iam espreitado? Interroguei-os discretamente, e concluí que não. Sobre o jantar fui outra vez ao gabinete, examinei o dinheiro, e ri-me dos meus cuidados maternais a respeito de cinco contos – eu, que era abastado.

Para não pensar mais naquilo fui de noite à casa do Lobo Neves, que instara muito comigo não deixasse de frequentar as recepções da mulher. Lá encontrei o chefe de polícia; fui-lhe apresentado; ele lembrou-se logo da carta e da meia dobra que eu lhe remetera alguns dias antes. Aventou o caso; Virgília pareceu saborear o meu procedimento, e cada um dos presentes acertou de contar uma anedota análoga, que eu ouvi com impaciência de mulher histérica.

De noite, no dia seguinte, em toda aquela semana pensei o menos que pude nos cinco contos, e até confesso que os deixei muito quietinhos na gaveta da secretária. Gostava de falar de todas as coisas, menos de dinheiro, e principalmente de dinheiro achado; todavia não era crime achar dinheiro, era uma felicidade, um bom acaso, era talvez um lance da Providência. Não podia ser outra coisa. Não se perdem cinco contos, como se perde um lenço de tabaco. Cinco contos levam-se com trinta mil sentidos, apalpam-se a miúdo, não se lhes tiram os olhos de cima, nem as mãos, nem o pensamento, e para se perderem assim tolamente, numa praia, é necessário que... Crime é que não podia ser o achado; nem crime, nem desonra, nem nada que embaciasse o caráter de um homem. Era um achado, um acerto feliz, como a sorte grande, como as apostas de cavalo, como os ganhos de um jogo honesto, e até direi que a minha felicidade era merecida, porque eu não me sentia mau, nem indigno dos benefícios da Providência.

– Estes cinco contos – dizia eu comigo, três semanas depois –, hei de empregá-los em alguma ação boa, talvez um dote a alguma menina pobre, ou outra coisa assim... hei de ver...

Nesse mesmo dia levei-os ao Banco do Brasil. Lá me receberam com muitas e delicadas alusões ao caso da meia dobra, cuja notícia andava já espalhada entre as pessoas do meu conhecimento; respondi enfadado que a coisa não valia a pena de tamanho estrondo; louvaram-me então a modéstia – e porque eu me encolerizasse, replicaram-me que era simplesmente grande.

LIII

.....

Virgília é que já se não lembrava da meia dobra; toda ela estava concentrada em mim, nos meus olhos, na minha vida, no meu pensamento – era o que dizia, e era verdade.

Há umas plantas que nascem e crescem depressa; outras são tardias e pecas. O nosso amor era daquelas; brotou com tal ímpeto e tanta seiva, que, dentro em pouco, era a mais vasta, folhuda e exuberante criatura dos bosques. Não lhes poderei dizer, ao certo, os dias que durou esse crescimento. Lembra-me, sim, que, em certa noite, abotoou-se a flor, ou o beijo, se assim lhe quiserem chamar, um beijo que ela me deu, trêmula – coitadinha –, trêmula de medo, porque era ao portão da chácara. Uniu-nos esse beijo único – breve como a ocasião, ardente como o amor, prólogo de uma vida de delícias, de terrores, de remorsos, de prazeres que rematavam em dor, de aflições que desabrochavam em alegria – uma hipocrisia paciente e sistemática, único freio de uma paixão sem freio –, vida de agitações, de cóleras, de desesperos e de ciúmes, que uma hora pagava à farta e de sobra; mas outra hora vinha e engolia aquela, como tudo mais, para deixar à tona as agitações e o resto, e o resto do resto, que é o fastio e a saciedade: tal foi o livro daquele prólogo.

LIV
A PÊNDULA

Saí dali a saborear o beijo. Não pude dormir; estirei-me na cama, é certo, mas foi o mesmo que nada. Ouvi as horas todas da noite. Usualmente, quando eu perdia o sono, o bater da pêndula fazia-me muito mal; esse tique-taque soturno, vagaroso e seco parecia dizer a cada golpe que eu ia ter um instante menos de vida. Imaginava então um velho diabo, sentado entre dois sacos, o da vida e o da morte, a tirar as moedas da vida para dá-las à morte, e a contá-las assim:

– Outra de menos...

– Outra de menos...

– Outra de menos...

– Outra de menos...

O mais singular é que, se o relógio parava, eu dava-lhe corda, para que ele não deixasse de bater nunca, e eu pudesse contar todos os meus instantes perdidos. Invenções há, que se transformam ou acabam; as mesmas instituições morrem; o relógio é definitivo e perpétuo. O derradeiro homem, ao despedir-se do sol frio e gasto, há de ter um relógio na algibeira, para saber a hora exata em que morre.

Naquela noite não padeci essa triste sensação de enfado, mas outra, e deleitosa. As fantasias tumultuavam-me cá dentro, vinham umas sobre outras, à semelhança de devotas que se abalroam para ver o anjo-cantor das procissões. Não ouvia os instantes perdidos, mas os minutos ganhados. De certo tempo em diante não ouvi coisa nenhuma, porque o meu pensamento, ardiloso e traquinas, saltou pela janela fora e bateu as asas na direção da casa de Virgília. Aí achou no peitoril de uma janela o pensamento de Virgília, saudaram-se e ficaram de palestra. Nós a rolarmos na cama, talvez com frio, necessitados de repouso, e os dois vadios ali postos, a repetirem o velho diálogo de Adão e Eva.

LV

O VELHO DIÁLOGO DE ADÃO E EVA

BRÁS CUBAS

....?

VIRGÍLIA

....

BRÁS CUBAS

....

....

VIRGÍLIA

....!

BRÁS CUBAS

....

VIRGÍLIA

....

....? ....

....

BRÁS CUBAS

....

VIRGÍLIA

....

BRÁS CUBAS

....

....

....!

...........!...

....

..............!

VIRGÍLIA

....?

BRÁS CUBAS

.............!...

VIRGÍLIA

.............!...

LVI

O MOMENTO OPORTUNO

Mas, com a breca! Quem me explicará a razão desta diferença? Um dia vimo-nos, tratamos o casamento, desfizemo-lo e separamo-nos, a frio, sem dor, porque não houvera paixão nenhuma; mordeu-me apenas algum despeito e nada mais. Correm anos, torno a vê-la, damos três ou quatro giros de valsa, e eis-nos a amar um ao outro com delírio. A beleza de Virgília chegara, é certo, a um alto grau de apuro, mas nós éramos substancialmente os mesmos, e eu, à minha parte, não me tornara mais bonito nem mais elegante. Quem me explicará a razão dessa diferença?

A razão não podia ser outra senão o momento oportuno. Não era oportuno o primeiro momento, porque, se nenhum de nós estava verde para o amor, ambos o estávamos para o nosso amor: distinção fundamental. Não há amor possível sem a oportunidade dos sujeitos. Esta explicação achei-a eu mesmo, dois anos depois do beijo, um dia em que Virgília se me queixava de um pintalegrete que lá ia e tenazmente a galanteava.

– Que importuno! – dizia ela fazendo uma careta de raiva.

Estremeci, fitei-a, vi que a indignação era sincera; então ocorreu-me que talvez eu tivesse provocado alguma vez aquela mesma careta, e compreendi logo toda a grandeza da minha evolução. Tinha vindo de importuno a oportuno.

LVII
DESTINO

Sim, senhor, amávamos. Agora, que todas as leis sociais no-lo impediam, agora é que nos amávamos deveras. Achávamo-nos jungidos um ao outro, como as duas almas que o poeta encontrou no Purgatório:

Di pari, come buoi, che vanno a giogo;

e digo mal, comparando-nos a bois, porque nós éramos outra espécie de animal menos tardo, mais velhaco e lascivo. Eis-nos a caminhar sem saber até onde, nem por que estradas escusas; problema que me assustou, durante algumas semanas, mas cuja solução entreguei ao destino. Pobre Destino! Onde andarás agora, grande procurador dos negócios humanos? Talvez estejas a criar pele nova, outra cara, outras maneiras, outro nome, e não é impossível que... Já me não lembra onde estava... Ah! Nas estradas escusas. Disse eu comigo que já agora seria o que Deus quisesse. Era a nossa sorte amar-nos; se assim não fora, como explicaríamos a valsa e o resto? Virgília pensava a mesma coisa. Um dia, depois de me confessar que tinha momentos de remorsos, como eu lhe dissesse que, se tinha remorsos, é porque me não tinha amor, Virgília cingiu-me com os seus magníficos braços, murmurando:

– Amo-te, é a vontade do Céu.

E esta palavra não vinha à toa; Virgília era um pouco religiosa. Não ouvia missa aos domingos, é verdade, e creio até que só ia às igrejas em dia de festa, e quando havia lugar vago em alguma tribuna. Mas rezava todas as noites, com fervor, ou, pelo menos, com sono. Tinha medo às trovoadas; nessas ocasiões, tapava os ouvidos, e resmoneava todas as orações do catecismo. Na alcova dela havia um oratoriozinho de jacarandá, obra de talha, de três palmos de altura, com três imagens dentro; mas não falava dele às amigas; ao contrário, tachava de beatas as que eram só religiosas. Algum tempo desconfiei que havia nela certo vexame de crer, e que a sua religião era uma espécie de camisa de flanela, preservativa e clandestina; mas evidentemente era engano meu.

LVIII
CONFIDÊNCIA

Lobo Neves, a princípio, metia-me grandes sustos. Pura ilusão! Como adorasse a mulher, não se vexava de mo dizer muitas vezes; achava que Virgília era a perfeição mesma, um conjunto de qualidades sólidas e finas, amorável, elegante, austera, um modelo. E a confiança não parava aí. De fresta que era, chegou a porta escancarada. Um dia confessou-me que trazia uma triste carcoma na existência; faltava-lhe a glória pública. Animei-o; disse-lhe muitas coisas bonitas, que ele ouviu com aquela unção religiosa de um desejo que não quer acabar de morrer; então compreendi que a ambição dele andava cansada de bater as asas, sem poder abrir o voo. Dias depois disse-me todos os seus tédios e desfalecimentos, as amarguras engolidas, as raivas sopitadas; contou-me que a vida política era um tecido de invejas, despeitos, intrigas, perfídias, interesses, vaidades. Evidentemente havia aí uma crise de melancolia; tratei de combatê-la.

– Sei o que lhe digo – replicou-me com tristeza. – Não pode imaginar o que tenho passado. Entrei na política por gosto, por família, por ambição, e um pouco por vaidade. Já vê que reuni em mim só todos os motivos que levam o homem à vida pública; faltou-me só o interesse de outra natureza. Vira o teatro pelo lado da plateia; e, palavra, que era bonito! Soberbo cenário, vida, movimento e graça na representação. Escriturei-me; deram-me um papel que... Mas para que o estou a fatigar com isto? Deixe-me ficar com as minhas amofinações. Creia que tenho passado horas e dias... Não há constância de sentimentos, não há gratidão, não há nada... nada... nada...

Calou-se, profundamente abatido, com os olhos no ar, parecendo não ouvir coisa nenhuma, a não ser o eco de seus próprios pensamentos. Após alguns instantes, ergueu-se e estendeu-me a mão:

– O senhor há de rir-se de mim – disse ele –; mas desculpe aquele desabafo; tinha um negócio, que me mordia o espírito.

E ria, de um jeito sombrio e triste; depois pediu-me que não referisse a ninguém o que se passara entre nós; ponderei-lhe que a rigor não se passara nada. Entraram dois deputados e um chefe político da paróquia. Lobo Neves recebeu-os com alegria, a princípio um tanto postiça, mas logo depois natural. No fim de meia hora, ninguém diria que ele não era o mais afortunado dos homens; conversava, chasqueava, e ria, e riam todos.

LIX
UM ENCONTRO

Deve ser um vinho enérgico a política, dizia eu comigo, ao sair da casa de Lobo Neves; e fui andando, fui andando, até que na Rua dos Barbonos vi uma sege, e dentro um dos ministros, meu antigo companheiro de colégio. Cortejamo-nos afetuosamente, a sege seguiu, e eu fui andando... andando... andando...

– Por que não serei eu ministro?

Esta ideia, rútila e grande – trajada ao bizarro, como diria o Padre Bernardes –, esta ideia começou uma vertigem de cabriolas e eu deixei-me estar com os olhos nela, a achar-lhe graça. Não pensei mais na tristeza de Lobo Neves; sentia a atração do abismo. Recordei aquele companheiro de colégio, as correrias nos morros, as alegrias e travessuras, e comparei o menino com o homem, e perguntei a mim mesmo por que não seria eu como ele. Entrava então no Passeio Público, e tudo me parecia dizer a mesma coisa. "Por que não serás ministro, Cubas? Cubas, por que não serás ministro de Estado?" Ao ouvi-lo, uma deliciosa sensação me refrescava todo o organismo. Entrei, fui sentar-me num banco, a remoer aquela ideia. E Virgília que havia de gostar! Alguns minutos depois vejo encaminhar-se para mim uma cara, que não me pareceu desconhecida. Conhecia-a, fosse donde fosse.

Imaginem um homem de trinta e oito a quarenta anos, alto, magro e pálido. As roupas, salvo o feitio, pareciam ter escapado ao cativeiro de Babilônia; o chapéu era contemporâneo do de Gessler. Imaginem agora uma sobrecasaca, mais larga do que pediam as carnes – ou, literalmente, os ossos da pessoa; a cor preta ia cedendo o passo a um amarelo sem brilho; o pelo desaparecia aos poucos; dos oito primitivos botões restavam três. As calças, de brim pardo, tinham duas fortes joelheiras, enquanto as bainhas eram roídas pelo tacão de um botim sem misericórdia nem graxa. Ao pescoço flutuavam as pontas de uma gravata de duas cores, ambas desmaiadas, apertando um colarinho de oito dias. Creio que trazia também colete, um colete de seda escura, roto a espaços, e desabotoado.

– Aposto que me não conhece, Sr. Dr. Cubas? – disse ele.

– Não me lembra...

– Sou o Borba, o Quincas Borba.

Recuei espantado... Quem me dera agora o verbo solene de um Bossuet ou de Vieira, para contar tamanha desolação! Era o Quincas Borba, o gracioso menino de outro tempo, o meu companheiro de colégio, tão inteligente e abastado. Quincas Borba! Não; impossível; não pode ser. Não podia acabar de crer que essa figura esquálida, essa barba pintada de branco, esse maltrapilho avelhentado, que toda essa ruína fosse o Quincas Borba. Mas era. Os olhos tinham um resto da expressão de outro tempo, e o sorriso não perdera certo ar escarninho, que lhe era peculiar. Entretanto, ele suportava com firmeza o meu espanto. No fim de algum tempo arredei os olhos; se a figura repelia, a comparação acabrunhava.

– Não é preciso contar-lhe nada – disse ele enfim –; o senhor adivinha tudo. Uma vida de misérias, de atribulações e de lutas. Lembra-se das nossas festas, em que eu figurava de rei? Que trambolhão! Acabo mendigo...

E alçando a mão direita e os ombros, com um ar de indiferença, parecia resignado aos golpes da fortuna, e não sei até se contente. Talvez contente. Com certeza, impassível. Não havia nele a resignação cristã, nem a conformidade filosófica. Parece que a miséria lhe calejara a alma, a ponto de lhe tirar a sensação de lama. Arrastava os andrajos, como outrora a púrpura: com certa graça indolente.

– Procure-me – disse eu –, poderei arranjar-lhe alguma coisa.

Um sorriso magnífico lhe abriu os lábios.

– Não é o primeiro que me promete alguma coisa – replicou –, e não sei se será o último que não me fará nada. E para quê? Eu nada peço, a não ser dinheiro; dinheiro sim, porque é necessário comer, e as casas de pasto não fiam. Nem as quitandeiras. Uma coisa de nada, uns dois vinténs de angu, nem isso fiam as malditas quitandeiras... Um inferno, meu... ia dizer meu amigo... Um inferno! O diabo! Todos os diabos! Olhe, ainda hoje não almocei.

– Não?

– Não; saí muito cedo de casa. Sabe onde moro? No terceiro degrau das escadas de São Francisco, à esquerda de quem sobe; não precisa bater na porta. Casa fresca, extremamente fresca. Pois saí cedo, e ainda não comi...

Tirei a carteira, escolhi uma nota de cinco mil-réis – a menos limpa – e dei-lha. Ele recebeu-ma com os olhos cintilantes de cobiça. Levantou a nota ao ar, e agitou-a entusiasmado.

– *In hoc signo vinces*! – bradou.

E depois beijou-a, com muitos ademanes de ternura, e tão ruidosa expansão, que me produziu um sentimento misto de nojo e lástima. Ele, que era arguto, entendeu-me; ficou sério, grotescamente sério, e pediu-me desculpa da alegria, dizendo que era alegria de pobre que não via, desde muitos anos, uma nota de cinco mil-réis.

– Pois está em suas mãos ver outras muitas – disse eu.

– Sim? – acudiu ele, dando um bote para mim.

– Trabalhando – concluí eu.

Fez um gesto de desdém; calou-se alguns instantes; depois disse-me positivamente que não queria trabalhar. Eu estava enjoado dessa abjeção tão cômica e tão triste, e preparei-me para sair.

– Não vá sem eu lhe ensinar a minha filosofia da miséria – disse ele, escarranchando-se diante de mim.

LXO
ABRAÇO

Cuidei que o pobre diabo estivesse doido, e ia afastar-me, quando ele me pegou no pulso, e olhou alguns instantes para o brilhante que eu trazia no dedo. Senti-lhe na mão uns estremeções de cobiça, uns pruridos de posse.

– Magnífico! – disse ele.

Depois começou a andar à roda de mim e a examinar-me muito.

– O senhor trata-se – disse ele. – Joias, roupa fina, elegante e.. Compare esses sapatos aos meus; que diferença! Pudera não! Digo--lhe que se trata. E moças? Como vão elas? Está casado?

– Não...

– Nem eu.

– Moro na rua...

– Não quero saber onde mora – atalhou Quincas Borba. – Se alguma vez nos virmos, dê-me outra nota de cinco mil-réis; mas permita-me que não a vá buscar à sua casa. É uma espécie de orgulho... Agora, adeus; vejo que está impaciente.

– Adeus!

– E obrigado. Deixa-me agradecer-lhe de mais perto?

E dizendo isto abraçou-me com tal ímpeto, que não pude evitá-lo. Separamo-nos finalmente, eu a passo largo, com a camisa amarrotada do abraço, enfadado e triste. Já não dominava em mim a parte simpática da sensação, mas a outra. Quisera ver-lhe a miséria digna. Contudo, não pude deixar de comparar outra vez o homem de agora com o de outrora, entristecer-me e encarar o abismo que separa as esperanças de um tempo da realidade de outro tempo...

– Ora adeus! Vamos jantar – disse comigo.

Meto a mão no colete e não acho o relógio. Última desilusão! O Borba furtara-mo no abraço.

LXI
UM PROJETO

Jantei triste. Não era a falta do relógio que me pungia, era a imagem do autor do furto, e as reminiscências de criança, e outra vez a comparação, e a conclusão... Desde a sopa, começou a abrir em mim a flor amarela e mórbida do capítulo XXV, e então jantei depressa, para correr à casa de Virgília. Virgília era o presente; eu queria refugiar-me nele, para escapar às opressões do passado, porque o encontro do Quincas Borba tornara-me aos olhos o passado, não qual fora deveras, mas um passado roto, abjeto, mendigo e gatuno.

Saí de casa, mas era cedo; iria achá-los à mesa. Outra vez pensei no Quincas Borba, e tive então um desejo de tornar ao Passeio Público, a ver se o achava; a ideia de o regenerar surgiu-me como uma forte necessidade. Fui; mas já não o achei. Indaguei do guarda; disse-me que efetivamente "esse sujeito" ia por ali às vezes.

– A que horas?

– Não tem hora certa.

Não era impossível encontrá-lo noutra ocasião; prometi a mim mesmo lá voltar. A necessidade de o regenerar, de o trazer ao trabalho e ao respeito de sua pessoa enchia-me o coração; eu começava a sentir um bem-estar, uma elevação, uma admiração de mim próprio... Nisto caía a noite; fui ter com Virgília.

LXII
O TRAVESSEIRO

Fui ter com Virgília; depressa esqueci o Quincas Borba. Virgília era o travesseiro do meu espírito, um travesseiro mole, tépido, aromático, enfronhado em cambraia e bruxelas. Era ali que ele costumava repousar de todas as sensações más, simplesmente enfadonhas, ou até dolorosas. E, bem pesadas as coisas, não era outra a razão da existência de Virgília; não podia ser. Cinco minutos bastaram para olvidar inteiramente o Quincas Borba; cinco minutos de uma contemplação mútua, com as mãos presas umas nas outras; cinco minutos e um beijo. E lá se foi a lembrança do Quincas Borba... Escrófula da vida, andrajo do passado, que me importa que existas, que molestes os olhos dos outros, se eu tenho dois palmos de um travesseiro divino, para fechar os olhos e dormir?

LXIII
FUJAMOS!

Ai! Nem sempre dormir. Três semanas depois, indo à casa de Virgília – eram quatro horas da tarde –, achei-a triste e abatida. Não me quis dizer o que era; mas, como eu instasse muito:

– Creio que o Damião desconfia alguma coisa. Noto agora umas esquisitices nele... Não sei. Trata-me bem, não há dúvida; mas o olhar parece que não é o mesmo. Durmo mal; ainda esta noite acordei, aterrada; estava sonhando que ele me ia matar. Talvez seja ilusão, mas eu penso que ele desconfia...

Tranquilizei-a como pude; disse que podiam ser cuidados políticos. Virgília concordou que seriam, mas ficou ainda muito excitada e nervosa. Estávamos na sala de visitas, que dava justamente para a chácara, onde trocáramos o beijo inicial. Uma janela aberta deixava entrar o vento, que sacudia frouxamente as cortinas, e eu fiquei a olhar para as cortinas, sem as ver. Empunhara o binóculo da imaginação; lobrigava, ao longe, uma casa nossa, uma vida nossa, um mundo nosso, em que não havia Lobo Neves, nem casamento, nem moral, nem nenhum outro liame, que nos tolhesse a expansão da vontade. Esta ideia embriagou-me; eliminados assim o mundo, a moral e o marido, bastava penetrar naquela habitação dos anjos.

– Virgília – disse eu –, proponho-te uma coisa.

– Que é?

– Amas-me?

– Oh! – suspirou ela, cingindo-me os braços ao pescoço.

Virgília amava-me com fúria; aquela resposta era a verdade patente. Com os braços ao meu pescoço, calada, respirando muito, deixou-se ficar a olhar para mim, com os seus grandes e belos olhos, que davam uma sensação singular de luz úmida; eu deixei-me estar a vê-los, a namorar-lhe a boca, fresca como a madrugada, e insaciável como a morte. A beleza de Virgília tinha agora um tom grandioso, que não possuíra antes de casar. Era dessas figuras talhadas em pentélico, de um lavor nobre, rasgado e puro, tranquilamente bela, como as estátuas, mas não apática nem fria. Ao contrário, tinha o aspecto das naturezas cálidas, e podia-se dizer que, na realidade, resumia todo o amor. Resumia-o sobretudo naquela ocasião, em que exprimia mudamente tudo quanto pode dizer a pupila humana. Mas o tempo urgia; deslacei-lhe as mãos, peguei-lhe nos pulsos, e, fito nela, perguntei se tinha coragem.

– De quê?

– De fugir. Iremos para onde nos for mais cômodo, uma casa grande ou pequena, à tua vontade, na roça ou na cidade, ou na Europa, onde te parecer, onde ninguém nos aborreça, e não haja perigos para ti, onde vivamos um para o outro... Sim? Fujamos. Tarde ou cedo, ele pode descobrir alguma coisa, e estarás perdida... ouves? Perdida... morta... e ele também, porque eu o matarei, juro-te.

Interrompi-me; Virgília empalidecera muito, deixou cair os braços e sentou-se no canapé. Esteve assim alguns instantes, sem me dizer palavra, não sei se vacilante na escolha, se aterrada com a ideia da descoberta e da morte. Fui-me a ela, insisti na proposta, disse-lhe todas as vantagens de uma vida a sós, sem zelos, nem terrores, nem aflições. Virgília ouvia-me calada; depois disse:

– Não escaparíamos talvez; ele iria ter comigo e matava-me do mesmo modo.

Mostrei-lhe que não. O mundo era assaz vasto, e eu tinha os meios de viver onde quer que houvesse ar puro e muito sol; ele não chegaria até lá; só as grandes paixões são capazes de grandes ações, e ele não a amava tanto que pudesse ir buscá-la, se ela estivesse longe. Virgília fez um gesto de espanto e quase indignação; murmurou que o marido gostava muito dela.

– Pode ser – respondi eu –; pode ser que sim...

Fui até a janela, e comecei a rufar com os dedos no peitoril. Virgília chamou-me; deixei-me estar, a remoer os meus zelos, a desejar estrangular o marido, se o tivesse ali à mão... Justamente, nesse instante, apareceu na chácara o Lobo Neves. Não tremas assim, leitora pálida; descansa, que não hei de rubricar esta lauda com um pingo de sangue. Logo que apareceu na chácara, fiz-lhe um gesto amigo, acompanhado de uma palavra graciosa; Virgília retirou-se apressadamente da sala, onde ele entrou daí a três minutos.

– Está cá há muito tempo? – disse-me ele.

– Não.

Entrara sério, pesado, derramando os olhos de um modo distraído, costume seu, que trocou logo por uma verdadeira expansão de jovialidade, quando viu chegar o filho, o Nhonhô, o futuro bacharel do capítulo VI; tomou-o nos braços, levantou-o ao ar, beijou-o muitas vezes. Eu, que tinha ódio ao menino, afastei-me de ambos. Virgília tornou à sala.

– Ah! – respirou Lobo Neves, sentando-se preguiçosamente no sofá.

– Cansado? – perguntei eu.

– Muito; aturei duas maçadas de primeira ordem, uma na câmara e outra na rua. E ainda temos terceira – acrescentou, olhando para a mulher.

– Que é? – perguntou Virgília.

– Um... Adivinha!

Virgília sentara-se ao lado dele, pegou-lhe numa das mãos, compôs-lhe a gravata, e tornou a perguntar o que era.

– Nada menos que um camarote.

– Para a Candiani?

– Para a Candiani.

Virgília bateu palmas, levantou-se, deu um beijo no filho, com um ar de alegria pueril, que destoava muito da figura; depois perguntou se o camarote era de boca ou do centro, consultou o marido, em voz baixa, acerca da *toilette* que faria, da ópera que se cantava, e de não sei que outras coisas.

– Você janta conosco, doutor – disse-me Lobo Neves.

– Veio para isso mesmo – confirmou a mulher –; diz que você possui o melhor vinho do Rio de Janeiro.

– Nem por isso bebe muito.

Ao jantar, desmenti-o; bebi mais do que costumava; ainda assim, menos do que era preciso para perder a razão. Já estava excitado, fiquei um pouco mais. Era a primeira grande cólera que eu sentia contra Virgília. Não olhei uma só vez para ela durante o jantar; falei de política, da imprensa, do ministério, creio que falaria de teologia, se a soubesse, ou se me lembrasse. Lobo Neves acompanhava-me com muita placidez e dignidade, e até com certa benevolência superior; e tudo aquilo me irritava também, e me tornava mais amargo e longo o jantar. Despedi-me apenas nos levantamos da mesa.

– Até logo, não? – perguntou Lobo Neves.

– Pode ser.

E saí.

LXIV
A TRANSAÇÃO

Vaguei pelas ruas e recolhi-me às nove horas. Não podendo dormir, atirei-me a ler e escrever. Às onze horas estava arrependido de não ter ido ao teatro, consultei o relógio, quis vestir-me, e sair. Julguei, porém, que chegaria tarde; demais, era dar prova de fraqueza. Evidentemente, Virgília começava a aborrecer-se de mim, pensava eu. E esta ideia fez-me sucessivamente desesperado e frio, disposto a esquecê-la e a matá-la. Via-a dali mesmo, reclinada no camarote, com os seus magníficos braços nus – os braços que eram meus, só meus – fascinando os olhos de todos, com o vestido soberbo que havia de ter, o colo de leite, os cabelos postos em bandos, à maneira do tempo, e os brilhantes, menos luzidios que os olhos dela... Via-a assim, e doía-me que a vissem outros. Depois, começava a despi-la, a pôr de lado as joias e sedas, a despenteá-la com as minhas mãos sôfregas e lascivas, a torná-la – não sei se mais bela, se mais natural –, a torná-la minha, somente minha, unicamente minha.

No dia seguinte, não me pude ter; fui cedo à casa de Virgília; achei-a com os olhos vermelhos de chorar.

– Que houve? – perguntei.

– Você não me ama – foi a sua resposta –; nunca me teve a menor soma de amor. Tratou-me ontem como se me tivesse ódio. Se eu ao menos soubesse o que é que fiz! Mas não sei. Não me dirá o que foi?

– Que foi o quê? Creio que não houve nada.

– Nada? Tratou-me como não se trata um cachorro...

A esta palavra, peguei-lhe nas mãos, beijei-as, e duas lágrimas rebentaram-lhe dos olhos.

– Acabou, acabou – disse eu.

Não tive ânimo de arguir, e, aliás, argui-la de quê? Não era culpa dela se o marido a amava. Disse-lhe que não me fizera coisa nenhuma, que eu tinha necessariamente ciúmes do outro, que nem sempre o podia suportar de cara alegre; acrescentei que talvez houvesse nele muita dissimulação, e que o melhor meio de fechar a porta aos sustos e às dissensões era aceitar a minha ideia da véspera.

– Pensei nisso – acudiu Virgília –; uma casinha só nossa, solitária, metida num jardim, em alguma rua escondida, não é? Acho a ideia boa; mas para que fugir?

Disse isto com o tom ingênuo e preguiçoso de quem não cuida em mal, e o sorriso que lhe derreava os cantos da boca trazia a mesma expressão de candidez. Então, afastando-me, respondi:

– Você é que nunca me teve amor.

– Eu?

– Sim, é uma egoísta! Prefere ver-me padecer todos os dias... é uma egoísta sem nome!

Virgília desatou a chorar, e para não atrair gente, metia o lenço na boca, recalcava os soluços; explosão que me desconcertou. Se alguém a ouvisse, perdia-se tudo. Inclinei-me para ela, travei-lhe dos pulsos, sussurrei-lhe os nomes mais doces da nossa intimidade; mostrei-lhe o perigo; o terror apaziguou-a.

– Não posso – disse ela daí a alguns instantes –; não deixo meu filho; se o levar, estou certa de que ele me irá buscar ao fim do mundo. Não posso; mate-me você, se o quiser, ou deixe-me morrer... Ah! Meu Deus! Meu Deus!

– Sossegue; olhe que podem ouvi-la.

– Que ouçam! Não me importa.

Estava ainda excitada; pedi-lhe que esquecesse tudo, que me perdoasse, que eu era um doido, mas que a minha insânia provinha dela e com ela acabaria. Virgília enxugou os olhos e estendeu-me a mão. Sorrimos ambos; minutos depois, tornávamos ao assunto da casinha solitária, em alguma rua escusa...

LXV
OLHEIROS E ESCUTAS

Interrompeu-nos o rumor de um carro na chácara. Veio um escravo dizer que era a baronesa X. Virgília consultou-me com os olhos.

– Se a senhora está assim com dor de cabeça – disse eu –, parece que o melhor é não receber.

– Já se apeou? – perguntou Virgília ao escravo.

– Já se apeou; diz que precisa muito de falar com sinhá!

– Que entre!

A baronesa entrou daí a pouco. Não sei se contava comigo na sala; mas era impossível mostrar maior alvoroço.

– Bons olhos o vejam! – exclamou. – Onde se mete o senhor que não aparece em parte nenhuma? Pois olhe, ontem admirou-me não o ver no teatro. A Candiani esteve deliciosa. Que mulher! Gosta da Candiani? É natural. Os senhores são todos os mesmos. O barão dizia ontem, no camarote, que uma só italiana vale por cinco brasileiras. Que desaforo! E desaforo de velho, que é pior. Mas por que é que o senhor não foi ontem ao teatro?

– Uma enxaqueca.

– Qual! Algum namoro; não acha, Virgília? Pois, meu amigo, apresse-se, porque o senhor deve estar com quarenta anos... ou perto disso... Não tem quarenta anos?

– Não lhe posso dizer com certeza – respondi eu –; mas se me dá licença, vou consultar a certidão de batismo.

– Vá, vá... – E estendendo-me a mão: – Até quando? Sábado ficamos em casa; o barão está com umas saudades suas...

Chegando à rua, arrependi-me de ter saído. A baronesa era uma das pessoas que mais desconfiavam de nós. Cinquenta e cinco anos, que pareciam quarenta, macia, risonha, vestígios de beleza, porte elegante e maneiras finas. Não falava muito nem sempre; possuía a grande arte de escutar os outros, espiando-os; reclinava-se então na cadeira, desembainhava um olhar afiado e comprido, e deixava-se estar. Os outros, não sabendo o que era, falavam, olhavam, gesticulavam, ao tempo que ela olhava só, ora fixa, ora móbil, levando a astúcia ao ponto de olhar às vezes para dentro de si, porque deixava cair as pálpebras; mas, como as pestanas eram rótulas, o olhar continuava o seu ofício, remexendo a alma e a vida dos outros.

A segunda pessoa era um parente de Virgília, o Viegas, um cangalho de setenta invernos, chupado e amarelado, que padecia de um reumatismo teimoso, de uma asma não menos teimosa e de uma lesão de coração: era um hospital concentrado. Os olhos, porém luziam de muita vida e saúde. Virgília, nas primeiras semanas, lhe tinha medo nenhum; dizia-me que, quando o Viegas parecia espreitar, com o olhar fixo, estava simplesmente contando dinheiro. Com efeito, era um grande avaro.

Havia ainda o primo de Virgília, o Luís Dutra, que eu agora desarmava à força de lhe falar nos versos e prosas, e de o apresentar aos conhecidos. Quando estes, ligando o nome à pessoa, se mostravam contentes da apresentação, não há dúvida de que Luís Dutra exultava de felicidade; mas eu curava-me da felicidade com a esperança de que ele nos não denunciasse nunca. Havia, enfim, umas duas ou três senhoras, vários gamenhos, e os fâmulos, que naturalmente se desforravam assim da condição servil, e tudo isso constituía uma verdadeira floresta de olheiros e escutas, por entre os quais tínhamos de resvalar com a tática e maciez das cobras.

LXVI
AS PERNAS

Ora, enquanto eu pensava naquela gente, iam-me pernas levando, ruas abaixo, de modo que insensivelmente me achei à porta do Hotel Pharoux. De costume jantava aí; mas, não tendo deliberadamente andado, nenhum merecimento da ação me cabe, e sim às pernas, que a fizeram. Abençoadas pernas! E há quem vos trate com desdém ou indiferença. Eu mesmo, até então, tinha-vos em má conta, zangava-me quando vos fatigáveis, quando não podíeis ir além de certo ponto, e me deixáveis com o desejo a avoaçar, à semelhança de galinha atada pelos pés.

Aquele caso, porém, foi um raio de luz. Sim, pernas amigas, vós deixastes à minha cabeça o trabalho de pensar em Virgília, e dissestes uma à outra: "Ele precisa comer, são horas de jantar, vamos levá-lo ao Pharoux; dividamos a consciência dele, uma parte fique lá com a dama, tomemos nós a outra, para que ele vá direito, não abalroe as gentes e as carroças, tire o chapéu aos conhecidos, e finalmente chegue são e salvo ao hotel". E cumpristes à risca o vosso propósito, amáveis pernas, o que me obriga a imortalizar-vos nesta página.

LXVII

A CASINHA

Jantei e fui a casa. Lá achei uma caixa de charutos, que me mandara o Lobo Neves, embrulhada em papel de seda, e ornada de fitinhas cor-de-rosa. Entendi, abri-a, e tirei este bilhete:

> Meu B...
>
> Desconfiam de nós; tudo está perdido; esqueça-me para sempre. Não nos veremos mais. Adeus; esqueça-se da infeliz
>
> V...a.

Foi um golpe esta carta; não obstante, apenas fechou a noite, corri à casa de Virgília. Era tempo; estava arrependida. Ao vão de uma janela, contou-me o que se passara com a baronesa. A baronesa disse-lhe francamente que se falara muito, no teatro, na noite anterior, a propósito da minha ausência do camarote do Lobo Neves; tinham comentado as minhas relações na casa; em suma, éramos objeto da suspeita pública. Concluiu dizendo que não sabia que fazer.

– O melhor é fugirmos – insinuei.

– Nunca – respondeu ela abanando a cabeça.

Vi que era impossível separar duas coisas que no espírito dela estavam inteiramente ligadas: o nosso amor e a consideração pública. Virgília era capaz de iguais e grandes sacrifícios para conservar ambas as vantagens, e a fuga só lhe deixava uma. Talvez senti alguma coisa semelhante a despeito; mas as comoções daqueles dois dias eram já muitas, e o despeito morreu depressa. Vá lá; arranjemos a casinha.

Com efeito, achei-a, dias depois, expressamente feita, em um recanto da Gamboa. Um brinco! Nova, caiada de fresco, com quatro janelas na frente e duas de cada lado – todas com venezianas cor de tijolo –, trepadeira nos cantos, jardim na frente; mistério e solidão. Um brinco!

Convencionamos que iria morar ali uma mulher, conhecida de Virgília, em cuja casa fora costureira e agregada. Virgília exercia sobre ela verdadeira fascinação. Não se lhe diria tudo; ela aceitaria facilmente o resto.

Para mim era aquilo uma situação nova do nosso amor, uma aparência de posse exclusiva, de domínio absoluto, alguma coisa que me faria adormecer a consciência e resguardar o decoro. Já estava cansado das cortinas do outro, das cadeiras, do tapete, do canapé, de todas essas coisas, que me traziam aos olhos constantemente a nossa duplicidade. Agora podia evitar os jantares frequentes, o chá de todas as noites, enfim a presença do filho deles, meu cúmplice e meu inimigo. A casa resgatava-me tudo; o mundo vulgar terminaria à porta – dali para dentro era o infinito, um mundo eterno, superior, excepcional, nosso, somente nosso, sem leis, sem instituições, sem baronesas, sem olheiros, sem escutas –; um só mundo, um só casal, uma só vida, uma só vontade, uma só afeição – a unidade moral de todas as coisas pela exclusão das que me eram contrárias.

LXVIII
O VERGALHO

Tais eram as reflexões que eu vinha fazendo, por aquele Valongo fora, logo depois de ver e ajustar a casa. Interrompeu-mas um ajuntamento; era um preto que vergalhava outro na praça. O outro não se atrevia a fugir; gemia somente estas únicas palavras: “Não, perdão, meu senhor; meu senhor, perdão!”. Mas o primeiro não fazia caso, e, a cada súplica, respondia com uma vergalhada nova.

– Toma, diabo! – dizia ele –; toma mais perdão, bêbado!

– Meu senhor! – gemia o outro.

– Cala a boca, besta! – replicava o vergalho.

Parei, olhei... Justos céus! Quem havia de ser o do vergalho? Nada menos que o meu moleque Prudêncio – o que meu pai libertara alguns anos antes. Cheguei-me; ele deteve-se logo e pediu-me a bênção; perguntei-lhe se aquele preto era escravo dele.

– É, sim, nhonhô.

– Fez-te alguma coisa?

– É um vadio e um bêbado muito grande. Ainda hoje deixei ele na quitanda, enquanto eu ia lá embaixo na cidade, e ele deixou a quitanda para ir na venda beber.

– Está bom, perdoa-lhe – disse eu.

– Pois não, nhonhô. Nhonhô manda, não pede. Entra para casa, bêbado!

Saí do grupo, que me olhava espantado e cochichava as suas conjecturas. Segui caminho, a desfiar uma infinidade de reflexões, que sinto haver inteiramente perdido; aliás, seria matéria para um bom capítulo, e talvez alegre. Eu gosto dos capítulos alegres; é o meu fraco. Exteriormente, era torvo o episódio do Valongo; mas só exteriormente. Logo que meti mais dentro a faca do raciocínio achei-lhe um miolo gaiato, fino, e até profundo. Era um modo que o Prudêncio tinha de se desfazer das pancadas recebidas – transmitindo-as a outro. Eu, em criança, montava-o, punha-lhe um freio na boca, e desancava-o sem compaixão; ele gemia e sofria. Agora, porém, que era livre, dispunha de si mesmo, dos braços, das pernas, podia trabalhar, folgar, dormir, desagrilhoado da antiga condição, agora é que ele se desbancava: comprou um escravo, e ia-lhe pagando, com alto juro, as quantias que de mim recebera. Vejam as sutilezas do maroto!

LXIX
UM GRÃO DE SANDICE

Este caso faz-me lembrar um doido que conheci. Chamava-se Romualdo e dizia ser Tamerlão. Era a sua grande e única mania, e tinha uma curiosa maneira de a explicar.

– Eu sou o ilustre Tamerlão – dizia ele. – Outrora fui Romualdo, mas adoeci, e tomei tanto tártaro, tanto tártaro, tanto tártaro, que fiquei Tártaro, e até rei dos Tártaros. O tártaro tem a virtude de fazer Tártaros.

Pobre Romualdo! A gente ria da resposta, mas é provável que o leitor não se ria, e com razão; eu não lhe acho graça nenhuma. Ouvida, tinha algum chiste; mas assim contada, no papel, e a propósito de um vergalho recebido e transferido, força é confessar que é muito melhor voltar à casinha da Gamboa; deixemos os Romualdos e Prudêncios.

LXXD
PLÁCIDA

Voltemos à casinha. Não serias capaz de lá entrar hoje, curioso leitor; envelheceu, enegreceu, apodreceu, e o proprietário deitou-a abaixo para substituí-la por outra, três vezes maior, mas juro-te que muito menor que a primeira. O mundo era estreito para Alexandre; um desvão de telhado é o infinito para as andorinhas.

Vê agora a neutralidade deste globo, que nos leva, através dos espaços, como uma lancha de náufragos, que vai dar à costa: dorme hoje um casal de virtudes no mesmo espaço de chão que sofreu um casal de pecados. Amanhã pode lá dormir um eclesiástico, depois um assassino, depois um ferreiro, depois um poeta, e todos abençoarão esse canto de Terra, que lhes deu algumas ilusões.

Virgília fez daquilo um brinco; designou as alfaias mais idôneas, e dispô-las com a intuição estética da mulher elegante; eu levei para lá alguns livros, e tudo ficou sob a guarda de D. Plácida, suposta, e, a certos respeitos, verdadeira dona da casa.

Custou-lhe muito a aceitar a casa; farejara a intenção e doía-lhe o ofício; mas afinal cedeu. Creio que chorava, a princípio: tinha nojo de si mesma. Ao menos, é certo que não levantou os olhos para mim durante os primeiros dois meses; falava-me com eles baixos, séria, carrancuda, às vezes triste. Eu queria angariá-la, e não me dava por ofendido, tratava-a com carinho e respeito; forcejava por obter-lhe a benevolência, depois a confiança. Quando obtive a confiança, imaginei uma história patética dos meus amores com Virgília, um caso anterior ao casamento, a resistência do pai, a dureza do marido, e não sei que outros toques de novela. D. Plácida não rejeitou uma só página da novela; aceitou-as todas. Era uma necessidade da consciência. Ao cabo de seis meses, quem nos visse a todos três juntos diria que D. Plácida era minha sogra.

Não fui ingrato; fiz-lhe um pecúlio de cinco contos – os cinco contos achados em Botafogo – como um pão para a velhice. D. Plácida agradeceu-me com lágrimas nos olhos, e nunca mais deixou de rezar por mim, todas as noites, diante de uma imagem da Virgem, que tinha no quarto. Foi assim que lhe acabou o nojo.

LXXI
O SENÃO DO LIVRO

Começo a arrepender-me deste livro. Não que ele me canse; eu não tenho que fazer; e, realmente, expedir alguns magros capítulos para esse mundo sempre é tarefa que distrai um pouco da eternidade. Mas o livro é enfadonho, cheira a sepulcro, traz certa contração cadavérica; vício grave, e aliás ínfimo, porque o maior defeito deste livro és tu, leitor. Tu tens pressa de envelhecer, e o livro anda devagar; tu amas a narração direta e nutrida, o estilo regular e fluente, e este livro e o meu estilo são como os ébrios, guinam à direita e à esquerda, andam e param, resmungam, urram, gargalham, ameaçam o céu, escorregam e caem...

E caem! Folhas misérrimas do meu cipreste, heis de cair, como quaisquer outras belas e vistosas; e, se eu tivesse olhos, dar-vos-ia uma lágrima de saudade. Esta é a grande vantagem da morte, que, se não deixa boca para rir, também não deixa olhos para chorar... Heis de cair.

LXXII

O BIBLIÔMANO

Talvez suprima o capítulo anterior; entre outros motivos, há aí, nas últimas linhas, uma frase muito parecida com despropósito, e eu não quero dar pasto à crítica do futuro.

Olhai: daqui a setenta anos, um sujeito magro, amarelo, grisalho, que não ama nenhuma outra coisa além dos livros, inclina-se sobre a página anterior, a ver se lhe descobre o despropósito; lê, relê, treslê, desengonça as palavras, saca uma sílaba, depois outra, mais outra e as restantes, examina-as por dentro e por fora, por todos os lados, contra a luz, espaneja-as, esfrega-as no joelho, lava-as, e nada; não acha o despropósito.

É um bibliômano. Não conhece o autor; este nome de Brás Cubas não vem nos seus dicionários biográficos. Achou o volume, por acaso, no pardieiro de um alfarrabista. Comprou-o por duzentos réis. Indagou, pesquisou, esgaravatou, e veio a descobrir que era um exemplar único... Único! Vós, que não só amais os livros, senão que padeceis a mania deles, vós sabeis muito bem o valor desta palavra, e adivinhais, portanto, as delícias de meu bibliômano. Ele rejeitaria a coroa das Índias, o papado, todos os museus da Itália e da Holanda, se os houvesse de trocar por esse único exemplar; e não porque seja o das minhas *Memórias*; faria a mesma coisa com o *Almanaque de Laemmert*, uma vez que fosse único.

O pior é o despropósito. Lá continua o homem inclinado sobre a página, com uma lente no olho direito, todo entregue à nobre e áspera função de decifrar o despropósito. Já prometeu a si mesmo escrever uma breve memória, na qual relate o achado do livro e a descoberta da sublimidade, se a houver por baixo daquela frase obscura. Ao cabo, não descobre nada e contenta-se com a posse. Fecha o livro, mira-o, remira-o, chega-se à janela e mostra-o ao sol. Um exemplar único! Nesse momento passa-lhe por baixo da janela um César ou um Cromwell, a caminho do poder. Ele dá de ombros, fecha a janela, estira-se na rede e folheia o livro devagar, com amor, aos goles... Um exemplar único!

LXXIII
O "LUNCHEON"

O despropósito fez-me perder outro capítulo. Que melhor não era dizer as coisas lisamente, sem todos estes solavancos! Já comparei o meu estilo ao andar dos ébrios. Se a ideia vos parece indecorosa, direi que ele é o que eram as minhas refeições com Virgília, na casinha da Gamboa, onde às vezes fazíamos a nossa patuscada, o nosso *luncheon*. Vinho, fruta, compotas. Comíamos, é verdade, mas era um comer virgulado de palavrinhas doces, de olhares ternos, de criancices, uma infinidade desses apartes do coração, aliás o verdadeiro, o ininterrupto discurso do amor. Às vezes vinha o arrufo temperar o nímio adocicado da situação. Ela deixava-me, refugiava-se num canto do canapé, ou ia para o interior ouvir as denguices de Dona Plácida. Cinco ou dez minutos depois, reatávamos a palestra, como eu reato a narração, para desatá-la outra vez. Note-se que, longe de termos horror ao método, era nosso costume convidá-lo, na pessoa de D. Plácida, a sentar-se conosco à mesa; mas D. Plácida não aceitava nunca.

– Você parece que não gosta mais de mim – disse-lhe um dia Virgília.

– Virgem Nossa Senhora! – exclamou a boa dama alçando as mãos para o teto. – Não gosto de Iaiá! Mas então de quem é que eu gostaria neste mundo?

E, pegando-lhe nas mãos, olhou-a fixamente, fixamente, fixamente, até molharem-se-lhe os olhos, de tão fixo que era. Virgília acariciou-a muito; eu deixei-lhe uma pratinha na algibeira do vestido.

LXXIV
HISTÓRIA DE D. PLÁCIDA

Não te arrependas de ser generoso; a pratinha rendeu-me uma confidência de D. Plácida, e conseguintemente este capítulo. Dias depois, como eu a achasse só em casa, travamos palestra, e ela contou-me em breves termos a sua história. Era filha natural de um sacristão da Sé e de uma mulher que fazia doces para fora. Perdeu o pai aos dez anos. Já então ralava coco e fazia não sei que outros trabalhos de doceira, compatíveis com a idade. Aos quinze ou dezesseis casou com um alfaiate, que morreu tísico algum tempo depois, deixando-lhe uma filha. Viúva e moça, ficaram a seu cargo a filha, com dois anos, e a mãe, cansada de trabalhar. Tinha de sustentar a três pessoas. Fazia doces, que era o seu ofício, mas cosia também, de dia e de noite, com afinco, para três ou quatro lojas, e ensinava algumas crianças do bairro, a dez tostões por mês. Com isto iam-se passando os anos, não a beleza, porque não a tivera nunca. Apareceram-lhe alguns namoros, propostas, seduções, a que resistia.

– Se eu pudesse encontrar outro marido – disse-me ela – creia que me teria casado; mas ninguém queria casar comigo.

Um dos pretendentes conseguiu fazer-se aceito; não sendo, porém, mais delicado que os outros, D. Plácida despediu-o do mesmo modo, e, depois de o despedir, chorou muito. Continuou a coser para fora e a escumar os tachos. A mãe tinha a rabugem do temperamento, dos anos e da necessidade; mortificava a filha para que tomasse um dos maridos de empréstimo e de ocasião que lha pediam. E bradava:

– Queres ser melhor do que eu? Não sei donde te vêm essas fidúcias de pessoa rica. Minha camarada, a vida não se arranja à toa; não se come vento. Ora esta! Moços tão bons como o Policarpo da venda, coitado... Esperas algum fidalgo, não é?

D. Plácida jurou-me que não esperava fidalgo nenhum. Era gênio. Queria ser casada. Sabia muito bem que a mãe o não fora, e conhecia algumas que tinham só o seu moço delas; mas era gênio e queria ser casada. Não queria também que a filha fosse outra coisa. Trabalhava muito, queimando os dedos ao fogão, e os olhos ao candeeiro, para comer e não cair. Emagreceu, adoeceu, perdeu a mãe, enterrou-a por subscrição, e continuou a trabalhar. A filha estava com quatorze anos; mas era muito fraquinha, e não fazia nada, a não ser namorar os capadócios que lhe rondavam a rótula. D. Plácida vivia com imensos cuidados, levando-a consigo, quando tinha de ir entregar costuras. A gente das lojas arregalava e piscava os olhos, convencida de que ela a levava para colher marido ou outra coisa. Alguns diziam graçolas, faziam cumprimentos; a mãe chegou a receber propostas de dinheiro...

Interrompeu-se um instante, e continuou logo:

– Minha filha fugiu-me; foi com um sujeito, nem quero saber... Deixou-me só, mas tão triste, tão triste, que pensei morrer. Não tinha ninguém mais no mundo e estava quase velha e doente. Foi por esse tempo que conheci a família de Iaiá; boa gente, que me deu que fazer, e até chegou a me dar casa. Estive lá muitos meses, um ano, mais de um ano, agregada, costurando. Saí quando Iaiá casou. Depois vivi como Deus foi servido. Olhe os meus dedos, olhe estas mãos... – E mostrou-me as mãos grossas e gretadas, as pontas dos dedos picadas da agulha. – Não se cria isto à toa, meu senhor; Deus sabe como é que isto se cria... Felizmente, Iaiá me protegeu, e o senhor doutor também... Eu tinha um medo de acabar na rua, pedindo esmola...

Ao soltar a última frase, D. Plácida teve um calafrio. Depois, como se tornasse a si, pareceu atentar na inconveniência daquela confissão ao amante de uma mulher casada, e começou a rir, a desdizer-se, a chamar-se tola, "cheia de fidúcias", como lhe dizia a mãe; enfim, cansada do meu silêncio, retirou-se da sala. Eu fiquei a olhar para a ponta do botim.

LXXV
COMIGO

Podendo acontecer que algum dos meus leitores tenha pulado o capítulo anterior, observo que é preciso lê-lo para entender o que eu disse comigo, logo depois que D. Plácida saiu da sala. O que eu disse foi isto:

– Assim, pois, o sacristão da Sé, um dia, ajudando à missa, viu entrar a dama, que devia ser sua colaboradora na vida de D. Plácida. Viu-a outros dias, durante semanas inteiras, gostou, disse-lhe alguma graça, pisou-lhe o pé, ao acender os altares, nos dias de festa. Ela gostou dele, acercaram-se, amaram-se. Dessa conjunção de luxúrias vadias brotou D. Plácida. É de crer que D. Plácida não falasse ainda quando nasceu, mas se falasse podia dizer aos autores de seus dias: "Aqui estou. Para que me chamastes?". E o sacristão e a sacristã naturalmente lhe responderiam: "Chamamos-te para queimar os dedos nos tachos, os olhos na costura, comer mal, ou não comer, andar de um lado para outro, na faina, adoecendo e sarando, com o fim de tornar a adoecer e sarar outra vez, triste agora, logo desesperada, amanhã resignada, mas sempre com as mãos no tacho e os olhos na costura, até acabar um dia na lama ou no hospital; foi para isso que te chamamos, num momento de simpatia".

LXXVI
O ESTRUME

Súbito deu-me a consciência um repelão, acusou-me de ter feito capitular a probidade de D. Plácida, obrigando-a a um papel torpe, depois de uma longa vida de trabalho e privações. Medianeira não era melhor que concubina, e eu tinha-a baixado a esse ofício, à custa de obséquios e dinheiros. Foi o que me disse a consciência; fiquei uns dez minutos sem saber que lhe replicasse. Ela acrescentou que eu me aproveitara da fascinação exercida por Virgília sobre a ex-costureira, da gratidão desta, enfim da necessidade. Notou a resistência de D. Plácida, as lágrimas dos primeiros dias, as caras feias, os silêncios, os olhos baixos, e a minha arte em suportar tudo isso, até vencê-la. E repuxou-me outra vez de um modo irritado e nervoso.

Concordei que assim era, mas aleguei que a velhice de D. Plácida estava agora ao abrigo da mendicidade: era uma compensação. Se não fossem os meus amores, provavelmente D. Plácida acabaria como tantas outras criaturas humanas; donde se poderia deduzir que o vício é muitas vezes o estrume da virtude. O que não impede que a virtude seja uma flor cheirosa e sã. A consciência concordou, e eu fui abrir a porta a Virgília.

LXXVII
ENTREVISTA

Virgília entrou risonha e sossegada. Os tempos tinham levado os sustos e vexames. Que doce que era vê-la chegar, nos primeiros dias, envergonhada e trêmula! Ia de sege, velado o rosto, envolvida numa espécie de mantéu, que lhe disfarçava as ondulações do talhe. Da primeira vez deixou-se cair no canapé, ofegante, escarlate, com os olhos no chão; e, palavra! Em nenhuma outra ocasião a achei tão bela, talvez porque nunca me senti mais lisonjeado.

Agora, porém, como eu dizia, tinham acabado os sustos e vexames; as entrevistas entravam no período cronométrico. A intensidade do amor era a mesma; a diferença é que a chama perdera o tresloucado dos primeiros dias para constituir-se um simples feixe de raios, tranquilo e constante, como nos casamentos.

– Estou muito zangada com você – disse ela sentando-se.

– Por quê?

– Por que não foi lá ontem, como me tinha dito. O Damião perguntou muitas vezes se você não iria, ao menos, tomar chá. Por que é que não foi?

Com efeito, eu havia faltado à palavra que dera, e a culpa era toda de Virgília. Questão de ciúmes. Essa mulher esplêndida sabia que o era, e gostava de o ouvir dizer, fosse em voz alta ou baixa. Na antevéspera, em casa da baronesa, valsara duas vezes com o mesmo peralta, depois de lhe escutar as cortesanices, ao canto de uma janela. Estava tão alegre! Tão derramada! Tão cheia de si! Quando descobriu, entre as minhas sobrancelhas, a ruga interrogativa e ameaçadora, não teve nenhum sobressalto, nem ficou subitamente séria; mas deitou ao mar o peralta e as cortesanices. Veio depois a mim, tomou-me o braço, e levou-me a outra sala, menos povoada, onde se me queixou de cansaço, e disse muitas outras coisas, com o ar pueril que costumava ter, em certas ocasiões, e eu ouvi-a quase sem responder nada.

Agora mesmo, custava-me responder alguma coisa, mas enfim contei-lhe o motivo da minha ausência... Não, eternas estrelas, nunca vi olhos mais pasmados. A boca semiaberta, as sobrancelhas arqueadas, uma estupefação visível, tangível, que se não podia negar, tal foi a primeira réplica de Virgília; abanou a cabeça com um sorriso de piedade e ternura, que inteiramente me confundiu.

– Ora, você!

E foi tirar o chapéu, lépida, jovial como a menina que torna do colégio; depois veio a mim, que estava sentado, deu-me pancadinha na testa, com um só dedo, a repetir: "Isto, isto" – e eu não tive remédio senão rir também, e tudo acabou em galhofa. Era claro que me enganara.

LXXVIII
A PRESIDÊNCIA

Certo dia, meses depois, entrou Lobo Neves em casa, dizendo que iria talvez ocupar uma presidência de província. Olhei para Virgília, que empalideceu; ele, que a viu empalidecer, perguntou-lhe:

– A modo que não gostaste, Virgília?

Virgília abanou a cabeça.

– Não me agrada muito – foi a sua resposta.

Não se disse mais nada; mas de noite Lobo Neves insistiu no projeto um pouco mais resolutamente do que de tarde; dois dias depois declarou à mulher que a presidência era coisa definitiva. Virgília não pôde dissimular a repugnância que isto lhe causava. O marido respondia a tudo com as necessidades políticas.

– Não posso recusar o que me pedem; é até conveniência nossa, do nosso futuro, dos teus brasões, meu amor, porque eu prometi que serias marquesa, e nem baronesa estás. Dirás que sou ambicioso? Sou-o deveras, mas é preciso que me não ponhas um peso nas asas da ambição.

Virgília ficou desorientada. No dia seguinte achei-a triste, na casa da Gamboa, à minha espera; tinha dito tudo a D. Plácida, que buscava consolá-la como podia. Não fiquei menos abatido.

– Você há de ir conosco – disse-me Virgília.

– Está doida? Seria uma insensatez.

– Mas então...?

– Então, é preciso desfazer o projeto.

– É impossível.

– Já aceitou?

– Parece que sim.

Levantei-me, atirei o chapéu a uma cadeira, e entrei a passear de um lado para outro, sem saber o que faria. Cogitei largamente, e não achei nada. Enfim, cheguei-me a Virgília, que estava sentada, e travei-lhe da mão; D. Plácida foi à janela.

– Nesta pequenina mão está toda a minha existência – disse eu –; você é responsável por ela; faça o que lhe parecer.

Virgília teve um gesto aflitivo; eu fui encostar-me ao consolo fronteiro. Decorreram alguns instantes de silêncio; ouvíamos somente o latir de um cão, e não sei se o rumor da água, que morria na praia. Vendo que não falava, olhei para ela. Virgília tinha os olhos no chão, parados, sem luz, as mãos deixadas sobre os joelhos, com os dedos cruzados, na atitude da suprema desesperança. Noutra ocasião, por diferente motivo, é certo que eu me lançaria aos pés dela, e a ampararia com a minha razão e a minha ternura; agora, porém, era preciso compeli-la ao esforço de si mesma, ao sacrifício, à responsabilidade da nossa vida comum, e conseguintemente desampará-la, deixá-la, e sair; foi o que fiz.

– Repito, a minha felicidade está nas tuas mãos – disse eu.

Virgília quis agarrar-me, mas eu já estava fora da porta. Cheguei a ouvir um prorromper de lágrimas, e digo-lhes que estive a ponto de voltar, para as enxugar com um beijo; mas subjuguei-me e saí.

LXXIX
COMPROMISSO

Não acabaria se houvesse de contar pelo miúdo o que padeci nas primeiras horas. Vacilava entre um querer e um não querer, entre a piedade que me empuxava à casa de Virgília e outro sentimento – egoísmo, suponhamos – que me dizia: "Fica; deixa-a a sós com o problema, deixa-a que ela o resolverá no sentido do amor". Creio que essas duas forças tinham igual intensidade, investiam e resistiam ao mesmo tempo, com ardor, com tenacidade, e nenhuma cedia definitivamente. Às vezes sentia um dentezinho de remorso; parecia-me que abusava da fraqueza de uma mulher amante e culpada, sem nada sacrificar nem arriscar de mim próprio; e, quando ia a capitular, vinha outra vez o amor, e me repetia o conselho egoísta, e eu ficava irresoluto e inquieto, desejoso de a ver, e receoso de que a vista me levasse a compartir a responsabilidade da solução.

Por fim interveio um compromisso entre o egoísmo e a piedade; eu iria vê-la em casa, e só em casa, em presença do marido, para lhe não dizer nada, à véspera do efeito da minha intimação. Deste modo poderia conciliar as duas forças. Agora, que isto escrevo, quer-me parecer que o compromisso era uma burla, que essa piedade era ainda uma forma de egoísmo, e que a resolução de ir consolar Virgília não passava de uma sugestão de meu próprio padecimento.

LXXX
DE SECRETÁRIO

Na noite seguinte fui efetivamente à casa do Lobo Neves; estavam ambos, Virgília muito triste, ele muito jovial. Juro que ela sentiu certo alívio, quando os nossos olhos se encontraram, cheios de curiosidade e ternura. Lobo Neves contou-me os planos que levava para a presidência, as dificuldades locais, as esperanças, as resoluções; estava tão contente! Tão esperançado! Virgília, ao pé da mesa, fingia ler um livro, mas por cima da página olhava-me de quando em quando, interrogativa e ansiosa.

– O pior – disse-me de repente o Lobo Neves – é que ainda não achei secretário.

– Não?

– Não, e tenho uma ideia.

– Ah!

– Uma ideia... Quer você dar um passeio ao Norte?

Não sei o que lhe disse.

– Você é rico – continuou ele –, não precisa de um magro ordenado; mas se quisesse obsequiar-me, ia de secretário comigo.

Meu espírito deu um salto para trás, como se descobrisse uma serpente diante de si. Encarei o Lobo Neves, fixamente, imperiosamente a ver se lhe apanhava algum pensamento oculto... Nem sombra disso; o olhar vinha direito e franco, a placidez do rosto era natural, não violenta, uma placidez salpicada de alegria. Respirei, e não tive ânimo de olhar para Virgília; senti por cima da página o olhar dela, que me pedia também a mesma coisa, e disse que sim, que iria. Na verdade, um presidente, uma presidenta, um secretário, era resolver as coisas de um modo administrativo.

LXXXI
A RECONCILIAÇÃO

Contudo, ao sair de lá, tive umas sombras de dúvida; cogitei se não ia expor insanamente a reputação de Virgília, se não haveria outro meio razoável de combinar o Estado e a Gamboa. Não achei nada. No dia seguinte, ao levantar-me da cama, trazia o espírito feito e resoluto a aceitar a nomeação. Ao meio-dia, veio o criado dizer-me que estava na sala uma senhora, coberta com um véu. Corro; era minha irmã Sabina.

– Isto não pode continuar assim – disse ela –; é preciso que, de uma vez por todas, façamos as pazes. Nossa família está acabando; não havemos de ficar como dois inimigos.

– Mas se eu não te peço outra coisa, mana! – bradei estendendo-lhe os braços.

Sentei-a ao pé de mim, falei-lhe do marido, da filha, dos negócios, de tudo. Tudo ia bem; a filha estava linda como os amores. O marido viria mostrar-ma, se eu consentisse.

– Ora essa! Irei eu mesmo vê-la.

– Sim?

– Palavra.

– Tanto melhor! – respirou Sabina. – É tempo de acabar com isto.

Achei-a mais gorda, e talvez mais moça. Parecia ter vinte anos, e contava mais de trinta. Graciosa, afável, nenhum acanhamento, nenhum ressentimento. Olhávamos um para o outro, com as mãos seguras, falando de tudo e de nada, como dois namorados. Era minha infância que ressurgia, fresca, travessa e loura; os anos iam caindo como as fileiras de cartas de jogar encurvadas, com que eu brincava em pequeno, e deixavam-me ver a nossa casa, a nossa família, as nossas festas. Suportei a recordação com algum esforço; mas um barbeiro da vizinhança lembrou-se de zangarrear na clássica rabeca, e essa voz – porque até então a recordação era muda – essa voz do passado, fanhosa e saudosa, a tal ponto me comoveu, que...

Os olhos dela estavam secos. Sabina não herdara a flor amarela e mórbida. Que importa? Era minha irmã, meu sangue, um pedaço de minha mãe, e eu disse-lho com ternura, com sinceridade... Súbito, ouço bater à porta da sala; vou abrir; era um anjinho de cinco anos.

– Entra, Sara – disse Sabina.

Era minha sobrinha. Apanhei-a do chão, beijei-a muitas vezes; a pequena, espantada, empurrava-me o ombro com a mãozinha, quebrando o corpo para descer... Nisto, aparece-me à porta um chapéu, e logo um homem, o Cotrim, nada menos que o Cotrim. Eu estava tão comovido, que deixei a filha e lancei-me aos braços do pai. Talvez essa efusão o desconcertou um pouco; é certo que me pareceu acanhado. Simples prólogo. Daí a pouco falávamos como bons amigos velhos. Nenhuma alusão ao passado, muitos planos de futuro, promessa de jantarmos em casa um do outro. Não deixei de dizer que essa troca de jantares podia ser que tivesse uma curta interrupção, porque eu andava com ideias de uma viagem ao Norte. Sabina olhou para o Cotrim, o Cotrim para Sabina; ambos concordaram que essas ideias não tinham senso comum. Que diacho podia eu achar no Norte? Pois não era na corte, em plena corte, que devia continuar a luzir, a meter num chinelo os rapazes do tempo? Que, na verdade, nenhum havia que se me comparasse; ele, Cotrim, acompanhava-me de longe, e, não obstante uma briga ridícula, teve sempre interesse, orgulho, vaidade nos meus triunfos. Ouvia o que se dizia a meu respeito, nas ruas e nas salas; era um concerto de louvores e admirações. E deixa-se isso para ir passar alguns meses na província, sem necessidade, sem motivo sério? A menos que não fosse política...

– Justamente política – disse eu.

– Nem assim – replicou ele daí a um instante. E depois de outro silêncio: – Seja como for, venha jantar hoje conosco.

– Certamente que vou; mas, amanhã ou depois, hão de vir jantar comigo.

– Não sei, não sei – objetou Sabina –; casa de homem solteiro... Você precisa casar, mano. Também eu quero uma sobrinha, ouviu?

Cotrim reprimiu-a com um gesto, que não entendi bem. Não importa; a reconciliação de uma família vale bem um gesto enigmático.

LXXXII
QUESTÃO DE BOTÂNICA

Digam o que quiserem dizer os hipocondríacos: a vida é uma coisa doce. Foi o que eu pensei comigo, ao ver Sabina, o marido e a filha descerem de tropel as escadas, dizendo muitas palavras afetuosas para cima, onde eu ficava – no patamar –, a dizer-lhes outras tantas para baixo. Continuei a pensar que, na verdade, era feliz. Amava-me uma mulher, tinha a confiança do marido, ia por secretário de ambos, reconciliava-me com os meus. Que podia desejar mais, em vinte e quatro horas?

Nesse mesmo dia, tratando de aparelhar os ânimos, comecei a espalhar que talvez fosse para o Norte como secretário de província, a fim de realizar certos desígnios políticos, que me eram pessoais. Disse-o na Rua do Ouvidor, repeti-o no dia seguinte, no Pharoux e no teatro. Alguns, ligando a minha nomeação à do Lobo Neves, que já andava em boatos, sorriam maliciosamente, outros batiam-me no ombro. No teatro disse-me uma senhora que era levar muito longe o amor da escultura. Referia-se às belas formas de Virgília.

Mas a alusão mais rasgada que me fizeram foi em casa de Sabina, três dias depois. Fê-la um certo Garcez, velho cirurgião, pequenino, trivial e grulha, que podia chegar aos setenta, aos oitenta, aos noventa anos, sem adquirir jamais aquela compostura austera, que é a gentileza do ancião. A velhice ridícula é, porventura, a mais triste e derradeira surpresa da natureza humana.

– Já sei, desta vez vai ler Cícero – disse-me ele, ao saber da viagem.

– Cícero! – exclamou Sabina.

– Pois então? Seu mano é um grande latinista. Traduz Virgílio de relance. Olhe que é Virgílio, e não Virgília... não confunda...

E ria, de um riso grosso, rasteiro e frívolo. Sabina olhou para mim, receosa de alguma réplica; mas sorriu, quando me viu sorrir, e voltou o rosto para disfarçá-lo. As outras pessoas olhavam-me com um ar de curiosidade, indulgência e simpatia; era transparente que não acabavam de ouvir nenhuma novidade. O caso dos meus amores andava mais público do quc cu podia supor. Entretanto sorri, um sorriso curto, fugitivo e guloso – palreiro como as pegas de Sintra. Virgília era um belo erro, e é tão fácil confessar um belo erro! Costumava ficar carrancudo, a princípio, quando ouvia alguma alusão aos nossos amores; mas, palavra de honra! Sentia cá dentro uma impressão suave e lisonjeira. Uma vez, porém, aconteceu-me sorrir, e continuei a fazê-lo das outras vezes. Não sei se há aí alguém que explique o fenômeno. Eu explico-o assim: a princípio, o contentamento, sendo interior, era por assim dizer o mesmo sorriso, mas abotoado; andando o tempo, desabotoou-se em flor, e apareceu aos olhos do próximo. Simples questão de botânica.

LXXXIII

13

Cotrim tirou-me daquele gozo, levando-me à janela.

– Você quer que lhe diga uma coisa? – perguntou ele. – Não faça essa viagem; é insensata, é perigosa.

– Por quê?

– Você bem sabe por que – tornou ele –; é, sobretudo, perigosa, muito perigosa. Aqui na corte, um caso desses perde-se na multidão da gente e dos interesses; mas na província muda de figura; e tratando-se de personagens políticos, é realmente insensatez. As gazetas de oposição, logo que farejarem o negócio, passam a imprimi-lo com todas as letras, e aí virão as chufas, os remoques, as alcunhas...

– Mas não entendo...

– Entende, entende. Em verdade, seria bem pouco amigo nosso, se me negasse o que toda a gente sabe. Eu sei disso há longos meses. Repito, não faça semelhante viagem; suporte a ausência, que é melhor, e evite algum grande escândalo e maior desgosto...

Disse isto, e foi para dentro. Eu deixei-me estar com os olhos no lampião da esquina – um antigo lampião de azeite –, triste, obscuro e recurvado, como um ponto de interrogação. Que me cumpria fazer? Era o caso de Hamlet: ou dobrar-me à fortuna, ou lutar com ela e subjugá-la. Por outros termos: embarcar ou não embarcar. Esta era a questão. O lampião não me dizia nada. As palavras do Cotrim ressoavam-me aos ouvidos da memória, de um modo muito diverso do das palavras do Garcez. Talvez Cotrim tivesse razão; mas podia eu separar-me de Virgília?

Sabina veio ter comigo, e perguntou-me em que estava pensando. Respondi que em coisa nenhuma, que tinha sono e ia para casa. Sabina esteve um instante calada. "O que você precisa, sei eu; é uma noiva. Deixe, que eu ainda arranjo uma noiva para você". Saí de lá opresso, desorientado. Tudo pronto para embarcar – espírito e coração –, e eis aí me surge esse porteiro das conveniências, que me pede o cartão de ingresso. Dei ao diabo as conveniências, e com elas a constituição, o corpo legislativo, o ministério, tudo.

No dia seguinte, abro uma folha política e leio a notícia de que, por decretos de 13, tínhamos sido nomeados presidente e secretário da província de *** o Lobo Neves e eu. Escrevi imediatamente a Virgília, e segui duas horas depois para a Gamboa. Coitada de D. Plácida! Estava cada vez mais aflita; perguntou-me se esqueceríamos a nossa velha, se a ausência era grande e se a província ficava longe. Consolei-a; mas eu próprio precisava de consolações; a objeção de Cotrim afligia-me. Virgília chegou daí a pouco, lépida como uma andorinha; mas, ao ver-me triste, ficou muito séria.

– Que aconteceu?

– Vacilo – disse eu –; não sei se devo aceitar...

Virgília deixou-se cair, no canapé, a rir.

– Por quê? – disse ela.

– Não é conveniente, dá muito na vista...

– Mas nós não já vamos.

– Como assim?

Contou-me que o marido ia recusar a nomeação, e por motivo que só lhe disse, a ela, pedindo-lhe o maior segredo; não podia confessá-lo a ninguém mais.

– É pueril – observou ele –, é ridículo; mas em suma, é um motivo poderoso para mim.

Referiu-lhe que o decreto trazia a data de 13, e que esse número significava para ele uma recordação fúnebre. O pai morreu num dia 13, treze dias depois de um jantar em que havia treze pessoas. A casa em que morrera a mãe tinha o n. 13. *Et coetera*. Era um algarismo fatídico. Não podia alegar semelhante coisa ao ministro; dir-lhe-ia que tinha razões particulares para não aceitar. Eu fiquei como há de estar o leitor – um pouco assombrado com esse sacrifício a um número; mas, sendo ele ambicioso, o sacrifício devia ser sincero...

LXXXIV

O CONFLITO

Número fatídico, lembras-te que te abençoei muitas vezes? Assim também as virgens ruivas de Tebas deviam abençoar a égua, de ruiva crina, que as substituiu no sacrifício de Pelópidas – uma donosa égua, que lá morreu, coberta de flores, sem que ninguém lhe desse nunca uma palavra de saudade. Pois dou-ta eu, égua piedosa, não só pela morte havida, como porque, entre as donzelas escapas, não é impossível que figurasse uma avó dos Cubas... Número fatídico, tu foste a nossa salvação. Não me confessou o marido a causa da recusa; disse-me também que eram negócios particulares, e o rosto sério, convencido, com que eu o escutei, fez honra à dissimulação humana. Ele é que mal podia encobrir a tristeza profunda que o minava; falava pouco, absorvia-se, metia-se em casa, a ler. Outras vezes recebia, e então conversava e ria muito, com estrépito e afetação. Oprimiam-no duas coisas – a ambição, que um escrúpulo desasara, e logo depois a dúvida, e talvez o arrependimento –, mas um arrependimento, que viria outra vez, se repetisse a hipótese, porque o fundo supersticioso existia. Duvidava da superstição, sem chegar a rejeitá-la. Essa persistência de um sentimento, que repugna ao mesmo indivíduo, era um fenômeno digno de alguma atenção. Mas eu preferia a pura ingenuidade de D. Plácida, quando confessava não poder ver um sapato voltado para o ar.

– Que tem isso? – perguntava-lhe eu.

– Faz mal – era a sua resposta.

Isto somente, esta única resposta, que valia para ela o livro dos sete selos. Faz mal. Disseram-lhe isso em criança, sem outra explicação, e ela contentava-se com a certeza do mal. Já não acontecia mesma coisa quando se falava de apontar uma estrela com o dedo; aí sabia perfeitamente que era caso de criar uma verruga.

Ou verruga ou outra coisa, que valia isso, para quem não perde uma presidência de província? Tolera-se uma superstição gratuita ou barata; é insuportável a que leva uma parte da vida. Este era o caso do Lobo Neves com o acréscimo da dúvida e do terror de haver sido ridículo. E mais este outro acréscimo, que o ministro não acreditou nos motivos particulares; atribuiu a recusa do Lobo Neves a manejos políticos, ilusão complicada de algumas aparências; tratou-o mal, comunicou a desconfiança aos colegas; sobrevieram incidentes; enfim, com o tempo, o presidente resignatário foi para a oposição.

LXXXV
O CIMO DA MONTANHA

Quem escapa a um perigo ama a vida com outra intensidade. Entrei a amar Virgília com muito mais ardor, depois que estive a pique de a perder, e a mesma coisa lhe aconteceu a ela. Assim, a presidência não fez mais do que avivar a afeição primitiva; foi a droga com que tornamos mais saboroso o nosso amor, e mais prezado também. Nos primeiros dias, depois daquele incidente, folgávamos de imaginar a dor da separação, se houvesse separação, a tristeza de um e de outro, à proporção que o mar, como uma toalha elástica, se fosse dilatando entre nós; e, semelhantes às crianças, que se achegam ao regaço das mães, para fugir a uma simples careta, fugíamos do suposto perigo, apertando-nos com abraços.

– Minha boa Virgília!

– Meu amor!

– Tu és minha, não?

– Tua, tua...

E assim reatamos o fio da aventura como a sultana Scheherazade o dos seus contos. Esse foi, cuido eu, o ponto máximo do nosso amor, o cimo da montanha, donde por algum tempo divisamos os vale de leste e de oeste, e por cima de nós o céu tranquilo e azul. Repousado esse tempo, começamos a descer a encosta, com as mãos presas ou soltas, mas a descer, a descer...

LXXXVI
O MISTÉRIO

Serra abaixo, como eu a visse um pouco diferente, não sei se abatida ou outra coisa, perguntei-lhe o que tinha; calou-se, fez um gesto de enfado, de mal-estar, de fadiga; ateimei, ela disse-me que... Um fluido sutil percorreu todo o meu corpo: sensação forte, rápida, singular, que eu não chegarei jamais a fixar no papel. Travei-lhe das mãos, puxei-a levemente a mim, e beijei-a na testa, com uma delicadeza de zéfiro e uma gravidade de Abraão. Ela estremeceu, colheu-me a cabeça entre as palmas, fitou-me os olhos, depois afagou-me com um gesto maternal... Eis aí um mistério; deixemos ao leitor o tempo de decifrar este mistério.

LXXXVII
GEOLOGIA

Sucedeu por esse tempo um desastre; a morte do Viegas. O Viegas passou aí de relance, com os seus setenta anos, abafados de asma, desconjuntados de reumatismo, e uma lesão de coração por quebra. Foi um dos finos espreitadores da nossa aventura. Virgília nutria grandes esperanças em que esse velho parente, avaro como um sepulcro, lhe amparasse o futuro do filho, com algum legado; e, se o marido tinha iguais pensamentos, encobria-os ou estrangulava-os. Tudo se deve dizer: havia no Lobo Neves certa dignidade fundamental, uma camada de rocha, que resistia ao comércio dos homens. As outras, as camadas de cima, terra solta e areia, levou-lhas a vida, que é um enxurro perpétuo. Se o leitor ainda se lembra do capítulo XXIII, observará que é agora a segunda vez que eu comparo a vida a um enxurro; mas também há de reparar que desta vez acrescento-lhe um adjetivo – perpétuo. E Deus sabe a força de um adjetivo, principalmente em países novos e cálidos.

O que é novo neste livro é a geologia moral do Lobo Neves, e provavelmente a do cavalheiro, que me está lendo. Sim, essas camadas de caráter, que a vida altera, conserva ou dissolve, conforme a resistência delas, essas camadas mereceriam um capítulo, que eu não escrevo, por não alongar a narração. Digo apenas que o homem mais probo que conheci em minha vida foi um certo Jacó Medeiros ou Jacó Valadares, não me recorda bem o nome. Talvez fosse Jacó Rodrigues; em suma, Jacó. Era a probidade em pessoa; podia ser rico, violentando um pequenino escrúpulo, e não quis; deixou ir pelas mãos fora nada menos de uns quatrocentos contos; tinha a probidade tão exemplar, que chegava a ser miúda e cansativa. Um dia, como nos achássemos, a sós, em casa dele, em boa palestra, vieram dizer que o procurava o Dr. B., um sujeito enfadonho. Jacó mandou dizer que não estava em casa.

– Não pega – bradou uma voz do corredor –; cá estou de dentro.

E, com efeito, era o Dr. B., que apareceu logo à porta da sala. Jacó foi recebê-lo, afirmando que cuidava ser outra pessoa, e não ele, e acrescentando que tinha muito prazer com a visita, o que nos rendeu hora e meia de enfado mortal, e isto mesmo, porque Jacó tirou o relógio; o Dr. B. perguntou-lhe então se ia sair.

– Com minha mulher – disse Jacó.

Retirou-se o Dr. B. e respiramos. Uma vez respirados, disse eu ao Jacó que ele acabava de mentir quatro vezes, em menos de duas horas: a primeira, negando-se, a segunda, alegrando-se com a presença do importuno; a terceira, dizendo que ia sair; a quarta, acrescentando que com a mulher. Jacó refletiu um instante, depois confessou a justeza da minha observação, mas desculpou-se dizendo que a veracidade absoluta era incompatível com um estado social adiantado, e que a paz das cidades só se podia obter à custa de embaçadelas recíprocas... Ah! Lembra-me agora: chamava-se Jacó Tavares.

LXXXVIII
O ENFERMO

Não é preciso dizer que refutei tão perniciosa doutrina, com os mais elementares argumentos; mas ele estava tão vexado do meu reparo, que resistiu até o fim, mostrando certo calor fictício, talvez para atordoar a consciência.

O caso de Virgília tinha alguma gravidade mais. Ela era menos escrupulosa que o marido: manifestava claramente as esperanças que trazia no legado, cumulava o parente de todas as cortesias, atenções e afagos que poderiam render, pelo menos, um codicilo. Propriamente, adulava-o; mas eu observei que a adulação das mulheres não é a mesma coisa que a dos homens. Esta orça pela servilidade; a outra confunde-se com a afeição. As formas graciosamente curvas, a palavra doce, a mesma fraqueza física dão à ação lisonjeira da mulher uma cor local, um aspecto legítimo. Não importa a idade do adulado; a mulher há de ter sempre para ele uns ares de mãe ou de irmã – ou ainda de enfermeira, outro ofício feminil, em que o mais hábil dos homens carecerá sempre de um *quid*, um fluido, alguma coisa.

Era o que eu pensava comigo, quando Virgília se desfazia toda em afagos ao velho parente. Ela ia recebê-lo à porta, falando e rindo, tirava-lhe o chapéu e a bengala, dava-lhe o braço e levava-o a uma cadeira, ou à cadeira, porque havia lá em casa a "cadeira do Viegas", obra especial, conchegada, feita para gente enferma ou anciã. Ia fechar a janela próxima, se havia alguma brisa, ou abri-la, se estava calor, mas com cuidado, combinando de modo que lhe não desse um golpe de ar.

– Então? Hoje está mais fortezinho...

– Qual! Passei mal a noite: o diabo da asma não me deixa.

E bufava o homem, repousando a pouco e pouco do cansaço da entrada e da subida, não do caminho, porque ia sempre de sege. Ao lado, um pouco mais para a frente, sentava-se Virgília, numa banquinha, com as mãos nos joelhos do enfermo. Entretanto, o nhonhô chegava à sala, sem os pulos do costume, mas discreto, meigo, sério. Viegas gostava muito dele.

– Vem cá, nhonhô – dizia-lhe; e a custo introduzia a mão na ampla algibeira, tirava uma caixinha de pastilhas, metia uma na boca e dava outra ao pequeno. Pastilhas antiasmáticas. O pequeno dizia que eram muito boas.

Repetia-se isto, com variantes. Como o Viegas gostasse de jogar damas, Virgília cumpria-lhe o desejo, aturando-o por largo tempo, a mover as pedras com a mão frouxa e tarda. Outras vezes, desciam a passear na chácara, dando-lhe ela o braço, que ele nem sempre aceitava, por dizer-se rijo e capaz de andar uma légua. Iam, sentavam-se, tornavam a ir, a falar de coisas várias, ora de um negócio de família, ora de uma bisbilhotice de sala, ora enfim de uma casa que ele meditava construir, para residência própria, casa de feitio moderno, porque a dele era das antigas, contemporânea de el-rei D. João VI, à maneira de algumas que ainda hoje (creio eu) se podem ver no bairro de São Cristóvão, com as suas grossas colunas na frente. Parecia-lhe que o casarão em que morava podia ser substituído, e já tinha encomendado o risco a um pedreiro de fama. Ah! Então sim, então é que Virgília chegaria a ver o que era um velho de gosto.

Falava, como se pode supor, lentamente e a custo, intervalado de uma arfagem incômoda para ele e para os outros. De quando em quando, vinha um acesso de tosse; curvo, gemendo, levava o lenço à boca, e investigava-o; passado o acesso, tornava ao plano da casa, que devia ter tais e tais quartos, um terraço, cachoeira, um primor.

LXXXIX
IN EXTREMIS

– Amanhã vou passar o dia em casa do Viegas – disse-me ela uma vez. – Coitado! Não tem ninguém...

Viegas caíra na cama, definitivamente; a filha, casada, adoecera justamente agora, e não podia fazer-lhe companhia. Virgília ia lá de quando em quando. Eu aproveitei a circunstância para passar todo aquele dia ao pé dela. Eram duas horas da tarde quando cheguei. Viegas tossia com tal força que me fazia arder o peito; no intervalo dos acessos debatia o preço de uma casa, com um sujeito magro. O sujeito oferecia trinta contos. Viegas exigia quarenta. O comprador instava como quem receia perder o trem da estrada de ferro, mas Viegas não cedia; recusou primeiramente os trinta contos, depois mais dois, depois mais três, enfim teve um forte acesso, que lhe tolheu a fala durante quinze minutos. O comprador acarinhou-o muito, arranjou-lhe os travesseiros, ofereceu-lhe trinta e seis contos.

– Nunca! – gemeu o enfermo.

Mandou buscar um maço de papéis à escrivaninha; não tendo forças para tirar a fita de borracha que prendia os papéis, pediu-me que os deslaçasse: fi-lo. Eram as contas das despesas com a construção da casa: contas de pedreiro, de carpinteiro, de pintor; contas do papel da sala de visitas, da sala de jantar, das alcovas, dos gabinetes; contas das ferragens; custo do terreno. Ele abria-as, uma por uma, com a mão trêmula, e pedia-me que as lesse, e eu lia-as.

– Veja; mil e duzentos, papel de mil e duzentos a peça. Dobradiças francesas... Veja, é de graça – concluiu ele depois de lida a última conta.

– Pois bem... mas...

– Quarenta contos; não lhe dou por menos. Só os juros... faça a conta dos juros...

Vinham tossidas estas palavras, às golfadas, às sílabas, como se fossem migalhas de um pulmão desfeito. Nas órbitas fundas rolavam os olhos lampejantes, que me faziam lembrar a lamparina da madrugada. Sob o lençol desenhava-se a estrutura óssea do corpo, pontudo em dois lugares, nos joelhos e nos pés; a pele amarelada, bamba, rugosa, revestia apenas a caveira de um rosto sem expressão; uma carapuça de algodão branco cobria-lhe o crânio rapado pelo tempo.

– Então? – disse o sujeito magro.

Fiz-lhe sinal para que não insistisse, e ele calou-se por alguns instantes. O doente ficou a olhar para o teto, calado, a arfar muito: Virgília empalideceu, levantou-se, foi até à janela. Suspeitara a morte e tinha medo. Eu procurei falar de outras coisas. O sujeito magro contou uma anedota, e tornou a tratar da casa, alteando a proposta.

– Trinta e oito contos – disse ele.

– Ahn?... – gemeu o enfermo.

O sujeito magro aproximou-se da cama, pegou-lhe na mão, e sentiu-a fria. Eu acheguei-me ao doente, perguntei-lhe se sentia alguma coisa, se queria tomar um cálice de vinho.

– Não... não... quar... quaren... quar... quar...

Teve um acesso de tosse, e foi o último; daí a pouco expirava ele, com grande consternação do sujeito magro, que me confessou depois a disposição em que estava de oferecer os quarenta contos; mas era tarde.

XCO
VELHO COLÓQUIO DE ADÃO E CAIM

Nada. Nenhuma lembrança testamentária, uma pastilha que fosse, com que do todo em todo não parecesse ingrato ou esquecido. Nada. Virgília travou raivosa esse malogro, e disse-mo com certa cautela, não pela coisa em si, senão porque entendia com o filho, de quem sabia que eu não gostava muito, nem pouco. Insinuei-lhe que não devia pensar mais em semelhante negócio. O melhor de tudo era esquecer o defunto, um lorpa, um cainho sem nome, e tratar de coisas alegres; o nosso filho, por exemplo...

Lá me escapou a decifração do mistério, esse doce mistério de algumas semanas antes, quando Virgília me pareceu um pouco diferente do que era. Um filho! Um ser tirado do meu ser! Esta era a minha preocupação exclusiva daquele tempo. Olhos do mundo, zelos do marido, morte do Viegas, nada me interessava por então, nem conflitos políticos, nem revoluções, nem terremotos, nem nada. Eu só pensava naquele embrião anônimo, de obscura paternidade, e uma voz secreta me dizia: é teu filho. Meu filho! E repetia estas duas palavras, com certa voluptuosidade indefinível, e não sei que assomos de orgulho. Sentia-me homem.

O melhor é que conversávamos os dois, o embrião e eu, falávamos de coisas presentes e futuras. O maroto amava-me, era um pelintra gracioso, dava-me pancadinhas na cara com as mãozinhas gordas, ou então traçava a beca de bacharel, porque ele havia de ser bacharel e fazia um discurso na Câmara dos Deputados. E o pai a ouvi-lo de uma tribuna, com os olhos rasos de lágrimas. De bacharel passava outra vez à escola, pequenino, lousa e livros debaixo do braço, ou então caía no berço para tornar a erguer-se homem. Em vão buscava fixar no espírito uma idade, uma atitude: esse embrião tinha a meus olhos todos os tamanhos e gestos: ele mamava, ele escrevia, ele valsava, ele era o interminável nos limites de um quarto de hora – baby e deputado, colegial e pintalegrete. Às vezes, ao pé de Virgília, esquecia-me dela e de tudo; Virgília sacudia-me, reprochava-me o silêncio; dizia que eu já lhe não queria nada. A verdade é que estava em diálogo com o embrião; era o velho colóquio de Adão e Caim, uma conversa sem palavras entre a vida e a vida, o mistério e o mistério.

XCI
UMA CARTA EXTRAORDINÁRIA

Por esse tempo recebi uma carta extraordinária, acompanhada de um objeto não menos extraordinário. Eis o que a carta dizia:

"Meu caro Brás Cubas,

Há tempos, no Passeio Público, tomei-lhe de empréstimo um relógio. Tenho a satisfação de restituir-lho com esta carta. A diferença é que não é o mesmo, porém outro, não digo superior, mas igual ao primeiro. *Que voulez-vous, monseigneur?* – como dizia Fígaro –, *c'est la misère*. Muitas coisas se deram depois do nosso encontro; irei contá-las pelo miúdo, se me não fechar a porta. Saiba que já não trago aquelas botas caducas, nem envergo uma famosa sobrecasaca cujas abas se perdiam na noite dos tempos. Cedi o meu degrau da escada de São Francisco; finalmente, almoço.

Dito isto, peço licença para ir um dia destes expor-lhe um trabalho, fruto de longo estudo, um novo sistema de filosofia, que não só explica e descreve a origem e a consumação das coisas, como faz dar um grande passo adiante de Zenon e Sêneca, cujo estoicismo era um verdadeiro brinco de crianças ao pé da minha receita moral. É singularmente espantoso esse meu sistema; retifica o espírito humano, suprime a dor, assegura a felicidade, e enche de imensa glória o nosso país. Chamo-lhe Humanitismo, de *Humanitas*, princípio das coisas. Minha primeira ideia revelava uma grande enfatuação: era chamar-lhe borbismo, de Borba; denominação vaidosa, além de rude e molesta. E com certeza exprimia menos. Verá, meu caro Brás Cubas, verá que é deveras um monumento; e se alguma coisa há que possa fazer-me esquecer as amarguras da vida, é o gosto de haver enfim apanhado a verdade e a felicidade. Ei-las na minha mão essas duas esquivas; após tantos séculos de lutas, pesquisas, descobertas, sistemas e quedas, ei-las nas mãos do homem. Até breve, meu caro Brás Cubas. Saudades do

Velho amigo
JOAQUIM BORBA DOS SANTOS"

Li esta carta sem entendê-la. Vinha com ela uma boceta contendo um bonito relógio com as minhas iniciais gravadas, e esta frase: *Lembrança do velho Quincas.* Voltei à carta, reli-a com pausa, com atenção. A restituição do relógio excluía toda a ideia de burla; a lucidez, a serenidade, a convicção – um pouco jactanciosa, é certo – pareciam excluir a suspeita de insensatez. Naturalmente o Quincas Borba herdara de algum dos seus parentes de Minas, e a abastança devolvera-lhe a primitiva dignidade. Não digo tanto; há coisas que se não podem reaver integralmente; mas enfim a regeneração não era impossível. Guardei a carta e o relógio, e esperei a filosofia.

XCII
UM HOMEM EXTRAORDINÁRIO

Já agora acabo com as coisas extraordinárias. Vinha de guardar a carta e o relógio, quando me procurou um homem magro e meão, com um bilhete do Cotrim, convidando-me para jantar. O portador era casado com uma irmã do Cotrim, chegara poucos dias antes do Norte, chamava-se Damasceno, e fizera a revolução de 1831. Foi ele mesmo que me disse isto, no espaço de cinco minutos. Saíra do Rio de Janeiro, por desacordo com o Regente, que era um asno, pouco menos asno do que os ministros que serviram com ele. De resto, a revolução estava outra vez às portas. Neste ponto, conquanto trouxesse as ideias políticas um pouco baralhadas, consegui organizar e formular o governo de suas preferências: era um despotismo temperado – não por cantigas, como dizem alhures –, mas por penachos da guarda nacional. Só não pude alcançar se ele queria o despotismo de um, de três, de trinta ou de trezentos. Opinava por várias coisas, entre outras, o desenvolvimento do tráfico dos africanos e a expulsão dos ingleses. Gostava muito de teatro; logo que chegou foi ao Teatro de São Pedro, onde viu um drama soberbo, a *Maria Joana*, e uma comédia muito interessante, *Kettly, ou a volta à Suíça*. Também gostara muito da Deperini, na *Safo*, ou na *Ana Bolena*, não se lembrava bem. Mas a Candiani! Sim, senhor, era papa-fina. Agora queria ouvir o Ernani, que a filha dele cantava em casa, ao piano: *Ernani, Ernani, involami...* – E dizia isto levantando-se e cantarolando a meia voz. No Norte essas coisas chegavam como um eco. A filha morria por ouvir todas as óperas. Tinha uma voz muito mimosa a filha. E gosto, muito gosto. Ah! Ele estava ansioso por voltar ao Rio de Janeiro. Já havia corrido a cidade toda, com umas saudades... Palavra! Em alguns lugares teve vontade de chorar. Mas não embarcaria mais. Enjoara muito a bordo, como todos os outros passageiros, exceto um inglês... Que os levasse o diabo os ingleses! Isto não ficava direito sem irem todos eles barra fora. Que é que a Inglaterra podia fazer-nos? Se ele encontrasse algumas pessoas de boa vontade, era obra de uma noite a expulsão de tais godemes... Graças a Deus, tinha patriotismo – e batia no peito –, o que não admirava porque era de família; descendia de um antigo capitão-mor muito patriota. Sim, não era nenhum pé-rapado. Viesse a ocasião, e ele havia de mostrar de que pau era a canoa... Mas fazia-se tarde, ia dizer que eu não faltaria ao jantar, e lá me esperava para maior palestra. Levei-o até à porta da sala; ele parou dizendo que simpatizava muito comigo. Quando casara, estava eu na Europa. Conheceu meu pai, um homem às direitas, com quem dançara num célebre baile da Praia Grande... Coisas! Coisas! Falaria depois, fazia-se tarde, tinha de ir levar a resposta ao Cotrim. Saiu; fechei-lhe a porta...

XCIII
O JANTAR

Que suplício que foi o jantar! Felizmente, Sabina fez-me sentar ao pé da filha do Damasceno, uma D. Eulália, ou mais familiarmente Nhã-loló, moça graciosa, um tanto acanhada a princípio, mas só a princípio. Faltava-lhe elegância, mas compensava-a com os olhos, que eram soberbos e só tinham o defeito de se não arrancarem de mim, exceto quando desciam ao prato; mas Nhã-loló comia tão pouco, que quase não olhava para o prato. De noite cantou; a voz era como dizia o pai, "muito mimosa". Não obstante, esquivei-me. Sabina veio até à porta, e perguntou-me que tal achara a filha do Damasceno.

– Assim, assim.

– Muito simpática, não é? – acudiu ela –; falta-lhe um pouco mais de corte. Mas que coração! É uma pérola. Bem boa noiva para você.

– Não gosto de pérolas.

– Casmurro! Para quando é que você se guarda? Para quando estiver a cair de maduro, já sei. Pois, meu rico, quer você queira quer não, há de casar com Nhã-loló.

E dizia isto a bater-me na face com os dedos, meiga como uma pomba, e ao mesmo tempo intimativa e resoluta. Santo Deus! Seria esse o motivo da reconciliação? Fiquei um pouco desconsolado com a ideia, mas uma voz misteriosa chamava-me à casa do Lobo Neves; disse adeus a Sabina e às suas ameaças.

XCIV
A CAUSA SECRETA

– Como está a minha querida mamãe?

A esta palavra, Virgília amuou-se, como sempre. Estava ao canto de uma janela, sozinha, a olhar para a lua, e recebeu-me alegremente; mas quando lhe falei no nosso filho amuou-se. Não gostava de semelhante alusão, aborreciam-lhe as minhas antecipadas carícias paternais. Eu, para quem ela era já uma pessoa sagrada, uma âmbula divina, deixava-a estar quieta. Supus a princípio que o embrião, esse perfil do incógnito, projetando-se na nossa aventura, lhe restituíra a consciência do mal. Enganava-me. Nunca Virgília me parecera mais expansiva, mais sem reservas, menos preocupada dos outros e do marido. Não eram remorsos. Imaginei também que a concepção seria um puro invento, um modo de prender-me a ela, recurso sem longa eficácia, que talvez começava de oprimi-la. Não era absurda esta hipótese; a minha doce Virgília mentia às vezes, com tanta graça!

Naquela noite descobri a causa verdadeira. Era medo do parto e vexame da gravidez. Padecera muito quando lhe nasceu o primeiro filho; e essa hora, feita de minutos de vida e minutos de morte, dava-lhe já imaginariamente os calafrios do patíbulo. Quanto ao vexame, complicava-se ainda da forçada privação de certos hábitos da vida elegante. Com certeza, era isso mesmo; dei-lho a entender, repreendendo-a, um pouco em nome dos meus direitos de pai. Virgília fitou-me; em seguida desviou os olhos e sorriu de um jeito incrédulo.

XCV
FLORES DE ANTANHO

Onde estão elas, as flores de antanho? Uma tarde, após algumas semanas de gestação, esboroou-se todo o edifício das minhas quimeras paternais. Foi-se o embrião, naquele ponto em que se não distingue Laplace de uma tartaruga. Tive a notícia por boca do Lobo Neves, que me deixou na sala e acompanhou o médico à alcova da frustrada mãe. Eu encostei-me à janela, a olhar para a chácara, onde verdejavam as laranjeiras sem flores. Onde iam elas as flores de antanho?

XCVI
A CARTA ANÔNIMA

Senti tocar-me no ombro; era Lobo Neves. Encaramo-nos alguns instantes, mudos, inconsoláveis. Indaguei de Virgília, depois ficamos a conversar uma meia hora. No fim desse tempo, vieram trazer-lhe uma carta; ele leu-a, empalideceu muito, e fechou-a com a mão trêmula. Creio que lhe vi fazer um gesto, como se quisesse atirar-se sobre mim; mas não me lembra bem. O que me lembra claramente é que durante os dias seguintes recebeu-me frio e taciturno. Enfim, Virgília contou-me tudo, daí a dias na Gamboa.

O marido mostrou-lhe a carta, logo que ela se restabeleceu. Era anônima e denunciava-nos. Não dizia tudo; não falava, por exemplo, das nossas entrevistas externas; limitava-se a precavê-lo contra a minha intimidade, e acrescentava que a suspeita era pública. Virgília leu a carta e disse com indignação que era uma calúnia infame.

– Calúnia? – perguntou Lobo Neves.

– Infame.

O marido respirou; mas, tornando à carta, parece que cada palavra dela lhe fazia com o dedo um sinal negativo, cada letra bradava contra a indignação da mulher. Esse homem, aliás intrépido, era agora a mais frágil das criaturas. Talvez a imaginação lhe mostrou, ao longe, o famoso olho da opinião, a fitá-lo sarcasticamente, com um ar de pulha; talvez uma boca invisível lhe repetiu ao ouvido as chufas que ele escutara ou dissera outrora. Instou com a mulher que lhe confessasse tudo, porque tudo lhe perdoaria. Virgília compreendeu que estava salva; mostrou-se irritada com a insistência, jurou que da minha parte só ouvira palavras de gracejo e cortesia. A carta havia de ser de algum namorado sem-ventura. E citou alguns – um que a galanteara francamente, durante três semanas, outro que lhe escrevera uma carta, e ainda outros e outros. Citava-os pelo nome, com circunstâncias, estudando os olhos do marido, e concluiu dizendo que, para não dar margem à calúnia, tratar-me-ia de maneira que eu não voltaria lá.

Ouvi tudo isto um pouco turbado, não pelo acréscimo de dissimulação que era preciso empregar de ora em diante, até afastar-me inteiramente da casa do Lobo Neves, mas pela tranquilidade moral de Virgília, pela falta de comoção, de susto, de saudades, e até de remorsos. Virgília notou a minha preocupação, levantou-me a cabeça, porque eu olhava então para o soalho, e disse-me com certa amargura:

– Você não merece os sacrifícios que lhe faço.

Não lhe disse nada; era ocioso ponderar-lhe que um pouco de desespero e terror daria à nossa situação o sabor cáustico dos primeiros dias; mas se lho dissesse, não é impossível que ela chegasse lenta e artificiosamente até esse pouco de desespero e terror. Não lhe disse nada. Ela batia nervosamente com a ponta do pé no chão; aproximei-me e beijei-a na testa. Virgília recuou, como se fosse um beijo de defunto.

XCVII

ENTRE A BOCA E A TESTA

Sinto que o leitor estremeceu – ou devia estremecer. Naturalmente a última palavra sugeriu-lhe três ou quatro reflexões. Veja bem o quadro: numa casinha da Gamboa, duas pessoas que se amam há muito tempo, uma inclinada para a outra, a dar-lhe um beijo na testa, e a outra a recuar, como se sentisse o contato de uma boca de cadáver. Há aí, no breve intervalo, entre a boca e a testa, antes do beijo e depois do beijo, há aí largo espaço para muita coisa – a contração de um ressentimento –, a ruga da desconfiança – ou enfim o nariz pálido e sonolento da saciedade...

XCVIII
SUPRIMIDO

Separamo-nos alegremente. Jantei reconciliado com a situação. A carta anônima restituía à nossa aventura o sal do mistério e a pimenta do perigo; e afinal foi bem bom que Virgília não perdesse naquela crise a posse de si mesma. De noite fui ao teatro de São Pedro; representava-se uma grande peça, em que a Estela arrancava lágrimas. Entro; corro os olhos pelos camarotes; vejo em um deles Damasceno e a família. Trajava a filha com outra elegância e certo apuro, coisa difícil de explicar, porque o pai ganhava apenas o necessário para endividar-se; e daí, talvez fosse por isso mesmo.

No intervalo fui visitá-los. Damasceno recebeu-me com muitas palavras, a mulher com muitos sorrisos. Quanto a Nhã-loló, não tirou mais os olhos de mim. Parecia-me agora mais bonita que no dia do jantar. Achei-lhe certa suavidade etérea casada ao polido das formas terrenas – expressão vaga, e condigna de um capítulo em que tudo há de ser vago. Realmente, não sei como lhes diga que não me senti mal, ao pé da moça, trajando garridamente um vestido fino, um vestido que me dava cócegas de Tartufo. Ao contemplá-lo, cobrindo casta e redondamente o joelho, foi que eu fiz uma descoberta sutil, a saber, que a natureza previu a vestidura humana, condição necessária ao desenvolvimento da nossa espécie. A nudez habitual, dada a multiplicação das obras e dos cuidados do indivíduo, tenderia a embotar os sentidos e a retardar os sexos, ao passo que o vestuário, negaceando a natureza, aguça e atrai as vontades, ativa-as, reprodu-las, e conseguintemente faz andar a civilização. Abençoado uso que nos deu Otelo e os paquetes transatlânticos!

Estou com vontade de suprimir este capítulo. O declive é perigoso. Mas enfim eu escrevo as minhas memórias e não as tuas, leitor pacato. Ao pé da graciosa donzela, parecia-me tomado de uma sensação dupla e indefinível. Ela exprimia inteiramente a dualidade de Pascal, *l'ange et la bête*, com a diferença que o jansenista não admitia a simultaneidade das duas naturezas, ao passo que elas aí estavam bem juntinhas – *l'ange*, que dizia algumas coisas do Céu, e *la bête*, que... Não; decididamente suprimo este capítulo.

XCIX
NA PLATEIA

Na plateia achei Lobo Neves, de conversa com alguns amigos, falamos por alto, a frio, constrangidos um e outro. Mas no intervalo seguinte, prestes a levantar o pano, encontramo-nos num dos corredores, em que não havia ninguém. Ele veio a mim, com muita afabilidade e riso, puxou-me a um dos óculos do teatro, e falamos muito, principalmente ele, que parecia o mais tranquilo dos homens. Cheguei a perguntar-lhe pela mulher; respondeu que estava boa, mas torceu logo a conversação para assuntos gerais, expansivo, quase risonho. Adivinhe quem quiser a causa da diferença; eu fujo ao Damasceno que me espreita ali da porta do camarote.

Não ouvi nada do seguinte ato, nem as palavras dos atores, nem as palmas do público. Reclinado na cadeira, apanhava de memória os retalhos da conversação do Lobo Neves, refazia as maneiras dele, e concluía que era muito melhor a nova situação. Bastava-nos a Gamboa. A frequência da outra casa aguçaria as invejas. Rigorosamente podíamos dispensar-nos de falar todos os dias; era até melhor, metia a saudade de permeio nos amores. Ao demais, eu galgara os quarenta anos, e não era nada, nem simples eleitor de paróquia. Urgia fazer alguma coisa, ainda por amor de Virgília, que havia de ufanar-se quando visse luzir o meu nome... Creio que nessa ocasião houve grandes aplausos, mas não juro; eu pensava em outra coisa.

Multidão, cujo amor cobicei até à morte, era assim que eu me vingava às vezes de ti; deixava burburinhar em volta do meu corpo a gente humana, sem a ouvir, como o Prometeu de Ésquilo fazia aos seus verdugos. Ah! Tu cuidavas encadear-me ao rochedo da tua frivolidade, da tua indiferença, ou da tua agitação? Frágeis cadeias, amiga minha; eu rompia-as de um gesto de Gulliver. Vulgar coisa é ir considerar no ermo. O voluptuoso, o esquisito, é insular-se o homem no meio de um mar de gestos e palavras, de nervos e paixões, decretar-se alheado, inacessível, ausente. O mais que podem dizer, quando ele torna a si – isto é, quando torna aos outros – é que baixa do mundo da lua; mas o mundo da lua, esse desvão luminoso e recatado do cérebro, que outra coisa é senão a afirmação desdenhosa da nossa liberdade espiritual? Vive Deus! Eis um bom fecho de capítulo.

C
O CASO PROVÁVEL

Se esse mundo não fosse uma região de espíritos desatentos, era escusado lembrar ao leitor que eu só afirmo certas leis, quando as possuo deveras; em relação a outras restrinjo-me à admissão da probabilidade. Um exemplo da segunda classe constitui o presente capítulo, cuja leitura recomendo a todas as pessoas que amam o estudo dos fenômenos sociais. Segundo parece, e não é improvável, existe entre os fatos da vida pública e os da vida particular uma certa ação recíproca, regular, e talvez periódica – ou para usar de uma imagem, há alguma coisa semelhante às marés da Praia do Flamengo e de outras igualmente marulhosas. Com efeito, quando a onda investe a praia, alaga-a muitos palmos adentro; mas essa mesma água torna ao mar, com variável força, e vai engrossar a onda que há de vir, e que terá de tornar como a primeira. Esta é a imagem; vejamos a aplicação.

Deixei dito noutra página que o Lobo Neves, nomeado presidente de província, recusou a nomeação por motivo da data do decreto que era 13; ato grave, cuja consequência foi separar do ministério o marido de Virgília. Assim, o fato particular da ojeriza de um número produziu o fenômeno da dissidência política. Resta ver como, tempos depois, um ato político determinou na vida particular uma cessação de movimento. Não convindo ao método deste livro descrever imediatamente esse outro fenômeno, limito-me a dizer por ora que o Lobo Neves, quatro meses depois de nosso encontro no teatro, reconciliou-se com o ministério; fato que o leitor não deve perder de vista, se quiser penetrar a sutileza do meu pensamento.

CI
A REVOLUÇAO DÁLMATA

Foi Virgília quem me deu notícia da viravolta política do marido, certa manhã de outubro, entre onze e meio-dia; falou-me de reuniões, de conversas, de um discurso...

– De maneira que desta vez fica você baronesa – interrompi eu.

Ela derreou os cantos da boca, e moveu a cabeça a um e outro lado; mas esse gesto de indiferença era desmentido por alguma coisa menos definível, menos clara, uma expressão de gosto e de esperança. Não sei por que, imaginei que a carta imperial da nomeação podia atraí-la à virtude, não digo pela virtude em si mesma, mas por gratidão ao marido. Que ela amava cordialmente a nobreza. Um dos maiores desgostos de nossa vida foi o aparecimento de certo pelintra de legação – da legação da Dalmácia, suponhamos –, o Conde B. V., que a namorou durante três meses. Esse homem, vero fidalgo de raça, transtornara um pouco a cabeça de Virgília, que, além do mais, possuía a vocação diplomática. Não chego a alcançar o que seria de mim, se não rebentasse na Dalmácia uma revolução, que derrocou o governo e purificou as embaixadas. Foi sangrenta a revolução, dolorosa, formidável; os jornais, a cada navio que chegava da Europa, transcreviam os horrores, mediam o sangue, contavam as cabeças; toda a gente fremia de indignação e piedade... Eu não; eu abençoava interiormente essa tragédia, que me tirara uma pedrinha do sapato. E depois a Dalmácia era tão longe!

CII
DE REPOUSO

Mas este mesmo homem, que se alegrou com a partida do outro, praticou daí a tempos... Não, não hei de contá-lo nesta página; fique esse capítulo para repouso do meu vexame. Uma ação grosseira, baixa, sem explicação possível... Repito, não contarei o caso nesta página.

CIII
DISTRAÇÃO

– Não, senhor doutor, isto não se faz. Perdoe-me, isto não se faz.

Tinha razão D. Plácida. Nenhum cavalheiro chega uma hora mais tarde ao lugar em que o espera a sua dama. Entrei esbaforido; Virgília tinha ido embora. D. Plácida contou-me que ela esperara muito, que se irritara, que chorara, que jurara votar-me ao desprezo, e outras mais coisas que a nossa caseira dizia com lágrimas na voz, pedindo-me que não desamparasse Iaiá, que era ser muito injusto com uma moça que me sacrificara tudo. Expliquei-lhe então que um equívoco... E não era; cuido que foi simples distração. Um dito, uma conversa, uma anedota, qualquer coisa; simples distração.

Coitada de D. Plácida! Estava aflita deveras. Andava de um lado para outro, abanando a cabeça, suspirando com estrépito, espiando pela rótula. Coitada de D. Plácida! Com que arte conchegava as roupas, bafejava as faces, acalentava as manhas do nosso amor! Que imaginação fértil em tornar as horas mais aprazíveis e breves! Flores, doces – os bons doces de outros dias –, e muito riso, muito afago, riso e afago que cresciam com o tempo, como se ela quisesse fixar a nossa aventura, ou restituir-lhe a primeira flor. Nada esquecia a nossa confidente e caseira; nada, nem a mentira, porque a um e outro referia suspiros e saudades que não presenciara; nada, nem a calúnia, porque uma vez chegou a atribuir-me uma paixão nova. "Você sabe que não posso gostar de outra mulher", foi a minha resposta, quando Virgília me falou em semelhante coisa. E esta só palavra, sem nenhum protesto ou admoestação, dissipou o aleive de D. Plácida, que ficou triste.

– Está bem – disse-lhe eu, depois de um quarto de hora –; Virgília há de reconhecer que não tive culpa nenhuma... Quer você levar-lhe uma carta agora mesmo?

– Ela há de estar bem triste, coitadinha! Olhe, eu não desejo a morte de ninguém; mas, se o senhor doutor algum dia chegar a casar com Iaiá, então sim, é que há de ver o anjo que ela é!

Lembra-me que desviei o rosto e baixei os olhos ao chão. Recomendo este gesto às pessoas que não tiverem uma palavra pronta para responder, ou ainda às que recearem encarar a pupila de outros olhos. Em tais casos, alguns preferem recitar uma oitava dos *Lusíadas*, outros adotam o recurso de assobiar a *Norma*; eu atenho-me ao gesto indicado; é mais simples, exige menos esforço.

Três dias depois, estava tudo explicado. Suponho que Virgília ficou um pouco admirada, quando lhe pedi desculpas das lágrimas que derramara naquela triste ocasião. Nem me lembra se interiormente as atribuí a D. Plácida. Com efeito, podia acontecer que D. Plácida chorasse, ao vê-la desapontada, e, por um fenômeno da visão, as lágrimas que tinha nos próprios olhos lhe parecessem cair dos olhos de Virgília. Fosse como fosse, tudo estava explicado, mas não perdoado, e menos ainda esquecido. Virgília dizia-me uma porção de coisas duras, ameaçava-me com a separação, enfim louvava o marido. Esse sim, era um homem digno, muito superior a mim, delicado, um primor de cortesia e afeição; é o que ela dizia, enquanto eu, sentado, com os braços fincados nos joelhos, olhava para o chão, onde uma mosca arrastava uma formiga que lhe mordia o pé. Pobre mosca! Pobre formiga!

– Mas você não diz nada, nada? – perguntou Virgília, parando diante de mim.

– Que hei de dizer? Já expliquei tudo; você teima em zangar-se; que hei de dizer? Sabe que me parece? Parece-me que você está enfastiada, que se aborrece, que quer acabar...

– Justamente!

Foi dali pôr o chapéu, com a mão trêmula, raivosa...

– Adeus, D. Plácida – bradou ela para dentro.

Depois foi até à porta, correu o fecho, ia sair; agarrei-a pela cintura.

– Está bom, está bom – disse-lhe.

Virgília ainda forcejou por sair. Eu retive-a, pedi-lhe que ficasse, que esquecesse; ela afastou-se da porta e foi cair no canapé. Sentei-me ao pé dela, disse-lhe muitas coisas meigas, outras humildes, outras graciosas. Não afirmo se os nossos lábios chegaram à distância de um fio de cambraia ou ainda menos; é matéria controversa. Lembra-me, sim, que na agitação caiu um brinco de Virgília, que eu inclinei-me a apanhá-lo, e que a mosca de há pouco trepou ao brinco, levando sempre a formiga no pé. Então eu, com a delicadeza nativa de um homem do nosso século, pus na palma da mão aquele casal de mortificados; calculei toda a distância que ia da minha mão ao planeta Saturno, e perguntei a mim mesmo que interesse podia haver num episódio tão mofino. Se concluis daí que eu era um bárbaro, enganas-te, porque eu pedi um grampo a Virgília, a fim de separar os dois insetos; mas a mosca farejou a minha intenção, abriu as asas e foi-se embora. Pobre mosca! Pobre formiga! E Deus viu que isto era bom, como se diz na Escritura.

CIV

ERA ELE!

Restituí o grampo a Virgília, que o repregou nos cabelos, e preparou-se para sair. Era tarde; tinham dado três horas. Tudo estava esquecido e perdoado. D. Plácida, que espreitava a ocasião idônea para a saída, fecha subitamente a janela e exclama:

– Virgem Nossa Senhora! Aí vem o marido de Iaiá!

O momento de terror foi curto, mas completo. Virgília fez-se da cor das rendas do vestido, correu até a porta da alcova; D. Plácida, que fechara a rótula, queria fechar também a porta de dentro; eu dispus-me a esperar o Lobo Neves. Esse curto instante passou. Virgília tornou a si, empurrou-me para a alcova, disse a D. Plácida que voltasse à janela; a confidente obedeceu.

Era ele. D. Plácida abriu-lhe a porta com muitas exclamações de pasmo:

– O senhor por aqui! Honrando a casa de sua velha! Entre, faça favor. Adivinhe quem está cá... Não tem que adivinhar, não veio por outra coisa... Apareça, Iaiá.

Virgília, que estava a um canto, atirou-se ao marido. Eu espreitava-os pelo buraco da fechadura. O Lobo Neves entrou lentamente, pálido, frio, quieto, sem explosão, sem arrebatamento, e circulou um olhar em volta da sala.

– Que é isto? – exclamou Virgília. – Você por aqui?

– Ia passando, vi D. Plácida à janela, e vim cumprimentá-la.

– Muito obrigada – acudiu esta. – E digam que as velhas não valem alguma coisa... Olhai, gentes! Iaiá parece estar com ciúmes. – E acariciando-a muito: – Este anjinho é que nunca se esqueceu da velha Plácida. Coitadinha! É mesmo a cara da mãe... Sente-se, senhor doutor...

– Não me demoro.

– Você vai para casa? – disse Virgília. – Vamos juntos.

– Vou.

– Dê cá o meu chapéu, D. Plácida.

– Está aqui.

D. Plácida foi buscar um espelho, abriu-o diante dela. Virgília punha o chapéu, atava as fitas, arranjava os cabelos, falando ao marido, que não respondia nada. A nossa boa velha tagarelava demais; era um modo de disfarçar as tremuras do corpo. Virgília, dominado o primeiro instante, tornara à posse de si mesma.

– Pronta! – disse ela. – Adeus, D. Plácida; não se esqueça de aparecer, ouviu?

A outra prometeu que sim, e abriu-lhes a porta.

CV
EQUIVALÊNCIA DAS JANELAS

D. Plácida fechou a porta e caiu numa cadeira. Eu deixei imediatamente a alcova, e dei dois passos para sair à rua, com o fim de arrancar Virgília ao marido; foi o que disse, e em bem que o disse, porque D. Plácida deteve-me por um braço. Tempo houve em que cheguei a supor que não dissera aquilo senão para que ela me detivesse; mas a simples reflexão basta para mostrar que, depois dos dez minutos da alcova, o gesto mais genuíno e cordial não podia ser senão esse. E isto por aquela famosa lei da equivalência das janelas, que eu tive a satisfação de descobrir e formular, no capítulo LI. Era preciso arejar a consciência. A alcova foi uma janela fechada; eu abri outra com o gesto de sair, e respirei.

CVI
JOGO PERIGOSO

Respirei e sentei-me. D. Plácida atroava a sala com exclamações e lástimas. Eu ouvia, sem lhe dizer coisa nenhuma; refletia comigo se não era melhor ter fechado Virgília na alcova e ficado na sala; mas adverti logo que seria pior; confirmaria a suspeita, chegaria o fogo à pólvora, e uma cena de sangue... Foi muito melhor assim. Mas depois? Que ia acontecer em casa de Virgília? Matá-la-ia o marido? Espancá-la-ia?

Encerrá-la-ia? Expulsá-la-ia? Estas interrogações percorriam lentamente o meu cérebro, como os pontinhos e vírgulas escuras percorrem o campo visual dos olhos enfermos ou cansados. Iam e vinham, com o seu aspecto seco e trágico, e eu não podia agarrar um deles e dizer: és tu, tu e não outro.

De repente vejo um vulto negro; era D. Plácida, que fora dentro, enfiara a mantinha, e vinha oferecer-se-me para ir à casa do Lobo Neves. Ponderei que era arriscado, porque ele desconfiaria da visita tão próxima.

– Sossegue – interrompeu ela –; eu saberei arranjar as coisas. Se ele estiver em casa não entro.

Saiu; eu fiquei a ruminar o sucesso e as consequências possíveis. Ao cabo, parecia-me jogar um jogo perigoso, e perguntava a mim mesmo se não era tempo de levantar e espairecer. Sentia-me tomado de uma saudade do casamento, de um desejo de canalizar a vida. Por que não? Meu coração tinha ainda que explorar; não me sentia incapaz de um amor casto, severo e puro. Em verdade, as aventuras são a parte torrencial e vertiginosa da vida, isto é, a exceção; eu estava enfarado delas; não sei até se me pungia algum remorso. Mal pensei naquilo, deixei-me ir atrás da imaginação; vi-me logo casado, ao pé de uma mulher adorável, diante de um baby, que dormia no regaço da ama, todos nós no fundo de uma chácara sombria e verde, a espiarmos através da chácara uma nesga do céu azul, extremamente azul...

CVII

BILHETE

Não houve nada, mas ele suspeita alguma coisa; está muito sério e não fala; agora saiu. Sorriu uma vez somente, para Nhonhô, depois de o fitar muito tempo, carrancudo. Não me tratou mal nem bem. Não sei o que vai acontecer; Deus queira que isto passe. Muita cautela, por ora, muita cautela.

CVIII
QUE SE NÃO ENTENDE

Eis aí o drama, eis aí a ponta da orelha trágica de Shakespeare. Esse retalhinho de papel, garatujado em partes, machucado das mãos, era um documento de análise, que eu não farei neste capítulo, nem no outro, nem talvez em todo o resto do livro. Poderia eu tirar ao leitor o gosto de notar por si mesmo a frieza, a perspicácia e o ânimo dessas poucas linhas traçadas à pressa; e por trás delas a tempestade de outro cérebro, a raiva dissimulada, o desespero que se constrange e medita, porque tem de resolver-se na lama ou no sangue, ou nas lágrimas?

Quanto a mim, se vos disser que li o bilhete três ou quatro vezes, naquele dia, acreditai-o, que é verdade; se vos disser mais que o reli no dia seguinte, antes e depois do almoço, podeis crê-lo, é a realidade pura. Mas se vos disser a comoção que tive, duvidai um pouco da asserção, e não a aceiteis sem provas. Nem então, nem ainda agora cheguei a discernir o que experimentei. Era medo, e não era medo; era dó e não era dó; era vaidade e não era vaidade; enfim, era amor sem amor, isto é, sem delírio; e tudo isso dava uma combinação assaz complexa e vaga, uma coisa que não podereis entender, como eu não entendi. Suponhamos que não disse nada.

CIX
O FILÓSOFO

Sabido que reli a carta, antes e depois do almoço, sabido fica que almocei, e só resta dizer que essa refeição foi das mais parcas da minha vida: um ovo, uma fatia de pão, uma xícara de chá. Não me esqueceu esta circunstância mínima; no meio de tanta coisa importante obliterada escapou esse almoço. A razão principal poderia ser justamente o meu desastre; mas não foi; a principal razão foi a reflexão que me fez o Quincas Borba, cuja visita recebi naquele dia. Disse-me ele que a frugalidade não era necessária para entender o Humanitismo, e menos ainda praticá-lo; que esta filosofia acomodava-se facilmente com os prazeres da vida, inclusive a mesa, o espetáculo e os amores; e que, ao contrário, a frugalidade podia indicar certa tendência para o ascetismo, o que era a expressão acabada de tolice humana.

– Veja São João – continuou ele –; mantinha-se de gafanhotos, no deserto, em vez de engordar tranquilamente na cidade, e fazer emagrecer o farisaísmo na sinagoga.

Deus me livre de contar a história do Quincas Borba, que aliás ouvi toda naquela triste ocasião, uma história longa, complicada, mas interessante. E se não conto a história, dispenso-me outrossim de descrever-lhe a figura, aliás muito diversa da que me apareceu no Passeio Público. Calo-me; digo somente que se a principal característica do homem não são as feições, mas os vestuários, ele não era o Quincas Borba; era um desembargador sem beca, um general sem farda, um negociante sem déficit. Notei-lhe a perfeição da sobrecasaca, a alvura da camisa, o asseio das botas. A mesma voz, roufenha outrora, parecia restituída à primitiva sonoridade. Quanto à gesticulação, sem que houvesse perdido a viveza de outro tempo, não tinha já a desordem, sujeitava-se a um certo método. Mas eu não quero descrevê-lo. Se falasse, por exemplo, no botão de ouro que trazia ao peito, e na qualidade do couro das botas, iniciaria uma descrição, que omito por brevidade. Contentem-se de saber que as botas eram de verniz. Saibam mais que ele herdara alguns pares de contos de réis de um velho tio de Barbacena.

Meu espírito (permitam-me aqui uma comparação de criança!), meu espírito era naquela ocasião uma espécie de peteca. A narração do Quincas Borba dava-lhe uma palmada, ele subia; quando ia a cair, o bilhete de Virgília dava-lhe outra palmada, e ele era de novo arremessado aos ares, descia, e o episódio do Passeio Público recebia-o com outra palmada, igualmente rija e eficaz. Cuido que não nasci para situações complexas. Esse puxar e empuxar de coisas opostas desequilibrava-me; tinha vontade de embrulhar o Quincas Borba e Lobo Neves e o bilhete de Virgília na mesma filosofia, e mandá-los de presente a Aristóteles. Contudo, era instrutiva a narração do nosso filósofo; admirava-lhe sobretudo o talento de observação com que descrevia a gestação e o crescimento do vício, as lutas interiores, as capitulações vagarosas, o uso da lama.

– Olhe – observou ele –; a primeira noite que passei, na escada de São Francisco, dormi-a inteira, como se fosse a mais fina pluma. Por quê? Porque fui gradualmente da cama de esteira ao catre de pau, do quarto próprio ao corpo da guarda, do corpo da guarda à rua...

Quis expor-me finalmente a filosofia; pedi-lhe que não.

– Estou muito preocupado hoje e não poderia atendê-lo; venha depois; estou sempre em casa.

Quincas Borba sorriu de um modo malicioso; talvez soubesse da minha aventura, mas não acrescentou nada. Só me disse estas últimas palavras à porta:

– Venha para o Humanitismo; ele é o grande regaço dos espíritos, o mar eterno em que mergulhei para arrancar de lá a verdade. Os gregos faziam-na sair de um poço. Que concepção mesquinha! Um poço! Mas é por isso mesmo que nunca atinaram com ela. Gregos, subgregos, antigregos, toda a longa série dos homens tem-se debruçado sobre o poço, para ver sair a verdade, que não está lá. Gastaram cordas e caçambas; alguns mais afoitos desceram ao fundo e trouxeram um sapo. Eu fui diretamente ao mar. Venha para o Humanitismo.

CX

31

Uma semana depois, Lobo Neves foi nomeado presidente de província. Agarrei-me à esperança da recusa, se o decreto viesse outra vez datado de 13; trouxe, porém, a data de 31, e esta simples transposição de algarismos eliminou deles a substância diabólica. Que profundas que são as molas da vida!

CXI

O MURO

Não sendo meu costume dissimular ou esconder nada, contarei nesta página o caso do muro. Eles estavam prestes a embarcar. Entrando em casa de D. Plácida, vi um papelinho dobrado sobre a mesa; era um bilhete de Virgília; dizia que me esperava à noite, na chácara, sem falta. E concluía: "O muro é baixo do lado do beco".

Fiz um gesto de desagrado. A carta pareceu-me descomunalmente audaciosa, mal pensada e até ridícula. Não era só convidar o escândalo, era convidá-lo de parceria com a risota. Imaginei-me a saltar o muro, embora baixo e do lado do beco; e, quando ia a galgá-lo, via-me agarrado por um pedestre de polícia, que me levava ao corpo da guarda. O muro é baixo! E que tinha que fosse baixo? Naturalmente Virgília não soube o que fez; era possível que já estivesse arrependida. Olhei para o papel, um pedaço de papel amarrotado, mas inflexível. Tive comichões de o rasgar, em trinta mil pedaços, e atirá-los ao vento, como o último despojo da minha aventura; mas recuei a tempo; o amor-próprio, o vexame da fuga, a ideia do medo... Não havia remédio senão ir.

– Diga-lhe que vou.

– Aonde? – perguntou D. Plácida.

– Onde ela disse que me espera.

– Não me disse nada.

– Neste papel.

D. Plácida arregalou os olhos:

– Mas esse papel, achei-o hoje de manhã, nesta sua gaveta, e pensei que...

Tive uma sensação esquisita. Reli o papel, mirei-o, remirei-o; era, em verdade, um antigo bilhete de Virgília, recebido no começo dos nossos amores, uma certa entrevista na chácara, que me levou efetivamente a saltar o muro, um muro baixo e discreto. Guardei o papel e... Tive uma sensação esquisita.

CXII

A OPINIÃO

Mas estava escrito que esse dia devia ser o dos lances dúbios. Poucas horas depois, encontrei Lobo Neves, na Rua do Ouvidor, falamos da presidência e da política. Ele aproveitou o primeiro conhecido que nos passou à ilharga, e deixou-me, depois de muitos cumprimentos. Lembra-me que estava retraído, mas de um retraimento que forcejava por dissimular. Pareceu-me então (e peço perdão à crítica, se este meu juízo for temerário!), pareceu-me que ele tinha medo – não medo de mim, nem de si, nem do código, nem da consciência; tinha medo da opinião. Supus que esse tribunal anônimo e invisível, em que cada membro acusa e julga, era o limite posto à vontade do Lobo Neves. Talvez já não amasse a mulher; e, assim, pode ser que o coração fosse estranho à indulgência dos seus últimos atos. Cuido (e de novo insto pela boa vontade da crítica!), cuido que ele estaria pronto a separar-se da mulher, como o leitor se terá separado de muitas relações pessoais; mas a opinião, essa opinião que lhe arrastaria a vida por todas as ruas, que abriria minucioso inquérito acerca do caso, que coligiria uma a uma todas as circunstâncias, antecedências, induções, provas, que as relataria na palestra das chácaras desocupadas, essa terrível opinião, tão curiosa das alcovas, obstou à dispersão da família. Ao mesmo tempo tornou impossível o desforço, que seria a divulgação. Ele não podia mostrar-se ressentido comigo, sem igualmente buscar a separação conjugal; teve então de simular a mesma ignorância de outrora, e, por dedução, iguais sentimentos.

Que lhe custasse creio; naqueles dias, principalmente, vi-o de modo que devia custar-lhe muito. Mas o tempo (e é outro ponto em que eu espero a indulgência dos homens pensadores!), o tempo caleja a sensibilidade, e oblitera a memória das coisas; era de supor que os anos lhe despontassem os espinhos, que a distância dos fatos apagasse os respectivos contornos, que uma sombra de dúvida retrospectiva cobrisse a nudez da realidade; enfim, que a opinião se ocupasse um pouco com outras aventuras. O filho, crescendo, buscaria satisfazer as ambições do pai; seria o herdeiro de todos os seus afetos. Isso, e a atividade externa, e o prestígio público, e a velhice depois, a doença, o declínio, a morte, um responso, uma notícia biográfica, e estava fechado o livro da vida, sem nenhuma página de sangue.

CXIII
A SOLDA

A conclusão, se há alguma no capítulo anterior, é que a opinião é uma boa solda das instituições domésticas. Não é impossível que eu desenvolva este pensamento, antes de acabar o livro; mas também não é impossível que o deixe como está. De um ou de outro modo, é uma boa solda a opinião, e tanto na ordem doméstica, como na política. Alguns metafísicos biliosos têm chegado ao extremo de a darem como simples produto da gente chocha ou medíocre; mas é evidente que, ainda quando um conceito tão extremado não trouxesse em si mesmo a resposta, bastava considerar os efeitos salutares da opinião, para concluir que ela é a obra superfina da flor dos homens, a saber, do maior número.

CXIV
FIM DE UM DIÁLOGO

– Sim, é amanhã. Você vai a bordo?

– Está doida? É impossível.

– Então, adeus!

– Adeus!

– Não se esqueça de D. Plácida. Vá vê-la algumas vezes. Coitada! Foi ontem despedir-se de nós; chorou muito, disse que eu não a veria mais... É uma boa criatura, não é?

– Certamente.

– Se tivermos de escrever, ela receberá as cartas. Agora até daqui a...

– Talvez dois anos?

– Qual! Ele diz que é só até fazer as eleições.

– Sim? Então até breve. Olhe que estão olhando para nós.

– Quem?

– Ali no sofá. Separemo-nos.

– Custa-me muito.

– Mas é preciso; adeus, Virgília!

– Até breve. Adeus!

CXV
O ALMOÇO

Não a vi partir; mas à hora marcada senti alguma coisa que não era dor nem prazer, uma coisa mista, alívio e saudade, tudo misturado, em iguais doses. Não se irrite o leitor com esta confissão. Eu bem sei que, para titilar-lhe os nervos da fantasia, devia padecer um grande desespero, derramar algumas lágrimas, e não almoçar. Seria romanesco; mas não seria biográfico. A realidade pura é que eu almocei, como nos demais dias, acudindo ao coração com as lembranças da minha aventura, e ao estômago com os acepipes de M. Prudhon...

... Velhos do meu tempo, acaso vos lembrais desse mestre cozinheiro do Hotel Pharoux, um sujeito que, segundo dizia o dono da casa, havia servido nos famosos Véry e Véfour, de Paris, e mais nos palácios do Conde Molé e do Duque de la Rochefoucauld? Era insigne. Entrou no Rio de Janeiro com a polca... A polca, M. Prudhon, o Tivoli, o baile dos estrangeiros, o Cassino, eis algumas das melhores recordações daquele tempo; mas sobretudo os acepipes do mestre eram deliciosos.

Eram, e naquela manhã parece que o diabo do homem adivinhara a nossa catástrofe. Jamais o engenho e a arte lhe foram tão propícios. Que requinte de temperos! Que tenrura de carnes! Que rebuscado de formas! Comia-se com a boca, com os olhos, com o nariz. Não guardei a conta desse dia; sei que foi cara. Ai dor! Era-me preciso enterrar magnificamente os meus amores. Eles lá iam, mar em fora, no espaço e no tempo, e eu ficava-me ali numa ponta de mesa, com os meus quarenta e tantos anos, tão vadios e tão vazios; ficava-me para os não ver nunca mais, porque ela poderia tornar e tornou, mas o eflúvio da manhã quem é que o pediu ao crepúsculo da tarde?

CXVI
FILOSOFIA DAS FOLHAS VELHAS

Fiquei tão triste com o fim do último capítulo que estava capaz de não escrever este, descansar um pouco, purgar o espírito da melancolia que o empacha, e continuar depois. Mas não, não quero perder tempo.

A partida de Virgília deu-me uma amostra da viuvez. Nos primeiros dias meti-me em casa, a fisgar moscas, como Domiciano, se não mente o Suetônio, mas a fisgá-las de um modo particular: com os olhos. Fisgava-as uma a uma, no fundo de uma sala grande, estirado na rede, com um livro aberto entre as mãos. Era tudo: saudades, ambições, um pouco de tédio, e muito devaneio solto. Meu tio cônego morreu nesse intervalo; item, dois primos. Não me dei por abalado: levei-os ao cemitério, como quem leva dinheiro a um banco. Que digo? Como quem leva cartas ao correio: selei as cartas, meti-as na caixinha, e deixei ao carteiro o cuidado de as entregar em mão própria. Foi também por esse tempo que nasceu minha sobrinha Venância, filha do Cotrim. Morriam uns, nasciam outros: eu continuava às moscas.

Outras vezes agitava-me. Ia às gavetas, entornava as cartas antigas, dos amigos, dos parentes, das namoradas (até as de Marcela), e abria-as todas, lia-as uma a uma, e recompunha o pretérito... Leitor ignaro, se não guardas as cartas da juventude, não conhecerás um dia a filosofia das folhas velhas, não gostarás o prazer de ver-te, ao longe, na penumbra, com um chapéu de três bicos, botas de sete léguas e longas barbas assírias, a bailar ao som de uma gaita anacreôntica. Guarda as tuas cartas da juventude!

Ou, se te não apraz o chapéu de três bicos, empregarei a locução de um velho marujo, familiar da casa de Cotrim; direi que, se guardares as cartas da juventude, acharás ocasião de "cantar uma saudade". Parece que os nossos marujos dão este nome às cantigas de terra, entoadas no alto mar. Como expressão poética, é o que se pode exigir mais triste.

CXVII
O HUMANITISMO

Duas forças, porém, além de uma terceira, compeliam-me a tornar à vida agitada do costume: Sabina e Quincas Borba. Minha irmã encaminhou a candidatura conjugal de Nhã-loló de um modo verdadeiramente impetuoso. Quando dei por mim estava com a moça quase nos braços. Quanto ao Quincas Borba, expôs-me enfim o Humanitismo, sistema de filosofia destinado a arruinar todos os demais sistemas.

– Humanitas – dizia ele –, o princípio das coisas, não é outro senão o mesmo homem repartido por todos os homens. Conta três fases Humanitas: a estática, anterior a toda a criação; a expansiva, começo das coisas; a dispersiva, aparecimento do homem; e contará mais uma, a contrativa, absorção do homem e das coisas. A expansão, iniciando o universo, sugeriu a Humanitas o desejo de o gozar, e daí a dispersão, que não é mais do que a multiplicação personificada da substância original.

Como me não aparecesse assaz clara esta exposição, Quincas Borba desenvolveu-a de um modo profundo, fazendo notar as grandes linhas do sistema. Explicou-me que, por um lado, o Humanitismo ligava-se ao Bramanismo, a saber, na distribuição dos homens pelas diferentes partes do corpo de Humanitas; mas aquilo que na religião indiana tinha apenas uma estreita significação teológica e política, era no Humanitismo a grande lei do valor pessoal. Assim, descender do peito ou dos rins de Humanitas, isto é, ser um forte, não era o mesmo que descender dos cabelos ou da ponta do nariz. Daí a necessidade de cultivar e temperar o músculo. Hércules não foi senão um símbolo antecipado do Humanitismo. Neste ponto Quincas Borba ponderou que o paganismo poderia ter chegado à verdade, se se não houvesse amesquinhado com a parte galante dos seus mitos. Nada disso acontecerá com o Humanitismo. Nesta igreja nova não há aventuras fáceis, nem quedas, nem tristezas, nem alegrias pueris. O amor, por exemplo, é um sacerdócio, a reprodução um ritual. Como a vida é o maior benefício do universo, e não há mendigo que não prefira a miséria à morte (o que é um delicioso influxo de Humanitas), segue-se que a transmissão da vida, longe de ser uma ocasião de galanteio, é a hora suprema da missa espiritual. Porquanto, verdadeiramente há só uma desgraça: é não nascer.

– Imagina, por exemplo, que eu não tinha nascido – continuou o Quincas Borba –; é positivo que não teria agora o prazer de conversar contigo, comer esta batata, ir ao teatro, e para tudo dizer numa só palavra: viver. Nota que eu não faço do homem um simples veículo de Humanitas; não, ele é ao mesmo tempo veículo, cocheiro e passageiro; ele é o próprio Humanitas reduzido; daí a necessidade de adorar-se a si próprio. Queres uma prova da superioridade do meu sistema? Contempla a inveja. Não há moralista grego ou turco, cristão ou muçulmano, que não troveje contra o sentimento da inveja. O acordo é universal, desde os campos da Idumeia até o alto da Tijuca. Ora bem; abre mão dos velhos preconceitos, esquece as retóricas rafadas, e estuda a inveja, esse sentimento tão sutil e tão nobre. Sendo cada homem uma redução de Humanitas, é claro que nenhum homem é fundamentalmente oposto a outro homem, quaisquer que sejam as aparências contrárias. Assim, por exemplo, o algoz que executa o condenado pode excitar o vão clamor dos poetas; mas substancialmente é Humanitas que corrige em Humanitas uma infração da lei de Humanitas. O mesmo direi do indivíduo que estripa a outro; é uma manifestação da força de Humanitas. Nada obsta (e há exemplos) que ele seja igualmente estripado. Se entendeste bem, facilmente compreenderás que a inveja não é senão uma admiração que luta, e sendo a luta a grande função do gênero humano, todos os sentimentos belicosos são os mais adequados à sua felicidade. Daí vem que a inveja é uma virtude.

Para que negá-lo? Eu estava estupefato. A clareza da exposição, a lógica dos princípios, o rigor das consequências, tudo isso parecia superiormente grande, e foi-me preciso suspender a conversa por alguns minutos, enquanto digeria a filosofia nova. Quincas Borba mal podia encobrir a satisfação do triunfo. Tinha uma asa de frango no prato, e trincava-a com filosófica serenidade. Eu fiz-lhe ainda algumas objeções, mas tão frouxas, que ele não gastou muito tempo em destruí-las.

– Para entender bem o meu sistema – concluiu ele –, importa não esquecer nunca o princípio universal, repartido e resumido em cada homem. Olha: a guerra, que parece uma calamidade, é uma operação conveniente, como se disséssemos o estalar dos dedos de Humanitas; a fome – e ele chupava filosoficamente a asa do frango –, a fome é uma prova a que Humanitas submete a própria víscera. Mas eu não quero outro documento da sublimidade do meu sistema, senão este mesmo frango. Nutriu-se de milho, que foi plantado por um africano, suponhamos, importado de Angola. Nasceu esse africano, cresceu, foi vendido; um navio o trouxe, um navio construído de madeira cortada no mato por dez ou doze homens, levado por velas, que oito ou dez homens teceram, sem contar a cordoalha e outras partes do aparelho náutico. Assim, este frango, que eu almocei agora mesmo, é o resultado de uma multidão de esforços e lutas, executados com o único fim de dar mate ao meu apetite.

Entre o queijo e o café, demonstrou-me Quincas Borba que o seu sistema era a destruição da dor. A dor, segundo o Humanitismo, é uma pura ilusão. Quando a criança é ameaçada por um pau, antes mesmo de ter sido espancada, fecha os olhos e treme; essa predisposição é que constitui a base da ilusão humana, herdada e transmitida. Não basta certamente a adoção do sistema para acabar logo com a dor, mas é indispensável; o resto é a natural evolução das coisas. Uma vez que o homem se compenetre bem de que ele é o próprio Humanitas, não tem mais do que remontar o pensamento à substância original para obstar qualquer sensação dolorosa. A evolução, porém, é tão profunda, que mal se lhe podem assinar alguns milhares de anos.

Quincas Borba leu-me daí a dias a sua grande obra. Eram quatro volumes manuscritos, de cem páginas cada um, com letra miúda e citações latinas. O último volume compunha-se de um tratado político, fundado no Humanitismo; era talvez a parte mais enfadonha do sistema, posto que concebida com um formidável rigor de lógica. Reorganizada a sociedade pelo método dele, nem por isso ficavam eliminadas a guerra, a insurreição, o simples murro, a facada anônima, a miséria, a fome, as doenças; mas sendo esses supostos flagelos verdadeiros equívocos do entendimento, porque não passariam de movimentos externos da substância interior, destinados a não influir sobre o homem, senão como simples quebra da monotonia universal, claro estava que a sua existência não impediria a felicidade humana. Mas ainda quando tais flagelos (o que era radicalmente falso) correspondessem no futuro à concepção acanhada de antigos tempos, nem por isso ficava destruído o sistema, e por dois motivos: 1° porque sendo Humanitas a substância criadora e absoluta, cada indivíduo deveria achar a maior delícia do mundo em sacrificar-se ao princípio de que descende; 2° porque, ainda assim, não diminuiria o poder espiritual do homem sobre a Terra, inventada unicamente para seu recreio dele, como as estrelas, as brisas, as tâmaras e o ruibarbo. Pangloss, dizia-me ele ao fechar o livro, não era tão tolo como o pintou Voltaire.

CXVIII
A TERCEIRA FORÇA

A terceira força que me chamava ao bulício era o gosto de luzir, e, sobretudo, a incapacidade de viver só. A multidão atraía-me, o aplauso namorava-me. Se a ideia do emplasto me tem aparecido nesse tempo, quem sabe? Não teria morrido logo e estaria célebre. Mas o emplasto não veio. Veio o desejo de agitar-me em alguma coisa, com alguma coisa e por alguma coisa.

CXIX
PARÊNTESES

Quero deixar aqui, entre parêntesis, meia dúzia de máximas das muitas que escrevi por esse tempo. São bocejos de enfado; podem servir de epígrafe a discursos sem assunto:

Suporta-se com paciência a cólica do próximo.
Matamos o tempo; o tempo nos enterra.
Um cocheiro filósofo costumava dizer que o gosto da carruagem seria diminuto, se todos andassem de carruagem.
Crê em ti; mas nem sempre duvides dos outros.
Não se compreende que um botocudo fure o beiço para enfeitá-lo com um pedaço de pau. Esta reflexão é de um joalheiro.
Não te irrites se te pagarem mal um benefício: antes cair das nuvens, que de um terceiro andar.

CXX
"COMPELLE INTRARE"

– Não, senhor, agora quer você queira, quer não, há de casar – disse-me Sabina. – Que belo futuro! Um solteirão sem filhos.

Sem filhos! A ideia de ter filhos deu-me um sobressalto; percorreu-me outra vez o fluido misterioso. Sim, cumpria ser pai. A vida celibata podia ter certas vantagens próprias, mas seriam tênues, e compradas a troco da solidão. Sem filhos! Não; impossível. Dispus-me a aceitar tudo, ainda a aliança do Damasceno. Sem filhos! Como já então depositasse grande confiança em Quincas Borba, fui ter com ele e expus-lhe os movimentos internos da minha paternidade. O filósofo ouviu-me com alvoroço; declarou-me que Humanitas se agitava em meu seio; animou-me ao casamento, ponderou que eram mais alguns convivas que batiam à porta etc. *Compelle intrare*, como dizia Jesus. E não me deixou sem provar que o apólogo evangélico não era mais do que um prenúncio do Humanitismo, erradamente interpretado pelos padres.

CXXI
MORRO ABAIXO

No fim de três meses, ia tudo à maravilha. O fluido, Sabina, os olhos da moça, os desejos do pai, eram outros tantos impulsos que me levavam ao matrimônio. A lembrança de Virgília aparecia de quando em quando, à porta, e com ela um diabo negro que me metia à cara um espelho, no qual eu via ao longe Virgília desfeita em lágrimas; mas outro diabo vinha, cor-de-rosa, com outro espelho, em que se refletia a figura de Nhã-loló, terna, luminosa, angélica.

Não falo dos anos. Não os sentia; acrescentarei até que os deitara fora, certo domingo, em que fui à missa na capela do Livramento. Como o Damasceno morava nos Cajueiros, eu acompanhava-os muitas vezes à missa. O morro estava ainda nu de habitações, salvo o velho palacete do alto, onde era a capela. Pois um domingo, ao descer com Nhã-loló pelo braço, não sei que fenômeno se deu que fui deixando aqui dois anos, ali quatro, logo adiante cinco, de maneira que, quando cheguei abaixo, estava com vinte anos apenas, tão lépidos como tinham sido.

Agora, se querem saber em que circunstância se deu o fenômeno, basta-lhes ler este capítulo até o fim. Vínhamos da missa, ela, o pai e eu. No meio do morro achamos um grupo de homens. Damasceno, que vinha ao pé de nós, percebeu o que era e adiantou-se alvoroçado; nós fomos atrás dele. E vimos isto: homens de todas as idades, tamanhos e cores, uns em mangas de camisa, outros de jaqueta, outros metidos em sobrecasacas esfrangalhadas; atitudes diversas, uns de cócoras, outros com as mãos apoiadas nos joelhos, estes sentados em pedras, aqueles encostados ao muro, e todos com os olhos fixos no centro, e as almas debruçadas das pupilas.

– Que é? – perguntou-me Nhã-loló.

Fiz-lhe sinal que se calasse; abri sutilmente caminho, e todos me foram cedendo espaço, sem que positivamente ninguém me visse. O centro tinha-lhes atado os olhos. Era uma briga de galos. Vi os dois contendores, dois galos de esporão agudo, olho de fogo e bico afiado. Ambos agitavam as cristas em sangue; o peito de um e de outro estava desplumado e rubro; invadia-os o cansaço. Mas lutavam ainda assim, olhos fitos nos olhos, bico abaixo, bico acima, golpe deste, golpe daquele, vibrantes e raivosos. Damasceno não sabia mais nada; o espetáculo eliminou para ele todo o universo. Em vão lhe disse que era tempo de descer; ele não respondia, não ouvia, concentrara-se no duelo. A briga de galos era uma de suas paixões.

Foi nessa ocasião que Nhã-loló me puxou brandamente pelo braço, dizendo que nos fôssemos embora. Aceitei o conselho e vim com ela por ali abaixo. Já disse que o morro era então desabitado; disse-lhes também que vínhamos da missa, e não lhes tendo dito que chovia, era claro que fazia bom tempo, um sol delicioso. E forte. Tão forte que eu abri logo o guarda-sol, segurei-o pelo centro do cabo, e inclinei-o por modo que ajuntei uma página à filosofia do Quincas Borba: Humanitas osculou Humanitas... Foi assim que os anos me vieram caindo pelo morro abaixo.

Ao sopé detivemo-nos alguns minutos, à espera de Damasceno; ele veio daí a pouco rodeado dos apostadores, a comentar com eles a briga. Um destes, tesoureiro das apostas, distribuía um velho maço de notas de dez tostões, que os vencedores recebiam duplamente alegres. Quanto aos galos vinham sobraçados pelo respectivo dono. Um deles trazia a crista tão comida e ensanguentada, que vi logo nele o vencido; mas era engano – o vencido era o outro, que não trazia crista nenhuma. Ambos tinham o bico aberto, respirando a custo, esfalfados. Os apostadores, ao contrário, vinham alegres, sem embargo das fortes comoções da luta; biografavam os contendores, relembravam as proezas de ambos. Eu fui andando, vexado; Nhã-loló vexadíssima.

CXXII
UMA INTENÇÃO MUITO FINA

O que vexava a Nhã-loló era o pai. A facilidade com que ele se metera com os apostadores punha em relevo antigos costumes e afinidades sociais, e Nhã-loló chegara a temer que tal sogro me parecesse indigno. Era notável a diferença que ela fazia de si mesma; estudava-se e estudava-me. A vida elegante e polida atraía-a, principalmente porque lhe parecia o meio mais seguro de ajustar as nossas pessoas. Nhã-loló observava, imitava, adivinhava; ao mesmo tempo dava-se ao esforço de mascarar a inferioridade da família. Naquele dia, porém, a manifestação do pai foi tamanha que a entristeceu grandemente. Eu busquei então diverti-la do assunto, dizendo-lhe muitas chanças e motes de bom-tom; vãos esforços, que não a alegravam mais. Era tão profundo o abatimento, tão expressivo o desânimo, que cheguei a atribuir a Nhã-loló a intenção positiva de separar, no meu espírito, a sua causa da causa do pai. Este sentimento pareceu-me de grande elevação; era uma afinidade mais entre nós.

– Não há remédio – disse eu comigo –, vou arrancar esta flor a este pântano.

CXXIII
O VERDADEIRO COTRIM

Não obstante os meus quarenta e tantos anos, como eu amasse a harmonia da família, entendi não tratar o casamento sem primeiro falar ao Cotrim. Ele ouviu-me e respondeu-me seriamente que não tinha opinião em negócio de parentes seus. Podiam supor-lhe algum interesse, se acaso louvasse as raras prendas de Nhã-loló; por isso calava-se. Mais: estava certo de que a sobrinha nutria por mim verdadeira paixão, mas se ela o consultasse, o seu conselho seria negativo. Não era levado por nenhum ódio; apreciava as minhas boas qualidades – não se fartava de as elogiar, como era de justiça; e pelo que respeita a Nhã-loló, não chegaria jamais a negar que era noiva excelente; mas daí a aconselhar o casamento ia um abismo.

– Lavo inteiramente as mãos – concluiu ele.

– Mas você achava outro dia que eu devia casar quanto antes...

– Isso é outro negócio. Acho que é indispensável casar, principalmente tendo ambições políticas. Saiba que na política o celibato é uma remora. Agora, quanto à noiva, não posso ter voto, não quero, não devo, não é de minha honra. Parece-me que Sabina foi além, fazendo-lhe certas confidências, segundo me disse; mas em todo caso ela não é tia carnal de Nhã-loló, como eu. Olhe... mas não... não digo...

– Diga.

– Não; não digo nada.

Talvez pareça excessivo o escrúpulo do Cotrim, a quem não souber que ele possuía um caráter ferozmente honrado. Eu mesmo fui injusto com ele durante os anos que se seguiram ao inventário de meu pai. Reconheço que era um modelo. Arguiam-no de avareza, e cuide que tinham razão; mas a avareza é apenas a exageração de uma virtude e as virtudes devem ser como os orçamentos: melhor é o saldo que o déficit. Como era muito seco de maneiras tinha inimigos, que chegavam a acusá-lo de bárbaro. O único fato alegado neste particular era o de mandar com frequência escravos ao calabouço, donde eles desciam a escorrer sangue; mas, além de que ele só mandava os perversos e os fujões, ocorre que, tendo longamente contrabandeado em escravos, habituara-se de certo modo ao trato um pouco mais duro que esse gênero de negócio requeria, e não se pode honestamente atribuir à índole original de um homem o que é puro efeito de relações sociais. A prova de que o Cotrim tinha sentimentos pios encontrava-se no seu amor aos filhos, e na dor que padeceu quando lhe morreu Sara, dali a alguns meses; prova irrefutável, acho eu, e não única. Era tesoureiro de uma confraria, e irmão de várias irmandades, e até irmão remido de uma destas, o que não se coaduna muito com a reputação da avareza; verdade é que o benefício não caíra no chão: a irmandade (de que ele fora juiz) mandara-lhe tirar o retrato a óleo. Não era perfeito, decerto; tinha, por exemplo, o sestro de mandar para os jornais a notícia de um ou outro benefício que praticava – sestro repreensível ou não louvável, concordo; mas ele desculpava-se dizendo que as boas ações eram contagiosas, quando públicas; razão a que se não pode negar algum peso. Creio mesmo (e nisto faço o seu maior elogio) que ele não praticava, de quando em quando, esses benefícios senão com o fim de espertar a filantropia dos outros; e se tal era o intuito, força é confessar que a publicidade tornava-se uma condição *sine qua non*. Em suma, poderia dever algumas atenções, mas não devia um real a ninguém.

CXXIV
VÁ DE INTERMÉDIO

Que há entre a vida e a morte? Uma curta ponte. Não obstante, se eu não compusesse este capítulo, padeceria o leitor um forte abalo, assaz danoso ao efeito do livro. Saltar de um retrato a um epitáfio pode ser real e comum; o leitor, entretanto, não se refugia no livro, senão para escapar à vida. Não digo que este pensamento seja meu; digo que há nele uma dose de verdade, e que, ao menos, a forma é pinturesca. E repito: não é meu.

CXXV
EPITÁFIO

AQUI JAZ
D. EULÁLIA DAMASCENA DE BRITO
MORTA
AOS DEZENOVE ANOS DE IDADE
ORAI POR ELA!

CXXVI
DESCONSOLAÇÃO

O epitáfio diz tudo. Vale mais do que se lhes narrasse a moléstia de Nhã-loló, a morte, o desespero da família, o enterro. Ficam sabendo que morreu; acrescentarei que foi por ocasião da primeira entrada da febre amarela. Não digo mais nada, a não ser que a acompanhei até o último jazigo, e me despedi triste, mas sem lágrimas. Concluí que talvez não a amasse deveras.

Vejam agora a que excessos pode levar uma inadvertência; doeu-me um pouco a cegueira da epidemia que, matando à direita e à esquerda, levou também uma jovem dama, que tinha de ser minha mulher; não cheguei a entender a necessidade da epidemia, menos ainda daquela morte. Creio até que esta me pareceu ainda mais absurda que todas as outras mortes. Quincas Borba, porém, explicou-me que epidemias eram úteis à espécie, embora desastrosas para uma certa porção de indivíduos; fez-me notar que, por mais horrendo que fosse o espetáculo, havia uma vantagem de muito peso: a sobrevivência do maior número. Chegou a perguntar-me se, no meio do luto geral, não sentia eu algum secreto encanto em ter escapado às garras da peste; mas esta pergunta era tão insensata, que ficou sem resposta.

Se não contei a morte, não conto igualmente a missa do sétimo dia. A tristeza do Damasceno era profunda; esse pobre homem parecia uma ruína. Quinze dias depois estive com ele; continuava inconsolável, e dizia que a dor grande com que Deus o castigara fora ainda aumentada com a que lhe infligiram os homens. Não me disse mais nada. Três semanas depois tornou ao assunto, e então confessou-me que, no meio do desastre irreparável, quisera ter a consolação da presença dos amigos. Doze pessoas apenas, e três quartas partes amigos do Cotrim, acompanharam à cova o cadáver de sua querida filha. E ele fizera expedir oitenta convites. Ponderei-lhe que as perdas eram tão gerais que bem se podia desculpar essa desatenção aparente. Damasceno abanava a cabeça de um modo incrédulo e triste.

– Qual! – gemia ele. – Desampararam-me.

Cotrim, que estava presente:

– Vieram os que deveras se interessam por você e por nós. Os oitenta viriam por formalidade, falariam da inércia do governo, das panaceias dos boticários, do preço das casas, ou uns dos outros...

Damasceno ouviu calado, abanou outra vez a cabeça, e suspirou:

– Mas viessem!

CXXVII
FORMALIDADE

Grande coisa é haver recebido do céu uma partícula da sabedoria, o dom de achar as relações das coisas, a faculdade de as comparar e o talento de concluir! Eu tive essa distinção psíquica; eu a agradeço ainda agora do fundo do meu sepulcro.

De fato, o homem vulgar que ouvisse a última palavra do Damasceno não se lembraria dela, quando, tempos depois, houvesse de olhar para uma gravura representando seis damas turcas. Pois eu lembrei-me. Eram seis damas de Constantinopla – modernas –, em trajos de rua, cara tapada, não com um espesso pano que as cobrisse deveras, mas com um véu tenuíssimo, que simulava descobrir somente os olhos, e na realidade descobria a cara inteira. E eu achei graça a essa esperteza da faceirice muçulmana, que assim esconde o rosto – e cumpre o uso –, mas não o esconde – e divulga a beleza. Aparentemente, nada há entre as damas turcas e o Damasceno; mas se tu és um espírito profundo e penetrante (e duvido muito que me negues isso), compreenderás que, tanto num como noutro caso, surge aí a orelha de uma rígida e meiga companheira do homem social...

Amável Formalidade, tu és, sim, o bordão da vida, o bálsamo dos corações, a medianeira entre os homens, o vínculo da Terra e do Céu; tu enxugas as lágrimas de um pai, tu captas a indulgência de um Profeta. Se a dor adormece, e a consciência se acomoda, a quem, senão a ti, devem esse imenso benefício? A estima que passa de chapéu na cabeça não diz nada à alma; mas a indiferença que corteja deixa-lhe uma deleitosa impressão. A razão é que, ao contrário de uma velha fórmula absurda, não é a letra que mata; a letra dá vida; o espírito é que é objeto de controvérsia, de dúvida, de interpretação e conseguintemente de luta e de morte. Vive tu, amável Formalidade, para sossego do Damasceno e glória de Muamede.

CXXVIII
NA CÂMARA

E notai bem que eu vi a gravura turca, dois anos depois das palavras de Damasceno, e vi-a na Câmara dos Deputados, em meio de grande burburinho, enquanto um deputado discutia um parecer da comissão do orçamento, sendo eu também deputado. Para quem há lido este livro é escusado encarecer a minha satisfação, e para os outros é igualmente inútil. Era deputado, e vi a gravura turca, recostado na minha cadeira, entre um colega, que contava uma anedota, e outro, que tirava a lápis, nas costas de uma sobrecarta, o perfil de orador. O orador era o Lobo Neves. A onda da vida trouxe-nos à mesma praia, como duas botelhas de náufragos, ele contendo o seu ressentimento, eu devendo conter o meu remorso; e emprego esta forma suspensiva, dubitativa ou condicional, para o fim de dizer que efetivamente não continha nada, a não ser a ambição de ser ministro.

CXXIX
SEM REMORSOS

Não tinha remorsos. Se possuísse os aparelhos próprios, incluía neste livro uma página de química, porque havia de decompor o remorso até os mais simples elementos, com o fim de saber de um modo positivo e concludente por que razão Aquiles passeia à roda de Troia o cadáver do adversário, e lady Macbeth passeia à volta da sala a sua mancha de sangue. Mas eu não tenho aparelhos químicos, como não tinha remorsos; tinha vontade de ser ministro de Estado. Contudo, se hei de acabar este capítulo, direi que não quisera ser Aquiles nem lady Macbeth; e que, a ser alguma coisa, antes Aquiles, antes passear ovante o cadáver do que a mancha; ouvem-se no fim as súplicas de Príamo, e ganha-se uma bonita reputação militar e literária. Eu não ouvia as súplicas de Príamo, mas o discurso do Lobo Neves, e não tinha remorsos.

CXXX
PARA INTERCALAR NO CAP. CXXIX

A primeira vez que pude falar a Virgília, depois da presidência, foi num baile em 1855. Trazia um soberbo vestido de gorgorão azul, e ostentava às luzes o mesmo par de ombros de outro tempo. Não era a frescura da primeira idade; ao contrário; mas ainda estava formosa, de uma formosura outoniça, realçada pela noite. Lembra-me que falamos muito, sem aludir a coisa nenhuma do passado. Subentendia-se tudo. Um dito remoto, vago, ou então um olhar, e mais nada. Pouco depois retirou-se; eu fui vê-la descer as escadas, e não sei por que fenômeno de ventriloquismo cerebral (perdoem-me os filólogos essa frase bárbara) murmurei comigo esta palavra profundamente retrospectiva:

"Magnífica!"

Convém intercalar este capítulo entre a primeira oração e a segunda do capítulo CXXIX.

CXXXI
DE UMA CALÚNIA

Como eu acabava de dizer aquilo, pelo processo ventríloquo-cerebral – o que era simples opinião e não remorso – senti que alguém me punha a mão no ombro. Voltei-me; era um antigo companheiro, oficial de marinha, jovial, um pouco despejado de maneiras. Ele sorriu maliciosamente, e disse-me:

– "Seu" maganão! Recordações do passado, hein?

– Viva o passado!

– Você naturalmente foi reintegrado no emprego.

– Salta, pelintra! – disse eu, ameaçando-o com o dedo.

Confesso que este diálogo era uma indiscrição – principalmente a última réplica. E com tanto maior prazer o confesso, quanto que as mulheres é que têm fama de indiscretas, e não quero acabar o livro sem retificar essa noção do espírito humano. Em pontos de aventura amorosa, achei homens que sorriam, ou negavam a custo, de um modo frio, monossilábico etc., ao passo que as parceiras não davam por si, e jurariam aos Santos Evangelhos que era tudo uma calúnia. A razão desta diferença é que a mulher (salva a hipótese do capítulo CI e outras) entrega-se por amor, ou seja o amor-paixão de Stendhal, ou o puramente físico de algumas damas romanas, por exemplo, ou polinésias, lapônias, cafres, e pode ser que outras raças civilizadas; mas o homem – falo do homem de uma sociedade culta e elegante –, o homem conjuga a sua vaidade ao outro sentimento. Além disso (e refiro-me sempre aos casos defesos), a mulher, quando ama outro homem, parece-lhe que mente a um dever, e portanto tem de dissimular com arte maior, tem de refinar a aleivosia; ao passo que o homem, sentindo-se causa da infração e vencedor de outro homem, fica legitimamente orgulhoso, e logo passa a outro sentimento menos ríspido e menos secreto – essa boa fatuidade, que é a transpiração luminosa do mérito.

Mas seja ou não verdadeira a minha explicação, basta-me deixar escrito nesta página, para uso dos séculos, que a indiscrição das mulheres é uma burla inventada pelos homens; em amor, pelo menos, elas são um verdadeiro sepulcro. Perdem-se muita vez por desastradas, por inquietas, por não saberem resistir aos gestos, aos olhares; e é por isso que uma grande dama e fino espírito, a rainha de Navarra, empregou algures esta metáfora para dizer que toda a aventura amorosa vinha descobrir-se por força, mais tarde ou mais cedo: “Não há cachorrinho tão adestrado, que alfim lhe não ouçamos o latir”.

CXXXII
QUE NÃO É SÉRIO

Citando o dito da rainha de Navarra, ocorre-me que entre o nosso povo, quando uma pessoa vê outra pessoa arrufada, costuma perguntar-lhe: "Gentes, quem matou seus cachorrinhos?", como se dissesse: "Quem lhe levou os amores, as aventuras secretas etc." Mas este capítulo não é sério.

CXXXIII
O PRINCÍPIO DE HELVETIUS

Estávamos no ponto em que o oficial de marinha me arrancou a confissão dos amores de Virgília, e aqui emendo eu o princípio de Helvetius – ou, por outra, explico-o. O meu interesse era calar; confirmar a suspeita de uma coisa antiga fora provocar algum ódio sopitado, dar origem a um escândalo, quando menos adquirir a reputação de indiscreto. Era esse o interesse; e entendendo-se o princípio de Helvetius de um modo superficial, isso é o que devia ter feito. Mas eu já dei o motivo da indiscrição masculina: antes daquele interesse de segurança, havia outro, o do desvanecimento, que é mais íntimo, mais imediato: o primeiro era reflexivo, supunha um silogismo anterior; o segundo era espontâneo, instintivo, vinha das entranhas do sujeito; finalmente, o primeiro tinha o efeito remoto, o segundo próximo. Conclusão: o princípio de Helvetius é verdadeiro no meu caso – a diferença é que não era o interesse aparente, mas o recôndito.

CXXXIV

CINQUENTA ANOS

Não lhes disse ainda – mas digo-o agora – que quando Virgília descia a escada, e o oficial de marinha me tocava no ombro, tinha eu cinquenta anos. Era portanto a minha vida que descia pela escada abaixo – ou a melhor parte, ao menos, uma parte cheia de prazeres, de agitações, de sustos –, capeada de dissimulação e duplicidade – mas enfim a melhor, se devemos falar a linguagem usual. Se, porém, empregarmos outra mais sublime, a melhor parte foi a restante, como eu terei a honra de lhes dizer nas poucas páginas deste livro.

Cinquenta anos! Não era preciso confessá-lo. Já se vai sentindo que o meu estilo não é tão lesto como nos primeiros dias. Naquela ocasião, cessado o diálogo com o oficial de marinha, que enfiou a capa e saiu, confesso que fiquei um pouco triste. Voltei à sala, lembrou-me dançar uma polca, embriagar-me das luzes, das flores, dos cristais, dos olhos bonitos, e do burburinho surdo e ligeiro das conversas particulares. E não me arrependo; remocei. Mas, meia hora depois, quando me retirei do baile, às quatro da manhã, o que é que fui achar no fundo do carro? Os meus cinquenta anos. Lá estavam eles os teimosos, não tolhidos de frio, nem reumáticos – mas cochilando a sua fadiga, um pouco cobiçosos de cama e de repouso. Então, – e vejam até que ponto pode ir a imaginação de um homem, com sono –, então pareceu-me ouvir de um morcego escarapitado no tejadilho: Sr. Brás Cubas, a rejuvenescência estava na sala, nos cristais, nas luzes, nas sedas – enfim, nos outros.

CXXXV
"OBLIVION"

E agora sinto que, se alguma dama tem seguido estas páginas, fecha o livro e não lê as restantes. Para ela extinguiu-se o interesse da minha vida, que era o amor. Cinquenta anos! Não é ainda a invalidez, mas já não é a frescura. Venham mais dez, e eu entenderei o que um inglês dizia, entenderei que "coisa é não achar já quem se lembre de meus pais, e de que modo me há de encarar o próprio ESQUECIMENTO".

Vai em versaletes esse nome. OBLIVION! Justo é que se deem todas as honras a um personagem tão desprezado e tão digno, conviva da última hora, mas certo. Sabe-o a dama que luziu na aurora do atual reinado, e mais dolorosamente a que ostentou suas graças em flor sob o ministério Paraná, porque esta acha-se mais perto do triunfo, e sente já que outras lhe tomaram o carro. Então, se é digna de si mesma, não teima em espertar a lembrança morta ou expirante; não busca no olhar de hoje a mesma saudação do olhar de ontem, quando eram outros os que encetavam a marcha da vida, de alma alegre e pé veloz. *Tempora mutantur*. Compreende que este turbilhão é assim mesmo, leva as folhas do mato e os farrapos do caminho, sem exceção nem piedade; e se tiver um pouco de filosofia, não inveja, mas lastima as que lhe tomaram o carro, porque também elas hão de ser apeadas pelo estribeiro OBLIVION. Espetáculo, cujo fim é divertir o planeta Saturno, que anda muito aborrecido.

CXXXVI
INUTILIDADE

Mas, ou muito me engano, ou acabo de escrever um capítulo inútil.

CXXXVII
A BARRETINA

E daí, não; ele resume as reflexões que fiz no dia seguinte ao Quincas Borba, acrescentando que me sentia acabrunhado, e mil outras coisas tristes. Mas esse filósofo, com o elevado tino de que dispunha, bradou-me que eu ia escorregando na ladeira fatal da melancolia.

– Meu caro Brás Cubas, não te deixes vencer desses vapores. Que diacho! É preciso ser homem! Ser forte! Lutar! Vencer! Brilhar! Influir! Dominar! Cinquenta anos é a idade da ciência e do governo. Ânimo, Brás Cubas; não me sejas palerma. Que tens tu com essa sucessão de ruína a ruína ou de flor a flor? Trata de saborear a vida; e fica sabendo que a pior filosofia é a do choramigas que se deita à margem do rio para o fim de lastimar o curso incessante das águas. O ofício delas é não parar nunca; acomoda-te com a lei, e trata de aproveitá-la.

Vê-se nas menores coisas o que vale a autoridade de um grande filósofo. As palavras do Quincas Borba tiveram o condão de sacudir o torpor moral e mental em que andava. Vamos lá; façamo-nos governo, é tempo. Eu não havia intervindo até então nos grandes debates. Cortejava a pasta por meio de rapapés, chás, comissões e votos; e a pasta não vinha. Urgia apoderar-me da tribuna.

Comecei devagar. Três dias depois, discutindo-se o orçamento da justiça, aproveitei o ensejo para perguntar modestamente ao ministro se não julgava útil diminuir a barretina da guarda nacional. Não tinha vasto alcance o objeto da pergunta; mas ainda assim demonstrei que não era indigno das cogitações de um homem de Estado; e citei Filopémen, que ordenou a substituição dos broquéis de suas tropas, que eram pequenos, por outros maiores, e bem assim as lanças, que eram demasiado leves; fato que a história não achou que desmentisse a gravidade de suas páginas. O tamanho das nossas barretinas estava pedindo um corte profundo, não só por serem deselegantes, mas também por serem anti-higiênicas. Nas paradas, ao sol, o excesso de calor produzido por elas podia ser fatal. Sendo certo que um dos preceitos de Hipócrates era trazer a cabeça fresca, parecia cruel obrigar um cidadão, por simples consideração de uniforme, a arriscar a saúde e a vida, e consequentemente o futuro da família. A Câmara e o governo deviam lembrar-se que a guarda nacional era o anteparo da liberdade e da independência, e que o cidadão, chamado a um serviço gratuito, frequente e penoso, tinha direito a que se lhe diminuísse o ônus, decretando um uniforme leve e maneiro. Acrescia que a barretina, por seu peso, abatia a cabeça dos cidadãos, e a pátria precisava de cidadãos cuja fronte pudesse levantar-se altiva e serena diante do poder; e concluí com esta ideia: o chorão, que inclina os seus galhos para a terra, é árvore de cemitério; a palmeira, ereta e firme, é árvore do deserto, das praças e dos jardins.

Vária foi a impressão deste discurso. Quanto à forma, ao rapto eloquente, à parte literária e filosófica, a opinião foi só uma; disseram-me todos que era completo, e que de uma barretina ninguém ainda conseguira tirar tantas ideias. Mas a parte política foi considerada por muitos deplorável; alguns achavam o meu discurso um desastre parlamentar; enfim, vieram dizer-me que outros me davam já em oposição, entrando nesse número os oposicionistas da Câmara, que chegaram a insinuar a conveniência de uma moção de desconfiança. Repeli energicamente tal interpretação, que não era só errônea, mas caluniosa, à vista da notoriedade com que eu sustentava o gabinete; acrescentei que a necessidade de diminuir a barretina não era tamanha que não pudesse esperar alguns anos; e que, em todo caso, eu transigiria na extensão do corte, contentando-me com três quartos de polegada ou menos; enfim, dado mesmo que a minha ideia não fosse adotada, bastava-me tê-la iniciado no parlamento.

Quincas Borba, porém, não fez restrição alguma. Não sou homem político, disse-me ele ao jantar; não sei se andaste bem ou mal; sei que fizeste um excelente discurso. E então notou as partes mais salientes, as belas imagens, os argumentos fortes, com esse comedimento de louvor que tão bem fica a um grande filósofo; depois, tomou o assunto à sua conta, e impugnou a barretina com tal força, com tamanha lucidez, que acabou convencendo-me efetivamente do seu perigo.

CXXXVIII

A UM CRÍTICO

Meu caro crítico,

Algumas páginas atrás, dizendo eu que tinha cinquenta anos, acrescentei: "Já se vai sentindo que o meu estilo não é tão lesto como nos primeiros dias". Talvez aches esta frase incompreensível, sabendo-se o meu atual estado; mas eu chamo a tua atenção para a sutileza daquele pensamento. O que eu quero dizer não é que esteja agora mais velho do que quando comecei o livro. A morte não envelhece. Quero dizer, sim, que em cada fase da narração da minha vida experimento a sensação correspondente. Valha-me Deus! É preciso explicar tudo.

CXXXIX

DE COMO NÃO FUI MINISTRO D'ESTADO

....

....

....

....

....

....

....

CXL

QUE EXPLICA O ANTERIOR

Há coisas que melhor se dizem calando; tal é a matéria do capítulo anterior. Podem entendê-lo os ambiciosos malogrados. Se a paixão do poder é a mais forte de todas, como alguns inculcam, imaginem o desespero, a dor, o abatimento do dia em que perdi a cadeira da Câmara dos Deputados. Iam-se-me as esperanças todas; terminava a carreira política. E notem que o Quincas Borba, por induções filosóficas que fez, achou que a minha ambição não era a paixão verdadeira do poder, mas um capricho, um desejo de folgar. Na opinião dele, este sentimento, não sendo mais profundo que o outro, amofina muito mais, porque orça pelo amor que as mulheres têm às rendas e toucados. Um Cromwell ou um Bonaparte, acrescentava ele, por isso mesmo que os queima a paixão do poder, lá chegam à fina força ou pela escada da direita, ou pela da esquerda. Não era assim o meu sentimento; este, não tendo em si a mesma força, não tem a mesma certeza do resultado; e daí a maior aflição, o maior desencanto, a maior tristeza. O meu sentimento, segundo o Humanitismo...

– Vai para o diabo com o teu Humanitismo – interrompi-o –; estou farto de filosofias que me não levam a coisa nenhuma.

A dureza da interrupção, tratando-se de tamanho filósofo, equivalia a um desacato; mas ele próprio desculpou a irritação com que lhe falei. Trouxeram-nos café; era uma hora da tarde, estávamos na minha sala de estudo, uma bela sala, que dava para o fundo da chácara, bons livros, objetos d'arte, um Voltaire entre eles, um Voltaire de bronze, que nessa ocasião parecia acentuar o risinho de sarcasmo, com que me olhava, o ladrão; cadeiras excelentes; fora, o sol, um grande sol, que o Quincas Borba, não sei se por chalaça ou poesia, chamou um dos ministros da natureza; corria um vento fresco, o céu estava azul. De cada janela – eram três – pendia uma gaiola com pássaros, que chilreavam as suas óperas rústicas. Tudo tinha a aparência de uma conspiração das coisas contra o homem: e, conquanto eu estivesse na minha sala, olhando para a minha chácara, sentado na minha cadeira, ouvindo os meus pássaros, ao pé dos meus livros, alumiado pelo meu sol, não chegava a curar-me das saudades daquela outra cadeira, que não era minha.

CXLI
OS CÃES

– Mas, enfim, que pretendes fazer agora? – perguntou-me Quincas Borba, indo pôr a xícara vazia no parapeito de uma das janelas.

– Não sei; vou meter-me na Tijuca; fugir aos homens. Estou envergonhado, aborrecido. Tantos sonhos, meu caro Borba, tantos sonhos, e não sou nada.

– Nada! – interrompeu-me Quincas Borba com um gesto de indignação.

Para distrair-me, convidou-me a sair; saímos para os lados do Engenho Velho. Íamos a pé, filosofando as coisas. Nunca me há de esquecer o benefício desse passeio. A palavra daquele grande homem era o cordial da sabedoria. Disse-me ele que eu não podia fugir ao combate; se me fechavam a tribuna, cumpria-me abrir um jornal. Chegou a usar uma expressão menos elevada, mostrando assim que a língua filosófica podia, uma ou outra vez, retemperar-se no calão do povo. Funda um jornal, disse-me ele, e "desmancha toda esta igrejinha".

– Magnífica ideia! Vou fundar um jornal, vou escachá-los, vou...

– Lutar. Podes escachá-los ou não; o essencial é que lutes. Vida é luta. Vida sem luta é um mar morto no centro do organismo universal.

Daí a pouco demos com uma briga de cães; fato que aos olhos de um homem vulgar não teria valor. Quincas Borba fez-me parar e observar os cães. Eram dois. Notou que ao pé deles estava um osso, motivo da guerra, e não deixou de chamar a minha atenção para a circunstância de que o osso não tinha carne. Um simples osso nu. Os cães mordiam-se, rosnavam, com o furor nos olhos... Quincas Borba meteu a bengala debaixo do braço, e parecia em êxtase.

– Que belo que isto é! – dizia ele de quando em quando.

Quis arrancá-lo dali, mas não pude; ele estava arraigado ao chão, e só continuou a andar, quando a briga cessou inteiramente, e um dos cães, mordido e vencido, foi levar a sua fome a outra parte. Notei que ficara sinceramente alegre, posto contivesse a alegria, segundo convinha a um grande filósofo. Fez-me observar a beleza do espetáculo, relembrou o objeto da luta, concluiu que os cães tinham fome; mas a privação do alimento era nada para os efeitos gerais da filosofia. Nem deixou de recordar que em algumas partes do globo o espetáculo mais é grandioso: as criaturas humanas é que disputam aos cães os ossos e outros manjares menos apetecíveis; luta que se complica muito, porque entra em ação a inteligência do homem, com todo o acúmulo de sagacidade que lhe deram os séculos etc.

CXLII
O PEDIDO SECRETO

Quanta coisa num minuete!, como dizia o outro. Quanta coisa numa briga de cães! Mas eu não era um discípulo servil ou medroso, que deixasse de fazer uma ou outra objeção adequada. Andando, disse-lhe que tinha uma dúvida; não estava bem certo da vantagem de disputar a comida aos cães. Ele respondeu-me com excepcional brandura:

– Disputá-la aos outros homens é mais lógico, porque a condição dos contendores é a mesma, e leva o osso o que for mais forte. Mas por que não será um espetáculo grandioso disputá-lo aos cães?

Voluntariamente, comem-se gafanhotos, como o Precursor, ou coisa pior, como Ezequiel; logo, o ruim é comível; resta saber se é mais digno do homem disputá-lo, por virtude de uma necessidade natural, ou preferi-lo, para obedecer a uma exaltação religiosa, isto é, modificável, ao passo que a fome é eterna, como a vida e como a morte.

Estávamos à porta de casa; deram-me uma carta, dizendo que vinha de uma senhora. Entramos, e o Quincas Borba, com a discrição própria de um filósofo, foi ler a lombada dos livros de uma estante, enquanto eu lia a carta, que era de Virgília:

"Meu bom amigo,
D. Plácida está muito mal. Peço-lhe o favor de fazer alguma coisa por ela; mora no Beco das Escadinhas; veja se alcança metê-la na Misericórdia.
Sua amiga sincera,
V

Não era a letra fina e correta de Virgília, mas grossa e desigual; o V da assinatura não passava de um rabisco sem intenção alfabética; de maneira que, se a carta aparecesse, era muito difícil atribuir-lhe a autoria. Virei e revirei o papel. Pobre D. Plácida! Mas eu tinha-lhe deixado os cinco contos da praia de Botafogo, e não podia compreender que...

– Vais compreender – disse Quincas Borba, tirando um livro da estante.

– O quê? – perguntei espantado.

– Vais compreender que eu só te disse a verdade. Pascal é um dos meus avôs espirituais; e, conquanto a minha filosofia valha mais que a dele, não posso negar que era um grande homem. Ora, que diz ele nesta página? – E, chapéu na cabeça, bengala sobraçada, apontava o lugar com o dedo. – Que diz ele? Diz que o homem tem "uma grande vantagem sobre o resto do universo: sabe que morre, ao passo que o universo ignora-o absolutamente". Vês? Logo, o homem que disputa o osso a um cão tem sobre este a grande vantagem de saber que tem fome; e é isto que torna grandiosa a luta, como eu dizia. "Sabe que morre" é uma expressão profunda; creio todavia que é mais profunda a minha expressão: sabe que tem fome. Porquanto o fato da morte limita, por assim dizer, o entendimento humano; a consciência da extinção dura um breve instante e acaba para nunca mais, ao passo que a fome tem a vantagem de voltar, de prolongar o estado consciente. Parece-me (se não vai nisso alguma imodéstia) que a fórmula de Pascal é inferior à minha, sem todavia deixar de ser um grande pensamento, e Pascal um grande homem.

CXLIII
NÃO VOU

Enquanto ele restituía o livro à estante, relia eu o bilhete. Ao jantar, vendo que eu falava pouco, mastigava sem acabar de engolir, fitava o canto da sala, a ponta da mesa, um prato, uma cadeira, uma mosca invisível, disse-me ele:

– Tens alguma coisa; aposto que foi aquela carta?

Foi. Realmente, sentia-me aborrecido, incomodado com o pedido de Virgília. Tinha dado a D. Plácida cinco contos de réis; duvido muito que ninguém fosse mais generoso do que eu, nem tanto. Cinco contos! E que fizera deles? Naturalmente botou-os fora, comeu-os em grandes festas, e agora toca para a Misericórdia, e eu que a leve! Morre-se em qualquer parte. Acresce que eu não sabia ou não me lembrava do tal Beco das Escadinhas; mas, pelo nome, parecia-me algum recanto estreito e escuro da cidade. Tinha de lá ir, chamar a atenção dos vizinhos, bater à porta etc. Que maçada! Não vou.

CXLIV
UTILIDADE RELATIVA

Mas a noite, que é boa conselheira, ponderou que a cortesia mandava obedecer aos desejos da minha antiga dama.

– Letras vencidas, urge pagá-las – disse eu ao levantar-me.

Depois do almoço fui à casa de D. Plácida; achei um molho de ossos, envolto em molambos, estendido sobre um catre velho e nauseabundo; dei-lhe algum dinheiro. No dia seguinte fi-la transportar para a Misericórdia, onde ela morreu uma semana depois. Minto: amanheceu morta; saiu da vida às escondidas, tal qual entrara. Outra vez perguntei, a mim mesmo, como no capítulo LXXV, se era para isto que o sacristão da Sé e a doceira trouxeram Dona Plácida à luz, num momento de simpatia específica. Mas adverti logo que, se não fosse D. Plácida, talvez os meus amores com Virgília tivessem sido interrompidos, ou imediatamente quebrados, em plena efervescência; tal foi, portanto, a utilidade da vida de D. Plácida. Utilidade relativa, convenho; mas que diacho há absoluto nesse mundo?

CXLV

SIMPLES REPETIÇÃO

Quanto aos cinco contos, não vale a pena dizer que um canteiro da vizinhança fingiu-se enamorado de D. Plácida, logrou espertar-lhe os sentidos, ou a vaidade, e casou com ela; no fim de alguns meses inventou um negócio, vendeu as apólices e fugiu com o dinheiro. Não vale a pena. É o caso dos cães do Quincas Borba. Simples repetição de um capítulo.

CXLVI

O PROGRAMA

Urgia fundar o jornal. Redigi o programa, que era uma aplicação política do Humanitismo; somente, como o Quincas Borba não houvesse ainda publicado o livro (que aperfeiçoava de ano em ano), assentamos de lhe não fazer nenhuma referência. Quincas Borba exigiu apenas uma declaração, autógrafa e reservada, de que alguns princípios novos aplicados à política eram tirados do livro dele, ainda inédito.

Era a fina flor dos programas; prometia curar a sociedade, destruir os abusos, defender os sãos princípios de liberdade e conservação; fazia um apelo ao comércio e à lavoura; citava Guizot e Ledru-Rollin, e acabava com esta ameaça, que o Quincas Borba achou mesquinha e local: "A nova doutrina que professamos há de inevitavelmente derrubar o atual ministério". Confesso que, nas circunstâncias políticas da ocasião, o programa pareceu-me uma obra-prima. A ameaça do fim, que o Quincas Borba achou mesquinha, demonstrei-lhe que era saturada do mais puro Humanitismo, e ele mesmo o confessou depois. Porquanto, o Humanitismo não excluía nada; as guerras de Napoleão e uma contenda de cabras eram, segundo a nossa doutrina, a mesma sublimidade, com a diferença que os soldados de Napoleão sabiam que morriam, coisa que aparentemente não acontece às cabras. Ora, eu não fazia mais do que aplicar às circunstâncias a nossa fórmula filosófica: Humanitas queria substituir Humanitas para consolação de Humanitas.

– Tu és o meu discípulo amado, o meu califa – bradou Quincas Borba, com uma nota de ternura, que até então lhe não ouvira. – Posso dizer como o grande Muamede: nem que venham agora contra mim o sol e a lua, não recuarei das minhas ideias. Crê, meu caro Brás Cubas, que esta é a verdade eterna, anterior aos mundos, posterior aos séculos.

CXLVII
O DESATINO

Mandei logo para a imprensa uma notícia discreta, dizendo que provavelmente começaria a publicação de um jornal oposicionista, daí a algumas semanas, redigido pelo Dr. Brás Cubas. Quincas Borba, a quem li a notícia, pegou da pena, e acrescentou ao meu nome, com uma fraternidade verdadeiramente humanística, esta frase: "um dos mais gloriosos membros da passada Câmara".

No dia seguinte entra-me em casa o Cotrim. Vinha um pouco transtornado, mas dissimulava, afetando sossego e até alegria. Vira a notícia do jornal, e achou que devia, como amigo e parente, dissuadir-me de semelhante ideia. Era um erro, um erro fatal. Mostrou que eu ia colocar-me numa situação difícil, e de certa maneira trancar as portas do parlamento. O ministério, não só lhe parecia excelente, o que aliás podia não ser a minha opinião, mas com certeza viveria muito; e que podia eu ganhar com indispô-lo contra mim? Sabia que alguns dos ministros me eram afeiçoados; não era impossível uma vaga, e... Interrompi-o nesse ponto, para lhe dizer que meditara muito o passo que ia dar, e não podia recuar uma linha. Cheguei a propor-lhe a leitura do programa, mas ele recusou energicamente, dizendo que não queria ter a mínima parte no meu desatino.

– É um verdadeiro desatino – repetiu ele –; pense ainda alguns dias, e verá que é um desatino.

A mesma coisa disse Sabina, à noite, no teatro. Deixou a filha no camarote, com o Cotrim, e trouxe-me ao corredor.

– Mano Brás, que é que você vai fazer? – perguntou-me aflita. – Que ideia é essa de provocar o governo, sem necessidade, quando podia...

Expliquei-lhe que não me convinha mendigar uma cadeira no parlamento; que a minha ideia era derrubar o ministério, por não me parecer adequado à situação – e a certa fórmula filosófica; afiancei que empregaria sempre uma linguagem cortês, embora enérgica. A violência não era especiaria do meu paladar. Sabina bateu com o leque na ponta dos dedos, abanou a cabeça, e tornou ao assunto com um ar de súplica e ameaça, alternadamente; eu disse-lhe que não, que não, e que não. Desenganada, lançou-me em rosto preferir os conselhos de pessoas estranhas e invejosas aos dela e do marido.

– Pois siga o que lhe parecer – concluiu –; nós cumprimos a nossa obrigação. – Deu-me as costas e voltou ao camarote.

CXLVIII
O PROBLEMA INSOLÚVEL

Publiquei o jornal. Vinte e quatro horas depois, aparecia em outros uma declaração do Cotrim, dizendo, em substância, que "posto não militasse em nenhum dos partidos em que se dividia a pátria, achava conveniente deixar bem claro que não tinha influência nem parte direta ou indireta na folha de seu cunhado, o Dr. Brás Cubas, cujas ideias e procedimento político inteiramente reprovava. O atual ministério (como aliás qualquer outro composto de iguais capacidades) parecia-lhe destinado a promover a felicidade pública".

Não podia acabar de crer nos meus olhos. Esfreguei-os uma e duas vezes, e reli a declaração inoportuna, insólita e enigmática. Se ele nada tinha com os partidos, que lhe importava um incidente tão vulgar como a publicação de uma folha? Nem todos os cidadãos que acham bom ou mau um ministério fazem declarações tais pela imprensa, nem são obrigados a fazê-las. Realmente, era um mistério a intrusão do Cotrim neste negócio, não menos que a sua agressão pessoal. Nossas relações até então tinham sido lhanas e benévolas; não me lembrava nenhum dissentimento, nenhuma sombra, nada, depois da reconciliação. Ao contrário, as recordações eram de verdadeiros obséquios; assim, por exemplo, sendo eu deputado, pude obter-lhe uns fornecimentos para o arsenal de marinha, fornecimentos que ele continuava a fazer com a maior pontualidade, e dos quais me dizia algumas semanas antes, que no fim de mais três anos, podiam dar-lhe uns duzentos contos. Pois a lembrança de tamanho obséquio não teve força para obstar que ele viesse a público enxovalhar o cunhado? Devia ser muito poderoso o motivo da declaração, que o fazia cometer ao mesmo tempo um destempero e uma ingratidão; confesso que era um problema insolúvel...

CXLIX

TEORIA DO BENEFÍCIO

... Tão insolúvel que o Quincas Borba não pôde dar com ele, apesar de estudá-lo longamente e com boa vontade.

– Ora adeus! – concluiu –; nem todos os problemas valem cinco minutos de atenção.

Quanto à censura de ingratidão, Quincas Borba rejeitou-a inteiramente, não como improvável, mas como absurda, por não obedecer às conclusões de uma boa filosofia humanística.

– Não me podes negar um fato – disse ele –; é que o prazer do beneficiador é sempre maior que o do beneficiado. Que é o benefício? É um ato que faz cessar certa privação do beneficiado. Uma vez produzido o efeito essencial, isto é, uma vez cessada a privação, torna o organismo ao estado anterior, ao estado indiferente. Supõe que tens apertado em demasia o cós das calças; para fazer cessar o incômodo, desabotoas o cós, respiras, saboreias um instante de gozo, o organismo torna à indiferença, e não te lembras dos teus dedos que praticaram o ato. Não havendo nada que perdure, é natural que a memória se esvaeça, porque ela não é uma planta aérea, precisa de chão. A esperança de outros favores, é certo, conserva sempre no beneficiado a lembrança do primeiro; mas este fato, aliás um dos mais sublimes que a filosofia pode achar em seu caminho, explica-se pela memória da privação, ou, usando de outra fórmula, pela privação continuada na memória, que repercute a dor passada e aconselha a precaução do remédio oportuno. Não digo que, ainda sem esta circunstância, não aconteça, algumas vezes, persistir a memória do obséquio, acompanhada de certa afeição mais ou menos intensa; mas são verdadeiras aberrações, sem nenhum valor aos olhos de um filósofo.

– Mas – repliquei eu –, se nenhuma razão há para que perdure a memória do obséquio no obsequiado, menos há de haver em relação ao obsequiador. Quisera que me explicasses este ponto.

– Não se explica o que é de sua natureza evidente – retorquiu o Quincas Borba –; mas eu direi alguma coisa mais. A persistência do benefício na memória de quem o exerce explica-se pela natureza mesma do benefício e seus efeitos. Primeiramente há o sentimento de uma boa ação, e dedutivamente a consciência de que somos capazes de boas ações; em segundo lugar, recebe-se uma convicção de superioridade sobre outra criatura, superioridade no estado e nos meios; e esta é uma das coisas mais legitimamente agradáveis, segundo as melhores opiniões, ao organismo humano. Erasmo, que no seu *Elogio da Sandice* escreveu algumas coisas boas, chamou a atenção para a complacência com que dois burros se coçam um ao outro. Estou longe de rejeitar essa observação de Erasmo; mas direi o que ele não disse, a saber que se um dos burros coçar melhor o outro, esse há de ter nos olhos algum indício especial de satisfação. Por que é que uma mulher bonita olha muitas vezes para o espelho, senão porque se acha bonita, e porque isso lhe dá certa superioridade sobre uma multidão de outras mulheres menos bonitas ou absolutamente feias? A consciência é a mesma coisa; remira-se a miúdo, quando se acha bela. Nem o remorso é outra coisa mais do que o trejeito de uma consciência que se vê hedionda. Não esqueças que, sendo tudo uma simples irradiação de Humanitas, o benefício e seus efeitos são fenômenos perfeitamente admiráveis.

CL
ROTAÇÃO E TRANSLAÇÃO

Há em cada empresa, afeição ou idade um ciclo inteiro da vida humana. O primeiro número do meu jornal encheu-me a alma de uma vasta aurora, coroou-me de verduras, restituiu-me a lepidez da mocidade. Seis meses depois batia a hora da velhice, e daí a duas semanas a da morte, que foi clandestina, como a de D. Plácida. No dia em que o jornal amanheceu morto, respirei como um homem que vem de longo caminho. De modo que, se eu disser que a vida humana nutre de si mesma outras vidas, mais ou menos efêmeras, como o corpo alimenta os seus parasitas, creio não dizer uma coisa inteiramente absurda. Mas, para não arriscar essa figura menos nítida e adequada, prefiro uma imagem astronômica: o homem executa à roda do grande mistério um movimento duplo de rotação e translação; tem os seus dias, desiguais como os de Júpiter, e deles compõe o seu ano mais ou menos longo.

No momento em que eu terminava o meu movimento de rotação, concluía Lobo Neves o seu movimento de translação. Morria com o pé na escada ministerial. Correu ao menos durante algumas semanas, que ele ia ser ministro; e pois que o boato me encheu de muita irritação e inveja, não é impossível que a notícia da morte me deixasse alguma tranquilidade, alívio, e um ou dois minutos de prazer. Prazer é muito, mas é verdade; juro aos séculos que é a pura verdade.

Fui ao enterro. Na sala mortuária achei Virgília, ao pé do féretro, a soluçar. Quando levantou a cabeça, vi que chorava deveras. Ao sair o enterro, abraçou-se ao caixão, aflita; vieram tirá-la e levá-la para dentro. Digo-vos que as lágrimas eram verdadeiras. Eu fui ao cemitério; e, para dizer tudo, não tinha muita vontade de falar; levava uma pedra na garganta ou na consciência. No cemitério, principalmente quando deixei cair a pá de cal sobre o caixão, no fundo da cova, o baque surdo da cal deu-me um estremecimento passageiro, é certo, mas desagradável; e depois a tarde tinha o peso e a cor do chumbo; o cemitério, as roupas pretas...

CLI

FILOSOFIA DOS EPITÁFIOS

Saí, afastando-me dos grupos, e fingindo ler os epitáfios. E, aliás, gosto dos epitáfios; eles são, entre a gente civilizada, uma expressão daquele pio e secreto egoísmo que induz o homem a arrancar à morte um farrapo ao menos da sombra que passou. Daí vem, talvez, a tristeza inconsolável dos que sabem os seus mortos na vala comum; parece-lhes que a podridão anônima os alcança a eles mesmos.

CLII
A MOEDA DE VESPASIANO

Tinham ido todos; só o meu carro esperava pelo dono. Acendi um charuto; afastei-me do cemitério. Não podia sacudir dos olhos a cerimônia do enterro, nem dos ouvidos os soluços de Virgília. Os soluços, principalmente, tinham o som vago e misterioso de um problema. Virgília traíra o marido, com sinceridade, e agora chorava-o com sinceridade. Eis uma combinação difícil que não pude fazer em todo o trajeto; em casa, porém, apeando-me do carro, suspeitei que a combinação era possível, e até fácil. Meiga Natura! A taxa da dor é como a moeda de Vespasiano; não cheira à origem, e tanto se colhe do mal como do bem. A moral repreenderá, porventura, a minha cúmplice; é o que te não importa, implacável amiga, uma vez que lhe recebeste pontualmente as lágrimas. Meiga, três vezes Meiga Natura!

CLIII
O ALIENISTA

Começo a ficar patético e prefiro dormir. Dormi, sonhei que era nababo, e acordei com a ideia de ser nababo. Eu gostava, às vezes, de imaginar esses contrastes de região, estado e credo. Alguns dias antes tinha pensado na hipótese de uma revolução social, religiosa e política, que transferisse o arcebispo de Cantuária a simples coletor de Petrópolis, e fiz longos cálculos para saber se o coletor eliminaria o arcebispo, ou se o arcebispo rejeitaria o coletor, ou que porção de arcebispo pode jazer num coletor, ou que soma de coletor pode combinar com um arcebispo etc. Questões insolúveis, aparentemente, mas na realidade perfeitamente solúveis, desde que se atenda que pode haver num arcebispo dois arcebispos – o da bula e o outro. Está dito, vou ser nababo.

Era um simples gracejo; disse-o, todavia, ao Quincas Borba, que olhou para mim com certa cautela e pena, levando a sua bondade a comunicar-me que eu estava doido. Ri-me a princípio; mas a nobre convicção do filósofo incutiu-me certo medo. A única objeção contra a palavra do Quincas Borba é que não me sentia doido, mas não tendo geralmente os doidos outro conceito de si mesmos, tal objeção ficava sem valor. E vede se há algum fundamento na crença popular de que os filósofos são homens alheios às coisas mínimas. No dia seguinte, mandou-me o Quincas Borba um alienista. Conhecia-o, fiquei aterrado. Ele, porém, houve-se com a maior delicadeza e habilidade, despedindo-se tão alegremente que me animou a perguntar-lhe se deveras me não achava doido.

– Não – disse ele sorrindo –; raros homens terão tanto juízo como o senhor.

– Então o Quincas Borba enganou-se?

– Redondamente. – E depois: – Ao contrário, se é amigo dele... peço-lhe que o distraia... que...

– Justos céus! Parece-lhe?... Um homem de tamanho espírito, um filósofo!

– Não importa, a loucura entra em todas as casas.

Imaginem a minha aflição. O alienista, vendo o efeito de suas palavras, reconheceu que eu era amigo do Quincas Borba, e tratou de diminuir a gravidade da advertência. Observou que podia não ser nada, e acrescentou até que um grãozinho de sandice, longe de fazer mal, dava certo pico à vida. Como eu rejeitasse com horror esta opinião, o alienista sorriu e disse-me uma coisa tão extraordinária, tão extraordinária, que não merece menos de um capítulo.

CLIV
OS NAVIOS DO PIREU

– Há de lembrar-se – disse-me o alienista – daquele famoso maníaco ateniense, que supunha que todos os navios entrados no Pireu eram de sua propriedade. Não passava de um pobretão, que talvez não tivesse, para dormir, a cuba de Diógenes; mas a posse imaginária dos navios valia por todas as dracmas da Hélade. Ora bem, há em todos nós um maníaco de Atenas; e quem jurar que não possuiu alguma vez, mentalmente, dois ou três patachos, pelo menos, pode crer que jura falso.

– Também o senhor? – perguntei-lhe.

– Também eu.

– Também eu?

– Também o senhor; e o seu criado, não menos, se é seu criado esse homem que ali está sacudindo os tapetes à janela.

De fato, era um dos meus criados que batia os tapetes, enquanto nós falávamos no jardim, ao lado. O alienista notou então que ele escancarara as janelas todas deste longo tempo, que alçara as cortinas, que devassara o mais possível a sala, ricamente alfaiada, para que a vissem de fora, e concluiu:

– Este seu criado tem a mania do ateniense: crê que os navios são dele; uma hora de ilusão que lhe dá a maior felicidade da Terra.

CLV
REFLEXÃO CORDIAL

– Se o alienista tem razão – disse eu comigo –, não haverá muito que lastimar o Quincas Borba; é uma questão de mais ou de menos. Contudo, é justo cuidar dele, e evitar que lhe entrem no cérebro maníacos de outras paragens.

CLVI

ORGULHO DA SERVILIDADE

Quincas Borba divergiu do alienista em relação ao meu criado.

– Pode-se, por imagem – disse ele –, atribuir ao teu criado a mania do ateniense; mas imagens não são ideias nem observações tomadas à natureza. O que o teu criado tem é um sentimento nobre e perfeitamente regido pelas leis do Humanitismo: é o orgulho da servilidade. A intenção dele é mostrar que não é criado de qualquer.

Depois chamou a minha atenção para os cocheiros de casa grande, mais empertigados que o amo, para os criados de hotel, cuja solicitude obedece às variações sociais da freguesia etc. E concluiu que era tudo a expressão daquele sentimento delicado e nobre – prova cabal de que muitas vezes o homem, ainda a engraxar botas, é sublime.

CLVII

FASE BRILHANTE

– Sublime és tu – bradei eu, lançando-lhe os braços ao pescoço.

Com efeito, era impossível crer que um homem tão profundo chegasse à demência; foi o que lhe disse após o meu abraço, denunciando-lhe a suspeita do alienista. Não posso descrever a impressão que lhe fez a denúncia; lembra-me que ele estremeceu e ficou muito pálido.

Foi por esse tempo que eu me reconciliei outra vez com o Cotrim, sem chegar a saber a causa do dissentimento. Reconciliação oportuna, porque a solidão pesava-me, e a vida era para mim a pior das fadigas, que é a fadiga sem trabalho. Pouco depois fui convidado por ele a filiar-me numa Ordem Terceira; o que eu não fiz sem consultar o Quincas Borba:

– Vai, se queres – disse-me este –, mas temporariamente. Eu trato de anexar à minha filosofia uma parte dogmática e litúrgica. O Humanitismo há de ser também uma religião, a do futuro, a única verdadeira. O cristianismo é bom para as mulheres e os mendigos, e as outras religiões não valem mais do que essa: orçam todas pela mesma vulgaridade ou fraqueza. O paraíso cristão é um digno êmulo do paraíso muçulmano; e quanto ao nirvana de Buda não passa de uma concepção de paralíticos. Verás o que é a religião humanística. A absorção final, a fase contrativa, é a reconstituição da substância, não o seu aniquilamento etc. Vai aonde te chamam; não esqueças, porém, que és o meu califa.

E vede agora a minha modéstia; filiei-me na Ordem Terceira de ***, exerci ali alguns cargos, foi essa a fase mais brilhante da minha vida. Não obstante, calo-me, não digo nada, não conto os meus serviços, o que fiz aos pobres e aos enfermos, nem as recompensas que recebi, nada, não digo absolutamente nada.

Talvez a economia social pudesse ganhar alguma coisa, se eu mostrasse como todo e qualquer prêmio estranho vale pouco ao lado do prêmio subjetivo e imediato; mas seria romper o silêncio que jurei guardar neste ponto. Demais, os fenômenos da consciência são de difícil análise; por outro lado, se contasse um, teria de contar todos os que a ele se prendessem, e acabava fazendo um capítulo de psicologia. Afirmo somente que foi a fase mais brilhante da minha vida. Os quadros eram tristes; tinham a monotonia da desgraça, que é tão aborrecida como a do gozo, e talvez pior. Mas a alegria que se dá à alma dos doentes e dos pobres é recompensa de algum valor; e não me digam que é negativa, por só recebê-la o obsequiado. Não; eu recebia-a de um modo reflexo, e ainda assim grande, tão grande que me dava excelente ideia de mim mesmo.

CLVIII
DOIS ENCONTROS

No fim de alguns anos, três ou quatro, estava enfarado do ofício, e deixei-o, não sem um donativo importante, que me deu direito ao retrato na sacristia. Não acabarei, porém, o capítulo sem dizer que vi morrer no hospital da Ordem, adivinhem quem?... a linda Marcela; e vi-a morrer no mesmo dia em que, visitando um cortiço, para distribuir esmolas, achei... Agora é que não são capazes de adivinhar... achei a flor da moita, Eugênia, a filha de D. Eusébia e do Vilaça, tão coxa como a deixara, e ainda mais triste.

Esta, ao reconhecer-me, ficou pálida, e baixou os olhos; mas foi obra de um instante. Ergueu logo a cabeça, e fitou-me com muita dignidade. Compreendi que não receberia esmolas da minha algibeira, e estendi-lhe a mão, como faria à esposa de um capitalista. Cortejou-me e fechou-se no cubículo. Nunca mais a vi; não soube nada da vida dela, nem se a mãe era morta, nem que desastre a trouxera a tamanha miséria. Sei que continuava coxa e triste. Foi com esta impressão profunda que cheguei ao hospital, onde Marcela entrara na véspera, e onde a vi expirar meia hora depois, feia, magra, decrépita...

CLIX
SEMIDEMÊNCIA

Compreendi que estava velho, e precisava de uma força; mas o Quincas Borba partira seis meses antes para Minas Gerais, e levou consigo a melhor das filosofias. Voltou quatro meses depois, e entrou-me em casa, certa manhã, quase no estado em que eu o vira no Passeio Público. A diferença é que o olhar era outro. Vinha demente. Contou-me que, para o fim de aperfeiçoar o Humanitismo, queimara o manuscrito todo e ia recomeçá-lo. A parte dogmática ficava completa, embora não escrita; era a verdadeira religião do futuro.

– Juras por Humanitas? – perguntou-me.

– Sabes que sim.

A voz mal podia sair-me do peito; e aliás não tinha descoberto toda a cruel verdade. Quincas Borba não só estava louco, mas sabia que estava louco, e esse resto de consciência, como uma frouxa lamparina no meio das trevas, complicava muito o horror da situação. Sabia-o, e não se irritava contra o mal; ao contrário, dizia-me que era ainda uma prova de Humanitas, que assim brincava consigo mesmo. Recitava-me longos capítulos do livro, e antífonas, e litanias espirituais; chegou até a reproduzir uma dança sacra que inventara para as cerimônias do Humanitismo. A graça lúgubre com que ele levantava e sacudia as pernas era singularmente fantástica. Outras vezes amuava-se a um canto, com os olhos fitos no ar, uns olhos em que, de longe em longe, fulgurava um raio persistente da razão, triste como uma lágrima...

Morreu pouco tempo depois, em minha casa, jurando e repetindo sempre que a dor era uma ilusão, e que Pangloss, o caluniado Pangloss, não era tão tolo como o supôs Voltaire.

CLX
DAS NEGATIVAS

Entre a morte do Quincas Borba e a minha, mediaram os sucessos narrados na primeira parte do livro. O principal deles foi a invenção do emplasto Brás Cubas, que morreu comigo, por causa da moléstia que apanhei. Divino emplasto, tu me darias o primeiro lugar entre os homens, acima da ciência e da riqueza, porque eras a genuína e direta inspiração do Céu. O caso determinou o contrário; e aí vos ficais eternamente hipocondríacos.

Este último capítulo é todo de negativas. Não alcancei a celebridade do emplasto, não fui ministro, não fui califa, não conheci o casamento. Verdade é que, ao lado dessas faltas, coube-me a boa fortuna de não comprar o pão com o suor do meu rosto. Mais; não padeci a morte de D. Plácida, nem a semidemência do Quincas Borba. Somadas umas coisas e outras, qualquer pessoa imaginará que não houve míngua nem sobra, e conseguintemente que saí quite com a vida. E imaginará mal; porque ao chegar a este outro lado do mistério, achei-me com um pequeno saldo, que é a derradeira negativa deste capítulo de negativas: – Não tive filhos, não transmiti a nenhuma criatura o legado da nossa miséria.

Fim

DOM CASMURRO
(1899)

I

DO TÍTULO

Uma noite destas, vindo da cidade para o Engenho Novo, encontrei no trem da Central um rapaz aqui do bairro, que eu conheço de vista e de chapéu. Cumprimentou-me, sentou-se ao pé de mim, falou da Lua e dos ministros, e acabou recitando-me versos. A viagem era curta, e os versos pode ser que não fossem inteiramente maus. Sucedeu, porém, que, como eu estava cansado, fechei os olhos três ou quatro vezes; tanto bastou para que ele interrompesse a leitura e metesse os versos no bolso.

– Continue – disse eu acordando.

– Já acabei – murmurou ele.

– São muito bonitos.

Vi-lhe fazer um gesto para tirá-los outra vez do bolso, mas não passou do gesto; estava amuado. No dia seguinte entrou a dizer de mim nomes feios, e acabou alcunhando-me Dom Casmurro. Os vizinhos, que não gostam dos meus hábitos reclusos e calados, deram curso à alcunha, que afinal pegou. Nem por isso me zanguei. Contei a anedota aos amigos da cidade, e eles, por graça, chamam-me assim, alguns em bilhetes: "Dom Casmurro, domingo vou jantar com você". "Vou para Petrópolis, Dom Casmurro; a casa é a mesma da Renânia; vê se deixas essa caverna do Engenho Novo, e vai lá passar uns quinze dias comigo". "Meu caro Dom Casmurro, não cuide que o dispenso do teatro amanhã; venha e dormirá aqui na cidade; dou-lhe camarote, dou-lhe chá, dou-lhe cama; só não lhe dou moça".

Não consultes dicionários. Casmurro não está aqui no sentido que eles lhe dão, mas no que lhe pôs o vulgo de homem calado e metido consigo. Dom veio por ironia, para atribuir-me fumos de fidalgo. Tudo por estar cochilando! Também não achei melhor título para a minha narração; se não tiver outro daqui até ao fim do livro, vai este mesmo. O meu poeta do trem ficará sabendo que não lhe guardo rancor. E com pequeno esforço, sendo o título seu, poderá cuidar que a obra é sua. Há livros que apenas terão isso dos seus autores; alguns nem tanto.

II
DO LIVRO

Agora que expliquei o título, passo a escrever o livro. Antes disso, porém, digamos os motivos que me põem a pena na mão.

Vivo só, com um criado. A casa em que moro é própria; fi-la construir de propósito, levado de um desejo tão particular que me vexa imprimi-lo, mas vá lá. Um dia, há bastantes anos, lembrou-me reproduzir no Engenho Novo a casa em que me criei na antiga Rua de Matacavalos, dando-lhe o mesmo aspecto e economia daquela outra, que desapareceu. Construtor e pintor entenderam bem as indicações que lhes fiz: é o mesmo prédio assobradado, três janelas de frente, varanda ao fundo, as mesmas alcovas e salas. Na principal destas, a pintura do teto e das paredes é mais ou menos igual, umas grinaldas de flores miúdas e grandes pássaros que as tomam nos bicos, de espaço a espaço. Nos quatro cantos do teto as figuras das estações, e ao centro das paredes os medalhões de César, Augusto, Nero e Massinissa, com os nomes por baixo... Não alcanço a razão de tais personagens. Quando fomos para a casa de Matacavalos, já ela estava assim decorada; vinha do decênio anterior. Naturalmente era gosto do tempo meter sabor clássico e figuras antigas em pinturas americanas. O mais é também análogo e parecido. Tenho chacarinha, flores, legume, uma casuarina, um poço e lavadouro. Uso louça velha e mobília velha. Enfim, agora, como outrora, há aqui o mesmo contraste da vida interior, que é pacata, com a exterior, que é ruidosa.

O meu fim evidente era atar as duas pontas da vida, e restaurar na velhice a adolescência. Pois, senhor, não consegui recompor o que foi nem o que fui. Em tudo, se o rosto é igual, a fisionomia é diferente. Se só me faltassem os outros, vá; um homem consola-se mais ou menos das pessoas que perde; mais falto eu mesmo, e esta lacuna é tudo. O que aqui está é, mal comparando, semelhante à pintura que se põe na barba e nos cabelos, e que apenas conserva o hábito externo, como se diz nas autópsias; o interno não aguenta tinta. Uma certidão que me desse vinte anos de idade poderia enganar os estranhos, como todos os documentos falsos, mas não a mim. Os amigos que me restam são de data recente; todos os antigos foram estudar a geologia dos campos-santos. Quanto às amigas, algumas datam de quinze anos, outras de menos, e quase todas creem na mocidade. Duas ou três fariam crer nela aos outros, mas a língua que falam obriga muita vez a consultar os dicionários, e tal frequência é cansativa.

Entretanto, vida diferente não quer dizer vida pior; é outra coisa. A certos respeitos, aquela vida antiga aparece-me despida de muitos encantos que lhe achei; mas é também exato que perdeu muito espinho que a fez molesta, e, de memória, conservo alguma recordação doce e feiticeira. Em verdade, pouco apareço e menos falo. Distrações raras. O mais do tempo é gasto em hortar, jardinar e ler; como bem e não durmo mal.

Ora, como tudo cansa, esta monotonia acabou por exaurir-me também. Quis variar, e lembrou-me escrever um livro. Jurisprudência, filosofia e política acudiram-me, mas não me acudiram as forças necessárias. Depois, pensei em fazer uma História dos Subúrbios, menos seca que as memórias do padre Luís Gonçalves dos Santos, relativas à cidade; era obra modesta, mas exigia documentos e datas, como preliminares, tudo árido e longo. Foi então que os bustos pintados nas paredes entraram a falar-me e a dizer-me que, uma vez que eles não alcançavam reconstituir-me os tempos idos, pegasse da pena e contasse alguns. Talvez a narração me desse a ilusão, e as sombras viessem perpassar ligeiras, como ao poeta, não o do trem, mas o do Fausto: Aí vindes outra vez, inquietas sombras?...

Fiquei tão alegre com esta ideia, que ainda agora me treme a pena na mão. Sim, Nero, Augusto, Massinissa, e tu, grande César, que me incitas a fazer os meus comentários, agradeço-vos o conselho, e vou deitar ao papel as reminiscências que me vierem vindo. Deste modo, viverei o que vivi, e assentarei a mão para alguma obra de maior tomo. Eia, comecemos a evocação por uma célebre tarde de novembro, que nunca me esqueceu. Tive outras muitas, melhores, e piores, mas aquela nunca se me apagou do espírito. É o que vais entender, lendo.

III
A DENÚNCIA

Ia a entrar na sala de visitas, quando ouvi proferir o meu nome e escondi-me atrás da porta. A casa era a da rua de Matacavalos, o mês novembro, o ano é que é um tanto remoto, mas eu não hei de trocar as datas à minha vida só para agradar às pessoas que não amam histórias velhas; o ano era de 1857.

– D. Glória, a senhora persiste na ideia de meter o nosso Bentinho no seminário? É mais que tempo, e já agora pode haver uma dificuldade.

– Que dificuldade?

– Uma grande dificuldade.

Minha mãe quis saber o que era. José Dias, depois de alguns instantes de concentração, veio ver se havia alguém no corredor; não deu por mim, voltou e, abafando a voz, disse que a dificuldade estava na casa ao pé, a gente do Pádua.

– A gente do Pádua?

– Há algum tempo estou para lhe dizer isto, mas não me atrevia. Não me parece bonito que o nosso Bentinho ande metido nos cantos com a filha do Tartaruga, e esta é a dificuldade, porque se eles pegam de namoro, a senhora terá muito que lutar para separá-los.

– Não acho. Metidos nos cantos?

– É um modo de falar. Em segredinhos, sempre juntos. Bentinho quase não sai de lá. A pequena é uma desmiolada; o pai faz que não vê; tomara ele que as coisas corressem de maneira que... Compreendo o seu gesto; a senhora não crê em tais cálculos, parece-lhe que todos têm a alma cândida...

– Mas, Sr. José Dias, tenho visto os pequenos brincando, e nunca vi nada que faça desconfiar. Basta a idade; Bentinho mal tem quinze anos. Capitu fez catorze semana passada; são dois criançolas. Não se esqueça que foram criados juntos, desde aquela grande enchente, há dez anos, em que a família Pádua perdeu tanta coisa; daí vieram as nossas relações. Pois eu hei de crer?... Mano Cosme, você que acha?

Tio Cosme respondeu com um "Ora!" que, traduzido em vulgar, queria dizer: "São imaginações do José Dias; os pequenos divertem-se, eu divirto-me; onde está o gamão?"

– Sim, creio que o senhor está enganado.

– Pode ser, minha senhora. Oxalá tenham razão; mas creia que não falei senão depois de muito examinar...

– Em todo caso, vai sendo tempo – interrompeu minha mãe. – Vou tratar de metê-lo no seminário quanto antes.

– Bem, uma vez que não perdeu a ideia de o fazer padre, tem-se ganho o principal. Bentinho há de satisfazer os desejos de sua mãe. E depois a igreja brasileira tem altos destinos. Não esqueçamos que um bispo presidiu a Constituinte, e que o padre Feijó governou o Império...

– Governo como a cara dele! – atalhou tio Cosme, cedendo a antigos rancores políticos.

– Perdão, doutor, não estou defendendo ninguém, estou citando. O que eu quero é dizer que o clero ainda tem grande papel no Brasil.

– Você o que quer é um capote; ande, vá buscar o gamão. Quanto ao pequeno, se tem de ser padre, realmente é melhor que não comece a dizer missa atrás das portas. Mas, olhe cá, mana Glória, há mesmo necessidade de fazê-lo padre?

– É promessa, há de cumprir-se.

– Sei que você fez promessa... mas uma promessa assim... não sei... Creio que, bem pensado... Você que acha, prima Justina?

– Eu?

– Verdade é que cada um sabe melhor de si – continuou tio Cosme. – Deus é que sabe de todos. Contudo, uma promessa de tantos anos... Mas, que é isso, mana Glória? Está chorando? Ora esta! Pois isto é coisa de lágrimas?

Minha mãe assoou-se sem responder. Prima Justina creio que se levantou e foi ter com ela. Seguiu-se um alto silêncio, durante o qual estive a pique de entrar na sala, mas outra força maior, outra emoção... Não pude ouvir as palavras que tio Cosme entrou a dizer. Prima Justina exortava: "Prima Glória! Prima Glória!". José Dias desculpava-se: "Se soubesse, não teria falado, mas falei pela veneração, pela estima, pelo afeto, para cumprir um dever amargo, um dever amaríssimo..."

IV

UM DEVER AMARÍSSIMO!

José Dias amava os superlativos. Era um modo de dar feição monumental às ideias; não as havendo, servia a prolongar as frases. Levantou-se para ir buscar o gamão, que estava no interior da casa. Cosi-me muito à parede, e vi-o passar com as suas calças brancas engomadas, presilhas, rodaque e gravata de mola. Foi dos últimos que usaram presilhas no Rio de Janeiro, e talvez neste mundo. Trazia as calças curtas para que lhe ficassem bem esticadas. A gravata de cetim preto, com um arco de aço por dentro, imobilizava-lhe o pescoço; era então moda. O rodaque de chita, veste caseira e leve, parecia nele uma casaca de cerimônia. Era magro, chupado, com um princípio de calva; teria os seus cinquenta e cinco anos. Levantou-se com o passo vagaroso do costume, não aquele vagar arrastado dos preguiçosos, mas um vagar calculado e deduzido, um silogismo completo, a premissa antes da consequência, a consequência antes da conclusão. Um dever amaríssimo!

V
O AGREGADO

Nem sempre ia naquele passo vagaroso e rígido. Também se descompunha em acionados, era muita vez rápido e lépido nos movimentos, tão natural nesta como naquela maneira. Outrossim, ria largo, se era preciso, de um grande riso sem vontade, mas comunicativo, a tal ponto as bochechas, os dentes, os olhos, toda a cara, toda a pessoa, todo o mundo pareciam rir nele. Nos lances graves, gravíssimo.

Era nosso agregado desde muitos anos; meu pai ainda estava na antiga fazenda de Itaguaí, e eu acabava de nascer. Um dia apareceu ali vendendo-se por médico homeopata; levava um Manual e uma botica. Havia então um andaço de febres; José Dias curou o feitor e uma escrava, e não quis receber nenhuma remuneração. Então meu pai propôs-lhe ficar ali vivendo, com pequeno ordenado. José Dias recusou, dizendo que era justo levar a saúde à casa de sapé do pobre.

– Quem lhe impede que vá a outras partes? Vá aonde quiser, mas fique morando conosco.

– Voltarei daqui a três meses.

Voltou dali a duas semanas, aceitou casa e comida sem outro estipêndio, salvo o que quisessem dar por festas. Quando meu pai foi eleito deputado e veio para o Rio de Janeiro com a família, ele veio também, e teve o seu quarto ao fundo da chácara. Um dia, reinando outra vez febres em Itaguaí, disse-lhe meu pai que fosse ver a nossa escravatura. José Dias deixou-se estar calado, suspirou e acabou confessando que não era médico. Tomara este título para ajudar a propaganda da nova escola, e não o fez sem estudar muito e muito; mas a consciência não lhe permitia aceitar mais doentes.

– Mas você curou das outras vezes.

– Creio que sim; o mais acertado, porém, é dizer que foram os remédios indicados nos livros. Eles, sim; eles, abaixo de Deus. Eu era um charlatão... Não negue; os motivos do meu procedimento podiam ser e eram dignos; a homeopatia é a verdade, e, para servir à verdade, menti; mas é tempo de restabelecer tudo.

Não foi despedido, como pedia então; meu pai já não podia dispensá-lo. Tinha o dom de se fazer aceito e necessário; dava-se por falta dele, como de pessoa da família. Quando meu pai morreu, a dor que o pungiu foi enorme, disseram-me, não me lembra. Minha mãe ficou-lhe muito grata, e não consentiu que ele deixasse o quarto da chácara; ao sétimo dia, depois da missa, ele foi despedir-se dela.

– Fique, José Dias.

– Obedeço, minha senhora.

Teve um pequeno legado no testamento, uma apólice e quatro palavras de louvor. Copiou as palavras, encaixilhou-as e pendurou-as no quarto, por cima da cama. "Esta é a melhor apólice", dizia ele muita vez. Com o tempo, adquiriu certa autoridade na família, certa audiência, ao menos; não abusava, e sabia opinar obedecendo. Ao cabo, era amigo, não direi ótimo, mas nem tudo é ótimo neste mundo. E não lhe suponhas alma subalterna; as cortesias que fizesse vinham antes do cálculo que da índole. A roupa durava-lhe muito; ao contrário das pessoas que enxovalham depressa o vestido novo, ele trazia o velho escovado e liso, cerzido, abotoado, de uma elegância pobre e modesta. Era lido, posto que de atropelo, o bastante para divertir ao serão e à sobremesa, ou explicar algum fenômeno, falar dos efeitos do calor e do frio, dos polos e de Robespierre. Contava muita vez uma viagem que fizera à Europa, e confessava que a não sermos nós, já teria voltado para lá; tinha amigos em Lisboa, mas a nossa família, dizia ele, abaixo de Deus, era tudo.

– Abaixo ou acima? – perguntou-lhe tio Cosme um dia.

– Abaixo – repetiu José Dias cheio de veneração.

E minha mãe, que era religiosa, gostou de ver que ele punha Deus no devido lugar, e sorriu aprovando. José Dias agradeceu de cabeça. Minha mãe dava-lhe de quando em quando alguns cobres. Tio Cosme, que era advogado, confiava-lhe a cópia de papéis de autos.

VI

TIO COSME

Tio Cosme vivia com minha mãe, desde que ela enviuvou. Já então era viúvo, como prima Justina; era a casa dos três viúvos.

A fortuna troca muita vez as mãos à natureza. Formado para as serenas funções do capitalismo, tio Cosme não enriquecia no foro: ia comendo. Tinha o escritório na antiga rua das Violas, perto do júri, que era no extinto Aljube. Trabalhava no crime. José Dias não perdia as defesas orais de tio Cosme. Era quem lhe vestia e despia a toga, com muitos cumprimentos no fim. Em casa, referia os debates. Tio Cosme, por mais modesto que quisesse ser, sorria de persuasão.

Era gordo e pesado, tinha a respiração curta e os olhos dorminhocos. Uma das minhas recordações mais antigas era vê-lo montar todas as manhãs a besta que minha mãe lhe deu e que o levava ao escritório. O preto que a tinha ido buscar à cocheira segurava o freio, enquanto ele erguia o pé e pousava no estribo; a isto seguia-se um minuto de descanso ou reflexão. Depois, dava um impulso, o primeiro, o corpo ameaçava subir, mas não subia; segundo impulso, igual efeito. Enfim, após alguns instantes largos, tio Cosme enfeixava todas as forças físicas e morais, dava o último surto da terra, e desta vez caía em cima do selim. Raramente a besta deixava de mostrar por um gesto que acabava de receber o mundo. Tio Cosme acomodava as carnes, e a besta partia a trote.

Também não me esqueceu o que ele me fez uma tarde. Posto que nascido na roça (donde vim com dois anos) e apesar dos costumes do tempo, eu não sabia montar, e tinha medo ao cavalo. Tio Cosme pegou em mim e escanchou-me em cima da besta. Quando me vi no alto (tinha nove anos), sozinho e desamparado, o chão lá embaixo, entrei a gritar desesperadamente: "Mamãe! Mamãe!". Ela acudiu, pálida e trêmula, cuidou que me estivessem matando, apeou-me, afagou-me, enquanto o irmão perguntava:

– Mana Glória, pois um tamanhão destes tem medo de besta mansa?

– Não está acostumado.

– Deve acostumar-se. Padre que seja, se for vigário na roça, é preciso que monte a cavalo; e, aqui mesmo, ainda não sendo padre, se quiser florear como os outros rapazes, e não souber, há de queixar-se de você, mana Glória.

– Pois que se queixe; tenho medo.

– Medo! Ora, medo!

A verdade é que eu só vim a aprender equitação mais tarde, menos por gosto que por vergonha de dizer que não sabia montar. "Agora é que ele vai namorar deveras", disseram quando eu comecei as lições. Não se diria o mesmo de tio Cosme. Nele era velho costume e necessidade. Já não dava para namoros. Contam que, em rapaz, foi aceito de muitas damas, além de partidário exaltado; mas os anos levaram-lhe o mais do ardor político e sexual, e a gordura acabou com o resto de ideias públicas e específicas. Agora só cumpria as obrigações do ofício e sem amor. Nas horas de lazer vivia olhando ou jogava. Uma ou outra vez dizia pilhérias.

VII

D. GLÓRIA

Minha mãe era boa criatura. Quando lhe morreu o marido, Pedro de Albuquerque Santiago, contava trinta e um anos de idade, e podia voltar para Itaguaí. Não quis; preferiu ficar perto da igreja em que meu pai fora sepultado. Vendeu a fazendola e os escravos, comprou alguns que pôs ao ganho ou alugou, uma dúzia de prédios, certo número de apólices, e deixou-se estar na casa de Matacavalos, onde vivera os dois últimos anos de casada. Era filha de uma senhora mineira, descendente de outra paulista, a família Fernandes.

Ora, pois, naquele ano da graça de 1857, D. Maria da Glória Fernandes Santiago contava quarenta e dois anos de idade. Era ainda bonita e moça, mas teimava em esconder os saldos da juventude, por mais que a natureza quisesse preservá-la da ação do tempo. Vivia metida em um eterno vestido escuro, sem adornos, com um xale preto, dobrado em triângulo e abrochado ao peito por um camafeu. Os cabelos, em bandós, eram apanhados sobre a nuca por um velho pente de tartaruga; alguma vez trazia a touca branca de folhos. Lidava assim, com os seus sapatos de cordovão rasos e surdos, a um lado e outro, vendo e guiando os serviços todos da casa inteira, desde manhã até à noite.

Tenho ali na parede o retrato dela, ao lado do marido, tais quais na outra casa. A pintura escureceu muito, mas ainda dá ideia de ambos. Não me lembra nada dele, a não ser vagamente que era alto e usava cabeleira grande; o retrato mostra uns olhos redondos, que me acompanham para todos os lados, efeito da pintura que me assombrava em pequeno. O pescoço sai de uma gravata preta de muitas voltas, a cara é toda rapada, salvo um trechozinho pegado às orelhas. O de minha mãe mostra que era linda. Contava então vinte anos, e tinha uma flor entre os dedos. No painel parece oferecer a flor ao marido. O que se lê na cara de ambos é que, se a felicidade conjugal pode ser comparada à sorte grande, eles a tiraram no bilhete comprado de sociedade.

Concluo que não se devem abolir as loterias. Nenhum premiado as acusou ainda de imorais, como ninguém tachou de má a boceta de Pandora, por lhe ter ficado a esperança no fundo; em alguma parte há de ela ficar. Aqui os tenho aos dois bem casados de outrora, os bem-amados, os bem-aventurados, que se foram desta para a outra vida, continuar um sonho provavelmente. Quando a loteria e Pandora me aborrecem, ergo os olhos para eles, e esqueço os bilhetes brancos e a boceta fatídica. São retratos que valem por originais. O de minha mãe, estendendo a flor ao marido, parece dizer: “Sou toda sua, meu guapo cavalheiro!”. O de meu pai, olhando para a gente, faz este comentário: “Vejam como esta moça me quer...”. Se padeceram moléstias, não sei, como não sei se tiveram desgostos: era criança e comecei por não ser nascido. Depois da morte dele, lembra-me que ela chorou muito; mas aqui estão os retratos de ambos, sem que o encardido do tempo lhes tirasse a primeira expressão. São como fotografias instantâneas da felicidade.

VIII
É TEMPO

Mas é tempo de tornar àquela tarde de novembro, uma tarde clara e fresca, sossegada como a nossa casa e o trecho da rua em que morávamos. Verdadeiramente foi o princípio da minha vida; tudo o que sucedera antes foi como o pintar e vestir das pessoas que tinham de entrar em cena, o acender das luzes, o preparo das rabecas, a sinfonia... Agora é que eu ia começar a minha ópera. "A vida é uma ópera", dizia-me um velho tenor italiano que aqui viveu e morreu... E explicou-me um dia a definição, em tal maneira que me fez crer nela. Talvez valha a pena dá-la; é só um capítulo.

IX
A ÓPERA

Já não tinha voz, mas teimava em dizer que a tinha. "O desuso é que me faz mal", acrescentava. Sempre que uma companhia nova chegava da Europa, ia ao empresário e expunha-lhe todas as injustiças da Terra e do Céu; o empresário cometia mais uma, e ele saía a bradar contra a iniquidade. Trazia ainda os bigodes dos seus papéis. Quando andava, apesar de velho, parecia cortejar uma princesa de Babilônia. Às vezes, cantarolava, sem abrir a boca, algum trecho ainda mais idoso que ele ou tanto; vozes assim abafadas são sempre possíveis. Vinha aqui jantar comigo algumas vezes. Uma noite, depois de muito Chianti, repetiu-me a definição do costume, e como eu lhe dissesse que a vida tanto podia ser uma ópera como uma viagem de mar ou uma batalha, abanou a cabeça e replicou:

– A vida é uma ópera e uma grande ópera. O tenor e o barítono lutam pelo soprano, em presença do baixo e dos comprimários, quando não são o soprano e o contralto que lutam pelo tenor, em presença do mesmo baixo e dos mesmos comprimários. Há coros numerosos, muitos bailados, e a orquestração é excelente...

– Mas, meu caro Marcolini...

– Quê?...

E, depois de beber um gole de licor, pousou o cálice, e expôs-me a história da criação, com palavras que vou resumir.

Deus é o poeta. A música é de Satanás, jovem maestro de muito futuro, que aprendeu no conservatório do céu. Rival de Miguel, Rafael e Gabriel, não tolerava a precedência que eles tinham na distribuição dos prêmios. Pode ser também que a música em demasia doce e mística daqueles outros condiscípulos fosse aborrecível ao seu gênio essencialmente trágico. Tramou uma rebelião que foi descoberta a tempo, e ele expulso do conservatório. Tudo se teria passado sem mais nada, se Deus não houvesse escrito um libreto de ópera, do qual abrira mão, por entender que tal gênero de recreio era impróprio da sua eternidade. Satanás levou o manuscrito consigo para o inferno. Com o fim de mostrar que valia mais que os outros – e acaso para reconciliar-se com o céu –, compôs a partitura, e logo que a acabou foi levá-la ao Padre Eterno.

– Senhor, não desaprendi as lições recebidas – disse-lhe. – Aqui tendes a partitura, escutai-a, emendai-a, fazei-a executar, e se a achardes digna das alturas, admiti-me com ela a vossos pés...

– Não – retorquiu o Senhor –, não quero ouvir nada.

– Mas, Senhor...

– Nada! Nada!

Satanás suplicou ainda, sem melhor fortuna, até que Deus, cansado e cheio de misericórdia, consentiu em que a ópera fosse executada, mas fora do céu. Criou um teatro especial, este planeta, e inventou uma companhia inteira, com todas as partes, primárias e comprimárias, coros e bailarinos.

– Ouvi agora alguns ensaios!

– Não, não quero saber de ensaios. Basta-me haver composto o libreto; estou pronto a dividir contigo os direitos de autor.

Foi talvez um mal esta recusa; dela resultaram alguns desconcertos que a audiência prévia e a colaboração amiga teriam evitado. Com efeito, há lugares em que o verso vai para a direita, e a música, para a esquerda. Não falta quem diga que nisso mesmo está a beleza da composição, fugindo à monotonia, e assim explicam o terceto do Éden, a ária de Abel, os coros da guilhotina e da escravidão. Não é raro que os mesmos lances se reproduzam, sem razão suficiente. Certos motivos cansam à força de repetição. Também há obscuridades; o maestro abusa das massas corais, encobrindo muita vez o sentido por um modo confuso. As partes orquestrais são aliás tratadas com grande perícia. Tal é a opinião dos imparciais.

Os amigos do maestro querem que dificilmente se possa acha obra tão bem acabada. Um ou outro admite certas rudezas e tais ou quais lacunas, mas com o andar da ópera é provável que estas sejam preenchidas ou explicadas, e aquelas desapareçam inteiramente, não se negando o maestro a emendar a obra onde achar que não responde de todo ao pensamento sublime do poeta. Já não dizem o mesmo os amigos deste. Juram que o libreto foi sacrificado, que a partitura corrompeu o sentido da letra, e, posto seja bonita em alguns lugares, e trabalhada com arte em outros, é absolutamente diversa e até contrária ao drama. O grotesco, por exemplo, não está no texto do poeta; é uma excrescência para imitar as Mulheres Patuscas de Windsor. Este ponto é contestado pelos satanistas com alguma aparência de razão. Dizem eles que, ao tempo em que o jovem Satanás compôs a grande ópera, nem essa farsa nem Shakespeare eram nascidos. Chegam a afirmar que o poeta inglês não teve outro gênio senão transcrever a letra da ópera, com tal arte e fidelidade, que parece ele próprio o autor da composição; mas, evidentemente, é um plagiário.

– Esta peça – concluiu o velho tenor – durará enquanto durar o teatro, não se podendo calcular em que tempo será ele demolido por utilidade astronômica. O êxito é crescente. Poeta e músico recebem pontualmente os seus direitos autorais, que não são os mesmos, porque a regra da divisão é aquilo da Escritura: "Muitos são os chamados, poucos os escolhidos". Deus recebe em ouro, Satanás em papel.

– Tem graça...

– Graça? – bradou ele com fúria; mas aquietou-se logo, e replicou: – Caro Santiago, eu não tenho graça, eu tenho horror à graça. Isto que digo é a verdade pura e última. Um dia, quando todos os livros forem queimados por inúteis, há de haver alguém, pode ser que tenor, e talvez italiano, que ensine esta verdade aos homens. Tudo é música, meu amigo. No princípio era o dó, e do dó fez-se ré etc. Este cálice – e enchia-o novamente –, este cálice é um breve estribilho. Não se ouve? Também não se ouve o pau nem a pedra, mas tudo cabe na mesma ópera...

X

ACEITO A TEORIA

Que é demasiada metafísica para um só tenor, não há dúvida; mas a perda da voz explica tudo, e há filósofos que são, em resumo, tenores desempregados.

Eu, leitor amigo, aceito a teoria do meu velho Marcolini, não só pela verossimilhança, que é muita vez toda a verdade, mas porque a minha vida se casa bem à definição. Cantei um duo ternísssimo, depois um trio, depois um quatuor... Mas não adiantemos; vamos à primeira parte, em que eu vim a saber que já cantava, porque a denúncia de José Dias, meu caro leitor, foi dada principalmente a mim. A mim é que ele me denunciou.

XI
A PROMESSA

Tão depressa vi desaparecer o agregado no corredor, deixei o esconderijo, e corri à varanda do fundo. Não quis saber de lágrimas nem da causa que as fazia verter a minha mãe. A causa eram provavelmente os seus projetos eclesiásticos, e a ocasião destes é a que vou dizer, por ser já então história velha; datava de dezesseis anos.

Os projetos vinham do tempo em que fui concebido. Tendo-lhe nascido morto o primeiro filho, minha mãe pegou-se com Deus para que o segundo vingasse, prometendo, se fosse varão, metê-lo na igreja. Talvez esperasse uma menina. Não disse nada a meu pai, nem antes, nem depois de me dar à luz; contava fazê-lo quando eu entrasse para a escola, mas enviuvou antes disso. Viúva, sentiu o terror de separar-se de mim; mas era tão devota, tão temente a Deus, que buscou testemunhas da obrigação, confiando a promessa a parentes e familiares. Unicamente, para que nos separássemos o mais tarde possível, fez-me aprender em casa primeiras letras, latim e doutrina, por aquele padre Cabral, velho amigo do tio Cosme, que ia lá jogar às noites.

Prazos largos são fáceis de subscrever; a imaginação os faz infinitos. Minha mãe esperou que os anos viessem vindo. Entretanto, ia-me afeiçoando à ideia da igreja; brincos de criança, livros devotos, imagens de santos, conversações de casa, tudo convergia para o altar. Quando íamos à missa, dizia-me sempre que era para aprender a ser padre, e que reparasse no padre, não tirasse os olhos do padre. Em casa, brincava de missa – um tanto às escondidas, porque minha mãe dizia que missa não era coisa de brincadeira. Arranjávamos um altar, Capitu e eu. Ela servia de sacristão, e alterávamos o ritual, no sentido de dividirmos a hóstia entre nós; a hóstia era sempre um doce. No tempo em que brincávamos assim, era muito comum ouvir à minha vizinha: "Hoje há missa?". Eu já sabia o que isto queria dizer, respondia afirmativamente, e ia pedir hóstia por outro nome. Voltava com ela, arranjávamos o altar, engrolávamos o latim e precipitávamos as cerimônias. *Dominus, non sum dignus*... Isto, que eu devia dizer três vezes, penso que só dizia uma, tal era a gulodice do padre e do sacristão. Não bebíamos vinho nem água; não tínhamos o primeiro, e a segunda viria tirar-nos o gosto do sacrifício.

Ultimamente não me falavam já do seminário, a tal ponto que eu supunha ser negócio findo. Quinze anos, não havendo vocação, pediam antes o seminário do mundo que o de São José. Minha mãe ficava muita vez a olhar para mim, como alma perdida, ou pegava-me na mão, a pretexto de nada, para apertá-la muito.

XII

NA VARANDA

Parei na varanda; ia tonto, atordoado, as pernas bambas, o coração parecendo querer sair-me pela boca fora. Não me atrevia a descer à chácara, e passar ao quintal vizinho. Comecei a andar de um lado para outro, estacando para amparar-me, e andava outra vez e estacava. Vozes confusas repetiam o discurso do José Dias:

"Sempre juntos..."

"Em segredinhos..."

"Se eles pegam de namoro..."

Tijolos que pisei e repisei naquela tarde, colunas amareladas que me passastes à direita ou à esquerda, segundo eu ia ou vinha, em vós me ficou a melhor parte da crise, a sensação de um gozo novo, que me envolvia em mim mesmo, e logo me dispersava, e me trazia arrepios, e me derramava não sei que bálsamo interior. Às vezes dava por mim, sorrindo, um ar de riso de satisfação, que desmentia a abominação do meu pecado. E as vozes repetiam-se confusas:

"Em segredinhos..."

"Sempre juntos..."

"Se eles pegam de namoro..."

Um coqueiro, vendo-me inquieto e adivinhando a causa, murmurou de cima de si que não era feio que os meninos de quinze anos andassem nos cantos com as meninas de quatorze; ao contrário, os adolescentes daquela idade não tinham outro ofício, nem os cantos outra utilidade. Era um coqueiro velho, e eu cria nos coqueiros velhos, mais ainda que nos velhos livros. Pássaros, borboletas, uma cigarra que ensaiava o estio, toda a gente viva do ar era da mesma opinião.

Com que então eu amava Capitu, e Capitu a mim? Realmente, andava cosido às saias dela, mas não me ocorria nada entre nós que fosse deveras secreto. Antes de ela ir para o colégio, eram tudo travessuras de criança; depois que saiu do colégio, é certo que não restabelecemos logo a antiga intimidade, mas esta voltou pouco a pouco, e no último ano era completa. Entretanto, a matéria das nossas conversações era a de sempre. Capitu chamava-me às vezes bonito, mocetão, uma flor; outras pegava-me nas mãos para contar-me os dedos. E comecei a recordar esses e outros gestos e palavras, o prazer que sentia quando ela me passava a mão pelos cabelos, dizendo que os achava lindíssimos. Eu, sem fazer o mesmo aos dela, dizia que os dela eram muito mais lindos que os meus. Então Capitu abanava a cabeça com uma grande expressão de desengano e melancolia, tanto mais de espantar quanto que tinha os cabelos realmente admiráveis; mas eu retorquia chamando-lhe maluca. Quando me perguntava se sonhara com ela na véspera, e eu dizia que não, ouvia-lhe contar que sonhara comigo, e eram aventuras extraordinárias, que subíamos ao Corcovado pelo ar, que dançávamos na Lua, ou então que os anjos vinham perguntar-nos pelos nomes, a fim de os dar a outros anjos que acabavam de nascer. Em todos esses sonhos andávamos unidinhos. Os que eu tinha com ela não eram assim, apenas reproduziam a nossa familiaridade, e muita vez não passavam da simples repetição do dia, alguma frase, algum gesto. Também eu os contava. Capitu um dia notou a diferença, dizendo que os dela eram mais bonitos que os meus; eu, depois de certa hesitação, disse-lhe que eram como a pessoa que sonhava... Fez-se cor de pitanga.

Pois, francamente, só agora entendia a comoção que me davam essas e outras confidências. A emoção era doce e nova, mas a causa dela fugia-me, sem que eu a buscasse nem suspeitasse. Os silêncios dos últimos dias, que me não descobriam nada, agora os sentia como sinais de alguma coisa, e assim as meias palavras, as perguntas curiosas, as respostas vagas, os cuidados, o gosto de recordar a infância. Também adverti que era fenômeno recente acordar com o pensamento em Capitu, e escutá-la de memória, e estremecer quando lhe ouvia os passos. Se se falava nela, em minha casa, prestava mais atenção que dantes, e, segundo era louvor ou crítica, assim me trazia gosto ou desgosto mais intensos que outrora, quando éramos somente companheiros de travessuras. Cheguei a pensar nela durante as missas daquele mês, com intervalos, é verdade, mas com exclusivismo também.

Tudo isto me era agora apresentado pela boca de José Dias, que me denunciara a mim mesmo, e a quem eu perdoava tudo, o mal que dissera, o mal que fizera, e o que pudesse vir de um e de outro. Naquele instante, a eterna Verdade não valeria mais que ele, nem a eterna Bondade, nem as demais Virtudes eternas. Eu amava Capitu! Capitu amava-me! E as minhas pernas andavam, desandavam, estacavam, trêmulas e crentes de abarcar o mundo. Esse primeiro palpitar da seiva, essa revelação da consciência a si própria, nunca mais me esqueceu, nem achei que lhe fosse comparável qualquer outra sensação da mesma espécie. Naturalmente por ser minha. Naturalmente também por ser a primeira.

XIII
CAPITU

De repente, ouvi bradar uma voz de dentro da casa ao pé:

– Capitu!

E no quintal:

– Mamãe!

E outra vez na casa:

– Vem cá!

Não me pude ter. As pernas desceram-me os três degraus que davam para a chácara, e caminharam para o quintal vizinho. Era costume delas, às tardes, e às manhãs também. Que as pernas também são pessoas, apenas inferiores aos braços, e valem de si mesmas, quando a cabeça não as rege por meio de ideias. As minhas chegaram ao pé do muro. Havia ali uma porta de comunicação mandada rasgar por minha mãe, quando Capitu e eu éramos pequenos. A porta não tinha chave nem taramela; abria-se empurrando de um lado ou puxando de outro, e fechava-se ao peso de uma pedra pendente de uma corda. Era quase que exclusivamente nossa. Em crianças, fazíamos visita batendo de um lado, e sendo recebidos do outro com muitas mesuras. Quando as bonecas de Capitu adoeciam, o médico era eu. Entrava no quintal dela com um pau debaixo do braço, para imitar o bengalão do doutor João da Costa; tomava o pulso à doente, e pedia-lhe que mostrasse a língua. "É surda, coitada!", exclamava Capitu. Então eu coçava o queixo, como o doutor, e acabava mandando aplicar-lhe umas sanguessugas ou dar-lhe um vomitório: era a terapêutica habitual do médico.

– Capitu!

– Mamãe!

– Deixa de estar esburacando o muro; vem cá.

A voz da mãe era agora mais perto, como se viesse já da porta dos fundos. Quis passar ao quintal, mas as pernas, há pouco tão andarilhas, pareciam agora presas ao chão. Afinal fiz um esforço, empurrei a porta, e entrei. Capitu estava ao pé do muro fronteiro, voltada para ele, riscando com um prego. O rumor da porta fê-la olhar para trás; ao dar comigo, encostou-se ao muro, como se quisesse esconder alguma coisa. Caminhei para ela; naturalmente levava o gesto mudado, porque ela veio a mim, e perguntou-me inquieta:

– Que é que você tem?

– Eu? Nada.

– Nada, não; você tem alguma coisa.

Quis insistir que nada, mas não achei língua. Todo eu era olhos e coração, um coração que desta vez ia sair, com certeza, pela boca fora. Não podia tirar os olhos daquela criatura de quatorze anos, alta, forte e cheia, apertada em um vestido de chita, meio desbotado. Os cabelos grossos, feitos em duas tranças, com as pontas atadas uma à outra, à moda do tempo, desciam-lhe pelas costas. Morena, olhos claros e grandes, nariz reto e comprido, tinha a boca fina e o queixo largo. As mãos, a despeito de alguns ofícios rudes, eram curadas com amor; não cheiravam a sabões finos nem águas de toucador, mas com água do poço e sabão comum trazia-as sem mácula. Calçava sapatos de duraque, rasos e velhos, a que ela mesma dera alguns pontos.

– Que é que você tem? – repetiu.

– Não é nada – balbuciei finalmente. E emendei logo: – É uma notícia.

– Notícia de quê?

Pensei em dizer-lhe que ia entrar para o seminário e espreitar a impressão que lhe faria. Se a consternasse é que realmente gostava de mim; se não, é que não gostava. Mas todo esse cálculo foi obscuro e rápido; senti que não poderia falar claramente, tinha agora a vista não sei como...

– Então?

– Você sabe...

Nisto olhei para o muro, o lugar em que ela estivera riscando, escrevendo ou esburacando, como dissera a mãe. Vi uns riscos abertos, e lembrou-me o gesto que ela fizera para cobri-los. Então quis vê-los de perto, e dei um passo. Capitu agarrou-me, mas, ou por temer que eu acabasse fugindo, ou por negar de outra maneira, correu adiante e apagou o escrito. Foi o mesmo que acender em mim o desejo de ler o que era.

XIV

A INSCRIÇÃO

Tudo o que contei no fim do outro capítulo foi obra de um instante. O que se lhe seguiu foi ainda mais rápido. Dei um pulo, e antes que ela raspasse o muro, li estes dois nomes, abertos ao prego, e assim dispostos:

BENTO
CAPITOLINA

Voltei-me para ela; Capitu tinha os olhos no chão. Ergueu-os logo, devagar, e ficamos a olhar um para o outro... Confissão de crianças, tu valias bem duas ou três páginas, mas quero ser poupado. Em verdade, não falamos nada; o muro falou por nós. Não nos movemos, as mãos é que se estenderam pouco a pouco, todas quatro, pegando-se, apertando-se, fundindo-se. Não marquei a hora exata daquele gesto. Devia tê-la marcado; sinto a falta de uma nota escrita naquela mesma noite, e que eu poria aqui com os erros de ortografia que trouxesse, mas não traria nenhum, tal era a diferença entre o estudante e o adolescente.

Conhecia as regras do escrever, sem suspeitar as do amar; tinha orgias de latim e era virgem de mulheres.

Não soltamos as mãos, nem elas se deixaram cair de cansadas ou de esquecidas. Os olhos fitavam-se e desfitavam-se, e depois de vagarem ao perto, tornavam a meter-se uns pelos outros... Padre futuro, estava assim diante dela como de um altar, sendo uma das faces a Epístola e a outra o Evangelho. A boca podia ser o cálice, os lábios a patena. Faltava dizer a missa nova, por um latim que ninguém aprende, e é a língua católica dos homens. Não me tenhas por sacrílego, leitora minha devota; a limpeza da intenção lava o que puder haver menos curial no estilo. Estávamos ali com o céu em nós. As mãos, unindo os nervos, faziam das duas criaturas uma só, mas uma só criatura seráfica. Os olhos continuaram a dizer coisas infinitas, as palavras de boca é que nem tentavam sair, tornavam ao coração caladas como vinham...

XV

OUTRA VOZ REPENTINA

Outra voz repentina, mas desta vez uma voz de homem:

– Vocês estão jogando o siso?

Era o pai de Capitu, que estava à porta dos fundos, ao pé da mulher. Soltamos as mãos depressa, e ficamos atrapalhados. Capitu foi ao muro, e, com o prego, disfarçadamente, apagou os nossos nomes escritos.

– Capitu!

– Papai!

– Não me estragues o reboco do muro.

Capitu riscava sobre o riscado, para apagar bem o escrito. Pádua saiu ao quintal, a ver o que era, mas já a filha tinha começado outra coisa, um perfil, que disse ser o retrato dele, e tanto podia ser dele como da mãe; fê-lo rir, era o essencial. De resto, ele chegou sem cólera, todo meigo, apesar do gesto duvidoso ou menos que duvidoso em que nos apanhou. Era um homem baixo e grosso, pernas e braços curtos, costas abauladas, donde lhe veio a alcunha de Tartaruga, que José Dias lhe pôs. Ninguém lhe chamava assim lá em casa; era só o agregado.

– Vocês estavam jogando o siso? – perguntou.

Olhei para um pé de sabugueiro que ficava perto; Capitu respondeu por ambos.

– Estávamos, sim, senhor; mas Bentinho ri logo, não aguenta.

– Quando eu cheguei à porta, não ria.

– Já tinha rido das outras vezes; não pode. Papai quer ver?

E séria, fitou em mim os olhos, convidando-me ao jogo. O susto é naturalmente sério; eu estava ainda sob a ação do que trouxe a entrada de Pádua, e não fui capaz de rir, por mais que devesse fazê-lo, para legitimar a resposta de Capitu. Esta, cansada de esperar, desviou o rosto, dizendo que eu não ria daquela vez por estar ao pé do pai. E nem assim ri. Há coisas que só se aprendem tarde; é mister nascer com elas para fazê-las cedo. E melhor é naturalmente cedo que artificialmente tarde. Capitu, após duas voltas, foi ter com a mãe, que continuava à porta da casa, deixando-nos a mim e ao pai encantados dela; o pai, olhando para ela e para mim, dizia-me, cheio de ternura:

– Quem dirá que esta pequena tem catorze anos? Parece dezessete. Mamãe está boa? – continuou voltando-se inteiramente para mim.

– Está.

– Há muitos dias que não a vejo. Estou com vontade de dar um capote ao doutor, mas não tenho podido, ando com trabalhos da repartição em casa; escrevo todas as noites que é um desespero; negócio de relatório. Você já viu o meu gaturamo? Está ali no fundo. Ia agora mesmo buscar a gaiola; ande ver.

Que o meu desejo era nenhum, crê-se facilmente, sem ser preciso jurar pelo Céu nem pela Terra. Meu desejo era ir atrás de Capitu e falar-lhe agora do mal que nos esperava; mas o pai era o pai, e demais amava particularmente os passarinhos. Tinha-os de vária espécie, cor e tamanho. A área que havia no centro da casa era cercada de gaiolas de canários, que faziam cantando um barulho de todos os diabos. Trocava pássaros com outros amadores, comprava-os, apanhava alguns, no próprio quintal, armando alçapões. Também, se adoeciam, tratava deles como se fossem gente.

XVI
O ADMINISTRADOR INTERINO

Pádua era empregado em repartição dependente do ministério da guerra. Não ganhava muito, mas a mulher gastava pouco, e a vida era barata. Demais, a casa em que morava, assobradada como a nossa, posto que menor, era propriedade dele. Comprou-a com a sorte grande que lhe saiu num meio bilhete de loteria, dez contos de réis. A primeira ideia do Pádua, quando lhe saiu o prêmio, foi comprar um cavalo do Cabo, um adereço de brilhantes para a mulher, uma sepultura perpétua de família, mandar vir da Europa alguns pássaros etc.; mas a mulher, esta D. Fortunata que ali está à porta dos fundos da casa, em pé, falando à filha, alta, forte, cheia, como a filha, a mesma cabeça, os mesmos olhos claros, a mulher é que lhe disse que o melhor era comprar a casa, e guardar o que sobrasse para acudir às moléstias grandes. Pádua hesitou muito; afinal, teve de ceder aos conselhos de minha mãe, a quem D. Fortunata pediu auxílio. Nem foi só nessa ocasião que minha mãe lhes valeu; um dia chegou a salvar a vida do Pádua. Escutai; a anedota é curta.

O administrador da repartição em que Pádua trabalhava teve de ir ao Norte, em comissão. Pádua, ou por ordem regulamentar, ou por especial designação, ficou substituindo o administrador com os respectivos honorários. Esta mudança de fortuna trouxe-lhe certa vertigem; era antes dos dez contos. Não se contentou de reformar a roupa e a copa, atirou-se às despesas supérfluas, deu joias à mulher, nos dias de festa matava um leitão, era visto em teatros, chegou aos sapatos de verniz. Viveu assim vinte e dois meses na suposição de uma eterna interinidade. Uma tarde entrou em nossa casa, aflito e desvairado, ia perder o lugar, porque chegara o efetivo naquela manhã. Pediu à minha mãe que velasse pelas infelizes que deixava; não podia sofrer a desgraça, matava-se. Minha mãe falou-lhe com bondade, mas ele não atendia a coisa nenhuma.

– Não, minha senhora, não consentirei em tal vergonha! Fazer descer a família, tornar atrás... Já disse, mato-me! Não hei de confessar à minha gente esta miséria. E os outros? Que dirão os vizinhos? E os amigos? E o público?

– Que público, Sr. Pádua? Deixe-se disso; seja homem. Lembre-se que sua mulher não tem outra pessoa... e que há de fazer? Pois um homem... Seja homem, ande.

Pádua enxugou os olhos e foi para casa, onde viveu prostrado alguns dias, mudo, fechado na alcova – ou então no quintal, ao pé do poço, como se a ideia da morte teimasse nele. D. Fortunata ralhava:

– Joãozinho, você é criança?

Mas tanto lhe ouviu falar em morte que teve medo, e um dia correu a pedir à minha mãe que lhe fizesse o favor de ver se lhe salvava o marido que se queria matar. Minha mãe foi achá-lo à beira do poço, e intimou-lhe que vivesse. Que maluquice era aquela de parecer que ia ficar desgraçado, por causa de uma gratificação menos, e perder um emprego interino? Não, senhor, devia ser homem, pai de família, imitar a mulher e a filha... Pádua obedeceu; confessou que acharia forças para cumprir a vontade de minha mãe.

– Vontade minha, não; obrigação sua.

– Pois seja obrigação; não desconheço que é assim mesmo.

Nos dias seguintes, continuou a entrar e sair de casa, cosido à parede, cara no chão. Não era o mesmo homem que estragava o chapéu em cortejar a vizinhança, risonho, olhos no ar, antes mesmo da administração interina. Vieram as semanas, a ferida foi sarando. Pádua começou a interessar-se pelos negócios domésticos, a cuidar dos passarinhos, a dormir tranquilo as noites e as tardes, a conversar e dar notícias da rua. A serenidade regressou; atrás dela veio a alegria, um domingo, na figura de dois amigos, que iam jogar o solo, a tentos. Já ele ria, já brincava, tinha o ar do costume; a ferida sarou de todo.

Com o tempo veio um fenômeno interessante. Pádua começou a falar da administração interina, não somente sem as saudades dos honorários, nem o vexame da perda, mas até com desvanecimento e orgulho. A administração ficou sendo a hégira, donde ele contava para diante e para trás.

– No tempo em que eu era administrador...

Ou então:

– Ah! Sim, lembra-me, foi antes da minha administração, um ou dois meses antes... Ora espere; a minha administração começou... É isto, mês e meio antes; foi mês e meio antes, não foi mais.

Ou ainda:

– Justamente; havia já seis meses que eu administrava...

Tal é o sabor póstumo das glórias interinas. José Dias bradava que era a vaidade sobrevivente; mas o padre Cabral, que levava tudo para a Escritura, dizia que com o vizinho Pádua se dava a lição de Elifás a Jó: “Não desprezes a correção do Senhor; Ele fere e cura”.

XVII
OS VERMES

“Ele fere e cura!”. Quando, mais tarde, vim a saber que a lança de Aquiles também curou uma ferida que fez, tive tais ou quais veleidades de escrever uma dissertação a este propósito. Cheguei a pegar em livros velhos, livros mortos, livros enterrados, a abri-los, a compará-los, catando o texto e o sentido, para achar a origem comum do oráculo pagão e do pensamento israelita. Catei os próprios vermes dos livros, para que me dissessem o que havia nos textos roídos por eles.

– Meu senhor – respondeu-me um longo verme gordo –, nós não sabemos absolutamente nada dos textos que roemos, nem escolhemos o que roemos, nem amamos ou detestamos o que roemos; nós roemos.

Não lhe arranquei mais nada. Os outros todos, como se houvessem passado palavra, repetiam a mesma cantilena. Talvez esse discreto silêncio sobre os textos roídos fosse ainda um modo de roer o roído.

XVIII

UM PLANO

Pai nem mãe foram ter conosco, quando Capitu e eu, na sala de visitas, falávamos do seminário. Com os olhos em mim, Capitu queria saber que notícia era a que me afligia tanto. Quando lhe disse o que era, fez-se cor de cera.

– Mas eu não quero – acudi logo –, não quero entrar em seminários; não entro, é escusado teimarem comigo; não entro.

Capitu, a princípio, não disse nada. Recolheu os olhos, meteu-os em si e deixou-se estar com as pupilas vagas e surdas, a boca entreaberta, toda parada. Então eu, para dar força às afirmações, comecei a jurar que não seria padre. Naquele tempo jurava muito e rijo, pela vida e pela morte. Jurei pela hora da morte. Que a luz me faltasse na hora da morte se fosse para o seminário. Capitu não parecia crer nem descrer, não parecia sequer ouvir; era uma figura de pau. Quis chamá-la, sacudi-la, mas faltou-me ânimo. Essa criatura que brincara comigo, que pulara, dançara, creio até que dormira comigo, deixava-me agora com os braços atados e medrosos. Enfim, tornou a si, mas tinha a cara lívida, e rompeu nestas palavras furiosas:

– Beata! Carola! Papa-missas!

Fiquei aturdido. Capitu gostava tanto de minha mãe, e minha mãe dela, que eu não podia entender tamanha explosão. É verdade que também gostava de mim, e naturalmente mais, ou melhor, ou de outra maneira, coisa bastante a explicar o despeito que lhe trazia a ameaça da separação; mas os impropérios, como entender que lhe chamasse nomes tão feios, e principalmente para deprimir costumes religiosos, que eram os seus? Que ela também ia à missa, e três ou quatro vezes minha mãe é que a levou, na nossa velha sege. Também lhe dera um rosário, uma cruz de ouro e um livro de Horas... Quis defendê-la, mas Capitu não me deixou, continuou a chamar-lhe beata e carola, em voz tão alta que tive medo fosse ouvida dos pais. Nunca a vi tão irritada como então; parecia disposta a dizer tudo a todos. Cerrava os dentes, abanava a cabeça... Eu, assustado, não sabia que fizesse; repetia os juramentos, prometia ir naquela mesma noite declarar em casa que, por nada neste mundo, entraria no seminário.

– Você? Você entra.

– Não entro.

– Você verá se entra ou não.

Calou-se outra vez. Quando tornou a falar, tinha mudado; não era ainda a Capitu do costume, mas quase. Estava séria, sem aflição, falava baixo. Quis saber a conversação da minha casa; eu contei-lha toda, menos a parte que lhe dizia respeito.

– E que interesse tem José Dias em lembrar isto? – perguntou-me no fim.

– Acho que nenhum; foi só para fazer mal. É um sujeito muito ruim; mas deixe estar que me há de pagar. Quando eu for dono da casa, quem vai para a rua é ele, você verá; não me fica um instante. Mamãe é boa demais; dá-lhe atenção demais. Parece até que chorou.

– José Dias?

– Não, mamãe.

– Chorou por quê?

– Não sei; ouvi só dizer que ela não chorasse, que não era coisa de choro... Ele chegou a mostrar-se arrependido, e saiu; eu então, para não ser apanhado, deixei o canto e corri para a varanda. Mas deixe estar, que ele me paga!

Disse isto fechando o punho, e proferi outras ameaças. Ao relembrá-las, não me acho ridículo; a adolescência e a infância não são, neste ponto, ridículas; é um dos seus privilégios. Este mal ou este perigo começa na mocidade, cresce na madureza e atinge o maior grau na velhice. Aos quinze anos, há até certa graça em ameaçar muito e não executar nada.

Capitu refletia. A reflexão não era coisa rara nela, e conheciam-se as ocasiões pelo apertado dos olhos. Pediu-me algumas circunstâncias mais, as próprias palavras de uns e de outros, e o tom delas. Como eu não queria dizer o ponto inicial da conversa, que era ela mesma, não lhe pude dar toda a significação. A atenção de Capitu estava agora particularmente nas lágrimas de minha mãe; não acabava de entendê-las. Em meio disto, confessou que certamente não era por mal que minha mãe me queria fazer padre; era a promessa antiga, que ela, temente a Deus, não podia deixar de cumprir. Fiquei tão satisfeito de ver que assim espontaneamente reparava as injúrias que lhe saíram do peito, pouco antes, que peguei da mão dela e apertei-a muito. Capitu deixou-se ir, rindo; depois a conversa entrou a cochilar e dormir. Tínhamos chegado à janela; um preto, que, desde algum tempo, vinha apregoando cocadas, parou em frente e perguntou:

– Sinhazinha, qué cocada hoje?

– Não – respondeu Capitu.

– Cocadinha tá boa.

– Vá-se embora – replicou ela sem rispidez.

– Dê cá! – disse eu descendo o braço para receber duas.

Comprei-as, mas tive de as comer sozinho; Capitu recusou. Vi que, em meio da crise, eu conservava um canto para as cocadas, o que tanto pode ser perfeição como imperfeição, mas o momento não é para definições tais; fiquemos em que a minha amiga, apesar de equilibrada e lúcida, não quis saber de doce, e gostava muito de doce. Ao contrário, o pregão que o preto foi cantando, o pregão das velhas tardes, tão sabido do bairro e da nossa infância:

Chora, menina, chora,
Chora, porque não tem
Vintém,

a modo que lhe deixara uma impressão aborrecida. Da toada não era; ela a sabia de cor e de longe, usava repeti-la nos nossos jogos da puerícia, rindo, saltando, trocando os papéis comigo, ora vendendo, ora comprando um doce ausente. Creio que a letra, destinada a picar a vaidade das crianças, foi que a enojou agora, porque logo depois me disse:

– Se eu fosse rica, você fugia, metia-se no paquete e ia para a Europa.

Dito isto, espreitou-me os olhos, mas creio que eles não lhe disseram nada, ou só agradeceram a boa intenção. Com efeito, o sentimento era tão amigo que eu podia escusar o extraordinário da aventura.

Como vês, Capitu, aos quatorze anos, tinha já ideias atrevidas, muito menos que outras que lhe vieram depois; mas eram só atrevidas em si, na prática faziam-se hábeis, sinuosas, surdas, e alcançavam o fim proposto, não de salto, mas aos saltinhos. Não sei se me explico bem. Suponde uma concepção grande executada por meios pequenos. Assim, para não sair do desejo vago e hipotético de me mandar para a Europa, Capitu, se pudesse cumpri-lo, não me faria embarcar no paquete e fugir; estenderia uma fila de canoas daqui até lá, por onde eu, parecendo ir à fortaleza da Laje em ponte movediça, iria realmente até Bordéus, deixando minha mãe na praia, à espera. Tal era a feição particular do caráter da minha amiga; pelo que, não admira que, combatendo os meus projetos de resistência franca, fosse antes pelos meios brandos, pela ação do empenho, da palavra, da persuasão lenta e diuturna, e examinasse antes as pessoas com quem podíamos contar. Rejeitou tio Cosme; era um "boa-vida"; se não aprovava a minha ordenação, não era capaz de dar um passo para suspendê-la. Prima Justina era melhor que ele, e melhor que os dois seria o Padre Cabral, pela autoridade, mas o padre não havia de trabalhar contra a igreja; só se eu lhe confessasse que não tinha vocação...

– Posso confessar?

– Pois, sim, mas seria aparecer francamente, e o melhor é outra coisa. José Dias...

– Que tem José Dias?

– Pode ser um bom empenho.

– Mas se foi ele mesmo que falou...

– Não importa – continuou Capitu. – Dirá agora outra coisa. Ele gosta muito de você. Não lhe fale acanhado. Tudo é que você não tenha medo, mostre que há de vir a ser dono da casa, mostre que quer e que pode. Dê-lhe bem a entender que não é favor. Faça-lhe também elogios; ele gosta muito de ser elogiado. D. Glória presta-lhe atenção; mas o principal não é isso; é que ele, tendo de servir a você, falará com muito mais calor que outra pessoa.

– Não acho, não, Capitu.

– Então vá para o seminário.

– Isso não.

– Mas que se perde em experimentar? Experimentemos; faça o que lhe digo. Dona Glória pode ser que mude de resolução; se não mudar, faz-se outra coisa, mete-se então o Padre Cabral. Você não se lembra como é que foi ao teatro pela primeira vez, há dois meses? D. Glória não queria, e bastava isso para que José Dias não teimasse; mas ele queria ir, e fez um discurso, lembra-se?

– Lembra-me; disse que o teatro era uma escola de costumes.

– Justo; tanto falou que sua mãe acabou consentindo, e pagou a entrada aos dois... Ande, peça, mande. Olhe; diga-lhe que está pronto a ir estudar leis em São Paulo.

Estremeci de prazer. São Paulo era um frágil biombo, destinado a ser arredado um dia, em vez da grossa parede espiritual e eterna. Prometi falar a José Dias nos termos propostos. Capitu repetiu-os, acentuando alguns, como principais; e inquiria-me depois sobre eles, a ver se entendera bem, se não trocara uns por outros. E insistia em que pedisse com boa cara, mas assim como quem pede um copo de água a pessoa que tem obrigação de o trazer. Conto estas minúcias para que melhor se entenda aquela manhã da minha amiga; logo virá a tarde, e da manhã e da tarde se fará o primeiro dia, como no Gênesis, onde se fizeram sucessivamente sete.

XIX
SEM FALTA

Quando voltei a casa era noite. Vim depressa, não tanto, porém, que não pensasse nos termos em que falaria ao agregado. Formulei o pedido de cabeça, escolhendo as palavras que diria e o tom delas, entre seco e benévolo. Na chácara, antes de entrar em casa, repeti-as comigo, depois em voz alta, para ver se eram adequadas e se obedeciam às recomendações de Capitu: "Preciso falar-lhe, sem falta, amanhã; escolha o lugar e diga-me". Proferi-as lentamente, e mais lentamente ainda as palavras sem falta, como para sublinhá-las. Repeti-as ainda, e então achei-as secas demais, quase ríspidas, e, francamente, impróprias de um criançola para um homem maduro. Cuidei de escolher outras, e parei.

Afinal disse comigo que as palavras podiam servir, tudo era dizê-las em tom que não ofendesse. E a prova é que, repetindo-as novamente, saíram-me quase súplices. Bastava não carregar tanto, nem adoçar muito, um meio-termo. "E Capitu tem razão, pensei, a casa é minha, ele é um simples agregado... Jeitoso é, pode muito bem trabalhar por mim, e desfazer o plano de mamãe."

XX
MIL PADRE-NOSSOS E MIL AVE-MARIAS

Levantei os olhos ao céu, que começava a embruscar-se, mas não foi para vê-lo coberto ou descoberto. Era ao outro Céu que eu erguia a minha alma; era ao meu refúgio, ao meu amigo. E então disse de mim para mim: "Prometo rezar mil padre-nossos e mil ave-marias, se José Dias arranjar que eu não vá para o seminário".

A soma era enorme. A razão é que eu andava carregado de promessas não cumpridas. A última foi de duzentos padre-nossos e duzentas ave-marias, se não chovesse em certa tarde de passeio a Santa Teresa. Não choveu, mas eu não rezei as orações. Desde pequenino acostumara-me a pedir ao Céu os seus favores, mediante orações que diria, se eles viessem. Disse as primeiras, as outras foram adiadas, e à medida que se amontoavam iam sendo esquecidas. Assim cheguei aos números vinte, trinta, cinquenta. Entrei nas centenas e agora no milhar. Era um modo de peitar a vontade divina pela quantia das orações; além disso, cada promessa nova era feita e jurada no sentido de pagar a dívida antiga. Mas vão lá matar a preguiça de uma alma que a trazia do berço e não a sentia atenuada pela vida! O Céu fazia-me o favor, eu adiava a paga. Afinal me perdi nas contas.

– Mil, mil – repeti comigo.

Realmente, a matéria do benefício era agora imensa, não menos que a salvação ou o naufrágio da minha existência inteira. Mil, mil, mil. Era preciso uma soma que pagasse os atrasados todos. Deus podia muito bem, irritado com os esquecimentos, negar-se a ouvir-me sem muito dinheiro... Homem grave, é possível que estas agitações de menino te enfadem, se é que não as achas ridículas. Sublimes não eram. Cogitei muito no modo de resgatar a dívida espiritual. Não achava outra espécie em que, mediante a intenção, tudo se cumprisse, fechando a escrituração da minha consciência moral sem déficit. Mandar dizer cem missas, ou subir de joelhos a ladeira da Glória para ouvir uma, ir à Terra Santa, tudo o que as velhas escravas me contavam de promessas célebres, tudo me acudia sem se fixar de vez no espírito. Era muito duro subir uma ladeira de joelhos; devia feri-los por força. A Terra Santa ficava muito longe. As missas eram numerosas, podiam empenhar-me outra vez a alma...

XXI
PRIMA JUSTINA

Na varanda achei prima Justina, passeando de um lado para outro. Veio ao patamar e perguntou-me onde estivera.

– Estive aqui ao pé, conversando com D. Fortunata, e distraí-me. É tarde, não é? Mamãe perguntou por mim?

– Perguntou, mas eu disse que você já tinha vindo.

A mentira espantou-me, não menos que a franqueza da notícia. Não é que prima Justina fosse de biocos, dizia francamente a Pedro o mal que pensava de Paulo, e a Paulo o que pensava de Pedro; mas, confessar que mentira é que me pareceu novidade. Era quadragenária, magra e pálida, boca fina e olhos curiosos. Vivia conosco por favor de minha mãe, e também por interesse; minha mãe queria ter uma senhora íntima ao pé de si, e antes parenta que estranha.

Passeamos alguns minutos na varanda, alumiada por um lampião. Quis saber se eu não esquecera os projetos eclesiásticos de minha mãe, e dizendo-lhe eu que não, inquiriu-me sobre o gosto que eu tinha à vida de padre. Respondi esquivo:

– Vida de padre é muito bonita.

– Sim, é bonita; mas o que pergunto é se você gostaria de ser padre – explicou rindo.

– Eu gosto do que mamãe quiser.

– Prima Glória deseja muito que você se ordene, mas ainda que não desejasse, há cá em casa quem lhe meta isso na cabeça.

– Quem é?

– Ora, quem! Quem é que há de ser? Primo Cosme não é, que não se importa com isso; eu também não.

– José Dias? – concluí.

– Naturalmente.

Enruguei a testa interrogativamente, como se não soubesse nada. Prima Justina completou a notícia dizendo que ainda naquela tarde José Dias lembrara a minha mãe a promessa antiga.

– Prima Glória pode ser que, em passando os dias, vá esquecendo a promessa; mas como há de esquecer se uma pessoa estiver sempre, nos ouvidos, zás que darás, falando do seminário? E os discursos que ele faz, os elogios da igreja, e que a vida de padre é isto e aquilo, tudo com aquelas palavras que só ele conhece, e aquela afetação... Note que é só para fazer mal, porque ele é tão religioso como este lampião. Pois é verdade, ainda hoje. Você não se dê por achado... Hoje de tarde falou como você não imagina...

– Mas falou à toa? – perguntei, a ver se ela contava a denúncia do meu namoro com a vizinha.

Não contou; fez apenas um gesto como indicando que havia outra coisa que não podia dizer. Novamente me recomendou que não me desse por achado, e recapitulou todo o mal que pensava de José Dias, e não era pouco, um intrigante, um bajulador, um especulador, e, apesar da casca de polidez, um grosseirão. Eu, passados alguns instantes, disse:

– Prima Justina, a senhora era capaz de uma coisa?

– De quê?

– Era capaz de... Suponha que eu não gostasse de ser padre... a senhora podia pedir a mamãe...

– Isso não – atalhou prontamente. – Prima Glória tem este negócio firme na cabeça, e não há nada no mundo que a faça mudar de resolução; só o tempo. Você ainda era pequenino, já ela contava isto a todas as pessoas da nossa amizade, ou só conhecidas. Lá avivar-lhe a memória, não, que eu não trabalho para a desgraça dos outros; mas também, pedir outra coisa, não peço. Se ela me consultasse, bem; se ela me dissesse: "Prima Justina, você que acha?", a minha resposta era: "Prima Glória, eu penso que, se ele gosta de ser padre, pode ir; mas, se não gosta, o melhor é ficar". É o que eu diria e direi se ela me consultar algum dia. Agora, ir falar-lhe sem ser chamada, não faço.

XXII

SENSAÇÕES ALHEIAS

Não alcancei mais nada, e para o fim arrependi-me do pedido: devia ter seguido o conselho de Capitu. Então, como eu quisesse ir para dentro, prima Justina reteve-me alguns minutos, falando do calor e da próxima festa da Conceição, dos meus velhos oratórios, e finalmente de Capitu. Não disse mal dela; ao contrário, insinuou-me que podia vir a ser uma moça bonita. Eu, que já a achava lindíssima, bradaria que era a mais bela criatura do mundo, se o receio me não fizesse discreto. Entretanto, como prima Justina se metesse a elogiar-lhe os modos, a gravidade, os costumes, o trabalhar para os seus, o amor que tinha a minha mãe, tudo isto me acendeu a ponto de elogiá-la também. Quando não era com palavras, era com o gesto de aprovação que dava a cada uma das asserções da outra, e certamente com a felicidade que devia iluminar-me a cara. Não adverti que assim confirmava a denúncia de José Dias, ouvida por ela, à tarde, na sala de visitas, se é que também ela não desconfiava já. Só pensei nisso na cama. Só então senti que os olhos de prima Justina, quando eu falava, pareciam apalpar-me, ouvir-me, cheirar-me, gostar-me, fazer o ofício de todos os sentidos. Ciúmes não podiam ser; entre um pirralho da minha idade e uma viúva quarentona não havia lugar para ciúmes. É certo que, após algum tempo, modificou os elogios a Capitu, e até lhe fez algumas críticas, disse-me que era um pouco trêfega e olhava por baixo; mas ainda assim, não creio que fossem ciúmes. Creio antes... sim... sim, creio isto. Creio que prima Justina achou no espetáculo das sensações alheias uma ressurreição vaga das próprias. Também se goza por influição dos lábios que narram.

XXIII

PRAZO DADO

– Preciso falar-lhe amanhã, sem falta; escolha o lugar e diga-me.

Creio que José Dias achou desusado este meu falar. O tom não me saíra tão imperativo como eu receava, mas as palavras o eram, e o não interrogar, não pedir, não hesitar, como era próprio da criança e do meu estilo habitual, certamente lhe deu ideia de uma pessoa nova e de uma nova situação. Foi no corredor, quando íamos para o chá; José Dias vinha andando cheio da leitura de Walter Scott que fizera a minha mãe e a prima Justina. Lia cantado e compassado. Os castelos e os parques saíam maiores da boca dele, os lagos tinham mais água e a "abóbada celeste" contava alguns milhares mais de estrelas cintilantes. Nos diálogos, alternava o som das vozes, que eram levemente grossas ou finas, conforme o sexo dos interlocutores, e reproduziam com moderação a ternura e a cólera.

Ao despedir-se de mim, na varanda, disse-me ele:

– Amanhã, na rua. Tenho umas compras que fazer, você pode ir comigo, pedirei a mamãe. É dia de lição?

– A lição foi hoje.

– Perfeitamente. Não lhe pergunto o que é; afirmo desde já que é matéria grave e pura.

– Sim, senhor.

– Até amanhã.

Fez-se tudo o melhor possível. Houve só uma alteração; minha mãe achou o dia quente e não consentiu que eu fosse a pé; entramos no ônibus, à porta de casa.

– Não importa – disse-me José Dias. – Podemos apear-nos à porta do Passeio Público.

XXIV

DE MÃE E DE SERVO

José Dias tratava-me com extremos de mãe e atenções de servo. A primeira coisa que conseguiu logo que comecei a andar fora foi dispensar-me o pajem; fez-se pajem, ia comigo à rua. Cuidava dos meus arranjos em casa, dos meus livros, dos meus sapatos, da minha higiene e da minha prosódia. Aos oito anos os meus plurais careciam, alguma vez, da desinência exata, ele a corrigia, meio sério para dar autoridade à lição, meio risonho para obter o perdão da emenda. Ajudava assim o mestre de primeiras letras. Mais tarde, quando o Padre Cabral me ensinava latim, doutrina e história sagrada, ele assistia às lições, fazia reflexões eclesiásticas, e, no fim, perguntava ao padre: "Não é verdade que o nosso jovem amigo caminha depressa?". Chamava-me "um prodígio"; dizia a minha mãe ter conhecido outrora meninos muito inteligentes, mas que eu excedia a todos esses, sem contar que, para a minha idade, possuía já certo número de qualidades morais sólidas. Eu, posto não avaliasse todo o valor deste outro elogio, gostava do elogio; era um elogio.

XXV
NO PASSEIO PÚBLICO

Entramos no Passeio Público. Algumas caras velhas, outras doentes ou só vadias espalhavam-se melancolicamente no caminho que vai da porta ao terraço. Seguimos para o terraço. Andando, para me dar ânimo, falei do jardim:

– Há muito tempo que não venho aqui, talvez um ano.

– Perdoe-me – atalhou ele –, não há três meses que esteve aqui com o nosso vizinho Pádua; não se lembra?

– É verdade, mas foi tão de passagem...

– Ele pediu a sua mãe que o deixasse trazer consigo, e ela, que é boa como a mãe de Deus, consentiu; mas ouça-me, já que falamos nisto, não é bonito que você ande com o Pádua na rua.

– Mas eu andei algumas vezes...

– Quando era mais jovem; era criança, era natural, ele podia passar por criado. Mas você está ficando moço e ele vai tomando confiança. D. Glória, afinal, não pode gostar disso. A gente Pádua não é de todo má. Capitu, apesar daqueles olhos que o Diabo lhe deu... Você já reparou nos olhos dela? São assim de cigana oblíqua e dissimulada. Pois, apesar deles, poderia passar, se não fosse a vaidade e a adulação. Oh! A adulação! D. Fortunata merece estima, e ele não nego que seja honesto, tem um bom emprego, possui a casa em que mora, mas honestidade e estima não bastam, e as outras qualidades perdem muito de valor com as más companhias em que ele anda. Pádua tem uma tendência para gente reles. Em lhe cheirando a homem chulo é com ele. Não digo isto por ódio, nem porque ele fale mal de mim e se ria, como se riu, há dias, dos meus sapatos acalcanhados...

– Perdão – interrompi suspendendo o passo –, nunca ouvi que falasse mal do senhor; pelo contrário, um dia, não há muito tempo, disse ele a um sujeito, em minha presença, que o senhor era "um homem de capacidade e sabia falar como um deputado nas câmaras".

José Dias sorriu deliciosamente, mas fez um esforço grande e fechou outra vez o rosto; depois replicou:

– Não lhe agradeço nada. Outros, de melhor sangue, me têm feito o favor de juízos altos. E nada disso impede que ele seja o que lhe digo.

Tínhamos outra vez andado, subimos ao terraço, e olhamos para o mar.

– Vejo que o senhor não quer senão o meu benefício – disse eu depois de alguns instantes.

– Pois que outra coisa, Bentinho?

– Neste caso, peço-lhe um favor.

– Um favor? Mande, ordene, que é?

– Mamãe...

Durante algum tempo não pude dizer o resto, que era pouco, e vinha de cor. José Dias tornou a perguntar o que era, sacudia-me com brandura, levantava-me o queixo e espetava os olhos em mim, ansioso também, como a prima Justina na véspera.

– Mamãe quê? Que é que tem mamãe?

– Mamãe quer que eu seja padre, mas eu não posso ser padre – disse finalmente.

José Dias endireitou-se pasmado.

– Não posso – continuei eu, não menos pasmado que ele –, não tenho jeito, não gosto da vida de padre. Estou por tudo o que ela quiser; mamãe sabe que eu faço tudo o que ela manda; estou pronto a ser o que for do seu agrado, até cocheiro de ônibus. Padre, não; não posso ser padre. A carreira é bonita, mas não é para mim.

Todo esse discurso não me saiu assim, de vez, enfiado naturalmente, peremptório, como pode parecer do texto, mas aos pedaços, mastigado, em voz um pouco surda e tímida. Não obstante, José Dias ouvira-o espantado. Não contava certamente com a resistência, por mais acanhada que fosse; mas o que ainda mais o assombrou foi esta conclusão:

– Conto com o senhor para salvar-me.

Os olhos do agregado escancararam-se, as sobrancelhas arquearam-se, e o prazer que eu contava dar-lhe com a escolha da proteção não se mostrou em nenhum dos músculos. Toda a cara dele era pouca para a estupefação. Realmente, a matéria do discurso revelara em mim uma alma nova; eu próprio não me conhecia. Mas a palavra final é que trouxe um vigor único. José Dias ficou aturdido. Quando os olhos tornaram às dimensões ordinárias:

– Mas que posso eu fazer? – perguntou.

– Pode muito. O senhor sabe que, em nossa casa, todos o apreciam. Mamãe pede muita vez os seus conselhos, não é? Tio Cosme diz que o senhor é pessoa de talento...

– São bondades – retorquiu lisonjeado. – São favores de pessoas dignas, que merecem tudo... Aí está! Nunca ninguém me há de ouvir dizer nada de pessoas tais; por quê? Porque são ilustres e virtuosas. Sua mãe é uma santa, seu tio é um cavalheiro perfeitíssimo. Tenho conhecido famílias distintas; nenhuma poderá vencer a sua em nobreza de sentimentos. O talento que seu tio acha em mim confesso que o tenho, mas é só um – é o talento de saber o que é bom e digno de admiração e de apreço.

– Há de ter também o de proteger os amigos, como eu.

– Em que lhe posso valer, anjo do céu? Não hei de dissuadir sua mãe de um projeto que é, além de promessa, a ambição e o sonho de longos anos. Quando pudesse, é tarde. Ainda ontem fez-me o favor de dizer: "José Dias, preciso meter Bentinho no seminário".

Timidez não é tão ruim moeda, como parece. Se eu fosse destemido, é provável que, com a indignação que experimentei, rompesse a chamar-lhe mentiroso, mas então seria preciso confessar-lhe que estivera à escuta, atrás da porta, e uma ação valia outra. Contentei-me de responder que não era tarde.

– Não é tarde, ainda é tempo, se o senhor quiser.

– Se eu quiser? Mas que outra coisa quero eu, senão servi-lo. Que desejo, senão que seja feliz, como merece?

– Pois ainda é tempo. Olhe, não é por vadiação. Estou pronto para tudo; se ela quiser que eu estude leis, vou para São Paulo...

XXVI
AS LEIS SÃO BELAS

Pela cara de José Dias passou algo parecido com o reflexo de uma ideia – uma ideia que o alegrou extraordinariamente. Calou-se alguns instantes; eu tinha os olhos nele, ele voltara os seus para o lado da barra. Como insistisse:

– É tarde – disse ele –; mas, para lhe provar que não há falta de vontade, irei falar a sua mãe. Não prometo vencer, mas lutar; trabalharei com alma. Deveras, não quer ser padre? As leis são belas, meu querido... Pode ir a São Paulo, a Pernambuco, ou ainda mais longe. Há boas universidades por esse mundo fora. Vá para as leis, se tal é a sua vocação. Vou falar a Dona Glória, mas não conte só comigo; fale também a seu tio.

– Hei de falar.

– Pegue-se também com Deus, com Deus e a Virgem Santíssima – concluiu apontando para o céu.

O céu estava meio enfarruscado. No ar, perto da praia, grandes pássaros negros faziam giros, avançando ou pairando, e desciam a roçar os pés na água, e tornavam a erguer-se para descer novamente. Mas nem as sombras do céu, nem as danças fantásticas dos pássaros me desviavam o espírito do meu interlocutor. Depois de lhe responder que sim, emendei-me:

– Deus fará o que o senhor quiser.

– Não blasfeme. Deus é dono de tudo; ele é, só por si, a Terra e o Céu, o passado, o presente e o futuro. Peça-lhe a sua felicidade, que eu não faço outra coisa... Uma vez que você não pode ser padre, e prefere as leis... As leis são belas, sem desfazer na teologia, que é melhor que tudo, como a vida eclesiástica é a mais santa. Por que não há de ir estudar leis fora daqui? Melhor é ir logo para alguma universidade, e ao mesmo tempo que estuda, viaja. Podemos ir juntos; veremos as terras estrangeiras, ouviremos inglês, francês, italiano, espanhol, russo e até sueco. Dona Glória provavelmente não poderá acompanhá-lo; ainda que possa e vá, não quererá guiar os negócios, papéis, matrículas, e cuidar de hospedarias, e andar com você de um lado para outro... Oh! As leis são belíssimas!

– Está dito, pede a mamãe que me não meta no seminário?

– Pedir, peço, mas pedir não é alcançar. Anjo do meu coração, se vontade de servir é poder de mandar, estamos aqui, estamos a bordo. Ah! Você não imagina o que é a Europa; oh, a Europa...

Levantou a perna e fez uma pirueta. Uma das suas ambições era tornar à Europa, falava dela muitas vezes, sem acabar de tentar minha mãe nem tio Cosme, por mais que louvasse os ares e as belezas... Não contava com esta possibilidade de ir comigo, e lá ficar durante a eternidade dos meus estudos.

– Estamos a bordo, Bentinho, estamos a bordo!

XXVII
AO PORTÃO

No portão do Passeio, um mendigo estendeu-nos a mão. José Dias passou adiante, mas eu pensei em Capitu e no seminário, tirei dois vinténs do bolso e dei-os ao mendigo. Este beijou a moeda; eu pedi-lhe que rogasse a Deus por mim, a fim de que eu pudesse satisfazer todos os meus desejos.

– Sim, meu devoto!

– Chamo-me Bento – acrescentei para esclarecê-lo.

XXVIII
NA RUA

José Dias ia tão contente que trocou o homem dos momentos graves, como era na rua, pelo homem dobradiço e inquieto. Mexia-se todo, falava de tudo, fazia-me parar a cada passo diante de um mostrador ou de um cartaz de teatro. Contava-me o enredo de algumas peças, recitava monólogos em verso. Fez os recados todos, pagou contas, recebeu aluguéis de casa; para si comprou um vigésimo de loteria. Afinal, o homem teso rendeu o flexível, e passou a falar pausado, com superlativos. Não vi que a mudança era natural; temi que houvesse mudado a resolução assentada, e entrei a tratá-lo com palavras e gestos carinhosos, até entrarmos no ônibus.

XXIX
O IMPERADOR

Em caminho, encontramos o Imperador, que vinha da Escola de Medicina. O ônibus em que íamos parou, como todos os veículos; os passageiros desceram à rua e tiraram o chapéu, até que o coche imperial passasse. Quando tornei ao meu lugar, trazia uma ideia fantástica, a ideia de ir ter com o Imperador, contar-lhe tudo e pedir-lhe a intervenção. Não confiaria esta ideia a Capitu. "Sua Majestade pedindo, mamãe cede", pensei comigo.

Vi então o Imperador escutando-me, refletindo e acabando por dizer que sim, que iria falar a minha mãe; eu beijava-lhe a mão, com lágrimas. E logo me achei em casa, a esperar, até que ouvi os batedores e o piquete de cavalaria; é o Imperador! é o Imperador! Toda a gente chegava às janelas para vê-lo passar, mas não passava, o coche parava à nossa porta, o Imperador apeava-se e entrava. Grande alvoroço na vizinhança: "O Imperador entrou em casa de D. Glória! Que será? Que não será?". A nossa família saía a recebê-lo; minha mãe era a primeira que lhe beijava a mão. Então o Imperador, todo risonho, sem entrar na sala ou entrando – não me lembra bem, os sonhos são muita vez confusos –, pedia a minha mãe que me não fizesse padre – e ela, lisonjeada e obediente, prometia que não.

– A Medicina, por que lhe não manda ensinar Medicina?

– Uma vez que é do agrado de Vossa Majestade...

– Mande ensinar-lhe Medicina; é uma bonita carreira, e nós temos aqui bons professores. Nunca foi à nossa Escola? É uma bela Escola. Já temos médicos de primeira ordem, que podem ombrear com os melhores de outras terras. A Medicina é uma grande ciência; basta só isto de dar a saúde aos outros, conhecer as moléstias, combatê-las, vencê-las... A senhora mesma há de ter visto milagres. Seu marido morreu, mas a doença era fatal, e ele não tinha cuidado em si... É uma bonita carreira; mande-o para a nossa Escola. Faça isso por mim, sim? Você quer, Bentinho?

– Mamãe querendo...

– Quero, meu filho. Sua Majestade manda.

Então o Imperador dava outra vez a mão a beijar, e saía, acompanhado de todos nós, a rua cheia de gente, as janelas atopetadas, um silêncio de assombro; o Imperador entrava no coche, inclinava-se e fazia um gesto de adeus, dizendo ainda: "A Medicina, a nossa Escola". E o coche partia entre invejas e agradecimentos.

Tudo isso vi e ouvi. Não, a imaginação de Ariosto não é mais fértil que a das crianças e dos namorados, nem a visão do impossível precisa mais que de um recanto de ônibus. Consolei-me por instantes, digamos minutos, até destruir-se o plano e voltar-me para as caras sem sonhos dos meus companheiros.

XXX
O SANTÍSSIMO

Terás entendido que aquela lembrança do Imperador acerca da Medicina não era mais que a sugestão da minha pouca vontade de sair do Rio de Janeiro. Os sonhos do acordado são como os outros sonhos, tecem-se pelo desenho das nossas inclinações e das nossas recordações. Vá que fosse para São Paulo, mas a Europa... Era muito longe, muito mar e muito tempo. Viva a Medicina! Iria contar estas esperanças a Capitu.

– Parece que vai sair o Santíssimo – disse alguém no ônibus. – Ouço um sino; é, creio que é em Santo Antônio dos Pobres. Pare, Sr. recebedor!

O recebedor das passagens puxou a correia que ia ter ao braço do cocheiro, o ônibus parou, e o homem desceu. José Dias deu duas voltas rápidas à cabeça, pegou-me no braço e fez-me descer consigo. Iríamos também acompanhar o Santíssimo. Efetivamente, o sino chamava os fiéis àquele serviço da última hora. Já havia algumas pessoas na sacristia. Era a primeira vez que me achava em momento tão grave; obedeci, a princípio constrangido, mas logo depois satisfeito, menos pela caridade do serviço que por me dar um ofício de homem. Quando o sacristão começou a distribuir as opas, entrou um sujeito esbaforido; era o meu vizinho Pádua, que também ia acompanhar o Santíssimo. Deu conosco, veio cumprimentar-nos. José Dias fez um gesto de aborrecido, e apenas lhe respondeu com uma palavra seca, olhando para o padre, que lavava as mãos. Depois, como Pádua falasse ao sacristão, baixinho, aproximou-se deles; eu fiz a mesma coisa. Pádua solicitava ao sacristão uma das varas do pálio. José Dias pediu uma para si.

– Há só uma disponível – disse o sacristão.

– Pois essa – disse José Dias.

– Mas eu tinha pedido primeiro – aventurou Pádua.

– Pediu primeiro, mas entrou tarde – retorquiu José Dias –; eu já cá estava. Leve uma tocha.

Pádua, apesar do medo que tinha ao outro, teimava em querer a vara, tudo isto em voz baixa e surda. O sacristão achou meio de conciliar a rivalidade, tomando a si obter de um dos outros seguradores do pálio que cedesse a vara ao Pádua, conhecido na paróquia, como José Dias. Assim fez; mas José Dias transtornou ainda esta combinação. Não, uma vez que tínhamos outra vara disponível, pedia-a para mim, "jovem seminarista", a quem esta distinção cabia mais diretamente. Pádua ficou pálido, como as tochas. Era pôr à prova o coração de um pai. O sacristão, que me conhecia de me ver ali com minha mãe, aos domingos, perguntou de curioso se eu era deveras seminarista.

– Ainda não, mas vai sê-lo – respondeu José Dias, piscando o olho esquerdo para mim, que, apesar do aviso, fiquei zangado.

– Bem, cedo ao nosso Bentinho – suspirou o pai de Capitu.

Pela minha parte, quis ceder-lhe a vara; lembrou-me que ele costumava acompanhar o Santíssimo Sacramento aos moribundos, levando uma tocha, mas que a última vez conseguira uma vara do pálio. A distinção especial do pálio vinha de cobrir o vigário e o sacramento; para tocha qualquer pessoa servia. Foi ele mesmo que me contou e explicou isto, cheio de uma glória pia e risonha. Assim fica entendido o alvoroço com que entrara na igreja; era a segunda vez do pálio, tanto que cuidou logo de ir pedi-lo. E nada! E tornava à tocha comum, outra vez a interinidade interrompida; o administrador regressava ao antigo cargo... Quis ceder-lhe a vara; o agregado tolheu-me esse ato de generosidade, e pediu ao sacristão que nos pusesse, a ele e a mim, com as duas varas da frente, rompendo a marcha do pálio.

Opas enfiadas, tochas distribuídas e acesas, padre e cibório prontos, o sacristão de hissope e campainha nas mãos, saiu o préstito à rua. Quando me vi com uma das varas, passando pelos fiéis, que se ajoelhavam, fiquei comovido. Pádua roía a tocha amargamente. É uma metáfora, não acho outra forma mais viva de dizer a dor e a humilhação do meu vizinho. De resto, não pude mirá-lo por muito tempo, nem ao agregado, que, paralelamente a mim, erguia a cabeça com o ar de ser ele próprio o Deus dos exércitos. Com pouco, senti-me cansado; os braços caíam-me, felizmente a casa era perto, na Rua do Senado.

A enferma era uma senhora viúva, tísica, tinha uma filha de quinze ou dezesseis anos, que estava chorando à porta do quarto. A moça não era formosa, talvez nem tivesse graça; os cabelos caíam despenteados, e as lágrimas faziam-lhe encarquilhar os olhos. Não obstante, o total falava e cativava o coração. O vigário confessou a doente, deu-lhe a comunhão e os santos óleos. O pranto da moça redobrou tanto que senti os meus olhos molhados e fugi. Vim para perto de uma janela. Pobre criatura! A dor era comunicativa em si mesma; complicada da lembrança de minha mãe, doeu-me mais, e, quando enfim pensei em Capitu, senti um ímpeto de soluçar também, enfiei pelo corredor, e ouvi alguém dizer-me:

– Não chore assim!

A imagem de Capitu ia comigo, e a minha imaginação, assim como lhe atribuíra lágrimas, há pouco, assim lhe encheu a boca de riso agora; vi-a escrever no muro, falar-me, andar à volta, com os braços no ar; ouvi distintamente o meu nome, de uma doçura que me embriagou, e a voz era dela. As tochas acesas, tão lúgubres na ocasião, tinham-me ares de um lustre nupcial... Que era lustre nupcial? Não sei; era alguma coisa contrária à morte, e não vejo outra mais que bodas. Esta nova sensação me dominou tanto que José Dias veio a mim, e me disse ao ouvido, em voz baixa:

– Não ria assim!

Fiquei sério depressa. Era o momento da saída. Peguei da minha vara; e, como já conhecia a distância, e agora voltávamos para a igreja, o que fazia a distância menor, o peso da vara era muito pequeno. Demais, o sol cá fora, a animação da rua, os rapazes da minha idade que me fitavam cheios de inveja, as devotas que chegavam às janelas ou entravam nos corredores e se ajoelhavam à nossa passagem, tudo me enchia a alma de lepidez nova.

Pádua, ao contrário, ia mais humilhado. Apesar de substituído por mim, não acabava de se consolar da tocha, da miserável tocha. E contudo havia outros que também traziam tocha, e apenas mostravam a compostura do ato; não iam garridos, mas também não iam tristes. Via-se que caminhavam com honra.

XXXI
AS CURIOSIDADES DE CAPITU

Capitu preferia tudo ao seminário. Em vez de ficar abatida com a ameaça da larga separação, se vingasse a ideia da Europa, mostrou-se satisfeita. E quando eu lhe contei o meu sonho imperial:

– Não, Bentinho, deixemos o Imperador sossegado – replicou –; fiquemos por ora com a promessa de José Dias. Quando é que ele disse que falaria a sua mãe?

– Não marcou dia; prometeu que ia ver, que falaria logo que pudesse, e que me pegasse com Deus.

Capitu quis que lhe repetisse as respostas todas do agregado, as alterações do gesto e até a pirueta, que apenas lhe contara. Pedia o som das palavras. Era minuciosa e atenta; a narração e o diálogo, tudo parecia remoer consigo. Também se pode dizer que conferia, rotulava e pregava na memória a minha exposição. Esta imagem é porventura melhor que a outra, mas a ótima delas é nenhuma. Capitu era Capitu, isto é, uma criatura muito particular, mais mulher do que eu era homem. Se ainda o não disse, aí fica. Se disse, fica também. Há conceitos que se devem incutir na alma do leitor, à força de repetição.

Era também mais curiosa. As curiosidades de Capitu dão para um capítulo. Eram de vária espécie, explicáveis e inexplicáveis, assim úteis como inúteis, umas graves, outras frívolas; gostava de saber tudo. No colégio onde, desde os sete anos, aprendera a ler, escrever e contar, francês, doutrina e obras de agulha, não aprendeu, por exemplo, a fazer renda; por isso mesmo, quis que prima Justina lhe ensinasse. Se não estudou latim com o Padre Cabral foi porque o padre, depois de lhe propor gracejando, acabou dizendo que latim não era língua de meninas. Capitu confessou-me um dia que esta razão acendeu nela o desejo de o saber. Em compensação, quis aprender inglês com um velho professor amigo do pai e parceiro deste ao solo, mas não foi adiante. Tio Cosme ensinou-lhe gamão.

– Anda apanhar um capotinho, Capitu – dizia-lhe ele.

Capitu obedecia e jogava com facilidade, com atenção, não sei se diga com amor. Um dia fui achá-la desenhando a lápis um retrato; dava os últimos rasgos, e pediu-me que esperasse para ver se estava parecido. Era o de meu pai, copiado da tela que minha mãe tinha na sala e que ainda agora está comigo. Perfeição não era; ao contrário, os olhos saíram esbugalhados, e os cabelos eram pequenos círculos uns sobre outros. Mas, não tendo ela rudimento algum de arte, e havendo feito aquilo de memória em poucos minutos, achei que era obra de muito merecimento; descontai-me a idade e a simpatia. Ainda assim, estou que aprenderia facilmente pintura, como aprendeu música mais tarde. Já então namorava o piano da nossa casa, velho traste inútil, apenas de estimação. Lia os nossos romances, folheava os nossos livros de gravuras, querendo saber das ruínas, das pessoas, das campanhas, o nome, a história, o lugar. José Dias dava-lhe essas notícias com certo orgulho de erudito. A erudição deste não avultava muito mais que a sua homeopatia de Cantagalo.

Um dia, Capitu quis saber o que eram as figuras da sala de visitas. O agregado disse-lho sumariamente, demorando-se um pouco mais em César, com exclamações e latins:

– César! Júlio César! Grande homem! Tu quoque, Brute?

Capitu não achava bonito o perfil de César, mas as ações citadas por José Dias davam-lhe gestos de admiração. Ficou muito tempo com a cara virada para ele. Um homem que podia tudo! Que fazia tudo! Um homem que dava a uma senhora uma pérola do valor de seis milhões de sestércios!

– E quanto valia cada sestércio?

José Dias, não tendo presente o valor do sestércio, respondeu entusiasmado:

– É o maior homem da história!

A pérola de César acendia os olhos de Capitu. Foi nessa ocasião que ela perguntou a minha mãe por que é que já não usava as joias do retrato; referia-se ao que estava na sala, com o de meu pai; tinha um grande colar, um diadema e brincos.

– São joias viúvas, como eu, Capitu.

– Quando é que botou estas?

– Foi pelas festas da Coroação.

– Oh! Conte-me as festas da Coroação!

Sabia já o que os pais lhe haviam dito, mas naturalmente tinha para si que eles pouco mais conheceriam do que o que se passou nas ruas. Queria a notícia das tribunas da Capela Imperial e dos salões dos bailes. Nascera muito depois daquelas festas célebres. Ouvindo falar várias vezes da Maioridade, teimou um dia em saber o que fora este acontecimento; disseram-lho, e achou que o Imperador fizera muito bem em querer subir ao trono aos quinze anos. Tudo era matéria às curiosidades de Capitu, mobílias antigas, alfaias velhas, costumes, notícias de Itaguaí, a infância e a mocidade de minha mãe, um dito daqui, uma lembrança dali, um adágio dacolá...

XXXII
OLHOS DE RESSACA

Tudo era matéria às curiosidades de Capitu. Caso houve, porém, no qual não sei se aprendeu ou ensinou, ou se fez ambas as coisas, como eu. É o que contarei no outro capítulo. Neste direi somente que, passados alguns dias do ajuste com o agregado, fui ver a minha amiga; eram dez horas da manhã. D. Fortunata, que estava no quintal, nem esperou que eu lhe perguntasse pela filha.

– Está na sala, penteando o cabelo – disse-me –; vá devagarzinho para lhe pregar um susto.

Fui devagar, mas ou o pé ou o espelho traiu-me. Este pode ser que não fosse; era um espelhinho de pataca (perdoai a barateza), comprado a um mascate italiano, moldura tosca, argolinha de latão, pendente da parede, entre as duas janelas. Se não foi ele, foi o pé. Um ou outro, a verdade é que, apenas entrei na sala, pente, cabelos, toda ela voou pelos ares, e só lhe ouvi esta pergunta:

– Há alguma coisa?

– Não há nada – respondi –; vim ver você antes que o Padre Cabral chegue para a lição. Como passou a noite?

– Eu bem. José Dias ainda não falou?

– Parece que não.

– Mas então quando fala?

– Disse-me que hoje ou amanhã pretende tocar no assunto; não vai logo de pancada, falará assim por alto e por longe, um toque. Depois, entrará em matéria. Quer primeiro ver se mamãe tem a resolução feita...

– Que tem, tem – interrompeu Capitu. – E se não fosse preciso alguém para vencer já, e de todo, não se lhe falaria. Eu já nem sei se José Dias poderá influir tanto; acho que fará tudo, se sentir que você realmente não quer ser padre, mas poderá alcançar?... Ele é atendido; se, porém... É um inferno isto! Você teime com ele, Bentinho.

– Teimo; hoje mesmo ele há de falar.

– Você jura?

– Juro! Deixe ver os olhos, Capitu.

Tinha-me lembrado a definição que José Dias dera deles, "olhos de cigana oblíqua e dissimulada". Eu não sabia o que era oblíqua, mas dissimulada sabia, e queria ver se podiam chamar assim. Capitu deixou-se fitar e examinar. Só me perguntava o que era, se nunca os vira; eu nada achei extraordinário; a cor e a doçura eram minhas conhecidas. A demora da contemplação creio que lhe deu outra ideia do meu intento; imaginou que era um pretexto para mirá-los mais de perto, com os meus olhos longos, constantes, enfiados neles, e a isto atribuo que entrassem a ficar crescidos, crescidos e sombrios, com tal expressão que...

Retórica dos namorados, dá-me uma comparação exata e poética para dizer o que foram aqueles olhos de Capitu. Não me acode imagem capaz de dizer, sem quebra da dignidade do estilo, o que eles foram e me fizeram. Olhos de ressaca? Vá, de ressaca. É o que me dá ideia daquela feição nova. Traziam não sei que fluido misterioso e enérgico, uma força que arrastava para dentro, como a vaga que se retira da praia, nos dias de ressaca. Para não ser arrastado, agarrei-me às outras partes vizinhas, às orelhas, aos braços, aos cabelos espalhados pelos ombros; mas tão depressa buscava as pupilas, a onda que saía delas vinha crescendo, cava e escura, ameaçando envolver-me, puxar-me e tragar-me. Quantos minutos gastamos naquele jogo? Só os relógios do Céu terão marcado esse tempo infinito e breve. A eternidade tem as suas pêndulas; nem por não acabar nunca deixa de querer saber a duração das felicidades e dos suplícios. Há de dobrar o gozo aos bem-aventurados do Céu conhecer a soma dos tormentos que já terão padecido no inferno os seus inimigos; assim também a quantidade das delícias que terão gozado no Céu os seus desafetos aumentará as dores aos condenados do inferno. Este outro suplício escapou ao divino Dante; mas eu não estou aqui para emendar poetas. Estou para contar que, ao cabo de um tempo não marcado, agarrei-me definitivamente aos cabelos de Capitu, mas então com as mãos, e disse-lhe – para dizer alguma coisa – que era capaz de os pentear, se quisesse.

– Você?

– Eu mesmo.

– Vai embaraçar-me o cabelo todo, isso sim.

– Se embaraçar, você desembaraça depois.

– Vamos ver.

XXXIII
O PENTEADO

Capitu deu-me as costas, voltando-se para o espelhinho. Peguei-lhe dos cabelos, colhi-os todos e entrei a alisá-los com o pente, desde a testa até as últimas pontas, que lhe desciam à cintura. Em pé não dava jeito: não esquecestes que ela era um nadinha mais alta que eu, mas ainda que fosse da mesma altura. Pedi-lhe que se sentasse.

– Senta aqui, é melhor.

Sentou-se. "Vamos ver o grande cabeleireiro", disse-me rindo. Continuei a alisar os cabelos, com muito cuidado, e dividi-os em duas porções iguais, para compor as duas tranças. Não as fiz logo, nem assim depressa, como podem supor os cabeleireiros de ofício, mas devagar, devagarinho, saboreando pelo tato aqueles fios grossos, que eram parte dela. O trabalho era atrapalhado, às vezes por desazo, outras de propósito para desfazer o feito e refazê-lo. Os dedos roçavam na nuca da pequena ou nas espáduas vestidas de chita, e a sensação era um deleite. Mas, enfim, os cabelos iam acabando, por mais que eu os quisesse intermináveis. Não pedi ao Céu que eles fossem tão longos como os da Aurora, porque não conhecia ainda esta divindade que os velhos poetas me apresentaram depois; mas desejei penteá-los por todos os séculos dos séculos, tecer duas tranças que pudessem envolver o infinito por um número inominável de vezes. Se isto vos parecer enfático, desgraçado leitor, é que nunca penteastes uma pequena, nunca pusestes as mãos adolescentes na jovem cabeça de uma ninfa... Uma ninfa! Todo eu estou mitológico. Ainda há pouco, falando dos seus olhos de ressaca, cheguei a escrever Tétis; risquei Tétis, risquemos ninfa; digamos somente uma criatura amada, palavra que envolve todas as potências cristãs e pagãs. Enfim, acabei as duas tranças. Onde estava a fita para atar-lhes as pontas? Em cima da mesa, um triste pedaço de fita enxovalhada. Juntei as pontas das tranças, uni-as por um laço, retoquei a obra alargando aqui, achatando ali, até que exclamei:

– Pronto!

– Estará bom?

– Veja no espelho.

Em vez de ir ao espelho, que pensais que fez Capitu? Não vos esqueçais que estava sentada, de costas para mim. Capitu derreou a cabeça, a tal ponto que me foi preciso acudir com as mãos e ampará-la; o espaldar da cadeira era baixo. Inclinei-me depois sobre ela, rosto a rosto, mas trocados, os olhos de uma na linha da boca do outro. Pedi-lhe que levantasse a cabeça, podia ficar tonta, machucar o pescoço. Cheguei a dizer-lhe que estava feia; mas nem esta razão a moveu.

– Levanta, Capitu!

Não quis, não levantou a cabeça, e ficamos assim a olhar um para o outro, até que ela abrochou os lábios, eu desci os meus, e...

Grande foi a sensação do beijo; Capitu ergueu-se, rápida, eu recuei até à parede com uma espécie de vertigem, sem fala, os olhos escuros. Quando eles me clarearam, vi que Capitu tinha os seus no chão. Não me atrevi a dizer nada; ainda que quisesse, faltava-me língua. Preso, atordoado, não achava gesto nem ímpeto que me descolasse da parede e me atirasse a ela com mil palavras cálidas e mimosas... Não mofes dos meus quinze anos, leitor precoce. Com dezessete, Des Grieux (e mais era Des Grieux) não pensava ainda na diferença dos sexos.

XXXIV
SOU HOMEM!

Ouvimos passos no corredor; era D. Fortunata. Capitu compôs-se depressa, tão depressa que, quando a mãe apontou à porta, ela abanava a cabeça e ria. Nenhum laivo amarelo, nenhuma contração de acanhamento, um riso espontâneo e claro, que ela explicou por estas palavras alegres:

– Mamãe, olhe como este senhor cabeleireiro me penteou; pediu-me para acabar o penteado, e fez isto. Veja que tranças!

– Que tem? – acudiu a mãe, transbordando de benevolência. – Está muito bem, ninguém dirá que é de pessoa que não sabe pentear.

– O que, mamãe? Isto? – redarguiu Capitu, desfazendo as tranças. – Ora, mamãe!

E com um enfadamento gracioso e voluntário que às vezes tinha, pegou do pente e alisou os cabelos para renovar o penteado. D. Fortunata chamou-lhe tonta, e disse-me que não fizesse caso, não era nada, maluquices da filha. Olhava com ternura para mim e para ela. Depois, parece-me que desconfiou. Vendo-me calado, enfiado, cosido à parede, achou talvez que houvera entre nós algo mais que penteado, e sorriu por dissimulação...

Como eu quisesse falar também para disfarçar o meu estado, chamei algumas palavras cá de dentro, e elas acudiram de pronto, mas de atropelo, e encheram-me a boca sem poder sair nenhuma. O beijo de

Capitu fechava-me os lábios. Uma exclamação, um simples artigo, por mais que investissem com força, não logravam romper de dentro. E todas as palavras recolheram-se ao coração, murmurando: "Eis aqui um que não fará grande carreira no mundo, por menos que as emoções o dominem..."

Assim, apanhados pela mãe, éramos dois e contrários, ela encobrindo com a palavra o que eu publicava pelo silêncio. D. Fortunata tirou-me daquela hesitação, dizendo que minha mãe me mandara chamar para a lição de latim; o Padre Cabral estava à minha espera. Era uma saída; despedi-me e enfiei pelo corredor. Andando, ouvi que a mãe censurava as maneira da filha, mas a filha não dizia nada.

Corri ao meu quarto, peguei dos livros, mas não passei à sala da lição; sentei-me na cama, recordando o penteado e o resto. Tinha estremeções, tinha uns esquecimentos em que perdia a consciência de mim e das coisas que me rodeavam, para viver não sei onde nem como. E tornava a mim, e via a cama, as paredes, os livros, o chão, ouvia algum som de fora, vago, próximo ou remoto, e logo perdia tudo para sentir somente os beiços de Capitu... Sentia-os estirados, embaixo dos meus, igualmente esticados para os dela, e unindo-se uns aos outros. De repente, sem querer, sem pensar, saiu-me da boca esta palavra de orgulho:

– Sou homem!

Supus que me tivessem ouvido, porque a palavra saiu em voz alta, e corri à porta da alcova. Não havia ninguém fora. Voltei para dentro e, baixinho, repeti que era homem. Ainda agora tenho o eco aos meus ouvidos. O gosto que isto me deu foi enorme. Colombo não o teve maior, descobrindo a América, e perdoai a banalidade em favor do cabimento; com efeito, há em cada adolescente um mundo encoberto, um almirante e um sol de outubro. Fiz outros achados mais tarde; nenhum me deslumbrou tanto. A denúncia de José Dias alvoroçara-me, a lição do velho coqueiro também, a vista dos nossos nomes abertos por ela no muro do quintal deu-me grande abalo, como vistes; nada disso valeu a sensação do beijo. Podiam ser mentira ou ilusão. Sendo verdade, eram os ossos da verdade, não eram a carne e o sangue dela. As próprias mãos, tocadas, apertadas, como que fundidas, não podiam dizer tudo.

– Sou homem!

Quando repeti isto, pela terceira vez, pensei no seminário, mas como se pensa em perigo que passou, um mal abortado, um pesadelo extinto; todos os meus nervos me disseram que homens não são padres. O sangue era da mesma opinião. Outra vez senti os beiços de Capitu. Talvez abuso um pouco das reminiscências osculares; mas a saudade é isto mesmo; é o passar e repassar das memórias antigas. Ora, de todas as daquele tempo creio que a mais doce é esta, a mais nova, a mais compreensiva, a que inteiramente me revelou a mim mesmo. Outras tenho, vastas e numerosas, doces também, de vária espécie, muitas intelectuais, igualmente intensas. Grande homem que fosse, a recordação era menor que esta.

XXXV
O PROTONOTÁRIO APOSTÓLICO

Enfim, peguei dos livros e corri à lição. Não corri precisamente; a meio caminho parei, advertindo que devia ser muito tarde, e podiam ler-me no semblante alguma coisa. Tive ideia de mentir, alegar uma vertigem que me houvesse deitado ao chão; mas o susto que causaria a minha mãe fez-me rejeitá-la. Pensei em prometer algumas dezenas de padre-nossos; tinha, porém, outra promessa em aberto e outro favor pendente... Não, vamos ver; fui andando, ouvi vozes alegres, conversavam ruidosamente. Quando entrei na sala, ninguém ralhou comigo.

O Padre Cabral recebera na véspera um recado do internúncio; foi ter com ele, e soube que, por decreto pontifício, acabava de ser nomeado protonotário apostólico. Esta distinção do papa dera-lhe grande contentamento e a todos os nossos. Tio Cosme e prima Justina repetiam o título com admiração; era a primeira vez que ele soava aos nossos ouvidos, acostumados a cônegos, monsenhores, bispos, núncios e internúncios; mas que era protonotário apostólico? O Padre Cabral explicou que não era propriamente o cargo da cúria, mas as honras dele. Tio Cosme viu exalçar-se no parceiro de voltarete, e repetia:

– Protonotário apostólico! – E voltando-se para mim: – Prepara-te, Bentinho; tu podes vir a ser protonotário apostólico.

Cabral ouvia com gosto a repetição do título. Estava em pé, dava alguns passos, sorria ou tamborilava na tampa da boceta. O tamanho do título como que lhe dobrava a magnificência, posto que, para ligá-lo ao nome, era demasiado comprido; esta segunda reflexão foi tio Cosme que a fez. Padre Cabral acudiu que não era preciso dizê-lo todo, bastava que lhe chamassem o protonotário Cabral. Subentendia-se apostólico.

– Protonotário Cabral.

– Sim, tem razão; protonotário Cabral.

– Mas, Sr. protonotário – acudiu prima Justina para se ir acostumando ao uso do título –, isto o obriga a ir a Roma?

– Não, D. Justina.

– Não, são só as honras – observou minha mãe.

– Agora, não impede – disse Cabral, que continuava a refletir –, não impede que nos casos de maior formalidade, atos públicos, cartas de cerimônia etc. se empregue o título inteiro: protonotário apostólico. No uso comum, basta protonotário.

– Justamente – assentiram todos.

José Dias, que entrou pouco depois de mim, aplaudia a distinção, e recordou, a propósito, os primeiros atos políticos de Pio IX, grandes esperanças da Itália; mas ninguém pegou do assunto; o principal da hora e do lugar era o meu velho mestre de latim. Eu, voltando a mim do receio, entendi que devia cumprimentá-lo também, e este aplauso não lhe foi menos ao coração que os outros. Bateu-me na bochecha paternalmente, e acabou dando-me férias. Era muita felicidade para uma só hora. Um beijo e férias! Creio que o meu rosto disse isto mesmo, porque tio Cosme, sacudindo a barriga, chamou-me peralta; mas José Dias corrigiu a alegria:

– Não tem que festejar a vadiação; o latim sempre lhe há de ser preciso, ainda que não venha a ser padre.

Conheci aqui o meu homem. Era a primeira palavra, a semente lançada à terra, assim de passagem, como para acostumar os ouvidos da família. Minha mãe sorriu para mim, cheia de amor e de tristeza, mas respondeu logo:

– Há de ser padre, e padre bonito.

– Não se esqueça, mana Glória, e protonotário também. Protonotário apostólico.

– O protonotário Santiago – acentuou Cabral.

Se a intenção do meu mestre de latim era ir acostumando ao uso do título com o nome, não sei bem; o que sei é que quando ouvi o meu nome ligado a tal título, deu-me vontade de dizer um desaforo. Mas a vontade aqui foi antes uma ideia, uma ideia sem língua, que se deixou ficar quieta e muda, tal como daí a pouco outras ideias... Mas essas pedem um capítulo especial. Rematemos este dizendo que o mestre de latim falou algum tempo da minha ordenação eclesiástica, ainda que sem grande interesse. Ele buscava um assunto alheio para se mostrar esquecido da própria glória, mas era esta que o deslumbrava na ocasião. Era um velho magro, sereno, dotado de qualidades boas. Alguns defeitos tinha; o mais excelso deles era ser guloso, não propriamente glutão; comia pouco, mas estimava o fino e o raro, e a nossa cozinha, se era simples, era menos pobre que a dele. Assim, quando minha mãe lhe disse que viesse jantar, a fim de se lhe fazer uma saúde, os olhos com que aceitou seriam de protonotário, mas não eram apostólicos. E para agradar a minha mãe, novamente pegou em mim, descrevendo o meu futuro eclesiástico, e queria saber se ia para o seminário agora, no ano próximo, e oferecia-se a falar ao "senhor bispo", tudo marchetado do "protonotário Santiago".

XXXVI

IDEIA SEM PERNAS E IDEIA SEM BRAÇOS

Deixei-os, a pretexto de brincar, e fui-me outra vez a pensar na aventura da manhã. Era o que melhor podia fazer, sem latim, e até com latim. Ao cabo de cinco minutos, lembrou-me ir correndo à casa vizinha, agarrar

Capitu, desfazer-lhe as tranças, refazê-las e concluí-las daquela maneira particular, boca sobre boca. É isto, vamos, é isto... Ideia só! Ideia sem pernas! As outras pernas não queriam correr nem andar. Muito depois é que saíram vagarosamente e levaram-me à casa de Capitu. Quando ali cheguei, dei com ela na sala, na mesma sala, sentada na marquesa, almofada no regaço, cosendo em paz. Não me olhou de rosto, mas a furto e a medo, ou, se preferes a fraseologia do agregado, oblíqua e dissimulada. As mãos pararam, depois de encravada a agulha no pano. Eu, do lado oposto da mesa, não sabia que fizesse; e outra vez me fugiram as palavras que trazia. Assim gastamos alguns minutos compridos, até que ela deixou inteiramente a costura, ergueu-se e esperou-me. Fui ter com ela, e perguntei se a mãe havia dito alguma coisa; respondeu-me que não. A boca com que respondeu era tal que cuido haver-me provocado um gesto de aproximação. Certo é que Capitu recuou um pouco.

Era ocasião de pegá-la, puxá-la, beijá-la... Ideia só! Ideia sem braços! Os meus ficaram caídos e mortos. Não conhecia nada da Escritura. Se conhecesse, é provável que o espírito de Satanás me fizesse dar à língua mística do Cântico um sentido direto e natural. Então obedeceria ao primeiro versículo: "Aplique ele os lábios, dando-me o ósculo da sua boca". E pelo que respeita aos braços, que tinha inertes, bastaria cumprir o vers. 6° do cap. II: "A sua mão esquerda se pôs já debaixo da minha cabeça, e a sua mão direita me abraçará depois". Vedes aí a cronologia dos gestos. Era só executá-la; mas ainda que eu conhecesse o texto, as atitudes de Capitu eram agora tão retraídas, que não sei se não continuaria parado. Foi ela, entretanto, que me tirou daquela situação.

XXXVII

A ALMA É CHEIA DE MISTÉRIOS

– Padre Cabral estava esperando há muito tempo?

– Hoje não dei lição; tive férias.

Expliquei-lhe o motivo das férias. Contei-lhe também que o Padre Cabral falara da minha entrada no seminário, apoiando a resolução de minha mãe, e disse dele coisas feias e duras. Capitu refletiu algum tempo, e acabou perguntando-me se podia ir cumprimentar o padre, à tarde, em minha casa.

– Pode, mas para quê?

– Papai naturalmente há de querer ir também, mas é melhor que ele vá à casa do padre, é mais bonito. Eu não, que já sou meia moça – concluiu rindo.

O riso animou-me. As palavras pareciam ser uma troça consigo mesma, uma vez que, desde manhã, era mulher, como eu era homem. Achei-lhe graça e, para dizer tudo, quis provar-lhe que era moça inteira. Peguei-lhe levemente na mão direita, depois na esquerda, e fiquei assim pasmado e trêmulo. Era a ideia com mãos. Quis puxar as de Capitu, para obrigá-la a vir atrás delas, mas ainda agora a ação não respondeu à intenção. Contudo, achei-me forte e atrevido. Não imitava ninguém; não vivia com rapazes, que me ensinassem anedotas de amor. Não conhecia a violação de Lucrécia. Dos romanos apenas sabia que falavam pela artinha do Padre Pereira e eram patrícios de Pôncio Pilatos. Não nego que o final do penteado da manhã era um grande passo no caminho da movimentação amorosa, mas o gesto de então foi justamente o contrário deste. De manhã, ela derreou a cabeça, agora fugia-me; nem é só nisso que os lances diferiam; em outro ponto, parecendo haver repetição, houve contraste.

Penso que ameacei puxá-la a mim. Não juro, começava a estar tão alvoroçado, que não pude ter toda a consciência dos meus atos; mas concluo que sim, porque ela recuou e quis tirar as mãos das minhas; depois, talvez por não poder recuar mais, colocou um dos pés adiante e o outro atrás, e fugiu com o busto. Foi este gesto que me obrigou a reter-lhe as mãos com força. O busto afinal cansou e cedeu, mas a cabeça não quis ceder também, e caída para trás, inutilizava todos os meus esforços, porque eu já fazia esforços, leitor amigo. Não conhecendo a lição do Cântico, não me acudiu estender a mão esquerda por baixo da cabeça dela; demais, este gesto supõe um acordo de vontades, e Capitu, que me resistia agora, aproveitaria o gesto para arrancar-se à outra mão e fugir-me inteiramente. Ficamos naquela luta, sem estrépito, porque apesar do ataque e da defesa, não perdíamos a cautela necessária para não sermos ouvidos lá de dentro; a alma é cheia de mistérios. Agora sei que a puxava; a cabeça continuou a recuar; até que cansou; mas então foi a vez da boca. A boca de Capitu iniciou um movimento inverso, relativamente à minha, indo para um lado, quando eu a buscava do outro oposto. Naquele desencontro estivemos, sem que ousasse um pouco mais, e bastaria um pouco mais...

Nisto ouvimos bater à porta e falar no corredor. Era o pai de Capitu, que voltava da repartição um pouco mais cedo, como usava às vezes. "Abre, Nanata! Capitu, abre!" Aparentemente era o mesmo lance da manhã, quando a mãe deu conosco, mas só aparentemente; verdade, era outro. Considerai que de manhã tudo estava acabado, e o passo de D. Fortunata foi um aviso para que nos compuséssemos. Agora lutávamos com as mãos presas, e nada estava sequer começado.

Ouvimos o ferrolho da porta que dava para o corredor interno; era a mãe que abria. Eu, uma vez que confesso tudo, digo aqui que não tive tempo de soltar as mãos da minha amiga; pensei nisso, cheguei a tentá-lo, mas Capitu, antes que o pai acabasse de entrar, fez um gesto inesperado, pousou a boca na minha boca, e deu de vontade o que estava a recusar à força. Repito, a alma é cheia de mistérios.

XXXVIII
QUE SUSTO, MEU DEUS!

Quando Pádua, vindo pelo interior, entrou na sala de visitas, Capitu, em pé, de costas para mim, inclinada sobre a costura, como a recolhê-la, perguntava em voz alta:

– Mas, Bentinho, que é protonotário apostólico?

– Ora, vivam! – exclamou o pai.

– Que susto, meu Deus!

Agora é que o lance é o mesmo; mas se conto aqui, tais quais, os dois lances de há quarenta anos, é para mostrar que Capitu não se dominava só em presença da mãe; o pai não lhe meteu mais medo. No meio de uma situação que me atava a língua, usava da palavra com a maior ingenuidade deste mundo. A minha persuasão é que o coração não lhe batia mais nem menos. Alegou susto, e deu à cara um ar meio enfiado; mas eu, que sabia tudo, vi que era mentira e fiquei com inveja. Foi logo falar ao pai, que apertou a minha mão, e quis saber por que a filha falava em protonotário apostólico. Capitu repetiu-lhe o que ouvira de mim, e opinou logo que o pai devia ir cumprimentar o padre em casa dele; ela iria à minha. E coligindo os petrechos da costura, enfiou pelo corredor, bradando infantilmente:

– Mamãe, jantar, papai chegou!

XXXIX
A VOCAÇÃO

Padre Cabral estava naquela primeira hora das honras em que as mínimas congratulações valem por odes. Tempo chega em que os dignificados recebem os louvores como um tributo usual, cara morta, sem agradecimentos. O alvoroço da primeira hora é melhor; esse estado de alma que vê na inclinação do arbusto, tocado do vento, um parabém da flora universal, traz sensações mais íntimas e finas que qualquer outro. Cabral ouviu as palavras de Capitu com infinito prazer.

– Obrigado, Capitu, muito obrigado; estimo que você goste também. Papai está bom? E mamãe? A você não se pergunta; essa cara é mesmo de quem vende saúde. E como vamos de rezas?

A todas as perguntas, Capitu ia respondendo prontamente e bem. Trazia um vestidinho melhor e os sapatos de sair. Não entrou com a familiaridade do costume, deteve-se um instante à porta da sala, antes de ir beijar a mão a minha mãe e ao padre. Como desse a este, duas vezes em cinco minutos, o título de protonotário, José Dias, para se desforrar da concorrência, fez um pequeno discurso em honra "ao coração paternal e augustíssimo de Pio IX".

– Você é um grande prosa – disse tio Cosme, quando ele acabou.

José Dias sorriu sem vexame. Padre Cabral confirmou os louvores do agregado, sem os seus superlativos; ao que este acrescentou que o Cardeal Mastai evidentemente fora talhado para a tiara desde o princípio dos tempos. E, piscando-me o olho, concluiu:

– A vocação é tudo. O estado eclesiástico é perfeitíssimo, contanto que o sacerdote venha já destinado do berço. Não havendo vocação, falo de vocação sincera e real, um jovem pode muito bem estudar as letras humanas, que também são úteis e honradas.

Padre Cabral retorquia:

– A vocação é muito, mas o poder de Deus é soberano. Um homem pode não ter gosto à igreja e até persegui-la, e um dia a voz de Deus lhe fala, e ele sai apóstolo; veja São Paulo.

– Não contesto, mas o que eu digo é outra coisa. O que eu digo é que se pode muito bem servir a Deus sem ser padre, cá fora; pode-se ou não se pode?

– Pode-se.

– Pois então! – exclamou José Dias triunfalmente, olhando em volta de si. – Sem vocação é que não há bom padre, e em qualquer profissão liberal se serve a Deus, como todos devemos.

– Perfeitamente, mas vocação não é só do berço que se traz.

– Homem, é a melhor.

– Um moço sem gosto nenhum à vida eclesiástica pode acabar por ser muito bom padre; tudo é que Deus o determine. Não me quero dar por modelo, mas aqui estou eu que nasci com a vocação da Medicina; meu padrinho, que era coadjutor de Santa Rita, teimou com meu pai para que me metesse no seminário; meu pai cedeu. Pois, senhor, tomei tal gosto aos estudos e à companhia dos padres, que acabei ordenando-me. Mas suponha que não acontecia assim, e que eu não mudava de vocação, o que é que acontecia? Tinha estudado no seminário algumas matérias que é bom saber, e são sempre melhor ensinadas naquelas casas.

Prima Justina interveio:

– Como? Então pode-se entrar para o seminário e não sair padre?

Padre Cabral respondeu que sim, que se podia, e, voltando-se para mim, falou da minha vocação, que era manifesta; os meus brinquedos foram sempre de igreja, e eu adorava os ofícios divinos. A prova não provava; todas as crianças do meu tempo eram devotas. Cabral acrescentou que o reitor de São José, a quem contara ultimamente a promessa de minha mãe, tinha o meu nascimento por milagre; ele era da mesma opinião. Capitu, cosida às saias de minha mãe, não atendia aos olhos ansiosos que eu lhe mandava; também não parecia escutar a conversação sobre o seminário e suas consequências, e, aliás, decorou o principal, como vim a saber depois. Duas vezes fui à janela, esperando que ela fosse também, e ficássemos à vontade, sozinhos, até acabar o mundo, se acabasse, mas Capitu não me apareceu. Não deixou minha mãe, senão para ir embora. Eram ave-marias, despediu-se.

– Vai com ela, Bentinho – disse minha mãe.

– Não precisa, não, D. Glória – acudiu ela rindo –, eu sei o caminho. Adeus, Sr. protonotário...

– Adeus, Capitu.

Tendo dado um passo no sentido de atravessar a sala, é claro que o meu dever, o meu gosto, todos os impulsos da idade e da ocasião eram atravessá-la de todo, seguir a vizinha corredor fora, descer à chácara, entrar no quintal, dar-lhe terceiro beijo, e despedir-me. Não me importou a recusa, que cuidei simulada, e enfiei pelo corredor; mas Capitu, que ia depressa, estacou e fez-me sinal que voltasse. Não obedeci; cheguei-me a ela.

– Não venha, não; amanhã falaremos.

– Mas eu queria dizer a você...

– Amanhã.

– Escuta!

– Fica!

Falava baixinho; pegou-me na mão, e pôs o dedo na boca. Uma preta, que veio de dentro acender o lampião do corredor, vendo-nos naquela atitude quase às escuras, riu de simpatia e murmurou, em tom que ouvíssemos, alguma coisa que não entendi bem nem mal.

Capitu segredou-me que a escrava desconfiara, e ia talvez contar às outras. Novamente me intimou que ficasse, e retirou-se; eu deixei-me estar parado, pregado, agarrado ao chão.

XL

UMA ÉGUA

Ficando só, refleti algum tempo, e tive uma fantasia. Já conheceis as minhas fantasias. Contei-vos a da visita imperial; disse-vos a desta casa do Engenho Novo, reproduzindo a de Matacavalos... A imaginação foi a companheira de toda a minha existência, viva, rápida, inquieta, alguma vez tímida e amiga de empacar, as mais delas capaz de engolir campanhas e campanhas, correndo. Creio haver lido em Tácito que as éguas iberas concebiam pelo vento; se não foi nele, foi noutro autor antigo, que entendeu guardar essa crendice nos seus livros. Neste particular, a minha imaginação era uma grande égua ibera; a menor brisa lhe dava um potro, que saía logo cavalo de Alexandre; mas deixemos de metáforas atrevidas e impróprias dos meus quinze anos. Digamos o caso simplesmente. A fantasia daquela hora foi confessar a minha mãe os meus amores para lhe dizer que não tinha vocação eclesiástica. A conversa sobre vocação tornava-me agora toda inteira, e, ao passo que me assustava, abria-me uma porta de saída. "Sim, é isto, pensei; vou dizer a mamãe que não tenho vocação, e confesso o nosso namoro; se ela duvidar, conto-lhe o que se passou outro dia, o penteado e o resto..."

XLI

A AUDIÊNCIA SECRETA

O resto fez-me ficar mais algum tempo, no corredor, pensando. Vi entrar o Doutor João da Costa, e preparou-se logo o voltarete do costume. Minha mãe saiu da sala, e, dando comigo, perguntou se acompanhara Capitu.

– Não, senhora, ela foi só. – E quase investindo para ela: – Mamãe, eu queria dizer-lhe uma coisa.

– Que é?

Toda assustada, quis saber o que é que me doía, se a cabeça, se o peito, se o estômago, e apalpava-me a testa para ver se tinha febre.

– Não tenho nada, não, senhora.

– Mas então que é?

– É uma coisa, mamãe... Mas, escute, olhe, é melhor depois do chá; logo... Não é nada mau; mamãe assusta-se por tudo; não é coisa de cuidado.

– Não é moléstia?

– Não, senhora.

– É, isso é volta de constipação. Disfarças para não tomar suadouro, mas tu estás constipado; conhece-se pela voz.

Tentei rir, para mostrar que não tinha nada. Nem por isso permitiu adiar a confidência, pegou em mim, levou-me ao quarto dela, acendeu vela, e ordenou-me que lhe dissesse tudo. Então eu perguntei-lhe, para principiar, quando é que ia para o seminário.

– Agora só para o ano, depois das férias.

– Vou... para ficar?

– Como ficar?

– Não volto para casa?

– Voltas aos sábados e pelas férias; é melhor. Quando te ordenares padre, vens morar comigo.

Enxuguei os olhos e o nariz. Ela afagou-me, depois quis repreender-me, mas creio que a voz lhe tremia, e pareceu-me que tinha os olhos úmidos. Disse-lhe que também sentia a nossa separação. Negou que fosse separação; era só alguma ausência, por causa dos estudos; só os primeiros dias. Em pouco tempo eu me acostumaria aos companheiros e aos mestres, e acabaria gostando de viver com eles.

– Eu só gosto de mamãe.

Não houve cálculo nesta palavra, mas estimei dizê-la, por fazer crer que ela era a minha única afeição; desviava as suspeitas de cima de Capitu. Quantas intenções viciosas há assim que embarcam, a meio caminho, numa frase inocente e pura! Chega a fazer suspeitar que a mentira é, muita vez, tão involuntária como a transpiração. Por outro lado, leitor amigo, nota que eu queria desviar as suspeitas de cima de Capitu, quando havia chamado minha mãe justamente para confirmá-las; mas as contradições são deste mundo. A verdade é que minha mãe era cândida como a primeira aurora, anterior ao primeiro pecado; nem por simples intuição era capaz de deduzir uma coisa de outra, isto é, não concluiria da minha repentina oposição que eu andasse em segredinhos com Capitu, como lhe dissera José Dias. Calou-se durante alguns instantes; depois replicou-me sem imposição nem autoridade, o que me veio animando a resistência. Daí o falar-lhe na vocação que se discutira naquela tarde, e que eu confessei não sentir em mim.

– Mas tu gostavas tanto de ser padre – disse ela –; não te lembras que até pedias para ir ver sair os seminaristas de São José, com as suas batinas? Em casa, quando José Dias te chamava Reverendíssimo, tu rias com tanto gosto! Como é que agora?... Não creio, não, Bentinho. E depois... Vocação? Mas a vocação vem com o costume – continuou repetindo as reflexões que ouvira ao meu professor de latim.

Como eu buscasse contestá-la, repreendeu-me sem aspereza, mas com alguma força, e eu tornei ao filho submisso que era. Depois, ainda falou gravemente e longamente sobre a promessa que fizera; não me disse as circunstâncias, nem a ocasião, nem os motivos dela, coisas que só vim a saber mais tarde. Afirmou o principal, isto é, que a havia de cumprir, em pagamento a Deus.

– Nosso Senhor me acudiu, salvando a tua existência, não lhe hei de mentir nem faltar, Bentinho; são coisas que não se fazem sem pecado, e Deus que é grande e poderoso não me deixaria assim, não, Bentinho; eu sei que seria castigada e bem castigada. Ser padre é bom e santo; você conhece muitos, como o Padre Cabral, que vive tão feliz com a irmã; um tio meu também foi padre, e escapou de ser bispo, dizem... Deixa de manha, Bentinho.

Creio que os olhos que lhe deitei foram tão queixosos, que ela emendou logo a palavra; manha, não, não podia ser manha, sabia muito bem que eu era amigo dela, e não seria capaz de fingir um sentimento que não tivesse. Moleza é o que queria dizer, que me deixasse de moleza, que me fizesse homem e obedecesse ao que cumpria, em benefício dela e para bem da minha alma. Todas essas coisas e outras foram ditas um pouco atropeladamente, e a voz não lhe saía clara, mas velada e esganada. Vi que a emoção dela era outra vez grande, mas não recuava dos seus propósitos, e aventurei-me a perguntar-lhe:

– E se mamãe pedisse a Deus que a dispensasse da promessa?

– Não, não peço. Estás tonto, Bentinho? E como havia de saber que Deus me dispensava?

– Talvez em sonho; eu sonho às vezes com anjos e santos.

– Também eu, meu filho; mas é inútil... Vamos, é tarde; vamos para a sala. Está entendido: no primeiro ou no segundo mês do ano que vem, irás para o seminário. O que eu quero é que saibas bem os livros que estás estudando; é bonito, não só para ti, como para o Padre Cabral. No seminário há interesse em conhecer-te, porque o Padre Cabral fala de ti com entusiasmo.

Caminhou para a porta, saímos ambos. Antes de sair, voltou-se para mim, e quase a vi saltar-me ao colo e dizer-me que não seria padre. Este era já o seu desejo íntimo, à proporção que se aproximava o tempo. Quisera um modo de pagar a dívida contraída, outra moeda, que valesse tanto ou mais, e não achava nenhuma.

XLII
CAPITU REFLETINDO

No dia seguinte fui à casa vizinha, logo que pude. Capitu despedia-se de duas amigas que tinham ido visitá-la, Paula e Sancha, companheiras de colégio, aquela de quinze, esta de dezessete anos, a primeira filha de um médico, a segunda de um comerciante de objetos americanos. Estava abatida, trazia um lenço atado na cabeça; a mãe contou-me que fora excesso de leitura na véspera, antes e depois do chá, na sala e na cama, até muito depois da meia-noite, e com lamparina...

– Se eu acendesse vela, mamãe zangava-se. Já estou boa.

E como desatasse o lenço, a mãe disse-lhe timidamente que era melhor atá-lo, mas Capitu respondeu que não era preciso, estava boa.

Ficamos sós na sala; Capitu confirmou a narração da mãe, acrescentando que passara mal por causa do que ouvira em minha casa. Também eu lhe contei o que se dera comigo, a entrevista com minha mãe, as minhas súplicas, as lágrimas dela, e por fim as últimas respostas decisivas; dentro de dois ou três meses iria para o seminário. Que faríamos agora? Capitu ouvia-me com atenção sôfrega, depois sombria; quando acabei, respirava a custo, como prestes a estalar de cólera, mas conteve-se.

Há tanto tempo que isto sucedeu que não posso dizer com segurança se chorou deveras, ou se somente enxugou os olhos; cuido que os enxugou somente. Vendo-lhe o gesto, peguei-lhe na mão para animá-la, mas também eu precisava ser animado. Caímos no canapé, e ficamos a olhar para o ar. Minto; ela olhava para o chão. Fiz o mesmo, logo que a vi assim... Mas eu creio que Capitu olhava para dentro de si mesma, enquanto que eu fitava deveras o chão, o roído das fendas, duas moscas andando e um pé de cadeira lascada. Era pouco, mas distraía-me da aflição. Quando tornei a olhar para Capitu, vi que não se mexia, e fiquei com tal medo que a sacudi brandamente. Capitu tornou cá fora e pediu-me que outra vez lhe contasse o que se passara com minha mãe. Satisfi-la, atenuando o texto desta vez, para não amofiná-la. Não me chames dissimulado, chama-me compassivo; é certo que receava perder Capitu, se lhe morressem as esperanças todas, mas doía-me vê-la padecer. Agora, a verdade última, a verdade das verdades, é que já me arrependia de haver falado a minha mãe, antes de qualquer trabalho efetivo por parte de José Dias; examinando bem, não quisera ter ouvido um desengano que eu reputava certo, ainda que demorado. Capitu refletia, refletia, refletia...

XLIII
VOCÊ TEM MEDO?

De repente, cessando a reflexão, fitou em mim os olhos de ressaca, e perguntou-me se tinha medo.

– Medo?

– Sim, pergunto se você tem medo.

– Medo de quê?

– Medo de apanhar, de ser preso, de brigar, de andar, de trabalhar...

Não entendi. Se ela tem dito simplesmente "Vamos embora!" pode ser que eu obedecesse ou não; em todo caso, entenderia. Mas aquela pergunta assim, vaga e solta, não pude atinar o que era.

– Mas... não entendo. De apanhar?

– Sim.

– Apanhar de quem? Quem é que me dá pancada?

Capitu fez um gesto de impaciência. Os olhos de ressaca não se mexiam e pareciam crescer. Sem saber de mim, e, não querendo interrogá-la novamente, entrei a cogitar donde me viriam pancadas, e por que, e também por que é que seria preso, e quem é que me havia de prender. Valha-me Deus! Vi de imaginação o aljube, uma casa escura e infecta. Também vi a presiganga, o quartel dos Barbonos e a Casa de Correção. Todas essas belas instituições sociais me envolviam no seu mistério, sem que os olhos de ressaca de Capitu deixassem de crescer para mim, a tal ponto que as fizeram esquecer de todo. O erro de Capitu foi não deixá-los crescer infinitamente, antes diminuir até as dimensões normais, e dar-lhes o movimento do costume. Capitu tornou ao que era, disse-me que estava brincando, não precisava afligir-me, e, com um gesto cheio de graça, bateu-me na cara, sorrindo, e disse:

– Medroso!

– Eu? Mas...

– Não é nada, Bentinho. Pois quem é que há de dar pancada ao prender você? Desculpe, que eu hoje estou meia maluca; quero brincar, e...

– Não, Capitu; você não está brincando; nesta ocasião, nenhum de nós tem vontade de brincar.

– Tem razão, foi só maluquice; até logo.

– Como até logo?

– Está-me voltando a dor de cabeça; vou botar uma rodela de limão nas fontes.

Fez o que disse, e atou o lenço outra vez na testa. Em seguida, acompanhou-me ao quintal para se despedir de mim; mas ainda aí nos detivemos por alguns minutos, sentados sobre a borda do poço. Ventava, o céu estava coberto. Capitu falou novamente da nossa separação, como de um fato certo e definitivo, por mais que eu, receoso disso mesmo, buscasse agora razões para animá-la. Capitu, quando não falava, riscava no chão, com um pedaço de taquara, narizes e perfis. Desde que se metera a desenhar, era uma das suas diversões; tudo lhe servia de papel e lápis. Como me lembrassem os nossos nomes abertos por ela no muro, quis fazer o mesmo no chão, e pedi-lhe a taquara. Não me ouviu ou não me atendeu.

XLIV

O PRIMEIRO FILHO

– Dê cá, deixe escrever uma coisa.

Capitu olhou para mim, mas de um modo que me fez lembrar a definição de José Dias, oblíquo e dissimulado; levantou o olhar, sem levantar os olhos. A voz, um tanto sumida, perguntou-me:

– Diga-me uma coisa, mas fale verdade, não quero disfarce; há de responder com o coração na mão.

– Que é? Diga.

– Se você tivesse de escolher entre mim e sua mãe, a quem é que escolhia?

– Eu?

Fez-me sinal que sim.

– Eu escolhia... mas para que escolher? Mamãe não é capaz de me perguntar isso.

– Pois sim, mas eu pergunto. Suponha você que está no seminário e recebe a notícia de que eu vou morrer...

– Não diga isso!

– ... Ou que me mato de saudades, se você não vier logo, e sua mãe não quiser que você venha, diga-me, você vem?

– Venho.

– Contra a ordem de sua mãe?

– Contra a ordem de mamãe.

– Você deixa seminário, deixa sua mãe, deixa tudo, para me ver morrer?

– Não fale em morrer, Capitu!

Capitu teve um risinho descorado e incrédulo, e com a taquara escreveu uma palavra no chão, inclinei-me e li: mentiroso.

Era tão estranho tudo aquilo, que não achei resposta. Não atinava com a razão do escrito, como não atinava com a do falado. Se me acudisse ali uma injúria grande ou pequena, é possível que a escrevesse também, com a mesma taquara, mas não me lembrava nada. Tinha a cabeça vazia. Ao mesmo tempo tomei-me de receio de que alguém nos pudesse ouvir ou ler. Quem, se éramos sós? D. Fortunata chegara uma vez à porta da casa, mas entrou logo depois. A solidão era completa. Lembra-me que umas andorinhas passaram por cima do quintal e foram para os lados do morro de Santa Teresa; ninguém mais. Ao longe, vozes vagas e confusas, na rua um tropel de bestas, do lado da casa o chilrear dos passarinhos do Pádua. Nada mais, ou somente este fenômeno curioso, que o nome escrito por ela não só me espiava do chão com gesto escarninho, mas até me pareceu que repercutia no ar. Tive então uma ideia ruim; disse-lhe que, afinal de contas, a vida de padre não era má, e eu podia aceitá-la sem grande pena. Como desforço, era pueril; mas eu sentia a secreta esperança de vê-la atirar-se a mim lavada em lágrimas. Capitu limitou-se a arregalar muito os olhos, e acabou por dizer:

– Padre é bom, não há dúvida; melhor que padre só cônego, por causa das meias roxas. O roxo é cor muito bonita. Pensando bem, é melhor cônego.

– Mas não se pode ser cônego sem ser primeiramente padre – disse-lhe eu mordendo os beiços.

– Bem; comece pelas meias pretas, depois virão as roxas. O que eu não quero perder é a sua missa nova; avise-me a tempo para fazer um vestido à moda, saia balão e babados grandes... Mas talvez nesse tempo a moda seja outra. A igreja há de ser grande, Carmo ou São Francisco.

– Ou Candelária.

– Candelária também. Qualquer serve, contanto que eu ouça a missa nova. Hei de fazer um figurão. Muita gente há de perguntar: "Quem é aquela moça faceira que ali está com um vestido tão bonito?" "Aquela é D. Capitolina, uma moça que morou na Rua de Matacavalos..."

– Que morou? Você vai mudar-se?

– Quem sabe onde é que há de morar amanhã? – disse ela com um tom leve de melancolia; mas, tornando logo ao sarcasmo: – E você no altar, metido na alva, com a capa de ouro por cima, cantando... Pater noster...

Ah! Como eu sinto não ser um poeta romântico para dizer que isto era um duelo de ironias! Contaria os meus botes e os dela, a graça de um e a prontidão de outro, e o sangue correndo, e o furor na alma, até ao meu golpe final que foi este:

– Pois sim, Capitu, você ouvirá a minha missa nova, mas com uma condição.

Ao que ela respondeu:

– Vossa Reverendíssima pode falar.

– Promete uma coisa?

– Que é?

– Diga se promete.

– Não sabendo o que é, não prometo.

– A falar verdade são duas coisas – continuei eu, por haver-me acudido outra ideia.

– Duas? Diga quais são.

– A primeira é que só se há de confessar comigo, para eu lhe dar a penitência e a absolvição. A segunda é que...

– A primeira está prometida – disse ela vendo-me hesitar, e acrescentou que esperava a segunda.

Palavra que me custou, e antes não me chegasse a sair da boca; não ouviria o que ouvi, e não escreveria aqui uma coisa que vai talvez achar incrédulo.

– A segunda... sim... é que... Promete-me que seja eu o padre que case você?

– Que me case? – disse ela um tanto comovida.

Logo depois fez descair os lábios, e abanou a cabeça.

– Não, Bentinho – disse –, seria esperar muito tempo; você não vai ser padre já amanhã, leva muitos anos... Olhe, prometo outra coisa; prometo que há de batizar o meu primeiro filho.

XLV

ABANE A CABEÇA, LEITOR

Abane a cabeça, leitor; faça todos os gestos de incredulidade. Chegue a deitar fora este livro, se o tédio já o não obrigou a isso antes; tudo é possível. Mas, se o não fez antes e só agora, fio que torne a pegar do livro e que o abra na mesma página, sem crer por isso na veracidade do autor. Todavia, não há nada mais exato. Foi assim mesmo que Capitu falou, com tais palavras e maneiras. Falou do primeiro filho, como se fosse a primeira boneca.

Quanto ao meu espanto, se também foi grande, veio de mistura com uma sensação esquisita. Percorreu-me um fluido. Aquela ameaça de um primeiro filho, o primeiro filho de Capitu, o casamento dela com outro, portanto, a separação absoluta, a perda, a aniquilação, tudo isso produzia um tal efeito, que não achei palavra nem gesto; fiquei estúpido. Capitu sorria; eu via o primeiro filho brincando no chão...

XLVI

AS PAZES

As pazes fizeram-se como a guerra, depressa. Buscasse eu neste livro a minha glória, e diria que as negociações partiram de mim; mas não, foi ela que as iniciou. Alguns instantes depois, como eu estivesse cabisbaixo, ela abaixou também a cabeça, mas voltando os olhos para cima a fim de ver os meus. Fiz-me de rogado; depois quis levantar-me para ir embora, mas nem me levantei, nem sei se iria. Capitu fitou-me uns olhos tão ternos, e a posição os fazia tão súplices, que me deixei ficar, passei-lhe o braço pela cintura, ela pegou-me na ponta dos dedos, e...

Outra vez D. Fortunata apareceu à porta da casa; não sei para que, se nem me deixou tempo de puxar o braço; desapareceu logo. Podia ser um simples descargo de consciência, uma cerimônia, como as rezas de obrigação, sem devoção, que se dizem de tropel; a não ser que fosse para certificar aos próprios olhos a realidade que o coração lhe dizia...

Fosse o que fosse, o meu braço continuou a apertar a cintura da filha, e foi assim que nos pacificamos. O bonito é que cada um de nós queria agora as culpas para si, e pedíamos reciprocamente perdão. Capitu alegava a insônia, a dor de cabeça, o abatimento do espírito, e finalmente "os seus calundus". Eu, que era muito chorão por esse tempo, sentia os olhos molhados... Era amor puro, era efeito dos padecimentos da amiguinha, era a ternura da reconciliação.

XLVII

"A SENHORA SAIU"

– Está bom, acabou – disse eu finalmente –; mas, explique-me só uma coisa, por que é que você me perguntou se eu tinha medo de apanhar?

– Não foi por nada – respondeu Capitu, depois de alguma hesitação... – Para que bulir nisso?

– Diga sempre. Foi por causa do seminário?

– Foi; ouvi dizer que lá dão pancada... Não? Eu também não creio.

A explicação agradou-me; não tinha outra. Se, como penso, Capitu não disse a verdade, força é reconhecer que não podia dizê-la, e a mentira é dessas criadas que se dão pressa em responder às visitas que "a senhora saiu", quando a senhora não quer falar a ninguém. Há nessa cumplicidade um gosto particular; o pecado em comum iguala por instantes a condição das pessoas, não contando o prazer que dá a cara das visitas enganadas, e as costas com que elas descem... A verdade não saiu, ficou em casa, no coração de Capitu, cochilando o seu arrependimento. E eu não desci triste nem zangado; achei a criada galante, apetecível, melhor que a ama.

As andorinhas vinham agora em sentido contrário, ou não seriam as mesmas. Nós é que éramos os mesmos; ali ficamos, somando as nossas ilusões, os nossos temores, começando já a somar as nossas saudades.

XLVIII

JURAMENTO DO POÇO

– Não! – exclamei de repente.

– Não quê?

Tinha havido alguns minutos de silêncio, durante os quais refleti muito e acabei por uma ideia; o tom da exclamação, porém, foi tão alto que espantou a minha vizinha.

– Não há de ser assim – continuei. – Dizem que não estamos em idade de casar, que somos crianças, criançolas – já ouvi dizer criançolas. Bem; mas dois ou três anos passam depressa. Você jura uma coisa? Jura que só há de casar comigo?

Capitu não hesitou em jurar, e até lhe vi as faces vermelhas de prazer. Jurou duas vezes e uma terceira:

– Ainda que você case com outra, cumprirei o meu juramento, não casando nunca.

– Que eu case com outra?

– Tudo pode ser, Bentinho. Você pode achar outra moça que lhe queira, apaixonar-se por ela e casar. Quem sou eu para você lembrar-se de mim nessa ocasião?

– Mas eu também juro! Juro, Capitu, juro por Deus Nosso Senhor que só me casarei com você. Basta isto?

– Devia bastar – disse ela –; eu não me atrevo a pedir mais. Sim, você jura... Mas juremos por outro modo; juremos que nos havemos de casar um com outro, haja o que houver.

Compreendeis a diferença; era mais que a eleição do cônjuge, era a afirmação do matrimônio. A cabeça da minha amiga sabia pensar claro e depressa. Realmente, a fórmula anterior era limitada, apenas exclusiva. Podíamos acabar solteirões, como o sol e a lua, sem mentir ao juramento do poço. Esta fórmula era melhor, e tinha a vantagem de me fortalecer o coração contra a investidura eclesiástica. Juramos pela segunda fórmula, e ficamos tão felizes que todo receio de perigo desapareceu. Éramos religiosos, tínhamos o céu por testemunha. Eu nem já temia o seminário.

– Se teimarem muito, irei; mas faço de conta que é um colégio qualquer; não tomo ordens.

Capitu temia a nossa separação, mas acabou aceitando este alvitre, que era o melhor. Não afligíamos minha mãe, e o tempo correria até o ponto em que o casamento pudesse fazer-se. Ao contrário, qualquer resistência ao seminário confirmaria a denúncia de José Dias. Esta reflexão não foi minha, mas dela.

XLIX
UMA VELA AOS SÁBADOS

Eis aqui como, após tantas canseiras, tocávamos o porto a que nos devíamos ter abrigado logo. Não nos censures, piloto de má morte, não se navegam corações como os outros mares deste mundo. Estávamos contentes, entramos a falar do futuro. Eu prometia à minha esposa uma vida sossegada e bela, na roça ou fora da cidade. Viríamos aqui uma vez por ano. Se fosse em arrabalde, seria longe, onde ninguém nos fosse aborrecer. A casa, na minha opinião, não devia ser grande nem pequena, um meio-termo; plantei-lhe flores, escolhi móveis, uma sege e um oratório. Sim, havíamos de ter um oratório bonito, alto, de jacarandá, com a imagem de Nossa Senhora da Conceição. Demorei-me mais nisto que no resto, em parte porque éramos religiosos, em parte para compensar a batina que eu ia deitar às urtigas; mas ainda restava uma parte que atribuo ao intuito secreto e inconsciente de captar a proteção do céu. Havíamos de acender uma vela aos sábados...

L
UM MEIO-TERMO

Meses depois fui para o seminário de São José. Se eu pudesse contar as lágrimas que chorei na véspera e na manhã, somaria mais que todas as vertidas desde Adão e Eva. Há nisto alguma exageração; mas é bom ser enfático, uma ou outra vez, para compensar este escrúpulo de exatidão que me aflige. Entretanto, se eu me ativer só à lembrança da sensação, não fico longe da verdade; aos quinze anos, tudo é infinito. Realmente, por mais preparado que estivesse, padecia muito. Minha mãe também padeceu, mas sofria com alma e coração; demais, o Padre Cabral achara um meio-termo: experimentar-me a vocação; se no fim de dois anos eu não revelasse vocação eclesiástica, seguiria outra carreira.

– As promessas devem ser cumpridas conforme Deus quer. Suponha que Nosso Senhor nega disposição a seu filho, e que o costume do seminário não lhe dá o gosto que me concedeu a mim, é que a vontade divina é outra. A senhora não podia pôr em seu filho, antes de nascido, uma vocação que Nosso Senhor lhe recusou...

Era uma concessão do padre. Dava a minha mãe um perdão antecipado, fazendo vir do credor a relevação da dívida. Os olhos dela brilharam, mas a boca disse que não. José Dias, não tendo alcançado ir comigo para a Europa, agarrou-se ao mais próximo, e apoiou o "alvitre do Sr. protonotário"; só lhe parecia que um ano era bastante.

– Estou certo – disse ele, piscando-me o olho –, que dentro de um ano a vocação eclesiástica do nosso Bentinho se manifesta clara e decisiva. Há de dar um padre de mão-cheia. Também, se não vier em um ano...

E a mim, mais tarde, em particular:

– Vá por um ano; um ano passa depressa. Se não sentir gosto nenhum, é que Deus não quer, como diz o padre, e nesse caso, meu amiguinho, o melhor remédio é a Europa.

Capitu deu-me igual conselho, quando minha mãe lhe anunciou a minha ida definitiva para o seminário:

– Minha filha, você vai perder o seu companheiro de criança...

Fez-lhe tão bem este tratamento de filha (era a primeira vez que minha mãe lho dava), que nem teve tempo de ficar triste; beijou-lhe a mão, e disse-lhe que já sabia disso por mim mesmo. Em particular animou-me a suportar tudo com paciência; no fim de um ano as coisas estariam mudadas, e um ano andava depressa. Não foi ainda a nossa despedida; esta fez-se na véspera, por um modo que pede capítulo especial. O que unicamente digo aqui é que, ao passo que nos prendíamos um ao outro, ela ia prendendo minha mãe, fez-se mais assídua e terna, vivia ao pé dela, com os olhos nela. Minha mãe era de natural simpática, e igualmente sensível; tanto se doía como se aprazia de qualquer coisa. Entrou a achar em Capitu uma porção de graças novas, de dotes finos e raros; deu-lhe um anel dos seus e algumas galanterias. Não consentiu em fotografar-se, como a pequena lhe pedia, para lhe dar um retrato; mas tinha uma miniatura, feita aos vinte e cinco anos, e, depois de algumas hesitações, resolveu dar-lha. Os olhos de Capitu, quando recebeu o mimo, não se descrevem; não eram oblíquos, nem de ressaca, eram direitos, claros, lúcidos. Beijou o retrato com paixão, minha mãe fez-lhe a mesma coisa a ela. Tudo isto me lembra a nossa despedida.

LI
ENTRE LUZ E FUSCO

Entre luz e fusco, tudo há de ser breve como esse instante. Nem durou muito a nossa despedida, foi o mais que pôde, em casa dela, na sala de visitas, antes do acender das velas; aí é que nos despedimos de uma vez. Juramos novamente que havíamos de casar um com o outro, e não foi só o aperto de mão que selou o contrato, como no quintal, foi a conjunção das nossas bocas amorosas... Talvez risque isto na impressão, se até lá não pensar de outra maneira; se pensar, fica. E desde já fica, porque, em verdade, é a nossa defesa. O que o mandamento divino quer é que não juremos em vão pelo santo nome de Deus. Eu não ia mentir ao seminário, uma vez que levava um contrato feito no próprio cartório do céu. Quanto ao selo, Deus, como fez as mãos limpas, assim fez os lábios limpos, e a malícia está antes na tua cabeça perversa que na daquele casal de adolescentes... Oh! Minha doce companheira da meninice, eu era puro, e puro fiquei, e puro entrei na aula de São José, a buscar de aparência a investidura sacerdotal, e antes dela a vocação. Mas a vocação eras tu, a investidura eras tu.

LII
O VELHO PÁDUA

Já agora conto também os adeuses do velho Pádua. Logo cedo veio à nossa casa. Minha mãe disse-lhe que fosse falar-me ao quarto.

– Dá licença? – perguntou metendo a cabeça pela porta.

Fui apertar-lhe a mão; ele abraçou-me com ternura.

– Seja feliz! – disse-me. – A mim e a toda a minha gente creia que ficam muitas saudades. Todos nós estimamos muito ao senhor, como merece. Se lhe disserem outra coisa, não acredite. São intrigas.

Também eu, quando me casei, fui vítima de intrigas; desfizeram-se. Deus é grande e descobre a verdade. Se algum dia perder sua mãe e seu tio – coisa que eu, por esta luz que me alumia, não desejo, porque são boas pessoas, excelentes pessoas, e eu sou grato às finezas recebidas... Não, eu não sou como outros, certos parasitas, vindos de fora para desunião das famílias, aduladores baixos, não; eu sou de outra espécie; não vivo papando os jantares nem morando em casa alheia... Enfim, são os mais felizes!

"Por que falará assim?", pensei. "Naturalmente sabe que José Dias diz mal dele".

– Mas, como ia dizendo, se algum dia perder os seus parentes, pode contar com a nossa companhia. Não é suficiente em importância, mas a afeição é imensa, creia. Padre que seja, a nossa casa está às suas ordens. Quero só que me não esqueça; não esqueça o velho Pádua...

Suspirou e continuou:

– Não esqueça o seu velho Pádua, e, se tem algum trapinho que me deixe em lembrança, um caderno latino, qualquer coisa, um botão de colete, coisa que já lhe não preste para nada. O valor é a lembrança.

Tive um sobressalto. Havia embrulhado em um papel um cacho dos meus cabelos, tão grandes e tão bonitos, cortados na véspera. A intenção era levá-los a Capitu, ao sair; mas tive ideia de dá-lo ao pai, a filha saberia tomá-lo e guardá-lo. Peguei do embrulho e dei-lho.

– Aqui está, guarde.

– Um cachinho dos seus cabelos! – exclamou Pádua abrindo e fechando o embrulho. – Oh! Obrigado! Obrigado por mim e pela minha gente! Vou dá-lo à velha, para guardá-lo, ou à pequena, que é mais cuidadosa que a mãe. Que lindos que são! Como é que se corta uma beleza destas? Dê cá um abraço! Outro! Mais outro! Adeus!

Tinha os olhos úmidos deveras; levava a cara dos desenganados, como quem empregou em um só bilhete todas as suas economias de esperanças, e vê sair branco o maldito número – um número tão bonito!

LIII
A CAMINHO!

Fui para o seminário. Poupa-me as outras despedidas. Minha mãe apertava-me ao peito. Prima Justina suspirava. Talvez chorasse mal ou nada. Há pessoas a quem as lágrimas não acodem logo nem nunca; diz-se que padecem mais que as outras. Prima Justina disfarçava naturalmente os seus padecimentos íntimos, emendando os descuidos de minha mãe, fazendo-me recomendações, dando ordens. Tio Cosme, quando eu lhe beijei a mão em despedida, disse-me rindo:

– Anda lá, rapaz, volta-me papa!

José Dias, composto e grave, não dizia nada a princípio; tínhamos falado na véspera, no quarto dele, onde fui ver se era ainda possível evitar o seminário. Já não era, mas deu-me esperanças e principalmente animou-me muito. Antes de um ano estaríamos a bordo. Como eu achasse muito breve, explicou-se.

– Dizem que não é bom tempo de atravessar o Atlântico, vou indagar; se não for, iremos em março ou abril.

– Posso estudar Medicina aqui mesmo.

José Dias correu os dedos pelos suspensórios com um gesto de impaciência, apertou os beiços, até que formalmente rejeitou o alvitre.

– Não duvidaria aprovar a ideia – disse ele –, se na Escola de Medicina não ensinassem, exclusivamente, a podridão alopata. A alopatia é o erro dos séculos, e vai morrer; é o assassinato, é a mentira, é a ilusão. Se lhe disserem que pode aprender na Escola de Medicina aquela parte da ciência comum a todos os sistemas, é verdade; a alopatia é erro na terapêutica. Fisiologia, anatomia, patologia, não são alopáticas nem homeopáticas, mas é melhor aprender logo tudo de uma vez, por livros e por língua de homens cultores da verdade...

Assim falara na véspera e no quarto. Agora não dizia nada, ou proferia algum aforismo sobre a religião e a família; lembro-me deste: "Dividi-lo com Deus é ainda possuí-lo". Quando minha mãe me deu o último beijo: "Quadro amantíssimo!", suspirou ele. Era manhã de um lindo dia. Os moleques cochichavam; as escravas tomavam a bênção: "Bênção, nhô Bentinho! Não se esqueça de sua Joana! Sua Miquelina fica rezando por você!". Na rua, José Dias insistiu nas esperanças:

– Aguente um ano; até lá tudo estará arranjado.

LIV
PANEGÍRICO DE SANTA MÔNICA

No seminário... Ah! Não vou contar o seminário, nem me bastaria a isso um capítulo. Não, senhor meu amigo; algum dia, sim, é possível que componha um abreviado do que ali vi e vivi, das pessoas que tratei, dos costumes, de todo o resto. Esta sarna de escrever, quando pega aos cinquenta anos, não despega mais. Na mocidade é possível curar-se um homem dela; e, sem ir mais longe, aqui mesmo no seminário tive um companheiro que compôs versos, à maneira dos de Junqueira Freire, cujo livro de frade-poeta era recente. Ordenou-se; anos depois encontrei-o no coro de São Pedro e pedi-lhe que me mostrasse os versos novos.

– Que versos? – perguntou meio espantado.

– Os seus. Pois não se lembra que no seminário...

– Ah! – sorriu ele.

Sorriu, e continuando a procurar num livro aberto a hora em que tinha de cantar no dia seguinte, confessou-me que não fizera mais versos depois de ordenado.

Foram cócegas da mocidade; coçou-se, passou, estava bom. E falou-me em prosa de uma infinidade de coisas do dia, a vida cara, um sermão do Padre X..., uma vigairaria mineira...

Contrário a isso foi um seminarista que não seguiu a carreira. Chamava-se... Não é preciso dizer o nome; baste o caso. Tinha composto um Panegírico de Santa Mônica, elogiado por algumas pessoas e então lido entre os seminaristas. Alcançou licença de imprimi-lo, e dedicou-o a Santo Agostinho. Tudo isso é história velha; o que é mais moço é que um dia, em 1882, indo ver certo negócio em repartição de marinha, ali dei com este meu colega, feito chefe de uma seção administrativa. Deixara seminário, deixara letras, casara e esquecera tudo, menos o Panegírico de Santa Mônica, umas vinte e nove páginas, que veio distribuindo pela vida fora. Como eu precisasse de algumas informações, fui pedir-lhas, e seria impossível achar melhor nem mais pronta vontade; deu-me tudo, claro, certo, copioso. Naturalmente conversamos do passado, memórias pessoais, casos de estudo, incidentes de nada, um livro, um verbo, um mote, toda a velha palhada saiu cá fora, e rimos juntos, e suspiramos de companhia. Vivemos algum tempo do nosso velho seminário. Ou porque eram dele, ou porque éramos então moços, as recordações traziam tal poder de felicidade que, se alguma sombra contrária houve então, não apareceu agora. Ele confessou-me que perdera de vista todos os companheiros do seminário.

– Também eu, quase todos; uma vez ordenados, voltaram naturalmente às suas províncias, e os daqui tomaram vigairarias fora.

– Bom tempo! – suspirou ele.

E, após alguma reflexão, fitando em mim uns olhos murchos e teimosos, perguntou-me:

– Conservou o meu Panegírico?

Não achei nada que dizer; tentei mover os beiços, mas não tinha palavra; afinal, perguntei:

– Panegírico? Que panegírico?

– O meu Panegírico de Santa Mônica.

Não me lembrou logo, mas a explicação devia bastar; e depois de alguns instantes de pesquisa mental, respondi que por muito tempo o conservara, mas as mudanças, as viagens...

– Hei de levar-lhe um exemplar.

Antes de vinte e quatro horas estava em minha casa, com o folheto, um velho folheto de vinte e seis anos, encardido, manchado do tempo, mas sem lacuna, com uma dedicatória manuscrita e respeitosa.

– É o penúltimo exemplar – disse-me –; agora só me resta um, que não posso dar a ninguém.

E como me visse folhear o opúsculo:

– Veja se lhe lembra algum pedaço – disse-me.

Vinte e seis anos de intervalo fazem morrer amizades mais estreitas e assíduas, mas era cortesia, era quase caridade recordar alguma lauda; li uma delas, acentuando certas frases para lhe dar a impressão de que achavam eco em minha memória. Concordou que fossem belas, mas preferia outras, e apontou-as.

– Recorda-se bem?

– Perfeitamente. Panegírico de Santa Mônica! Como isto me faz remontar os anos da minha mocidade! Nunca me esqueceu o seminário, creia. Os anos passam, os acontecimentos vêm uns sobre outros, e as sensações também, e vieram amizades novas, que também se foram depois, como é lei da vida... Pois, meu caro colega, nada fez apagar aquele tempo da nossa convivência, os padres, as lições, os recreios... os nossos recreios, lembra-se? o Padre Lopes, oh! O Padre Lopes...

Ele, com os olhos no ar, devia estar ouvindo, e naturalmente ouvia, mas só me disse uma palavra, e ainda assim depois de algum tempo de silêncio, recolhendo os olhos e um suspiro!

– Tem agradado muito este meu Panegírico!

LV
UM SONETO

Dita a palavra, apertou-me as mãos com as forças todas de um vasto agradecimento, despediu-se e saiu. Fiquei só com o Panegírico, e o que as folhas dele me lembraram foi tal que merece um capítulo ou mais. Antes, porém, e porque também eu tive o meu Panegírico, contarei a história de um soneto que nunca fiz. Era no tempo do seminário, e o primeiro verso é o que ides ler:

Oh! Flor do céu! Oh! Flor cândida e pura!

Como e por que me saiu este verso da cabeça, não sei; saiu assim, estando eu na cama, como uma exclamação solta, e, ao notar que tinha a medida de verso, pensei em compor com ele alguma coisa, um soneto. A insônia, musa de olhos arregalados, não me deixou dormir uma longa hora ou duas; as cócegas pediam-me unhas, e eu coçava-me com alma. Não escolhi logo, logo, o soneto; a princípio cuidei de outra forma, e tanto de rima como de verso solto, mas afinal ative-me ao soneto. Era um poema breve e prestadio. Quanto à ideia, o primeiro verso não era ainda uma ideia, era uma exclamação; a ideia viria depois. Assim na cama, envolvido no lençol, tratei de poetar. Tinha o alvoroço da mãe que sente o filho, e o primeiro filho. Ia ser poeta, ia competir com aquele monge da Bahia, pouco antes revelado, e então na moda; eu, seminarista, diria em verso as minhas tristezas, como ele dissera as suas no claustro. Decorei bem o verso, e repetia-o em voz baixa, aos lençóis; francamente, achava-o bonito, e ainda agora não me parece mau:

Oh! Flor do céu! Oh! Flor cândida e pura!

Quem era a flor? Capitu, naturalmente; mas podia ser a virtude, a poesia, a religião, qualquer outro conceito a que coubesse a metáfora da flor, e flor do céu. Aguardei o resto, recitando sempre o verso, e deitado ora sobre o lado direito, ora sobre o esquerdo; afinal deixei-me estar de costas, com os olhos no teto, mas nem assim vinha mais nada. Então adverti que os sonetos mais gabados eram os que concluíam com chave de ouro, isto é, um desses versos capitais no sentido e na forma. Pensei em forjar uma de tais chaves, considerando que o verso final, saindo cronologicamente dos treze anteriores, com dificuldade traria a perfeição louvada; imaginei que tais chaves eram fundidas antes da fechadura. Assim foi que me determinei a compor o último verso do soneto e, depois de muito suar, saiu este:

Perde-se a vida, ganha-se a batalha!

Sem vaidade, e falando como se fosse de outro, era um verso magnífico. Sonoro, não há dúvida. E tinha um pensamento, a vitória ganha à custa da própria vida, pensamento alevantado e nobre. Que não fosse novidade, é possível, mas também não era vulgar; e ainda agora não explico por que via misteriosa entrou numa cabeça de tão poucos anos. Naquela ocasião achei-o sublime. Recitei uma e muitas vezes a chave de ouro; depois repeti os dois versos seguidamente, e dispus-me a ligá-los pelos doze centrais. A ideia agora, à vista do último verso, pareceu-me melhor não ser Capitu; seria a justiça. Era mais próprio dizer que, na pugna pela justiça, perder-se-ia acaso a vida, mas a batalha ficava ganha. Também me ocorreu aceitar a batalha, no sentido natural, e fazer dela a luta pela pátria, por exemplo; nesse caso a flor do céu seria a liberdade. Esta acepção, porém, sendo o poeta um seminarista, podia não caber tanto como a primeira, e gastei alguns minutos em escolher uma ou outra. Achei melhor a justiça, mas afinal aceitei definitivamente uma ideia nova, a caridade, e recitei os dois versos, cada um a seu modo, um languidamente:

Oh! Flor do céu! Oh! Flor cândida e pura!

e o outro com grande brio:

Perde-se a vida, ganha-se a batalha!

A sensação que tive é que ia sair um soneto perfeito. Começar bem e acabar bem não era pouco. Para me dar um banho de inspiração, evoquei alguns sonetos célebres, e notei que os mais deles eram facílimos; os versos saíam uns dos outros, com a ideia em si, tão naturalmente, que se não acabava de crer se ela é que os fizera, se eles é que a suscitavam. Então tornava ao meu soneto, e novamente repetia o primeiro verso e esperava o segundo; o segundo não vinha, nem terceiro, nem quarto; não vinha nenhum. Tive alguns ímpetos de raiva, e mais de uma vez pensei em sair da cama e ir ver tinta e papel; pode ser que, escrevendo, os versos acudissem, mas...

Cansado de esperar, lembrou-me alterar o sentido do último verso, com a simples transposição de duas palavras, assim:

Ganha-se a vida, perde-se a batalha!

O sentido vinha a ser justamente o contrário, mas talvez isso mesmo trouxesse a inspiração. Neste caso, era uma ironia: não exercendo a caridade, pode-se ganhar a vida, mas perde-se a batalha do Céu. Criei forças novas e esperei. Não tinha janela; se tivesse, é possível que fosse pedir uma ideia à noite. E quem sabe se os vaga-lumes, luzindo cá embaixo, não seriam para mim como rimas das estrelas, e esta viva metáfora não me daria os versos esquivos, com os seus consoantes e sentidos próprios?

Trabalhei em vão, busquei, catei, esperei, não vieram os versos. Pelo tempo adiante escrevi algumas páginas em prosa, e agora estou compondo esta narração, não achando maior dificuldade que escrever, bem ou mal. Pois, senhores, nada me consola daquele soneto que não fiz. Mas, como eu creio que os sonetos existem feitos, como as odes e os dramas, e as demais obras de arte, por uma razão de ordem metafísica, dou esses dois versos ao primeiro desocupado que os quiser. Ao domingo, ou se estiver chovendo, ou na roça, em qualquer ocasião de lazer, pode tentar ver se o soneto sai. Tudo é dar-lhe uma ideia e encher o centro que falta.

LVI
UM SEMINARISTA

Tudo me ia repetindo o diabo do opúsculo, com as suas letras velhas e citações latinas. Vi sair daquelas folhas muitos perfis de seminaristas, os irmãos Albuquerques, por exemplo, um dos quais é cônego na Bahia, enquanto o outro seguiu Medicina e dizem haver descoberto um específico contra a febre amarela. Vi o Bastos, um magricela, que está de vigário em Meia-Ponte, se não morreu já; Luís Borges, apesar de padre, fez-se político, e acabou senador do império... Quantas outras caras me fitavam das páginas frias do Panegírico! Não, não eram frias; traziam o calor da juventude nascente, o calor do passado, o meu próprio calor. Queria lê-las outra vez, e lograva entender algum texto, tão recente como no primeiro dia, ainda que mais breve. Era um encanto ir por ele; às vezes, inconscientemente, dobrava a folha como se estivesse lendo de verdade; creio que era quando os olhos me caíam na palavra do fim da página, e a mão, acostumada a ajudá-los, fazia o seu ofício...

Eis aqui outro seminarista. Chamava-se Ezequiel de Sousa Escobar. Era um rapaz esbelto, olhos claros, um pouco fugitivos, como as mãos, como os pés, como a fala, como tudo. Quem não estivesse acostumado com ele podia acaso sentir-se mal, não sabendo por onde lhe pegasse. Não fitava de rosto, não falava claro nem seguido; as mãos não apertavam as outras, nem se deixavam apertar delas, porque os dedos, sendo delgados e curtos, quando a gente cuidava tê-los entre os seus, já não tinha nada. O mesmo digo dos pés, que tão depressa estavam aqui como lá. Esta dificuldade em pousar foi a maior obstáculo que achou para tomar os costumes do seminário. O sorriso era instantâneo, mas também ria folgado e largo. Uma coisa não seria tão fugitiva como o resto, a reflexão; íamos dar com ele, muita vez, olhos enfiados em si, cogitando. Respondia-nos sempre que meditava algum ponto espiritual, ou então que recordava a lição da véspera. Quando ele entrou na minha intimidade pedia-me frequentemente explicações e repetições miúdas, e tinha memória para guardá-las todas, até as palavras. Talvez esta faculdade prejudicasse alguma outra.

Era mais velho que eu três anos, filho de um advogado de Curitiba, aparentado com um comerciante do Rio de Janeiro, que servia de correspondente ao pai. Este era homem de fortes sentimentos católicos. Escobar tinha uma irmã, que era um anjo, dizia ele.

– Não é só na beleza que é um anjo, mas também na bondade. Não imagina que boa criatura que ela é. Escreve-me muita vez, hei de mostrar-lhe as cartas dela.

De fato, eram simples e afetuosas, cheias de carícias e conselhos. Escobar contava-me histórias dela, interessantes, todas as quais vinham a dar na bondade e no espírito daquela criatura; tais eram que me fariam capaz de acabar casando com ela, se não fosse Capitu. Morreu pouco depois. Eu, seduzido pelas palavras dele, estive quase a contar-lhe logo, logo, a minha história. A princípio fui tímido, mas ele fez-se entrado na minha confiança. Aqueles modos fugitivos cessavam quando ele queria, e o meio e o tempo os fizeram mais pousados. Escobar veio abrindo a alma toda, desde a porta da rua até ao fundo do quintal. A alma da gente, como sabes, é uma casa assim disposta, não raro com janelas para todos os lados, muita luz e ar puro. Também as há fechadas e escuras, sem janelas, ou com poucas e gradeadas, à semelhança de conventos e prisões. Outrossim, capelas e bazares, simples alpendres ou paços suntuosos.

Não sei o que era a minha. Eu não era ainda casmurro, nem dom casmurro; o receio é que me tolhia a franqueza, mas como as portas não tinham chaves nem fechaduras, bastava empurrá-las, e Escobar empurrou-as e entrou. Cá o achei dentro, cá ficou, até que...

LVII
DE PREPARAÇÃO

Ah! Mas não eram só os seminaristas que me iam saindo daquelas folhas velhas do Panegírico. Elas me trouxeram também sensações passadas, tais e tantas que eu não poderia dizê-las todas, sem tirar espaço ao resto. Uma dessas, e das primeiras, quisera contá-la aqui em latim. Não é que a matéria não ache termos honestos em nossa língua, que é casta para os castos, como pode ser torpe para os torpes. Sim, leitora castíssima, como diria o meu finado José Dias, podeis ler o capítulo até ao fim, sem susto nem vexame.

Já agora meto a história em outro capítulo. Por mais composto que este me saia, há sempre no assunto alguma coisa menos austera, que pede umas linhas de repouso e preparação. Sirva este de preparação. E isto é muito, leitor meu amigo; o coração, quando examina a possibilidade do que há de vir, as proporções dos acontecimentos e a cópia deles, fica robusto e disposto, e o mal é menor mal. Também, se não fica então, não fica nunca. E aqui verás tal ou qual esperteza minha; porquanto, ao ler o que vais ler, é provável que o aches menos cru do que esperavas.

LVIII
O TRATADO

Foi o caso que, uma segunda-feira, voltando eu para o seminário, vi cair na rua uma senhora. O meu primeiro gesto, em tal caso, devia ser de pena ou de riso; não foi uma nem outra coisa, porquanto (e é isto que eu quisera dizer em latim), porquanto a senhora tinha as meias muito lavadas, e não as sujou, levava ligas de seda, e não as perdeu. Várias pessoas acudiram, mas não tiveram tempo de a levantar; ela ergueu-se muito vexada, sacudiu-se, agradeceu, e enfiou pela rua próxima.

– Este gosto de imitar as francesas da Rua do Ouvidor – dizia-me José Dias andando e comentando a queda – é evidentemente um erro. As nossas moças devem andar como sempre andaram, com seu vagar e paciência, e não este tique-tique afrancesado...

Eu mal podia ouvi-lo. As meias e as ligas da senhora branqueavam e enroscavam-se diante de mim, e andavam, caíam, erguiam-se e iam-se embora. Quando chegamos à esquina, olhei para a outra rua, e vi, a distância, a nossa desastrada, que ia no mesmo passo, tique-tique, tique-tique...

– Parece que não se machucou – disse eu.

– Tanto melhor para ela, mas é impossível que não tenha arranhado os joelhos; aquela presteza é manha...

Creio que foi “manha” que ele disse; eu fiquei “nos joelhos arranhados”. Dali em diante, até o seminário, não vi mulher na rua, a quem não desejasse uma queda; a algumas adivinhei que traziam as meias esticadas e as ligas justas... Tal haveria que nem levasse meias... Mas eu as via com elas... Ou então... Também é possível...

Vou esgarçando isto com reticências, para dar uma ideia das minhas ideias, que eram assim difusas e confusas; com certeza não dou nada. A cabeça ia-me quente, e o andar não era seguro. No seminário, a primeira hora foi insuportável. As batinas traziam ar de saias, e lembravam-me a queda da senhora. Já não era uma só que eu via cair; todas as que eu encontrara na rua, mostravam-me agora de relance as ligas azuis; eram azuis. De noite, sonhei com elas. Uma multidão de abomináveis criaturas veio andar à roda de mim, tique-tique... Eram belas, umas finas, outras grossas, todas ágeis como o diabo. Acordei, busquei afugentá-las com esconjuros e outros métodos, mas tão depressa dormi como tornaram, e, com as mãos presas em volta de mim, faziam um vasto círculo de saias, ou, trepadas no ar, choviam pés e pernas sobre a minha cabeça. Assim fui até madrugada. Não dormi mais; rezei padre-nossos, ave-marias, e credos, e sendo este livro a verdade pura, é força confessar que tive de interromper mais de uma vez as minhas orações para acompanhar no escuro uma figura ao longe, tique-tique, tique-tique... Pegava depressa na oração, sempre no meio para concertá-la bem, como se não tivesse havido interrupção, mas certamente não unia a frase nova à antiga.

Vindo o mal pela manhã adiante, tentei vencê-lo, mas por um modo que o não perdesse de todo. Sábios da Escritura, adivinhai o que podia ser. Foi isto. Não podendo rejeitar de mim aqueles quadros, recorri a um tratado entre a minha consciência e a minha imaginação. As visões feminis seriam de ora avante consideradas como simples encarnações dos vícios, e por isso mesmo contempláveis, como o melhor modo de temperar o caráter e aguerri-lo para os combates ásperos da vida. Não formulei isto por palavras, nem foi preciso; o contrato fez-se tacitamente, com alguma repugnância, mas fez-se. E por alguns dias, era eu mesmo que evocava as visões para fortalecer-me, e não as rejeitava, senão quando elas mesmas, de cansadas, se iam embora.

LIX

CONVIVAS DE BOA MEMÓRIA

Há dessas reminiscências que não descansam antes que a pena ou a língua as publique. Um antigo dizia arrenegar de conviva que tem boa memória. A vida é cheia de tais convivas, e eu sou acaso um deles, conquanto a prova de ter a memória fraca seja exatamente não me acudir agora o nome de tal antigo; mas era um antigo, e basta.

Não, não, a minha memória não é boa. Ao contrário, é comparável a alguém que tivesse vivido por hospedarias, sem guardar delas nem caras nem nomes, e somente raras circunstâncias. A quem passe a vida na mesma casa de família, com os seus eternos móveis e costumes, pessoas e afeições, é que se lhe grava tudo pela continuidade e repetição. Como eu invejo os que não esqueceram a cor das primeiras calças que vestiram! Eu não atino com a das que enfiei ontem. Juro só que não eram amarelas porque execro essa cor; mas isso mesmo pode ser olvido e confusão.

E antes seja olvido que confusão; explico-me. Nada se emenda bem nos livros confusos, mas tudo se pode meter nos livros omissos. Eu, quando leio algum desta outra casta, não me aflijo nunca. O que faço, em chegando ao fim, é cerrar os olhos e evocar todas as coisas que não achei nele. Quantas ideias finas me acodem então! Que de reflexões profundas! Os rios, as montanhas, as igrejas que não vi nas folhas lidas, todos me aparecem agora com as suas águas, as suas árvores, os seus altares; e os generais sacam das espadas que tinham ficado na bainha, e os clarins soltam as notas que dormiam no metal, e tudo marcha com uma alma imprevista.

É que tudo se acha fora de um livro falho, leitor amigo. Assim preencho as lacunas alheias; assim podes também preencher as minhas.

LX
QUERIDO OPÚSCULO

Assim fiz eu ao Panegírico de Santa Mônica, e fiz mais: pus-lhe não só o que faltava da santa, mas ainda coisas que não eram dela. Viste o soneto, as meias, as ligas, o seminarista Escobar e vários outros. Vais agora ver o mais que naquele dia me foi saindo das páginas amarelas do opúsculo.

Querido opúsculo, tu não prestavas para nada, mas que mais presta um velho par de chinelas? Entretanto, há muita vez no casal de chinelas um como aroma e calor de dois pés. Gastas e rotas, não deixam de lembrar que uma pessoa as calçava de manhã, ao erguer da cama, ou as descalçava à noite, ao entrar nela. E se a comparação não vale, porque as chinelas são ainda uma parte da pessoa e tiveram o contato dos pés, aqui estão outras lembranças, como a pedra da rua, a porta da casa, um assobio particular, um pregão de quitanda, como aquele das cocadas que contei no cap. XVIII. Justamente, quando contei o pregão das cocadas, fiquei tão curtido de saudades que me lembrou fazê-lo escrever por um amigo, mestre de música, e grudá-lo às pernas do capítulo. Se depois jarretei o capítulo, foi porque outro músico, a quem o mostrei, me confessou ingenuamente não achar no trecho escrito nada que lhe acordasse saudades. Para que não aconteça o mesmo aos outros profissionais que porventura me lerem, melhor é poupar ao editor do livro o trabalho e a despesa da gravura. Vês que não pus nada, nem ponho. Já agora creio que não basta que os pregões de rua, como os opúsculos de seminário, encerrem casos, pessoas e sensações; é preciso que a gente os tenha conhecido e padecido no tempo, sem o que tudo é calado e incolor.

Mas vamos ao mais que me foi saindo das páginas amarelas.

LXI
A VACA DE HOMERO

O mais foi muito. Vi saírem os primeiros dias da separação, duros e opacos, sem embargo das palavras de conforto que me deram os padres e os seminaristas, e as de minha mãe e tio Cosme, trazidas por José Dias ao seminário.

– Todos estão saudosos – disse-me este –, mas a maior saudade está naturalmente no maior dos corações; e qual é ele? – perguntou escrevendo a resposta nos olhos.

– Mamãe – acudi eu.

José Dias apertou-me as mãos com alvoroço, e logo pintou a tristeza de minha mãe, que falava de mim todos os dias, quase a todas as horas. Como a aprovasse sempre, e acrescentasse alguma palavra relativamente aos dotes que Deus lhe dera, o desvanecimento de minha mãe nessas ocasiões era indescritível; e contava-me tudo isso cheio de uma admiração lacrimosa. Tio Cosme também se enternecia muito.

– Ontem até se deu um caso interessante. Tendo eu dito à Excelentíssima que Deus lhe dera, não um filho, mas um anjo do céu, o doutor ficou tão comovido que não achou outro modo de vencer o choro senão fazendo-me um daqueles elogios de galhofa que só ele sabe. Não é preciso dizer que D. Glória enxugou furtivamente uma lágrima. Ou ela não fosse mãe! Que coração amantíssimo!

– Mas, Sr. José Dias, e a minha saída daqui?

– Isso é negócio meu. A viagem à Europa é o que é preciso, mas pode fazer-se daqui a um ou dois anos, em 1859 ou 1860...

– Tão tarde!

– Era melhor que fosse este mesmo ano, mas demos tempo ao tempo. Tenha paciência, vá estudando, não se perde nada em ir sabendo já daqui alguma coisa; e, demais, ainda não acabando padre, a vida do seminário é útil, e vale sempre entrar no mundo ungido com os santos óleos da teologia...

Neste ponto – lembra-me como se fosse hoje –, os olhos de José Dias fulguraram tão intensamente que me encheram de espanto. As pálpebras caíram depois, e assim ficaram por alguns instantes, até que novamente se ergueram, e os olhos fixaram-se na parede do pátio, como que embebidos em alguma coisa, se não era em si mesmos; depois despegaram-se da parede e entraram a vagar pelo pátio todo. Podia compará-lo aqui à vaca de Homero; andava e gemia em volta da cria que acabava de parir. Não lhe perguntei o que é que tinha, já por acanhamento, já porque dois lentes, um deles de teologia, vinham caminhando na nossa direção. Ao passarem por nós, o agregado, que os conhecia, cortejou-os com as deferências devidas, e pediu-lhes notícias minhas.

– Por ora nada se pode afiançar – disse um deles –, mas parece que dará conta da mão.

– É o que eu lhe dizia agora mesmo – acudiu José Dias. – Conto ouvir-lhe a missa nova; mas ainda que não chegue a ordenar-se, não pode ter melhores estudos que os que fizer aqui. Para a viagem da existência – concluiu demorando mais as palavras –, irá ungido com os santos óleos da teologia...

Desta vez a fulguração dos olhos foi menor, as pálpebras não lhe caíram nem as pupilas fizeram os movimentos anteriores. Ao contrário, todo ele era atenção e interrogação; quando muito, um sorriso claro e amigo lhe errava nos lábios. O lente de teologia gostou da metáfora, e disse-lho; ele agradeceu, explicando que eram ideias que lhe escapavam no correr da conversação; não escrevia nem orava. Eu é que não gostei nada; e logo que os lentes se foram, sacudi a cabeça:

– Não quero saber dos santos óleos da teologia; desejo sair daqui o mais cedo que puder, ou já...

– Já, meu anjo, não pode ser; mas pode suceder que muito antes do que imaginamos. Quem sabe se este mesmo ano de 58? Tenho um plano feito, e penso já nas palavras com que hei de expô-lo a D. Glória; estou certo que ela cederá e irá conosco.

– Duvido que mamãe embarque.

– Veremos. Mãe é capaz de tudo; mas, com ela ou sem ela, tenho por certa a nossa ida, e não haverá esforço que eu não empregue, deixe estar. Paciência é que é preciso. E não faça aqui nada que dê lugar a censuras ou queixas; muita docilidade e toda a aparente satisfação. Não ouviu o elogio do lente? É que você tem-se portado bem. Pois continue.

– Mas 1859 ou 1860 é muito tarde.

– Será este ano – replicou José Dias.

– Daqui a três meses?

– Ou seis.

– Não; três meses.

– Pois sim. Tenho agora um plano, que me parece melhor que outro qualquer. É combinar a ausência de vocação eclesiástica e a necessidade de mudar de ares. Você por que não tosse?

– Por que não tusso?

– Já, já, não, mas eu hei de avisar você para tossir, quando for preciso, aos poucos, uma tossezinha seca, e algum fastio; eu irei preparando a Excelentíssima... Oh! Tudo isto é em benefício dela. Uma vez que o filho não pode servir a Igreja, como deve ser servida, o melhor modo de cumprir a vontade de Deus é dedicá-lo a outra coisa. O mundo também é igreja para os bons...

Pareceu-me outra vez a vaca de Homero, como se este "mundo também é igreja para os bons" fosse outro bezerro, irmão dos "santos óleos da teologia". Mas não dei tempo à ternura materna, e repliquei:

– Ah! Entendo! Mostrar que estou doente para embarcar, não é?

José Dias hesitou um pouco, depois explicou-se:

– Mostrar a verdade, porque, francamente, Bentinho, eu há meses que desconfio do seu peito. Você não anda bom do peito. Em pequeno, teve umas febres e uma ronqueira... Passou tudo, mas há dias em que está mais descorado. Não digo que já seja o mal, mas o mal pode vir depressa. Numa hora cai a casa. Por isso, se aquela santa senhora não quiser ir conosco, ou para que vá mais depressa, acho que uma boa tosse... Se a tosse há de vir de verdade, melhor é apressá-la... Deixe estar, eu aviso...

– Bem, mas em saindo daqui não há de ser para embarcar logo; saio primeiro, depois cuidaremos do embarque; o embarque é que pode ficar para o ano. Não dizem que o melhor tempo é abril ou maio? Pois seja maio. Primeiro deixo o seminário, daqui a dois meses...

E porque a palavra me estivesse a pigarrear na garganta, dei uma volta rápida, e perguntei-lhe à queima-roupa:

– Capitu como vai?

LXII
UMA PONTA DE IAGO

A pergunta era imprudente, na ocasião em que eu cuidava de transferir o embarque. Equivalia a confessar que o motivo principal ou único da minha repulsa ao seminário era Capitu, e fazer crer improvável a viagem. Compreendi isto depois que falei; quis emendar-me, mas nem soube como, nem ele me deu tempo.

– Tem andado alegre, como sempre; é uma tontinha. Aquilo, enquanto não pegar algum peralta da vizinhança, que case com ela...

Estou que empalideci; pelo menos, senti correr um frio pelo corpo todo. A notícia de que ela vivia alegre, quando eu chorava todas as noites, produziu-me aquele efeito, acompanhado de um bater de coração, tão violento, que ainda agora cuido ouvi-lo. Há alguma exageração nisto; mas o discurso humano é assim mesmo, um composto de partes excessivas e partes diminutas, que se compensam, ajustando-se. Por outro lado, se entendermos que a audiência aqui não é das orelhas, senão da memória, chegaremos à exata verdade. A minha memória ouve ainda agora as pancadas do coração naquele instante. Não esqueças que era a emoção do primeiro amor. Estive quase a perguntar a José Dias que me explicasse a alegria de Capitu, o que é que ela fazia, se vivia rindo, cantando ou pulando, mas retive-me a tempo, e depois outra ideia...

Outra ideia, não – um sentimento cruel e desconhecido, o puro ciúme, leitor das minhas entranhas. Tal foi o que me mordeu, ao repetir comigo as palavras de José Dias: "Algum peralta da vizinhança". Em verdade, nunca pensara em tal desastre. Vivia tão nela, dela e para ela, que a intervenção de um peralta era como uma noção sem realidade; nunca me acudiu que havia peraltas na vizinhança, vária idade e feitio, grandes passeadores das tardes. Agora lembrava-me que alguns olhavam para Capitu – e tão senhor me sentia dela que era como se olhassem para mim, um simples dever de admiração e de inveja. Separados um do outro pelo espaço e pelo destino, o mal aparecia-me agora, não só possível, mas certo. E a alegria de Capitu confirmava a suspeita; se ela vivia alegre é que já namorava a outro, acompanhá-lo-ia com os olhos na rua, falar-lhe-ia à janela, às ave-marias, trocariam flores e...

E... quê? Sabes o que é que trocariam mais; se o não achas por ti mesmo, escusado é ler o resto do capítulo e do livro, não acharás mais nada, ainda que eu o diga com todas as letras da etimologia. Mas se o achaste, compreenderás que eu, depois de estremecer, tivesse um ímpeto de atirar-me pelo portão fora, descer o resto da ladeira, correr, chegar à casa do Pádua, agarrar Capitu e intimar-lhe que me confessasse quantos, quantos, quantos já lhe dera o peralta da vizinhança. Não fiz nada. Os mesmos sonhos que ora conto não tiveram, naqueles três ou quatro minutos, esta lógica de movimentos e pensamentos. Eram soltos, emendados e mal emendados, com o desenho truncado e torto, uma confusão, um turbilhão, que me cegava e ensurdecia. Quando tornei a mim, José Dias concluía uma frase, cujo princípio não ouvi, e o mesmo fim era vago: "A conta que dará de si". Que conta e quem? Cuidei naturalmente que falava ainda de Capitu, e quis perguntar-lho, mas a vontade morreu ao nascer, como tantas outras gerações delas. Limitei-me a inquirir do agregado quando é que iria a casa ver minha mãe.

– Estou com saudades de mamãe. Posso ir já esta semana?

– Vai sábado.

– Sábado? Ah! Sim! Sim! Peça a mamãe que me mande buscar sábado! Sábado! Este sábado, não? Que me mande buscar, sem falta.

LXIII

METADES DE UM SONHO

Fiquei ansioso pelo sábado. Até lá os sonhos perseguiam-me, ainda acordado, e não os digo aqui para não alongar esta parte do livro. Um só ponho, e no menor número de palavras, ou antes porei dois, porque um nasceu de outro, a não ser que ambos formem duas metades de um só. Tudo isto é obscuro, dona leitora, mas a culpa é do vosso sexo, que perturbava assim a adolescência de um pobre seminarista. Não fosse ele, e este livro seria talvez uma simples prática paroquial, se eu fosse padre, ou uma pastoral, se bispo, ou uma encíclica, se papa, como me recomendara tio Cosme: "Anda lá, meu rapaz, volta-me papa!" Ah! Por que não cumpri esse desejo? Depois de Napoleão, tenente e imperador, todos os destinos estão neste século.

Quanto ao sonho foi isto. Como estivesse a espiar os peraltas da vizinhança, vi um destes que conversava com a minha amiga ao pé da janela. Corri ao lugar, ele fugiu; avancei para Capitu, mas não estava só, tinha o pai ao pé de si, enxugando os olhos e mirando um triste bilhete de loteria. Não me parecendo isto claro, ia pedir a explicação, quando ele de si mesmo a deu; o peralta fora levar-lhe a lista dos prêmios da loteria, e o bilhete saíra branco. Tinha o número 4004. Disse-me que esta simetria de algarismos era misteriosa e bela, e provavelmente a roda andara mal; era impossível que não devesse ter a sorte grande. Enquanto ele falava, Capitu dava-me com os olhos todas as sortes grandes e pequenas. A maior destas devia ser dada com a boca. E aqui entra a segunda parte do sonho. Pádua desapareceu, como as suas esperanças do bilhete, Capitu inclinou-se para fora, eu relancei os olhos pela rua, estava deserta. Peguei-lhe nas mãos, resmunguei não sei que palavras, e acordei sozinho no dormitório.

O interesse do que acabas de ler não está na matéria do sonho, mas nos esforços que fiz para ver se dormia novamente e pegava nele outra vez. Nunca dos nuncas poderás saber a energia e obstinação que empreguei em fechar os olhos, apertá-los bem, esquecer tudo para dormir, mas não dormia. Esse mesmo trabalho fez-me perder o sono até à madrugada. Sobre a madrugada, consegui conciliá-lo, mas então nem peraltas, nem bilhetes de loteria, nem sortes grandes ou pequenas – nada dos nadas veio ter comigo. Não sonhei mais aquela noite, e dei mal as lições daquele dia.

LXIV
UMA IDEIA E UM ESCRÚPULO

Relendo o capítulo passado, acode-me uma ideia e um escrúpulo. O escrúpulo é justamente de escrever a ideia, não a havendo mais banal na terra, posto que daquela banalidade do sol e da lua, que o Céu nos dá todos os dias e todos os meses. Deixei o manuscrito, e olhei para as paredes. Sabes que esta casa do Engenho Novo, nas dimensões, disposições e pinturas, é reprodução da minha antiga casa de Matacavalos. Outrossim, como te disse no capítulo II, o meu fim em imitar a outra foi ligar as duas pontas da vida, o que aliás não alcancei. Pois o mesmo sucedeu àquele sonho do seminário, por mais que tentasse dormir e dormisse. Donde concluo que um dos ofícios do homem é fechar e apertar muito os olhos, e ver se continua pela noite velha o sonho truncado na noite moça. Tal é a ideia banal e nova que eu não quisera pôr aqui, e só provisoriamente a escrevo.

Antes de concluir este capítulo, fui à janela indagar da noite por que razão os sonhos hão de ser assim tão tênues que se esgarçam ao menor abrir de olhos ou voltar de corpo, e não continuam mais. A noite não me respondeu logo. Estava deliciosamente bela, os morros palejavam de luar e o espaço morria de silêncio. Como eu insistisse, declarou-me que os sonhos já não pertencem à sua jurisdição. Quando eles moravam na ilha que Luciano lhes deu, onde ela tinha o seu palácio, e donde os fazia sair com as suas caras de vária feição, dar-me-ia explicações possíveis. Mas os tempos mudaram tudo. Os sonhos antigos foram aposentados, e os modernos moram no cérebro da pessoa. Estes, ainda que quisessem imitar os outros, não poderiam fazê-lo; a ilha dos sonhos, como a dos amores, como todas as ilhas de todos os mares, são agora objeto da ambição e da rivalidade da Europa e dos Estados Unidos.

Era uma alusão às Filipinas. Pois que não amo a política, e ainda menos a política internacional, fechei a janela e vim acabar este capítulo para ir dormir. Não peço agora os sonhos de Luciano, nem outros, filhos da memória ou da digestão; basta-me um sono quieto e apagado. De manhã, com a fresca, irei dizendo o mais da minha história e suas pessoas.

LXV
A DISSIMULAÇÃO

Chegou o sábado, chegaram outros sábados, e eu acabei afeiçoando-me à vida nova. Ia alternando a casa e o seminário. Os padres gostavam de mim, os rapazes também, e Escobar mais que os rapazes e os padres. No fim de cinco semanas estive quase a contar a este as minhas penas e esperanças; Capitu refreou-me.

– Escobar é muito meu amigo, Capitu!

– Mas não é meu amigo.

– Pode vir a ser; ele já me disse que há de vir cá para conhecer mamãe.

– Não importa; você não tem direito de contar um segredo que não é só seu, mas também meu, e eu não lhe dou licença de dizer nada a pessoa nenhuma.

Era justo, calei-me e obedeci. Outra coisa em que obedeci às suas reflexões foi logo no primeiro sábado, quando eu fui à casa dela, e, após alguns minutos de conversa, me aconselhou a ir embora.

– Hoje não fique aqui mais tempo; vá para casa, que eu lá vou logo. É natural que D. Glória queira estar com você muito tempo, ou todo, se puder.

Em tudo isso mostrava a minha amiga tanta lucidez que eu bem podia deixar de citar um terceiro exemplo, mas os exemplos não se fizeram senão para ser citados, e este é tão bom que a omissão seria um crime. Foi à minha terceira ou quarta vinda à casa. Minha mãe, depois que lhe respondi as mil perguntas que me fez sobre o tratamento que me davam, os estudos, as relações, a disciplina, e se me doía alguma coisa, e se dormia bem, tudo o que a ternura das mães inventa para cansar a paciência de um filho, concluiu voltando-se para José Dias:

– Sr. José Dias, ainda duvida que saia daqui um bom padre?

– Excelentíssima...

– E você, Capitu – interrompeu minha mãe voltando-se para a filha do Pádua que estava na sala, com ela –, você não acha que o nosso Bentinho dará um bom padre?

– Acho que sim, senhora – respondeu Capitu cheia de convicção.

Não gostei da convicção. Assim lhe disse, na manhã seguinte, no quintal dela, recordando as palavras da véspera, e lançando-lhe em rosto, pela primeira vez, a alegria que ela mostrara desde a minha entrada no seminário, quando eu vivia curtido de saudades. Capitu fez-se muito séria, e perguntou-me como é que queria que se portasse, uma vez que suspeitavam de nós; também tivera noites desconsoladas, e os dias, em casa dela, foram tão tristes como os meus; podia indagá-lo do pai e da mãe. A mãe chegou a dizer-lhe, por palavras encobertas, que não pensasse mais em mim.

– Com D. Glória e D. Justina mostro-me naturalmente alegre, para que não pareça que a denúncia de José Dias é verdadeira. Se parecesse, elas tratariam de separar-nos mais, e talvez acabassem não me recebendo... Para mim, basta o nosso juramento de que nos havemos de casar um com outro.

Era isto mesmo; devíamos dissimular para matar qualquer suspeita, e ao mesmo tempo gozar toda a liberdade anterior, e construir tranquilos o nosso futuro. Mas o exemplo completa-se com o que ouvi no dia seguinte, ao almoço; minha mãe, dizendo tio Cosme que ainda queria ver com que mão havia eu de abençoar o povo à missa, contou que, dias antes, estando a falar de moças que se casam cedo, Capitu lhe dissera: “Pois a mim quem me há de casar há de ser o Padre Bentinho; eu espero que ele se ordene!”. Tio Cosme riu da graça, José Dias não dessorriu, só prima Justina é que franziu a testa, e olhou para mim interrogativamente. Eu, que havia olhado para todos, não pude resistir ao gesto da prima, e tratei de comer. Mas comi mal; estava tão contente com aquela grande dissimulação de Capitu que não vi mais nada, e, logo que almocei, corri a referir-lhe a conversa e a louvar-lhe a astúcia. Capitu sorriu de agradecida.

– Você tem razão, Capitu – concluí eu –; vamos enganar toda esta gente.

– Não é? – disse ela com ingenuidade.

LXVI
INTIMIDADE

Capitu ia agora entrando na alma de minha mãe. Viviam o mais do tempo juntas, falando de mim, a propósito do sol e da chuva, ou de nada; Capitu ia lá coser, às manhãs; alguma vez ficava para jantar.

Prima Justina não acompanhava a parenta naquelas finezas, mas não tratava de todo mal a minha amiga. Era assaz sincera para dizer o mal que sentia de alguém, e não sentia bem de pessoa alguma. Talvez do marido, mas o marido era morto; em todo caso, não existira homem capaz de competir com ele na afeição, no trabalho e na honestidade, nas maneiras e na agudeza de espírito. Esta opinião, segundo tio Cosme, era póstuma, pois em vida andavam às brigas, e os últimos seis meses acabaram separados. Tanto melhor para a justiça dela; o louvor dos mortos é um modo de orar por eles. Também gostaria de minha mãe, ou se algum mal pensou dela foi entre si e o travesseiro. Compreende-se que, de aparência, lhe desse a estima devida. Não penso que ela aspirasse a algum legado; as pessoas assim dispostas excedem os serviços naturais, fazem-se mais risonhas, mais assíduas, multiplicam os cuidados, precedem os fâmulos. Tudo isso era contrário à natureza de prima Justina, feita de azedume e de implicância. Como vivesse de favor na casa, explica-se que não desestimasse a dona e calasse os seus ressentimentos, ou só dissesse mal dela a Deus e ao Diabo.

Caso tivesse ressentimentos de minha mãe, não era uma razão mais para detestar Capitu, nem ela precisava de razões suplementares. Contudo, a intimidade de Capitu fê-la mais aborrecível à minha parenta. Se a princípio não a tratava mal, com o tempo trocou de maneiras e acabou fugindo-lhe. Capitu, atenta, desde que a não via, indagava dela e ia procurá-la. Prima Justina tolerava esses cuidados. A vida é cheia de obrigações que a gente cumpre, por mais vontade que tenha de as infringir deslavadamente. Demais, Capitu usava certa magia que cativa; prima Justina acabava sorrindo, ainda que azedo, mas a sós com minha mãe achava alguma palavra ruim que dizer da menina.

Como minha mãe adoecesse de uma febre, que a pôs às portas da morte, quis que Capitu lhe servisse de enfermeira. Prima Justina, posto que isto a aliviasse de cuidados penosos, não perdoou à minha amiga a intervenção. Um dia, perguntou-lhe se não tinha que fazer em casa; outro dia, rindo, soltou-lhe este epigrama: "Não precisa correr tanto; o que tiver de ser seu às mãos lhe há de ir".

LXVII
UM PECADO

Já agora não tiro a doente da cama sem contar o que se deu comigo. Ao cabo de cinco dias, minha mãe amanheceu tão transtornada que ordenou me mandassem buscar ao seminário. Em vão tio Cosme:

– Mana Glória, você assusta-se sem motivo, a febre passa...

– Não! Não! Mandem buscá-lo! Posso morrer, e a minha alma não se salva, se Bentinho não estiver ao pé de mim.

– Vamos assustá-lo.

– Pois não lhe digam nada, mas vão buscá-lo, já, já, não se demorem.

Cuidaram fosse delírio; mas, não custando nada trazer-me, José Dias foi incumbido do recado. Entrou tão atordoado que me assustou. Contou particularmente ao reitor o que havia, e recebi licença para ir a casa. Na rua, íamos calados, ele não alterando o passo do costume – a premissa antes da consequência, a consequência antes da conclusão –, mas cabisbaixo e suspirando, eu temendo ler no rosto dele alguma notícia dura e definitiva. Só me falara na doença, como negócio simples; mas o chamado, o silêncio, os suspiros podiam dizer alguma coisa mais. O coração batia-me com força, as pernas bambeavam-me, mais de uma vez cuidei cair...

O anseio de escutar a verdade complicava-se em mim com o temor de a saber. Era a primeira vez que a morte me aparecia assim perto, me envolvia, me encarava com os olhos furados e escuros. Quanto mais andava aquela Rua dos Barbonos, mais me aterrava a ideia de chegar a casa, de entrar, de ouvir os prantos, de ver um corpo defunto... Oh! Eu não poderia nunca expor aqui tudo o que senti naqueles terríveis minutos. A rua, por mais que José Dias andasse superlativamente devagar, parecia fugir-me debaixo dos pés, as casas voavam de um e outro lado, e uma corneta que nessa ocasião tocava no quartel dos Municipais Permanentes ressoava aos meus ouvidos como a trombeta do juízo final.

Fui, cheguei aos Arcos, entrei na Rua de Matacavalos. A casa não era logo ali, mas muito além da dos Inválidos, perto da do Senado. Três ou quatro vezes, quisera interrogar o meu companheiro, sem ousar abrir a boca; mas agora, já nem tinha tal desejo. Ia só andando, aceitando o pior, como um gesto do destino, como uma necessidade da obra humana, e foi então que a Esperança, para combater o Terror, me segredou ao coração, não estas palavras, pois nada articulou parecido com palavras, mas uma ideia que poderia ser traduzida por elas: "Mamãe defunta, acaba o seminário".

Leitor, foi um relâmpago. Tão depressa alumiou a noite, como se esvaiu, e a escuridão fez-se mais cerrada, pelo efeito do remorso que me ficou. Foi uma sugestão da luxúria e do egoísmo. A piedade filial desmaiou um instante, com a perspectiva da liberdade certa, pelo desaparecimento da dívida e do devedor; foi um instante, menos que um instante, o centésimo de um instante, ainda assim o suficiente para complicar a minha aflição com um remorso.

José Dias suspirava. Uma vez olhou para mim tão cheio de pena que me pareceu haver-me adivinhado, e eu quis pedir-lhe que não dissesse nada a ninguém, que eu ia castigar-me etc. Mas a pena trazia tanto amor, que não podia ser pesar do meu pecado; mas então era sempre a morte de minha mãe... Senti uma angústia grande, um nó na garganta, e não pude mais, chorei de uma vez.

– Que é, Bentinho?

– Mamãe...?

– Não! Não! Que ideia é essa? O estado dela é gravíssimo, mas não é mal de morte, e Deus pode tudo. Enxugue os olhos, que é feio um mocinho da sua idade andar chorando na rua. Não há de ser nada, uma febre... As febres, assim como dão com força, assim também se vão embora... Com os dedos, não; onde está o lenço?

Enxuguei os olhos, posto que de todas as palavras de José Dias uma só me ficasse no coração; foi aquele gravíssimo. Vi depois que ele só queria dizer grave, mas o uso do superlativo faz a boca longa, e, por amor do período, José Dias fez crescer a minha tristeza. Se achares neste livro algum caso da mesma família, avisa-me, leitor, para que o emende na segunda edição; nada há mais feio que dar pernas longuíssimas a ideias brevíssimas. Enxuguei os olhos, repito, e fui andando, ansioso agora por chegar a casa, e pedir perdão a minha mãe do ruim pensamento que tive. Enfim, chegamos, entramos, subi trêmulo os seis degraus da escada, e daí a pouco, debruçado sobre a cama, ouvia as palavras ternas de minha mãe que me apertava muito as mãos, chamando-me seu filho. Estava queimando, os olhos ardiam nos meus, toda ela parecia consumida por um vulcão interno. Ajoelhei-me ao pé do leito, mas como este era alto, fiquei longe das suas carícias:

– Não, meu filho, levanta, levanta!

Capitu, que estava na alcova, gostou de ver a minha entrada, os meus gestos, palavras e lágrimas, segundo me disse depois; mas não suspeitou naturalmente todas as causas da minha aflição. Entrando no meu quarto, pensei em dizer tudo a minha mãe, logo que ela ficasse boa, mas esta ideia não me mordia, era uma veleidade pura, uma ação que eu não faria nunca, por mais que o pecado me doesse. Então, levado do remorso, usei ainda uma vez do meu velho meio das promessas espirituais, e pedi a Deus que me perdoasse e salvasse a vida de minha mãe, e eu lhe rezaria dois mil padre-nossos. Padre que me lês, perdoa este recurso; foi a última vez que o empreguei. A crise em que me achava, não menos que o costume e a fé, explica tudo. Eram mais dois mil; onde iam os antigos? Não paguei uns nem outros, mas saindo de almas cândidas e verdadeiras tais promessas são como a moeda fiduciária – ainda que o devedor as não pague, valem a soma que dizem.

LXVIII
ADIEMOS A VIRTUDE

Poucos teriam ânimo de confessar aquele meu pensamento da Rua de Matacavalos. Eu confessarei tudo o que importar à minha história. Montaigne escreveu de si: *ce ne sont pas mes gestes que j'escris; c'est moi, c'est mon essence*. Ora, há só um modo de escrever a própria essência, é contá-la toda, o bem e o mal. Tal faço eu, à medida que me vai lembrando e convidando à construção ou reconstrução de mim mesmo. Por exemplo, agora que contei um pecado, diria com muito gosto alguma bela ação contemporânea, se me lembrasse, mas não me lembra; fica transferida a melhor oportunidade.

Nem perderás em esperar, meu amigo; ao contrário, acode-me agora que... Não só as belas ações são belas em qualquer ocasião, como são também possíveis e prováveis, pela teoria que tenho dos pecados e das virtudes, não menos simples que clara. Reduz-se a isto que cada pessoa nasce com certo número deles e delas, aliados por matrimônio para se compensarem na vida. Quando um de tais cônjuges é mais forte que o outro, ele só guia o indivíduo, sem que este, por não haver praticado tal virtude ou cometido tal pecado, se possa dizer isento de um ou de outro; mas a regra é dar-se a prática simultânea dos dois, com vantagem do portador de ambos, e alguma vez com resplendor maior da Terra e do Céu. É pena que eu não possa fundamentar isto com um ou mais casos estranhos; falta-me tempo.

Pelo que me toca, é certo que nasci com alguns daqueles casais, e naturalmente ainda os possuo. Já me sucedeu, aqui no Engenho Novo, por estar uma noite com muita dor de cabeça, desejar que o trem da Central estourasse longe dos meus ouvidos e interrompesse a linha por muitas horas, ainda que morresse alguém; e no dia seguinte perdi o trem da mesma estrada, por ter ido dar a minha bengala a um cego que não trazia bordão. *Voilà mes gestes, voilà mon essence.*

LXIX
A MISSA

Um dos gestos que melhor exprimem a minha essência foi a devoção com que corri no domingo próximo a ouvir missa em São Antônio dos Pobres. O agregado quis ir comigo, e principiou a vestir-se, mas era tão lento nos suspensórios e nas presilhas, que não pude esperar por ele. Demais, eu queria estar só. Sentia necessidade de evitar qualquer conversação que me desviasse o pensamento do fim a que ia, e era reconciliar-me com Deus, depois do que se passou no capítulo LXVII. Nem era só pedir-lhe perdão do pecado, era também agradecer o restabelecimento de minha mãe, e, visto que digo tudo, fazê-lo renunciar ao pagamento da minha promessa. Jeová, posto que divino, ou por isso mesmo, é um Rothschild muito mais humano, e não faz moratórias, perdoa as dívidas integralmente, uma vez que o devedor queira deveras emendar a vida e cortar nas despesas. Ora, eu não queria outra coisa; dali em diante não faria mais promessas que não pudesse pagar, e pagaria logo as que fizesse.

Ouvi missa; ao levantar a Deus, agradeci a vida e saúde de minha mãe; depois pedi perdão do pecado e revelação da dívida, e recebi a bênção final do oficiante como um ato solene de reconciliação. No fim, lembrou-me que a Igreja estabeleceu no confessionário um cartório seguro, e na confissão o mais autêntico dos instrumentos para o ajuste de contas morais entre o homem e Deus. Mas a minha incorrigível timidez me fechou essa porta certa; receei não achar palavras com que dizer ao confessor o meu segredo. Como o homem muda! Hoje chego a publicá-lo.

LXX
DEPOIS DA MISSA

Rezei ainda, persignei-me, fechei o livro de missa e caminhei para a porta. A gente não era muita, mas a igreja também não é grande, e não pude sair logo, logo, mas devagar. Havia homens e mulheres, velhos e moços, sedas e chitas, e provavelmente olhos feios e belos, mas eu não vi uns nem outros. Ia na direção da porta, com a onda, ouvindo as saudações e os cochichos. No adro, onde se fez claro, parei e olhei para todos. Vi então uma moça e um homem, que saíam da igreja e pararam; e a moça olhava para mim falando ao homem, e o homem olhava para mim, ouvindo a moça. E chegaram-me estas palavras:

– Mas que queres?

– Queria saber dela, papai; pergunte.

Era sinhazinha Sancha, a companheira de colégio de Capitu, que queria notícias de minha mãe. O pai veio a mim; disse-lhe que estava restabelecida. Depois saímos, mostrou-me a casa dele, e, como eu vinha na mesma direção, viemos juntos. Gurgel era homem de quarenta anos ou pouco mais, com propensão a engrossar o ventre; era muito obsequioso; chegando à porta da casa, quis por força que eu fosse almoçar com ele.

– Obrigado; mamãe espera-me.

– Manda-se lá um preto dizer que o senhor fica almoçando, e irá mais tarde.

– Venho outro dia.

Sinhazinha Sancha, voltada para o pai, ouvia e esperava. Não era feia; só se lhe podia notar a semelhança do nariz, que também acabava grosso, mas há feições que tiram a graça de uns para dá-la a outros. Vestia simples. Gurgel era viúvo e morria pela filha. Como eu recusasse o almoço, quis que descansasse alguns minutos. Não pude recusar e subi. Quis saber a minha idade, os meus estudos, a minha fé, e dava-me conselhos para o caso de vir a ser padre; disse-me o número do armazém, Rua da Quitanda. Enfim, despedi-me, veio ao patamar da escada; a filha deu-me recomendações para Capitu e para minha mãe. Da rua olhei para cima; o pai estava à janela e fez-me um gesto largo de despedida.

LXXI
VISITA DE ESCOBAR

Em casa, tinham já mentido dizendo a minha mãe que eu voltara e estava mudando de roupa.

"A missa das oito já há de ter acabado... Bentinho devia estar de volta... Teria acontecido alguma coisa, mano Cosme?... Mandem ver..." Assim falava ela, de minuto a minuto, mas eu entrei e comigo a tranquilidade.

Era o dia das boas sensações. Escobar foi visitar-me e saber da saúde de minha mãe. Nunca me visitara até ali, nem as nossas relações estavam já tão estreitas, como vieram a ser depois; mas, sabendo a razão da minha saída, três dias antes, aproveitou o domingo para ir ter comigo e perguntar se continuava o perigo ou não. Quando lhe disse que não, respirou.

– Tive receio – disse ele.

– Os outros souberam?

– Parece que sim; alguns souberam.

Tio Cosme e José Dias gostaram do moço; o agregado disse-lhe que vira uma vez o pai no Rio de Janeiro. Escobar era muito polido; e, conquanto falasse mais do que veio a falar depois, ainda assim não era tanto como os rapazes da nossa idade; naquele dia achei-o um pouco mais expansivo que de costume. Tio Cosme quis que jantasse conosco. Escobar refletiu um instante e acabou dizendo que o correspondente do pai esperava por ele. Eu, lembrando-me das palavras do Gurgel, repeti-as:

– Manda-se lá um preto dizer que o senhor janta aqui, e irá depois.

– Tanto incômodo!

– Incômodo nenhum – interveio tio Cosme.

Escobar aceitou, e jantou. Notei que os movimentos rápidos que tinha e dominava na aula também os dominava agora, na sala como na mesa. A hora que passou comigo foi de franca amizade. Mostrei-lhe os poucos livros que possuía. Gostou muito do retrato de meu pai; depois de alguns instantes de contemplação, virou-se e disse-me:

– Vê-se que era um coração puro!

Os olhos de Escobar, claros como já disse, eram dulcíssimos; assim os definiu José Dias, depois que ele saiu, e mantenho esta palavra, apesar dos quarenta anos que traz em cima de si. Nisto não houve exageração do agregado. A cara rapada mostrava uma pele alva e lisa. A testa é que era um pouco baixa, vindo a risca do cabelo quase em cima da sobrancelha esquerda; mas tinha sempre a altura necessária para não afrontar as outras feições, nem diminuir a graça delas.

Realmente, era interessante de rosto, a boca fina e chocarreira, o nariz curvo e delgado. Tinha o sestro de sacudir o ombro direito, de quando em quando, e veio a perdê-lo, desde que um de nós lho notou, um dia, no seminário; primeiro exemplo que vi de que um homem pode corrigir-se muito bem dos defeitos miúdos.

Nunca deixei de sentir tal ou qual desvanecimento em que os meus amigos agradassem a todos. Em casa, ficaram querendo bem a Escobar; a mesma prima Justina achou que era um moço muito apreciável, apesar... "Apesar de quê?", perguntou-lhe José Dias, vendo que ela não acabava a frase. Não teve resposta, nem podia tê-la; prima Justina provavelmente não viu defeito claro ou importante no nosso hóspede; o apesar era uma espécie de ressalva para algum que lhe viesse a descobrir um dia; ou então foi obra de uso velho, que a levou a restringir, onde não achara restrição.

Escobar despediu-se logo depois de jantar; fui levá-lo à porta, onde esperamos a passagem de um ônibus. Disse-me que o armazém do correspondente era na Rua dos Pescadores, e ficava aberto até as nove horas: ele é que se não queria demorar fora. Separamo-nos com muito afeto: ele, de dentro do ônibus, ainda me disse adeus, com a mão. Conservei-me à porta, a ver se, ao longe, ainda olharia para trás, mas não olhou.

– Que amigo é esse tamanho? – perguntou alguém de uma janela ao pé.

Não é preciso dizer que era Capitu. São coisas que se adivinham na vida, como nos livros, sejam romances, sejam histórias verdadeiras. Era Capitu, que nos espreitara desde algum tempo, por dentro da veneziana, e agora abrira inteiramente a janela, e aparecera. Viu as nossas despedidas tão rasgadas e afetuosas, e quis saber quem era que me merecia tanto.

– É o Escobar – disse eu indo pôr-me embaixo da janela, a olhar para cima.

LXXII
UMA REFORMA DRAMÁTICA

Nem eu, nem tu, nem ela, nem qualquer outra pessoa desta história poderia responder mais, tão certo é que o destino, como todos os dramaturgos, não anuncia as peripécias nem o desfecho. Eles chegam a seu tempo, até que o pano cai, apagam-se as luzes, e os espectadores vão dormir. Nesse gênero há porventura alguma coisa que reformar, e eu proporia, como ensaio, que as peças começassem pelo fim. Otelo mataria a si e a Desdêmona no primeiro ato, os três seguintes seriam dados à ação lenta e decrescente do ciúme, e o último ficaria só com as cenas iniciais da ameaça dos turcos, as explicações de Otelo e Desdêmona, e o bom conselho do fino Iago: "Mete dinheiro na bolsa". Desta maneira, o espectador, por um lado, acharia no teatro a charada habitual que os periódicos lhe dão, por que os últimos atos explicam o desfecho do primeiro, espécie de conceito, e, por outro lado, ia para a cama com uma boa impressão de ternura e de amor:

Ela amou o que me afligira,
Eu amei a piedade dela.

LXXIII
O CONTRA-REGRA

O destino não é só dramaturgo, é também o seu próprio contrarregra, isto é, designa a entrada dos personagens em cena, dá-lhes as cartas e outros objetos, e executa dentro os sinais correspondentes ao diálogo, uma trovoada, um carro, um tiro. Quando eu era moço, representou-se aí, em não sei que teatro, um drama que acabava pelo juízo final. O principal personagem era Asaverus, que no último quadro concluía um monólogo por esta exclamação: "Ouço a trombeta do arcanjo!". Não se ouviu trombeta nenhuma. Asaverus, envergonhado, repetiu a palavra, agora mais alto, para advertir o contrarregra, mas ainda nada. Então caminhou para o fundo, disfarçadamente trágico, mas efetivamente com o fim de falar ao bastidor, e dizer em voz surda: "O pistão! O pistão! O pistão!". O público ouviu esta palavra e desatou a rir, até que, quando a trombeta soou deveras, e Asaverus bradou pela terceira vez que era a do arcanjo, um gaiato da plateia corrigiu cá de baixo: "Não, senhor, é o pistão do arcanjo!".

Assim se explicam a minha estada debaixo da janela de Capitu e a passagem de um cavaleiro, um dândi, como então dizíamos. Montava um belo cavalo alazão, firme na sela, rédea na mão esquerda, a direita à cinta, botas de verniz, figura e postura esbeltas: a cara não me era desconhecida. Tinham passado outros, e ainda outros viriam atrás; todos iam às suas namoradas. Era uso do tempo namorar a cavalo. Relê Alencar: "Porque um estudante (dizia um dos seus personagens de teatro de 1858) não pode estar sem estas duas coisas, um cavalo e uma namorada". Relê Álvares de Azevedo. Uma das suas poesias é destinada a contar (1851) que residia em Catumbi, e, para ver a namorada no Catete, alugara um cavalo por três mil-réis... Três mil-réis! Tudo se perde na noite dos tempos!

Ora, o dândi do cavalo baio não passou como os outros; era a trombeta do juízo final e soou a tempo; assim faz o Destino, que é o seu próprio contrarregra. O cavaleiro não se contentou de ir andando, mas voltou a cabeça para o nosso lado, o lado de Capitu, e olhou para Capitu, e Capitu para ele; o cavalo andava, a cabeça do homem deixava-se ir voltando para trás. Tal foi o segundo dente de ciúme que me mordeu. A rigor, era natural admirar as belas figuras; mas aquele sujeito costumava passar ali, às tardes; morava no antigo Campo da Aclamação, e depois... e depois... Vão lá raciocinar com um coração de brasa, como era o meu! Nem disse nada a Capitu; saí da rua à pressa, enfiei pelo meu corredor, e, quando dei por mim, estava na sala de visitas.

LXXIV
A PRESILHA

Na sala de visitas, tio Cosme e José Dias conversavam, um sentado, outro andando e parando. A vista de José Dias lembrou-me o que ele me dissera no seminário: "Aquilo, enquanto não pegar algum peralta da vizinhança que case com ela..." Era certamente alusão ao cavaleiro. Tal recordação agravou a impressão que eu trazia da rua; mas não seria essa palavra, inconscientemente guardada, que me dispôs a crer na malícia dos seus olhares? A vontade que tive foi pegar em José Dias pela gola, levá-lo ao corredor e perguntar-lhe se falara de verdade ou por hipótese; mas José Dias, que parara ao ver-me entrar, continuou a andar e a falar. Eu, impaciente, queria ir à casa ao pé, imaginava que Capitu saísse da janela assustada e não tardasse a aparecer, para indagar e explicar... E os dois falavam, até que tio Cosme ergueu-se para ir ver a doente, e José Dias veio ter comigo, ao vão da outra janela.

Há um instante tinha eu desejo de lhe perguntar o que havia entre Capitu e os peraltas do bairro; agora, imaginando que vinha justamente dizer-mo, fiquei com medo de ouvi-lo. Quis tapar-lhe a boca. José

Dias viu no meu rosto algum sinal diferente da expressão habitual, e perguntou-me com interesse:

– Que é, Bentinho?

Para não fitá-lo, deixei cair os olhos. Os olhos, caindo, viram que uma das presilhas das calças do agregado estava desabotoada, e, como ele insistisse em saber o que é que eu tinha, respondi apontando com o dedo:

– Olhe a presilha, abotoe a presilha.

José Dias inclinou-se, eu saí correndo.

LXXV
O DESESPERO

Escapei ao agregado, escapei a minha mãe não indo ao quarto dela, mas não escapei a mim mesmo. Corri ao meu quarto, e entrei atrás de mim. Eu falava-me, eu perseguia-me, eu atirava-me à cama, e rolava comigo, e chorava, e abafava os soluços com a ponta do lençol. Jurei não ir ver Capitu aquela tarde, nem nunca mais, e fazer-me padre de uma vez. Via-me já ordenado, diante dela, que choraria de arrependimento e me pediria perdão, mas eu, frio e sereno, não teria mais que desprezo, muito desprezo; voltava-lhe as costas. Chamava-lhe perversa. Duas vezes dei por mim mordendo os dentes, como se a tivesse entre eles.

Da cama ouvi a voz dela, que viera passar o resto da tarde com minha mãe, e naturalmente comigo, como das outras vezes; mas, por maior que fosse o abalo que me deu, não me fez sair do quarto. Capitu ria alto, falava alto, como se me avisasse; eu continuava surdo, a sós comigo e o meu desprezo. A vontade que me dava era cravar-lhe as unhas no pescoço, enterrá-las bem, até ver-lhe sair a vida com o sangue...

LXXVI

EXPLICAÇÃO

Ao fim de algum tempo, estava sossegado, mas abatido. Como me achasse estirado na cama, com os olhos no teto, lembrou-me a recomendação que minha mãe fazia de me não deitar depois do jantar para evitar alguma congestão. Ergui-me de golpe, mas não saí do quarto. Capitu ria agora menos e falava mais baixo; estaria aflita com a minha reclusão, mas nem por isso me abalou.

Não ceei e dormi mal. Na manhã seguinte não estava melhor, estava diferente. A minha dor agora complicava-se do receio de haver ido além do que convinha, deixando de examinar o negócio. Posto que a cabeça me doesse um pouco, simulei maior incômodo, com o fim de não ir ao seminário e falar a Capitu. Podia estar zangada comigo, podia não querer-me agora e preferir o cavaleiro. Quis resolver tudo, ouvi-la e julgá-la; podia ser que tivesse defesa e explicação.

Tinha ambas as coisas. Quando soube a causa da minha reclusão da véspera, disse-me que era grande injúria que lhe fazia; não podia crer que depois da nossa troca de juramentos, tão leviana a julgasse que pudesse crer... E aqui romperam-lhe lágrimas, e fez um gesto de separação; mas eu acudi de pronto, peguei-lhe das mãos e beijei-as com tanta alma e calor que as senti estremecer. Enxugou os olhos com os dedos, eu os beijei de novo, por eles e pelas lágrimas; depois suspirou, depois abanou a cabeça. Confessou-me que não conhecia o rapaz, senão como os outros que ali passavam às tardes, a cavalo ou a pé. Se olhara para ele, era prova exatamente de não haver nada entre ambos; se houvesse, era natural dissimular.

– E que poderia haver, se ele vai casar? – concluiu.

– Vai casar?

Ia casar, disse-me com quem, com uma moça da Rua dos Barbonos. Esta razão quadrou-me mais que tudo, e ela o sentiu no meu gesto;

nem por isso deixou de dizer que, para evitar nova equivocação, deixaria de ir mais à janela.

– Não! Não! Não! Não lhe peço isto!

Consentiu em retirar a promessa, mas fez outra, e foi que, à primeira suspeita da minha parte, tudo estaria dissolvido entre nós. Aceitei a ameaça, e jurei que nunca a haveria de cumprir; era a primeira suspeita e a última.

LXXVII
PRAZER DAS DORES VELHAS

Contando aquela crise do meu amor adolescente, sinto uma coisa que não sei se explico bem, e é que as dores daquela quadra, a tal ponto se espiritualizaram com o tempo, que chegam a diluir-se no prazer. Não é claro isto, mas nem tudo é claro na vida ou nos livros. A verdade é que sinto um gosto particular em referir tal aborrecimento, quando é certo que ele me lembra outros que não quisera lembrar por nada.

LXXVIII
SEGREDO POR SEGREDO

De resto, naquele mesmo tempo senti tal ou qual necessidade de contar a alguém o que se passava entre mim e Capitu. Não referi tudo, mas só uma parte, e foi Escobar que a recebeu. Quando voltei ao seminário, na quarta-feira, achei-o inquieto; disse-me que era sua intenção ir ver-me, se eu me demorasse mais um dia em casa. Perguntava-me com interesse o que é que tivera, e se estava bom de todo.

– Estou.

Ouvia, espetando-me os olhos. Três dias depois disse que me estavam achando muito distraído; era bom disfarçar o mais que pudesse. Ele, à sua parte, tinha razões para andar distraído também, mas buscava ficar atento.

– Então parece-lhe?...

– Sim, você às vezes está que não ouve nada, olhando para ontem; disfarce, Santiago.

– Tenho motivos...

– Creio; ninguém se distrai à toa.

– Escobar...

Hesitei; ele esperou.

– Que é?

– Escobar, você é meu amigo, eu sou seu amigo também; aqui ao seminário você é a pessoa que mais me tem entrado no coração, e lá fora, a não ser a gente da família, não tenho propriamente um amigo.

– Se eu disser a mesma coisa – retorquiu ele sorrindo – perde a graça; parece que estou repetindo. Mas a verdade é que não tenho aqui relações com ninguém, você é o primeiro e creio que já notaram; mas eu não me importo com isso.

Comovido, senti que a voz se me precipitava da garganta.

– Escobar, você é capaz de guardar um segredo?

– Você que pergunta é porque duvida, e nesse caso...

– Desculpe, é um modo de falar. Eu sei que é moço sério, e faço de conta que me confesso a um padre.

Se precisa de absolvição, está absolvido.

– Escobar, eu não posso ser padre. Estou aqui, os meus acreditam, e esperam; mas eu não posso ser padre.

– Nem eu, Santiago.

– Nem você?

– Segredo por segredo; também eu tenho o propósito de não acabar o curso; meu desejo é o comércio, mas não diga nada, absolutamente nada; fica só entre nós. E não é que eu não seja religioso; sou religioso, mas o comércio é a minha paixão.

– Só isso?

– Que mais há de ser?

Dei duas voltas e sussurrei a primeira palavra da minha confidência, tão escassa e surda, que não a ouvi eu mesmo; sei porém que disse "uma pessoa..." com reticência. Uma pessoa?... Não foi preciso mais para que ele entendesse. Uma pessoa devia ser uma moça. Nem cuides que pasmou de me ver namorado; achou até natural e espetou-me outra vez os olhos. Então contei-lhe por alto o que podia, mas demoradamente para ter o gosto de repisar o assunto. Escobar escutava com interesse; no fim da nossa conversação, declarou-me que era segredo enterrado em cemitério. Deu-me de conselho que não me fizesse padre. Não podia levar para a igreja um coração que não era do Céu, mas da Terra; seria um mau padre, nem seria padre. Ao contrário, Deus protegia os sinceros; uma vez que eu só podia servi-lo no mundo, aí me cumpria ficar.

Não calculas o prazer que me deu a confidência que lhe fiz. Era como que uma felicidade mais. Aquele coração moço que me ouvia e me dava razão trazia a este mundo um aspecto extraordinário. Era um grande e belo mundo, a vida uma carreira excelente, e eu nem mais nem menos um mimoso do céu; eis a minha sensação. Nota que eu não lhe disse tudo, nem o melhor; não lhe referi o capítulo do penteado, por exemplo, nem outros assim; mas o contado era muito.

Que voltamos ao assunto, não é preciso dizê-lo. Voltamos uma e muitas vezes; eu louvava as qualidades morais de Capitu, matéria adequada à admiração de um seminarista, a simpleza, a modéstia, o amor do trabalho e os costumes religiosos. Não lhe tocava nas graças físicas, nem ele me perguntava por elas; apenas insinuei a conveniência de a conhecer de vista.

– Agora não é possível – disse-lhe na primeira semana, ao voltar de casa –; Capitu vai passar uns dias com uma amiga da Rua dos Inválidos. Quando ela vier, você irá lá; mas pode ir antes, pode ir sempre; por que não foi ontem jantar comigo?

– Você não me convidou.

– Pois precisa convidar? Lá em casa todos ficaram gostando muito de você.

– Também eu fiquei gostando de todos, mas se é possível fazer distinção, confesso-lhe que sua mãe é uma senhora adorável.

– Não é verdade? – retorqui cheio de alvoroço.

LXXIX
VAMOS AO CAPÍTULO

Com efeito, gostei de ouvi-lo falar assim. Sabes a opinião que eu tinha de minha mãe. Ainda agora, depois de interromper esta linha para mirar-lhe o retrato que pende da parede, acho que trazia no rosto impressa aquela qualidade. Nem de outro modo se explica a opinião de Escobar, que apenas trocara com ela quatro palavras. Uma só bastava a penetrar-lhe a essência íntima; sim, sim, minha mãe era adorável. Por mais que me estivesse então obrigando a uma carreira que eu não queria, não podia deixar de sentir que era adorável, como uma santa.

E porventura era certo que me obrigava à carreira eclesiástica? Aqui chego a um ponto, que esperei viesse depois, tanto que já pesquisava em que altura lhe daria um capítulo. Realmente, não cabia dizer agora o que só mais tarde presumi descobrir; mas, uma vez que toquei no ponto, melhor é acabar com ele. É grave e complexo, delicado e sutil, um destes em que o autor tem de atender ao filho, e o filho há de ouvir o autor, para que um e outro digam a verdade, só a verdade, mas toda a verdade. Cabe ainda notar que esse ponto é que torna justamente a santa mais adorável, sem prejuízo (ao contrário!) da parte humana e terrestre que havia nela. Basta de prefácio ao capítulo; vamos ao capítulo.

LXXX
VENHAMOS AO CAPÍTULO

Venhamos ao capítulo. Minha mãe era temente a Deus; sabes disto, e das suas práticas religiosas, e da fé pura que as animava. Nem ignoras que a minha carreira eclesiástica era objeto de promessa feita quando fui concebido. Tudo está contado oportunamente. Outrossim, sabes que, para o fim de apertar o vínculo moral da obrigação, confiou os seus projetos e motivos a parentes e familiares. A promessa, feita com fervor, aceita com misericórdia, foi guardada por ela, com alegria, no mais íntimo do coração. Penso que lhe senti o sabor da felicidade no leite que me deu a mamar. Meu pai, se vivesse, é possível que alterasse os planos, e, como tinha a vocação da política, é provável que me encaminhasse somente à política, embora os dois ofícios não fossem nem sejam inconciliáveis, e mais de um padre entre na luta dos partidos e no governo dos homens. Mas meu pai morrera sem saber nada, e ela ficou diante do contrato, como única devedora.

Um dos aforismos de Franklin é que, para quem tem de pagar na páscoa, a quaresma é curta. A nossa quaresma não foi mais longa que as outras, e minha mãe, posto me mandasse ensinar latim e doutrina, começou a adiar a minha entrada no seminário. É o que se chama, comercialmente falando, reformar uma letra. O credor era arquimilionário, não dependia daquela quantia para comer, e consentiu nas transferências de pagamento, sem sequer agravar a taxa do juro. Um dia, porém, um dos familiares que serviam de endossantes da letra falou da necessidade de entregar o preço ajustado; está num dos capítulos primeiros. Minha mãe concordou e recolhi-me a São José.

Ora, nesse mesmo capítulo, verteu ela umas lágrimas, que enxugou sem explicar, e que nenhum dos presentes, nem tio Cosme, nem prima Justina, nem o agregado José Dias entendeu absolutamente; eu, que estava atrás da porta, não as entendi mais que eles. Bem examinadas, apesar da distância, vê-se que eram saudades prévias, a mágoa da separação – e pode ser também (é o princípio do ponto), pode ser que arrependimento da promessa. Católica e devota, sentia muito bem que as promessas se cumprem; a questão é se é oportuno e adequado fazê-las todas, e naturalmente inclinava-se à negativa. Por que é que Deus a puniria, negando-lhe um segundo filho? A vontade divina podia ser a minha vida, sem necessidade de lhe dedicar *ab ovo*. Era um raciocínio tardio; devia ter sido feito no dia em que fui gerado. Em todo caso, era uma conclusão primeira; mas, não bastando concluir para destruir, tudo se manteve, e eu fui para o seminário.

Um cochilo da fé teria resolvido a questão a meu favor, mas a fé velava com os seus grandes olhos ingênuos. Minha mãe faria, se pudesse, uma troca de promessa, dando parte dos seus anos para conservar-me consigo, fora do clero, casado e pai; é o que presumo, assim como suponho que rejeitou tal ideia, por lhe parecer uma deslealdade. Assim a senti sempre na corrente da vida ordinária.

Sucedeu que a minha ausência foi logo temperada pela assiduidade de Capitu. Esta começou a fazer-se-lhe necessária. Pouco a pouco veio-lhe a persuasão de que a pequena me faria feliz. Então (é o final do ponto anunciá-lo), a esperança de que o nosso amor, tornando-me absolutamente incompatível com o seminário, me levasse a não ficar lá nem por Deus nem pelo Diabo, esta esperança íntima e secreta entrou a invadir o coração de minha mãe. Neste caso, eu romperia o contrato sem que ela tivesse culpa. Ela ficava comigo sem ato propriamente seu. Era como se, tendo confiado a alguém a importância de uma dívida para levá-la ao credor, o portador guardasse o dinheiro consigo e não levasse nada. Na vida comum, o ato de terceiro não desobriga o contratante; mas a vantagem de contratar com o Céu é que intenção vale dinheiro.

Hás de ter tido conflitos parecidos com esse, e, se és religioso, haverás buscado alguma vez conciliar o Céu e a Terra, por modo idêntico ou análogo. O Céu e a Terra acabam conciliando-se; eles são quase irmãos gêmeos, tendo o Céu sido feito no segundo dia e a Terra no terceiro. Como Abraão, minha mãe levou o filho ao monte da Visão, e mais a lenha para o holocausto, o fogo e o cutelo. E atou Isaac em cima do feixe de lenha, pegou do cutelo e levantou-o ao alto. No momento de fazê-lo cair, ouve a voz do anjo que lhe ordena da parte do Senhor: "Não faças mal algum a teu filho; conheci que temes a Deus". Tal seria a esperança secreta de minha mãe.

Capitu era naturalmente o anjo da Escritura. A verdade é que minha mãe não podia tê-la agora longe de si. A afeição crescente era manifesta por atos extraordinários. Capitu passou a ser a flor da casa, o sol das manhãs, o frescor das tardes, a lua das noites; lá vivia horas e horas, ouvindo, falando e cantando. Minha mãe apalpava-lhe o coração, revolvia-lhe os olhos, e o meu nome era entre ambas como a senha da vida futura.

LXXXI
UMA PALAVRA

Assim contado o que descobri mais tarde, posso trasladar para aqui uma palavra de minha mãe. Agora se entenderá que ela me dissesse, no primeiro sábado, quando eu cheguei a casa, e soube que Capitu estava na Rua dos Inválidos, com sinhazinha Gurgel:

– Por que não vais vê-la? Não me disseste que o pai de Sancha te ofereceu a casa?

– Ofereceu.

– Pois então? Mas é se queres. Capitu devia ter voltado hoje para acabar um trabalho comigo; certamente a amiga pediu-lhe que dormisse lá.

– Talvez ficassem namorando – insinuou prima Justina.

Não a matei por não ter à mão ferro nem corda, pistola nem punhal; mas os olhos que lhe deitei, se pudessem matar, teriam suprido tudo. Um dos erros da Providência foi deixar ao homem unicamente os braços e os dentes, como armas de ataque, e as pernas como armas de fuga ou de defesa. Os olhos bastavam ao primeiro efeito. Um mover deles faria parar ou cair um inimigo ou um rival, exerceriam vingança pronta, com este acréscimo que, para desnortear a justiça, os mesmos olhos matadores seriam olhos piedosos, e correriam a chorar a vítima. Prima Justina escapou aos meus; eu é que não escapei ao efeito da insinuação, e no domingo, às onze horas, corri à Rua dos Inválidos.

O pai de Sancha recebeu-me em desalinho e triste. A filha estava enferma; caíra na véspera com uma febre, que se ia agravando. Como ele queria muito à filha, pensava já vê-la morta, e anunciou-me que se mataria também. Eis aqui um capítulo fúnebre como um cemitério, mortes, suicídios e assassinatos. Eu ansiava por um raio de luz clara e céu azul. Foi Capitu que os trouxe à porta da sala, vindo dizer ao pai de Sancha que a filha o mandara chamar.

– Está pior? – perguntou Gurgel, assustado.

– Não, senhor, mas quer falar-lhe.

– Fique aqui um bocadinho – disse-lhe ele; e voltando-se para mim: – É a enfermeira de Sancha, que não quer outra; eu já volto.

Capitu trazia sinais de fadiga e comoção, mas tão depressa me viu, ficou toda outra, a mocinha de sempre, fresca e lépida, não menos que espantada. Custou-lhe a crer que fosse eu. Falou-me, quis que lhe falasse, e efetivamente conversamos por alguns minutos, mas tão baixo e abafado que nem as paredes ouviram, elas que têm ouvidos. De resto, se elas ouviram algo, nada entenderam, nem elas nem os móveis, que estavam tão tristes como o dono.

LXXXII
O CANAPÉ

Deles, só o canapé pareceu haver compreendido a nossa situação moral, visto que nos ofereceu os serviços da sua palhinha, com tal insistência que os aceitamos e nos sentamos. Data daí a opinião particular que tenho do canapé. Ele faz aliar a intimidade e o decoro, e mostra a casa toda sem sair da sala. Dois homens sentados nele podem debater o destino de um império, e duas mulheres a graça de um vestido; mas um homem e uma mulher só por aberração das leis naturais dirão outra coisa que não seja de si mesmos. Foi o que fizemos, Capitu e eu. Vagamente lembra-me que lhe perguntei se a demora ali seria grande...

– Não sei; a febre parece que cede... mas...

Também me lembra, vagamente, que lhe expliquei a minha visita à Rua dos Inválidos, com a pura verdade, isto é, a conselho de minha mãe.

– Conselho dela? – murmurou Capitu.

E acrescentou com os olhos, que brilhavam extraordinariamente:

– Seremos felizes!

Repeti estas palavras, com os simples dedos, apertando os dela. O canapé, quer visse ou não, continuou a prestar os seus serviço às nossas mãos presas e às nossas cabeças juntas ou quase juntas.

LXXXIII
O RETRATO

Gurgel tornou à sala e disse a Capitu que a filha chamava por ela. Eu levantei-me depressa e não achei compostura; metia os olhos pelas cadeiras. Ao contrário, Capitu ergueu-se naturalmente e perguntou-lhe se a febre aumentara.

– Não – disse ele.

Nem sobressalto nem nada, nenhum ar de mistério da parte de Capitu; voltou-se para mim, e disse-me que levasse lembranças a minha mãe e a prima Justina, e que até breve; estendeu-me a mão e enfiou pelo corredor. Todas as minhas invejas foram com ela. Como era possível que Capitu se governasse tão facilmente e eu não?

– Está uma moça – observou Gurgel olhando também para ela.

Murmurei que sim. Na verdade, Capitu ia crescendo às carreiras, as formas arredondavam-se e avigoravam-se com grande intensidade; moralmente, a mesma coisa. Era mulher por dentro e por fora, mulher à direita e à esquerda, mulher por todos os lados, e desde os pés até à cabeça. Esse arvorecer era mais apressado, agora que eu a via de dias a dias; de cada vez que vinha a casa achava-a mais alta e mais cheia; os olhos pareciam ter outra reflexão, e a boca outro império. Gurgel, voltando-se para a parede da sala, onde pendia um retrato de moça, perguntou-me se Capitu era parecida com o retrato.

Um dos costumes da minha vida foi sempre concordar com a opinião provável do meu interlocutor, desde que a matéria não me agrava, aborrece ou impõe. Antes de examinar se efetivamente Capitu era parecida com o retrato, fui respondendo que sim. Então ele disse que era o retrato da mulher dele, e que as pessoas que a conheceram diziam a mesma coisa. Também achava que as feições eram semelhantes, a testa principalmente e os olhos. Quanto ao gênio, era um; pareciam irmãs.

– Finalmente, até a amizade que ela tem a Sanchinha; a mãe não era mais amiga dela... Na vida há dessas semelhanças assim esquisitas.

LXXXIV
CHAMADO

No saguão e na rua, examinei ainda comigo se efetivamente ele teria desconfiado alguma coisa, mas achei que não e pus-me a andar. Ia satisfeito com a visita, com a alegria de Capitu, com os louvores de Gurgel, a tal ponto que não acudi logo a uma voz que me chamava:

– Sr. Bentinho! Sr. Bentinho!

Só depois que a voz cresceu e o dono dela chegou à porta é que eu parei e vi o que era e onde estava. Estava já na Rua de Matacavalos. A casa era uma loja de louça, escassa e pobre; tinha as portas meio cerradas, e a pessoa que me chamava era um pobre homem grisalho e malvestido.

– Sr. Bentinho – disse-me ele chorando –; sabe que meu filho Manduca morreu?

– Morreu?

– Morreu há meia hora, enterra-se amanhã. Mandei recado a sua mãe agora mesmo, e ela fez-me a caridade de mandar algumas flores para botar no caixão. Meu pobre filho! Tinha de morrer, e foi bom que morresse, coitado, mas apesar de tudo sempre dói. Que vida que ele teve!... Um dia destes ainda se lembrou do senhor, e perguntou se estava no seminário... Quer vê-lo? Entre, ande vê-lo...

Custa-me dizer isto, mas antes peque por excessivo que por diminuto. Quis responder que não, que não queria ver o Manduca, e fiz até um gesto para fugir. Não era medo; noutra ocasião pode ser até que entrasse com facilidade e curiosidade, mas agora ia tão contente! Ver um defunto ao voltar de uma namorada... Há coisas que se não ajustam nem combinam. A simples notícia era já uma turvação grande. As minhas ideias de ouro perderam todas a cor e o metal para se trocarem em cinza escura e feia, e não distingui mais nada. Penso que cheguei a dizer que tinha pressa, mas provavelmente não falei por palavras claras, nem sequer humanas, porque ele, encostado ao portal, abria-me espaço com o gesto, e eu, sem alma para entrar nem fugir, deixei ao corpo fazer o que pudesse, e o corpo acabou entrando.

Não culpo ao homem; para ele, a coisa mais importante do momento era o filho. Mas também não me culpem a mim; para mim, a coisa mais importante era Capitu. O mal foi que os dois casos se conjugassem na mesma tarde, e que a morte de um viesse meter o nariz na vida do outro. Eis o mal todo. Se eu passasse antes ou depois, ou se o Manduca esperasse algumas horas para morrer, nenhuma nota aborrecida viria interromper as melodias da minha alma. Por que morrer exatamente há meia hora? Toda hora é apropriada ao óbito; morre-se muito bem às seis ou sete horas da tarde.

LXXXV
O DEFUNTO

Tal foi o sentimento confuso com que entrei na loja de louça. A loja era escura, e o interior da casa menos luz tinha, agora que as janelas da área estavam cerradas. A um canto da sala de jantar vi a mãe chorando; à porta da alcova duas crianças olhavam espantadas para dentro, com o dedo na boca. O cadáver jazia na cama; a cama...

Suspendamos a pena e vamos à janela espairecer a memória. Realmente, o quadro era feio, já pela morte, já pelo defunto, que era horrível... Isto aqui, sim, é outra coisa. Tudo o que vejo lá fora respira vida, a cabra que rumina ao pé de uma carroça, a galinha que marisca no chão da rua, o trem da Estrada Central que bufa, assobia, fumega e passa, a palmeira que investe para o céu, e finalmente aquela torre de igreja, apesar de não ter músculos nem folhagem. Um rapaz, que ali no beco empina um papagaio de papel, não morreu nem morre, posto também se chame Manduca.

Verdade é que o outro Manduca era mais velho que este, pouco mais velho. Teria dezoito ou dezenove anos, mas tanto lhe darias quinze como vinte e dois, a cara não permitia trazer a idade à vista, antes a escondia nas dobras da... Vá, diga-se tudo; é morto, os seus parentes são mortos, se existe algum não é em tal evidência que se vexe ou doa. Diga-se tudo; Manduca padecia de uma cruel enfermidade, nada menos que a lepra. Vivo era feio; morto pareceu-me horrível. Quando eu vi, estendido na cama, o triste corpo daquele meu vizinho, fiquei apavorado e desviei os olhos. Não sei que mão oculta me compeliu a olhar outra vez, ainda que de fugida; cedi, olhei, tornei a olhar, até que recuei de todo e saí do quarto.

– Padeceu muito! – suspirou o pai.

– Coitado de Manduca! – soluçava a mãe.

Eu cuidei de sair, disse que era esperado em casa, e despedi-me. O pai perguntou-me se lhe faria o favor de ir ao enterro; respondi com a verdade, que não sabia, faria o que minha mãe quisesse. E rápido saí, atravessei a loja, e saltei à rua.

LXXXVI

AMAI, RAPAZES!

Era tão perto, que antes de três minutos me achei em casa. Parei no corredor, a tomar fôlego; buscava esquecer o defunto, pálido e disforme, e o mais que não disse para não dar a estas páginas um aspecto repugnante, mas podes imaginá-lo. Tudo arredei da vista, em poucos segundos; bastou-me pensar na outra casa, e mais na vida e na cara fresca e lépida de Capitu... Amai, rapazes! E, principalmente, amai moças lindas e graciosas; elas dão remédio ao mal, aroma ao infecto, trocam a morte pela vida... Amai, rapazes!

LXXXVII

A SEGE

Chegara ao último degrau, e uma ideia me entrou no cérebro, como se estivesse a esperar por mim, entre as grades da cancela. Ouvi de memória as palavras do pai de Manduca pedindo-me que fosse ao enterro no dia seguinte. Parei no degrau. Refleti um instante; sim, podia ir ao enterro, pediria a minha mãe que me alugasse um carro...

Não cuides que era o desejo de andar de carro, por mais que tivesse o gosto da condução. Em pequeno, lembra-me que ia assim muita vez com minha mãe às visitas de amizade ou de cerimônia, e à missa, se chovia. Era uma velha sege de meu pai, que ela conservou o mais que pôde. O cocheiro, que era nosso escravo, tão velho como a sege, quando me via à porta, vestido, esperando minha mãe, dizia-me rindo:

– Pai João vai levar nhonhô!

E era raro que eu não lhe recomendasse:

– João, demora muito as bestas; vai devagar.

– Nhá Glória não gosta.

– Mas demora!

Fica entendido que era para saborear a sege, não pela vaidade, porque ela não permitia ver as pessoas que iam dentro. Era uma velha sege obsoleta, de duas rodas, estreita e curta, com duas cortinas de couro na frente, que corriam para os lados quando era preciso entrar ou sair. Cada cortina tinha um óculo de vidro, por onde eu gostava de espiar para fora.

– Senta, Bentinho!

– Deixa espiar, mamãe!

E em pé, quando era mais pequeno, metia a cara no vidro, e via o cocheiro com as suas grandes botas, escanchado na mula da esquerda, e segurando a rédea da outra; na mão levava o chicote grosso e comprido. Tudo incômodo, as botas, o chicote e as mulas, mas ele gostava e eu também. Dos lados via passar as casas, lojas ou não, abertas ou fechadas, com gente ou sem ela, e na rua as pessoas que iam e vinham, ou atravessavam diante da sege, com grandes pernadas ou passos miúdos. Quando havia impedimento de gente ou de animais, a sege parava, e então o espetáculo era particularmente interessante; as pessoas paradas na calçada ou à porta das casas olhavam para a sege e falavam entre si, naturalmente sobre quem iria dentro. Quando fui crescendo em idade imaginei que adivinhavam e diziam: "É aquela senhora da Rua de Matacavalos, que tem um filho, Bentinho..."

A sege ia tanto com a vida recôndita de minha mãe, que quando já não havia nenhuma outra, continuamos a andar nela, e era conhecida na rua e no bairro pela "sege antiga". Afinal minha mãe consentiu em deixá-la, sem a vender logo; só abriu mão dela porque as despesas de cocheira a obrigaram a isso. A razão de a guardar inútil foi exclusivamente sentimental; era a lembrança do marido. Tudo o que vinha de meu pai era conservado como um pedaço dele, um resto da pessoa, a mesma alma integral e pura. Mas o uso, esse era filho também do carrancismo que ela confessava aos amigos. Minha mãe exprimia bem a fidelidade aos velhos hábitos, velhas maneiras, velhas ideias, velhas modas. Tinha o seu museu de relíquias, pentes desusados, um trecho de mantilha; umas moedas de cobre datadas de 1824 e 1825, e, para que tudo fosse antigo, a si mesma se queria fazer velha; mas já deixei dito que, neste ponto, não alcançava tudo o que queria.

LXXXVIII
UM PRETEXTO HONESTO

Não, a ideia de ir ao enterro não vinha da lembrança do carro e suas doçuras. A origem era outra: era porque, acompanhando o enterro no dia seguinte, não iria ao seminário, e podia fazer outra visita a Capitu, um tanto mais demorada. Eis aí o que era. A lembrança do carro podia vir acessoriamente depois, mas a principal e imediata foi aquela. Voltaria à Rua dos Inválidos, a pretexto de saber de sinhazinha Gurgel.

Contava que tudo me saísse como naquele dia. Gurgel aflito, Capitu comigo no canapé, as mãos presas, o penteado...

– Vou pedir a mamãe.

Abri a cancela. Antes de transpô-la, assim como ouvira da memória a palavra do pai do morto, ouvi agora a da mãe, e repeti a meia voz:

– Coitado de Manduca!

LXXXIX
A RECUSA

Minha mãe ficou perplexa quando lhe pedi para ir ao enterro.

– Perder um dia de seminário...

Fiz-lhe notar a amizade que o Manduca me tinha, e depois era gente pobre... Tudo o que me lembrou dizer, disse. Prima Justina opinou pela negativa.

– Você acha que não deve ir? – perguntou-lhe minha mãe.

– Acho que não. Que amizade é essa que eu nunca vi?

Prima Justina venceu. Quando referi o caso ao agregado, este sorriu, e disse-me que o motivo escondido da prima era provavelmente não dar ao enterro "o lustre da minha pessoa". Fosse o que fosse, fiquei amuado; no dia seguinte, pensando no motivo, não me desagradou; mais tarde achei-lhe um sabor particular.

XC
A POLÊMICA

No dia seguinte, passei pela casa do defunto, sem entrar nem parar – ou, se parei, foi só um instante, ainda mais breve que este em que vo-lo digo. Se me não engano, andei até mais depressa, receando que me chamassem como na véspera. Uma vez que não ia ao enterro, antes longe que próximo. Fui andando e pensando no pobre diabo.

Não éramos amigos, nem nos conhecíamos de muito. Intimidade, que intimidade podia haver entre a doença dele e a minha saúde? Tivemos relações breves e distantes. Fui pensando nelas, recordando algumas. Reduziam-se todas a uma polêmica, entre nós, dois anos antes, a propósito... Mal podeis crer a que propósito foi. Foi a guerra da Crimeia.

Manduca vivia no interior da casa, deitado na cama, lendo por desfastio. Ao domingo, sobre a tarde, o pai enfiava-lhe uma camisola escura, e trazia-o para o fundo da loja, donde ele espiava um palmo da rua e a gente que passava. Era todo o seu recreio. Foi ali que o vi uma vez, e não fiquei pouco espantado; a doença ia-lhe comendo parte das carnes, os dedos queriam apertar-se; o aspecto não atraía, decerto. Tinha eu de treze para quatorze anos. Da segunda vez que o vi ali, como falássemos da guerra da Crimeia, que então ardia e andava nos jornais, Manduca disse que os aliados haviam de vencer, e eu respondi que não.

– Pois veremos – tornou ele. – Só se a justiça não vencer neste mundo, o que é impossível, e a justiça está com os aliados.

– Não, senhor, a razão é dos russos.

Naturalmente, íamos com o que nos diziam os jornais da cidade, transcrevendo os de fora, mas pode ser também que cada um de nós tivesse a opinião do seu temperamento. Fui sempre um tanto moscovita nas minhas ideias. Defendi o direito da Rússia, Manduca fez o mesmo ao dos aliados, e o terceiro domingo em que entrei na loja tocamos outra vez no assunto. Então Manduca propôs que trocássemos a argumentação por escrito, e na terça ou quarta-feira recebi duas folhas de papel contendo a exposição e defesa do direito dos aliados, e da integridade da Turquia, concluindo por esta frase profética:

"Os russos não hão de entrar em Constantinopla!"

Li-a e meti-me a refutá-la. Não me recorda um só dos argumentos que empreguei, nem talvez interesse conhecê-los, agora que o século está a expirar; mas a ideia que me ficou deles é que eram irrespondíveis. Fui eu mesmo levar-lhe o meu papel. Fizeram-me entrar na alcova, onde ele jazia estirado na cama, mal coberto por uma colcha de retalhos. Ou gosto da polêmica ou qualquer outra causa que não alcanço, não me deixou sentir toda a repugnância que saía da cama e do doente, e o prazer com que lhe dei o papel foi sincero. Manduca, pela sua parte, por mais nojosa que tivesse então a cara, o sorriso que a acendeu dissimulou o mal físico. A convicção com que me recebeu o papel e disse que ia ler e responderia é que não tem palavras nossas nem alheias que a digam de todo e com verdade; não era exaltada, não era ruidosa, não tinha gestos, nem a moléstia os permitiria; era simples, grande, profunda, um gozo infinito de vitória, antes de saber os meus argumentos. Tinha já papel, pena e tinta ao pé da cama. Dias depois recebi a réplica; não me lembra se trazia coisas novas ou não; o calor é que crescia, e o final era o mesmo:

"Os russos não hão de entrar em Constantinopla!"

Trepliquei, e daí continuou por algum tempo uma polêmica ardente, em que nenhum de nós cedia, defendendo cada um os seus clientes com força e brio. Manduca era mais longo e pronto que eu. Naturalmente a mim sobravam mil coisas que distraíam, o estudo, os recreios, a família, e a própria saúde, que me chamava a outros exercícios. Manduca, salvo o palmo de rua ao domingo de tarde, tinha só esta guerra, assunto da cidade e do mundo, mas que ninguém ia tratar com ele. O acaso dera-lhe em mim um adversário; ele, que tinha gosto à escrita, deitou-se ao debate, como a um remédio novo e radical. As horas tristes e compridas eram agora breves e alegres; os olhos desaprenderam de chorar, se porventura choravam antes. Senti esta mudança dele nas próprias maneiras do pai e da mãe.

– Não imagina como ele anda agora, depois que o senhor lhe escreve aqueles papéis – dizia-me o dono da loja, uma vez, à porta da rua. – Fala e ri muito. Logo que eu mando o caixeiro levar-lhe os papéis dele, entra a indagar da resposta, e se demorará muito, e que pergunte ao moleque, quando passar. Enquanto espera, relê jornais e toma notas. Mas também, apenas recebe os seus papéis, atira-se a lê-los, e começa logo a escrever a resposta. Há ocasiões em que não come ou come mal; tanto que eu queria pedir-lhe uma coisa, é que não os mande à hora do almoço ou de jantar...

Fui eu que cansei primeiro. Comecei a demorar as respostas, até que não dei mais nenhuma; ele ainda teimou duas ou três vezes depois do meu silêncio, mas não recebendo contestação alguma, por fadiga também ou por não aborrecer, acabou de todo com as suas apologias. A última, como a primeira, como todas, afirmava a mesma predição eterna:

"Os russos não hão de entrar em Constantinopla!"

Não entraram, efetivamente, nem então, nem depois, nem até agora. Mas a predição será eterna? Não chegarão a entrar algum dia? Problema difícil. O próprio Manduca, para entrar na sepultura, gastou três anos de dissolução, tão certo é que a natureza, como a história, não se faz brincando. A vida dele resistiu como a Turquia; se afinal cedeu foi porque lhe faltou uma aliança como a anglo-francesa, não se podendo considerar tal o simples acordo da Medicina e da farmácia. Morreu afinal, como os Estados morrem; no nosso caso particular, a questão é saber, não se a Turquia morrerá, porque a morte não poupa ninguém, mas se os russos entrarão algum dia em Constantinopla; essa era a questão para o meu vizinho leproso, debaixo da triste, rota e infecta colcha de retalhos...

XCI
ACHADO QUE CONSOLA

É claro que as reflexões que aí deixo não foram feitas então, a caminho do seminário, mas agora no gabinete do Engenho Novo. Então, não fiz propriamente nenhuma, a não ser esta: que servi de alívio um dia ao meu vizinho Manduca. Hoje, pensando melhor, acho que não só servi de alívio, mas até lhe dei felicidade. E o achado consola-me; já agora não esquecerei mais que dei dois ou três meses de felicidade a um pobre diabo, fazendo-lhe esquecer o mal e o resto. É alguma coisa na liquidação da minha vida. Se há no outro mundo tal ou qual prêmio para as virtudes sem intenção, esta pagará um ou dois dos meus muitos pecados. Quanto ao Manduca, não creio que fosse pecado opinar contra a Rússia, mas, se era, ele estará purgando há quarenta anos a felicidade que alcançou em dois ou três meses – donde concluirá (já tarde) que era ainda melhor haver gemido somente, sem opinar coisa nenhuma.

XCII
O DIABO NÃO É TÃO FEIO COMO SE PINTA

Manduca enterrou-se sem mim. A muitos outros aconteceu a mesma coisa, sem que eu sentisse nada, mas este caso afligiu-me particularmente pela razão já dita. Também senti não sei que melancolia ao recordar a primeira polêmica da vida, o gosto com que ele recebia os meus papéis e se propunha a refutá-los, não contando o gosto do carro... Mas o tempo apagou depressa todas essas saudades e ressurreições. Nem foi só ele; duas pessoas vieram ajudá-lo: Capitu, cuja imagem dormiu comigo na mesma noite, e outra que direi no capítulo que vem. O resto deste capítulo é só para pedir que, se alguém tiver de ler o meu livro com alguma atenção mais da que lhe exigir o preço do exemplar, não deixe de concluir que o Diabo não é tão feio como se pinta. Quero dizer...

Quero dizer que o meu vizinho de Matacavalos, temperando o mal com a opinião antirrussa, dava à podridão das suas carnes um reflexo espiritual que as consolava. Há consolação maiores, decerto, e uma das mais excelentes é não padecer esse nem outro mal algum, mas a natureza é tão divina que se diverte com tais contrastes, e aos mais nojentos ou mais aflitos acena com uma flor. E talvez saia assim a flor mais bela; o meu jardineiro afirma que as violetas, para terem um cheiro superior, hão mister de estrume de porco. Não examinei, mas deve ser verdade.

XCIII

UM AMIGO POR UM DEFUNTO

Quanto à outra pessoa que teve a força obliterativa, foi o meu colega Escobar, que no domingo, antes do meio-dia, veio ter a Matacavalos. Um amigo supria assim um defunto, e tal amigo que durante cerca de cinco minutos esteve com a minha mão entre as suas, como se me não visse desde longos meses.

– Você janta comigo, Escobar?

– Vim para isto mesmo.

Minha mãe agradeceu-lhe a amizade que me tinha, e ele respondeu com muita polidez, ainda que um tanto atado, como se carecesse de palavra pronta. Já viste que não era assim, a palavra obedecia-lhe, mas o homem não é sempre o mesmo em todos os instantes. O que ele disse, em resumo, foi que me estimava pelas minhas boas qualidades e aprimorada educação; no seminário todos me queriam bem, nem podia deixar de ser assim, acrescentou. Insistia na educação, nos bons exemplos, "na doce e rara mãe" que o céu me deu... Tudo isso com a voz engasgada e trêmula.

Todos ficaram gostando dele. Eu estava tao contente como se Escobar fosse invenção minha. José Dias desfechou-lhe dois superlativos, tio Cosme dois capotes, e prima Justina não achou tacha que lhe pôr; depois, sim, no segundo ou terceiro domingo, veio ela confessar-nos que o meu amigo Escobar era um tanto metediço e tinha uns olhos policiais a que não escapava nada.

– São os olhos dele – expliquei.

– Nem eu digo que sejam de outro.

– São olhos refletidos – opinou tio Cosme.

– Seguramente – acudiu José Dias –; entretanto, pode ser que a senhora D. Justina tenha alguma razão. A verdade é que uma coisa não impede outra, e a reflexão casa-se muito bem à curiosidade natural. Parece curioso, isso parece, mas...

– A mim parece-me um mocinho muito sério – disse minha mãe.

– Justamente! – confirmou José Dias para não discordar dela.

Quando eu referi a Escobar aquela opinião de minha mãe (sem lhe contar as outras, naturalmente), vi que o prazer dele foi extraordinário. Agradeceu, dizendo que eram bondades, e elogiou também minha mãe, senhora grave, distinta e moça, muito moça... Que idade teria?

– Já fez quarenta – respondi eu vagamente por vaidade.

– Não é possível! – exclamou Escobar. – Quarenta anos! Nem parece trinta; está muito moça e bonita. Também a alguém há de você sair, com esses olhos que Deus lhe deu; são exatamente os dela. Enviuvou há muitos anos?

Contei-lhe o que sabia da vida dela e de meu pai. Escobar escutava atento, perguntando mais, pedindo explicação das passagens omissas ou só escuras. Quando eu lhe disse que não me lembrava nada da roça, tão pequenino viera, contou-me duas ou três reminiscências dos seus três anos de idade, ainda agora frescas. E não contávamos voltar à roça?

– Não, agora não voltamos mais. Olhe, aquele preto que ali vai passando, é de lá. Tomás!

– Nhonhô!

Estávamos na horta da minha casa, e o preto andava em serviço; chegou-se a nós e esperou.

– É casado – disse eu para Escobar. – Maria onde está?

– Está socando milho, sim, senhor.

– Você ainda se lembra da roça, Tomás?

– Alembra, sim, senhor.

– Bem, vá-se embora.

Mostrei outro, mais outro, e ainda outro, este Pedro, aquele José, aquele outro Damião...

– Todas as letras do alfabeto – interrompeu Escobar.

Com efeito, eram diferentes letras, e só então reparei nisto; apontei ainda outros escravos, alguns com os mesmos nomes, distinguindo-se por um apelido, ou da pessoa, como João Fulo, Maria Gorda, ou de nação como Pedro Benguela, Antônio Moçambique...

– E estão todos aqui em casa? – perguntou ele.

– Não, alguns andam ganhando na rua, outros estão alugados. Não era possível ter todos em casa. Nem são todos os da roça; a maior parte ficou lá.

– O que me admira é que D. Glória se acostumasse logo a viver em casa da cidade, onde tudo é apertado; a de lá é naturalmente grande.

– Não sei, mas parece. Mamãe tem outras casas maiores que esta; diz porém que há de morrer aqui. As outras estão alugadas. Algumas são bem grandes, como a da Rua da Quitanda...

– Conheço essa; é bonita.

– Tem também no Rio Comprido, na Cidade-Nova, uma no Catete...

– Não lhe hão de faltar tetos – concluiu ele sorrindo com simpatia.

Caminhamos para o fundo. Passamos o lavadouro; ele parou um instante aí, mirando a pedra de bater roupa e fazendo reflexões a propósito do asseio; depois continuamos. Quais foram as reflexões não me lembra agora; lembra-me só que as achei engenhosas, e ri, ele riu também. A minha alegria acordava a dele, e o céu estava tão azul, e o ar tão claro, que a natureza parecia rir também conosco. São assim as boas horas deste mundo. Escobar confessou esse acordo do interno com o externo, por palavras tão finas e altas que me comoveram; depois, a propósito da beleza moral que se ajusta à física, tornou a falar de minha mãe, "um anjo dobrado", disse ele.

XCIV

IDEIAS ARITMÉTICAS

Não digo o mais, que foi muito. Nem ele sabia só elogiar e pensar, sabia também calcular depressa e bem. Era das cabeças aritméticas de Holmes (2 + 2 = 4). Não se imagina a facilidade com que ele somava ou multiplicava de cor. A divisão, que foi sempre uma das operações difíceis para mim, era para ele como nada: cerrava um pouco os olhos, voltados para cima, e sussurrava as denominações dos algarismos; estava pronto. Isto com sete, treze, vinte algarismos. A vocação era tal que o fazia amar os próprios sinais das somas, e tinha esta opinião que os algarismos, sendo poucos, eram muito mais conceituosos que as vinte e cinco letras do alfabeto.

– Há letras inúteis e letras dispensáveis – dizia ele. – Que serviço diverso prestam o *d* e o *t*? Têm quase o mesmo som. O mesmo digo do *b* e do *p*, o mesmo do *s*, do *c* e do *z*, o mesmo do *k* e do *g* etc. São trapalhices caligráficas. Veja os algarismos: não há dois que façam o mesmo ofício; 4 é 4, e 7 é 7. E admire a beleza com que um 4 e um 7 formam esta coisa que se exprime por 11. Agora dobre 11 e terá 22; multiplique por igual número, dá 484, e assim por diante. Mas onde a perfeição é maior é no emprego do zero. O valor do zero é, em si mesmo, nada; mas o ofício deste sinal negativo é justamente aumentar. Um 5 sozinho é um 5; ponha-lhe dois 00, é 500. Assim, o que não vale nada faz valer muito, coisa que não fazem as letras dobradas, pois eu tanto *aprovo* com um *p* como com dois *pp*.

Criado na ortografia de meus pais, custava-me a ouvir tais blasfêmias, mas não ousava refutá-lo. Contudo, um dia, proferi algumas palavras de defesa, ao que ele respondeu que era um preconceito, e acrescentou que as ideias aritméticas podiam ir ao infinito, com a vantagem que eram mais fáceis de menear. Assim que, eu não era capaz de resolver de momento um problema filosófico ou linguístico, ao passo que ele podia somar, em três minutos, quaisquer quantias.

– Por exemplo... dê-me um caso, dê-me uma porção de números que eu não saiba nem possa saber antes... Olhe, dê-me o número das casas de sua mãe e os aluguéis de cada uma, e se eu não disser a soma total em dois, em um minuto, enforque-me!

Aceitei a aposta, e na semana seguinte levei-lhe escritos em um papel os algarismos das casas e dos aluguéis. Escobar pegou o papel, passou-os pelos olhos a fim de os decorar, e enquanto eu fitava o relógio, ele erguia as pupilas, cerrava as pálpebras, e sussurrava... Oh! O vento não é mais rápido! Foi dito e feito; em meio minuto bradava-me:

– Dá tudo 1:070$000 mensais.

Fiquei pasmado. Considera que eram não menos de nove casas, e que os aluguéis variavam de uma para outra, indo de 70$000 a 180$000. Pois tudo isto em que eu gastaria três ou quatro minutos – e havia de ser no papel – fê-lo Escobar de cor, brincando. Olhava-me triunfalmente, e perguntava se não era exato. Eu, só por lhe mostrar que sim, tirei do bolso o papelzinho que levava com a soma total, e mostrei-lho; era aquilo mesmo, nem um erro: 1:070$000.

– Isto prova que as ideias aritméticas são mais simples, e portanto mais naturais. A natureza é simples. A arte é atrapalhada.

Fiquei tão entusiasmado com a facilidade mental do meu amigo, que não pude deixar de abraçá-lo. Era no pátio; outros seminaristas notaram a nossa efusão; um padre que estava com eles não gostou.

– A modéstia – disse-nos – não consente esses gestos excessivos; podem estimar-se com moderação.

Escobar observou-me que os outros e o padre falavam de inveja e propôs-me viver separados. Interrompi-o dizendo que não; se era inveja, tanto pior para eles.

– Quebremos-lhe a castanha na boca!

– Mas...

Fiquemos ainda mais amigos que até aqui.

Escobar apertou-me a mão às escondidas, com tal força que ainda me doem os dedos. É ilusão, decerto, se não é efeito das longas horas que tenho estado a escrever sem parar. Suspendamos a pena por alguns instantes...

XCV

O PAPA

A amizade de Escobar fez-se grande e fecunda; a de José Dias não lhe quis ficar atrás. Na primeira semana disse-me este em casa:

– Agora é certo que você vai sair já do seminário.

– Como?

– Espere até amanhã. Vou jogar com eles que me chamaram; amanhã, lá no quarto, no quintal, ou na rua, indo à missa, conto-lhe o que há. A ideia é tão santa que não está mal no santuário. Amanhã, Bentinho.

– Mas é coisa certa?

– Certíssima!

No dia seguinte revelou-me o mistério. Ao primeiro aspecto, confesso que fiquei deslumbrado. Trazia uma nota de grandeza e de espiritualidade que falava aos meus olhos de seminarista. Era não menos que isto. Minha mãe, ao parecer dele, estava arrependida do que fizera, e desejaria ver-me cá fora, mas entendia que o vínculo moral da promessa a prendia indissoluvelmente. Cumpria rompê-lo, e para tanto valia a Escritura, com o poder de desligar dado aos apóstolos. Assim que, ele e eu iríamos a Roma pedir a absolvição do papa... Que me parecia?

– Parece-me bem – respondi depois de alguns segundos de reflexão. – Pode ser um bom remédio.

– É o único, Bentinho, é o único! Vou já hoje conversar com D. Glória, exponho-lhe tudo, e podemos partir daqui a dois meses, ou antes...

– Melhor é falar domingo que vem; deixe-me pensar primeiro...

– Oh! Bentinho! – interrompeu o agregado. – Pensar em quê? Você o que quer... Digo? Não se amofina com o seu velho? Você o que quer é consultar a uma pessoa.

Rigorosamente, eram duas pessoas, Capitu e Escobar, mas eu neguei a pés juntos que quisesse consultar ninguém. E que pessoa, o reitor? Não era natural que lhe confiasse tal assunto. Não, nem reitor, nem professor, nem ninguém; era só o tempo de refletir, uma semana, no domingo daria a resposta, e desde já lhe dizia que a ideia não me parecia má.

– Não?

– Não.

– Pois resolvamos hoje mesmo.

– Não se vai a Roma brincando.

– Quem tem boca vai a Roma, e boca no nosso caso é a moeda. Ora, você pode muito bem gastar consigo... Comigo, não; um par de calças, três camisas e o pão diário, não preciso mais. Serei como São Paulo, que vivia do ofício enquanto ia pregando a palavra divina. Pois eu vou, não pregá-la, mas buscá-la. Levaremos cartas do internúncio e do bispo, cartas para o nosso ministro, cartas de capuchinhos... Bem sei a objeção que se pode opor a esta ideia; dirão que é dado pedir a dispensa cá de longe; mas, além do mais que não digo, basta refletir que é muito mais solene e bonito ver entrar no Vaticano, e prostrar-se aos pés do papa o próprio objeto do favor, o levita prometido, que vai pedir para sua mãe ternissima e dulcíssima a dispensa de Deus. Considere o quadro, você beijando o pé ao príncipe dos apóstolos; Sua Santidade, com o sorriso evangélico, inclina-se, interroga, ouve, absolve e abençoa. Os anjos o contemplam, a Virgem recomenda ao santíssimo filho que todos os seus desejos, Bentinho, sejam satisfeitos, e que o que você amar na Terra seja igualmente amado no Céu...

Não digo mais, porque é preciso acabar o capítulo, e ele não acabou o discurso.

Falou a todos os meus sentimentos de católico e de namorado. Vi a alma aliviada de minha mãe, vi a alma feliz de Capitu, ambas em casa, e eu com elas, e ele conosco, tudo mediante uma pequena viagem a Roma, que eu só geograficamente sabia onde ficava; espiritualmente, também, mas a distância que estaria da vontade de Capitu é que não. Eis o ponto essencial. Se Capitu achasse longe, não iria; mas era preciso ouvi-la, e assim também a Escobar, que me daria um bom conselho.

XCVI
UM SUBSTITUTO

Expus a Capitu a ideia de José Dias. Ouviu-me atentamente, e acabou triste.

– Você indo – disse ela –, esquece-me inteiramente.

– Nunca!

– Esquece. A Europa dizem que é tão bonita, e a Itália principalmente. Não é de lá que vêm as cantoras? Você esquece-me, Bentinho.

E não haverá outro meio? D. Glória está morta para que você saia do seminário.

– Sim, mas julga-se presa pela promessa.

Capitu não achava outra ideia, nem acabava de adotar esta. De caminho, pediu-me que, se acaso fosse a Roma, jurasse que no fim de seis meses estaria de volta.

– Juro.

– Por Deus?

– Por Deus, por tudo. Juro que no fim de seis meses estarei de volta.

– Mas se o papa não tiver ainda soltado a você?

– Mando dizer isso mesmo.

– E se você mentir?

Esta palavra doeu-me muito, e não achei logo que lhe replicasse. Capitu meteu o negócio à bulha, rindo e chamando-me disfarçado. Depois, declarou crer que eu cumpriria o juramento, mas ainda assim não consentiu logo; ia ver se não haveria outra coisa, e eu que visse também por meu lado.

Quando voltei ao seminário, contei tudo ao meu amigo Escobar, que me ouviu com igual atenção e acabou com a mesma tristeza da outra. Os olhos, de costume fugidios, quase me comeram de contemplação. De repente, vi-lhe no rosto um clarão, um reflexo de ideia. E ouvi-lhe dizer com volubilidade:

– Não, Bentinho, não é preciso isso. Há melhor – não digo melhor, porque o Santo Padre vale sempre mais que tudo, mas há coisa que produz o mesmo efeito.

– Que é?

– Sua mãe fez promessa a Deus de lhe dar um sacerdote, não é? Pois bem, dê-lhe um sacerdote, que não seja você. Ela pode muito bem tomar a si algum mocinho órfão, fazê-lo ordenar à sua custa, está dado um padre ao altar, sem que você...

– Entendo, entendo, é isso mesmo.

– Não acha? – continuou ele. – Consulte sobre isto o protonotário; ele lhe dirá se não é a mesma coisa, ou eu mesmo consulto, se quer; e se ele hesitar, fala-se ao Sr. bispo.

Eu, refletindo:

– Sim, parece que é isso; realmente, a promessa cumpre-se, não se perdendo o padre.

Escobar observou que, pelo lado econômico, a questão era fácil; minha mãe gastaria o mesmo que comigo, e um órfão não precisaria grandes comodidades. Citou a soma dos aluguéis das casas, 1.070$000, além dos escravos...

– Não há outra coisa – disse eu.

– E saímos juntos.

– Você também?

– Também eu. Vou melhorar o meu latim e saio; nem dou teologia. O próprio latim não é preciso; para que no comércio?

– *In hoc signo vinces* – disse eu rindo.

Sentia-me pilhérico. Oh! Como a esperança alegra tudo. Escobar sorriu, parecendo gostar da resposta. Depois ficamos a cuidar de nós mesmos, cada um com os seus olhos perdidos, provavelmente. Os dele estavam assim, quando tornei de longe, e agradeci de novo o plano lembrado; não podia havê-lo melhor. Escobar ouviu-me contentíssimo.

– Ainda uma vez – disse ele gravemente – a religião e a liberdade fazem boa companhia.

XCVII
A SAÍDA

Tudo se fez por esse teor. Minha mãe hesitou um pouco, mas acabou cedendo, depois que o Padre Cabral, tendo consultado o bispo, voltou a dizer-lhe que sim, que podia ser. Saí do seminário no fim do ano.

Tinha então pouco mais de dezessete... Aqui devia ser o meio do livro, mas a inexperiência fez-me ir atrás da pena, e chego quase ao fim do papel, com o melhor da narração por dizer. Agora não há mais que levá-la a grandes pernadas, capítulo sobre capítulo, pouca emenda, pouca reflexão, tudo em resumo. Já esta página vale por meses, outras valerão por anos, e assim chegaremos ao fim. Um dos sacrifícios que faço a esta dura necessidade é a análise das minhas emoções dos dezessete anos. Não sei se alguma vez tiveste dezessete anos. Se sim, deves saber que é a idade em que a metade do homem e a metade do menino formam um só curioso. Eu era um curiosíssimo, diria o meu agregado José Dias, e não diria mal. O que essa qualidade superlativa me rendeu não poderia nunca dizê-lo aqui, sem cair no erro que acabo de condenar; a análise das minhas emoções daquele tempo é que entrava no meu plano. Posto que filho do seminário e de minha mãe, sentia já debaixo do recolhimento casto uns assomos de petulância e de atrevimento; eram do sangue, mas eram também das moças que na rua ou da janela não me deixavam viver sossegado. Achavam-me lindo, e diziam-mo; algumas queriam mirar de mais perto a minha beleza, e a vaidade é um princípio de corrupção.

XCVIII
CINCO ANOS

Venceu a razão; fui-me aos estudos.

Passei os dezoito anos, os dezenove, os vinte, os vinte e um; aos vinte e dois era bacharel em Direito.

Tudo mudara em volta de mim. Minha mãe resolvera-se a envelhecer; ainda assim os cabelos brancos vinham de má vontade, aos poucos e espalhadamente; a touca, os vestidos, os sapatos rasos e surdos eram os mesmos de outrora. Já não andaria tanto de um lado para outro. Tio Cosme padecia do coração e ia descansar. A prima Justina apenas estava mais idosa. José Dias também, não tanto que me não fizesse a fineza de ir assistir à minha graduação, e descer comigo a serra, lépido e viçoso, como se o bacharel fosse ele. A mãe de Capitu falecera, o pai aposentara-se no mesmo cargo em que quis dar demissão da vida.

Escobar começava a negociar em café depois de haver trabalhado quatro anos em uma das primeiras casas do Rio de Janeiro. Era opinião de prima Justina que ele afagara a ideia de convidar minha mãe a segundas núpcias; mas, se tal ideia houve, cumpre não esquecer a grande diferença de idade. Talvez ele não pensasse em mais que associá-la aos seus primeiros tentâmens comerciais, e de fato, a pedido meu, minha mãe adiantou-lhe alguns dinheiros, que ele lhe restituiu, logo que pôde, não sem este remoque: "D. Glória é medrosa e não tem ambição".

A separação não nos esfriou. Ele foi o terceiro na troca das cartas entre mim e Capitu. Desde que a viu animou-me muito no nosso amor. As relações que travou com o pai de Sancha estreitaram as que já trazia com Capitu, e fê-lo servir a ambos nós, como amigo. A princípio, custou-lhe a ela aceitá-lo, preferia José Dias, mas José Dias repugnava-me por um resto de respeito de criança. Venceu Escobar; posto que vexada, Capitu entregou-lhe a primeira carta, que foi mãe e avó das outras. Nem depois de casado suspendeu ele o obséquio... Que ele casou – adivinha com quem –, casou com a boa Sancha, a amiga de Capitu, quase irmã dela, tanto que alguma vez, escrevendo-me, chamava a esta a "sua cunhadinha". Assim se formam as afeições e os parentescos, as aventuras e os livros.

XCIX
O FILHO É A CARA DO PAI

Minha mãe, quando eu regressei bacharel, quase estalou de felicidade. Ainda ouço a voz de José Dias, lembrando o evangelho de São João, e dizendo ao ver-nos abraçados:

– Mulher, eis aí o teu filho! Filho, eis aí a tua mãe!

Minha mãe, entre lágrimas:

– Mano Cosme, é a cara do pai, não é?

– Sim, tem alguma coisa, os olhos, a disposição do rosto. É o pai, um pouco mais moderno – concluiu por chalaça. – E diga-me agora, mana Glória, não foi melhor que ele não teimasse em ser padre? Veja se este peralta daria um padre capaz.

– Como vai o meu substituto?

– Vai indo, ordena-se para o ano – respondeu tio Cosme. – Hás de ir ver a ordenação; eu também, se o meu senhor coração consentir. É bom que te sintas na alma do outro, como se recebesses em ti mesmo a sagração.

– Justamente! – exclamou minha mãe. – Mas veja bem, mano Cosme, veja se não é a figura do meu defunto. Olha, Bentinho, olha bem para mim. Sempre achei que te parecias com ele, agora é muito mais. O bigode é que desfaz um pouco...

– Sim, mana Glória, o bigode realmente... mas é muito parecido.

E minha mãe beijava-me com uma ternura que não sei escrever. Tio Cosme, para alegrá-la, chamava-me doutor, José Dias também, e todos em casa, a prima, os escravos, as visitas, Pádua, a filha, e ela mesma repetiam-me o título.

C

"TU SERÁS FELIZ, BENTINHO"

No quarto, desfazendo a mala e tirando a carta de bacharel de dentro da lata, ia pensando na felicidade e na glória. Via o casamento e a carreira ilustre, enquanto José Dias me ajudava, calado e zeloso. Uma fada invisível desceu ali e me disse em voz igualmente macia e cálida: "Tu serás feliz, Bentinho; tu vais ser feliz."

– E por que não seria feliz? – perguntou José Dias, endireitando o tronco e fitando-me.

– Você ouviu? – perguntei eu erguendo-me também, espantado.

– Ouviu o quê?

– Ouviu uma voz que dizia que eu serei feliz?

– É boa! Você mesmo é que está dizendo...

Ainda agora sou capaz de jurar que a voz era da fada; naturalmente as fadas, expulsas dos contos e dos versos, meteram-se no coração da gente e falam de dentro para fora. Esta, por exemplo, muita vez a ouvi clara e distinta. Há de ser prima das feiticeiras da Escócia: "Tu serás rei, Macbeth!"; "Tu serás feliz, Bentinho!". Ao cabo, é a mesma predição, pela mesma toada universal e eterna. Quando voltei do meu espanto, ouvi o resto do discurso de José Dias:

– ... Há de ser feliz, como merece, assim como mereceu esse diploma que ali está, que não é favor de ninguém. A distinção que tirou em todas as matérias é prova disso; já lhe contei que ouvi da boca dos lentes, em particular, os maiores elogios. Demais, a felicidade não é só a glória, é também outra coisa... Ah! Você não confiou tudo ao velho José Dias! O pobre José Dias está aí para um canto, é caju chupado, não vale nada; agora são os novos, os Escobares... Não lhe nego que é moço muito distinto, e trabalhador, e marido de truz; mas, enfim, velho também sabe amar...

– Mas que é?

– Que há de ser? Quem é que não sabe tudo?... Aquela intimidade de vizinhos tinha de acabar nisto, que é verdadeiramente uma bênção do céu, porque ela é um anjo, é um anjíssimo... Perdoe a cincada, Bentinho, foi um modo de acentuar a perfeição daquela moça. Cuidei o contrário, outrora; confundi os modos de criança com expressões de caráter, e não vi que essa menina travessa e já de olhos pensativos era a flor caprichosa de um fruto sadio e doce... Por que é que não me contou também o que outros sabem, e cá em casa está mais que adivinhado e aprovado?

– Mamãe aprova deveras?

– Pois então? Temos falado sobre isso, e ela fez-me o favor de pedir a minha opinião. Pergunte-lhe o que é que eu lhe disse em termos claros e positivos; pergunte-lhe. Disse-lhe que não podia desejar melhor nora para si, boa, discreta, prendada, amiga da gente... e uma dona de casa, que não lhe digo nada. Depois da morte da mãe, tomou conta de tudo. Pádua, agora que se aposentou, não faz mais que receber o ordenado e entregá-lo à filha. A filha é que distribui o dinheiro, paga as contas, faz o rol das despesas, cuida de tudo, mantimento, roupa, luz; você já a viu o ano passado. E quanto à formosura você sabe melhor que ninguém...

– Mas, deveras, mamãe consultou o senhor sobre o nosso casamento?

– Positivamente, não; fez-me o favor de perguntar se Capitu não daria uma boa esposa; eu é que, na resposta, falei em nora. D. Glória não negou e até deu um ar de riso.

– Mamãe sempre que me escrevia, falava de Capitu.

– Você sabe que elas se dão muito, e por isso é que sua prima anda cada vez mais amuada. Talvez agora case mais depressa.

– Prima Justina?

– Não sabe? São contos, naturalmente; mas enfim, o Doutor João da Costa enviuvou há poucos meses, e dizem (não sei, o protonotário é que me contou), dizem que os dois andam meio inclinados a acabar com a viuvez, entre si, casando-se. Há de ver que não há nada, mas não é fora de propósito, conquanto ela sempre achasse que o doutor era um feixe de ossos... Só se ela é um cemitério – comentou rindo; e logo sério: – Digo isto por gracejo...

Não ouvi o resto. Ouvia só a voz da minha fada interior, que me repetia, mas já então sem palavras: "Tu serás feliz, Bentinho!". E a voz de Capitu me disse a mesma coisa, com termos diversos, e assim também a de Escobar, os quais ambos me confirmaram a notícia de José Dias pela sua própria impressão. Enfim, minha mãe, algumas semanas depois, quando lhe fui pedir licença para casar, além do consentimento, deu-me igual profecia, salva a redação própria de mãe: "Tu serás feliz, meu filho!".

CI

NO CÉU

Pois sejamos felizes de uma vez, antes que o leitor pegue em si, morto de esperar, e vá espairecer a outra parte; casemo-nos. Foi em 1865, uma tarde de março, por sinal que chovia. Quando chegamos ao alto da Tijuca, onde era o nosso ninho de noivos, o céu recolheu a chuva e acendeu as estrelas, não só as já conhecidas, mas ainda as que só serão descobertas daqui a muitos séculos. Foi grande fineza e não foi única. São Pedro, que tem as chaves do Céu, abriu-nos as portas dele, fez-nos entrar, e depois de tocar-nos com o báculo, recitou alguns versículos da sua primeira epístola: "As mulheres sejam sujeitas a seus maridos... Não seja o adorno delas o enfeite dos cabelos riçados ou as rendas de ouro, mas o homem que está escondido no coração... Do mesmo modo, vós, maridos, coabitai com elas, tratando-as com honra, como a vasos mais fracos, e herdeiras convosco da graça da vida..." Em seguida, fez sinal aos anjos, e eles entoaram um trecho do Cântico, tão concertadamente, que desmentiriam a hipótese do tenor italiano, se a execução fosse na Terra; mas era no Céu. A música ia com o texto, como se houvessem nascido juntos, à maneira de uma ópera de Wagner. Depois, visitamos uma parte daquele lugar infinito. Descansa que não farei descrição alguma, nem a língua humana possui formas idôneas para tanto.

Ao cabo, pode ser que tudo fosse um sonho; nada mais natural a um ex-seminarista que ouvir por toda a parte latim e Escritura. É verdade que Capitu, que não sabia Escritura nem latim, decorou algumas palavras, como estas, por exemplo: "Sentei-me à sombra daquele que tanto havia desejado". Quanto às de São Pedro, disse-me no dia seguinte que estava por tudo, que eu era a única renda e o único enfeite que jamais poria em si. Ao que eu repliquei que a minha esposa teria sempre as mais finas rendas deste mundo.

CII

DE CASADA

Imagina um relógio que só tivesse pêndulo, sem mostrador, de maneira que não se vissem as horas escritas. O pêndulo iria de um lado para outro, mas nenhum sinal externo mostraria a marcha do tempo. Tal foi aquela semana da Tijuca.

De quando em quando, tornávamos ao passado e divertíamo-nos em relembrar as nossas tristezas e calamidades, mas isso mesmo era um modo de não sairmos de nós. Assim vivemos novamente a nossa longa espera de namorados, os anos da adolescência, a denúncia que está nos primeiros capítulos, e ríamos de José Dias que conspirou a nossa desunião, e acabou festejando o nosso consórcio. Uma ou outra vez, falávamos em descer, mas as manhãs marcadas eram sempre de chuva ou de sol, e nós esperávamos um dia encoberto, que teimava em não vir.

Não obstante, achei que Capitu estava um tanto impaciente por descer. Concordava em ficar, mas ia falando do pai e de minha mãe, da falta de notícias nossas, disto e daquilo, a ponto que nos arrufamos um pouco. Perguntei-lhe se já estava aborrecida de mim.

– Eu?

– Parece.

– Você há de ser sempre criança – disse ela fechando-me a cara entre as mãos e chegando muito os olhos aos meus. – Então eu esperei tantos anos para aborrecer-me em sete dias? Não, Bentinho; digo isto porque é realmente assim, creio que eles podem estar desejosos de ver-nos e imaginar alguma doença; e confesso, pela minha parte, que queria ver papai.

– Pois vamos amanhã.

– Não; há de ser com tempo encoberto – redarguiu rindo.

Peguei-lhe no riso e na palavra, mas a impaciência continuou, e descemos com sol.

A alegria com que pôs o seu chapéu de casada, e o ar de casada com que me deu a mão para entrar e sair do carro, e o braço para andar na rua, tudo me mostrou que a causa da impaciência de Capitu eram os sinais exteriores do novo estado. Não lhe bastava ser casada entre quatro paredes e algumas árvores; precisava do resto do mundo também. E quando eu me vi embaixo, pisando as ruas com ela, parando, olhando, falando, senti a mesma coisa. Inventava passeios para que me vissem, me confirmassem e me invejassem. Na rua, muitos voltavam a cabeça curiosos, outros paravam, alguns perguntavam: "Quem são?", e um sabido explicava: "Este é o Doutor Santiago, que casou há dias com aquela moça, D. Capitolina, depois de uma longa paixão de crianças; moram na Glória, as famílias residem em Matacavalos". E ambos os dois: "É uma mocetona!".

CIII
A FELICIDADE TEM BOA ALMA

Mocetona é vulgar; José Dias achou melhor. Foi a única pessoa cá de baixo que nos visitou na Tijuca, levando abraços dos nossos e palavras suas, mas palavras que eram músicas verdadeiras; não as ponho aqui para ir poupando papel, mas foram deliciosas. Um dia, comparou-nos a aves criadas em dois vãos de telhados contíguos. Imagina o resto, as aves emplumando as asas e subindo ao céu, e o céu agora mais largo para poder contê-las também. Nenhum de nós riu; ambos escutávamos comovidos e convencidos, esquecendo tudo, desde a tarde de 1857... A felicidade tem boa alma.

CIV
AS PIRÂMIDES

José Dias dividia-se agora entre mim e minha mãe, alternando os jantares da Glória com os almoços de Matacavalos. Tudo corria bem. Ao fim de dois anos de casado, salvo o desgosto grande de não ter um filho, tudo corria bem. Perdera meu sogro, é verdade, e o tio Cosme estava por pouco, mas a saúde de minha mãe era boa; a nossa, excelente.

Eu era advogado de algumas casas ricas, e os processos vinham chegando. Escobar contribuíra muito para as minhas estreias no foro.

Interveio com um advogado célebre para que me admitisse à sua banca, e arranjou-me algumas procurações, tudo espontaneamente.

Demais, as nossas relações de família estavam previamente feitas; Sancha e Capitu continuavam depois de casadas a amizade da escola, Escobar e eu a do seminário. Eles moravam em Andaraí, aonde queriam que fôssemos muitas vezes, e, não podendo ser tantas como desejávamos, íamos lá jantar alguns domingos, ou eles vinham fazê-lo conosco. Jantar é pouco. Íamos sempre muito cedo, logo depois do almoço, para gozarmos o dia compridamente, e só nos separávamos às nove, dez e onze horas, quando não podia ser mais. Agora que penso naqueles dias de Andaraí e da Glória, sinto que a vida e o resto não sejam tão rijos como as Pirâmides.

Escobar e a mulher viviam felizes; tinham uma filhinha. Em tempo ouvi falar de uma aventura do marido, negócio de teatro, não sei que atriz ou bailarina, mas se foi certo, não deu escândalo. Sancha era modesta, o marido trabalhador. Como eu um dia dissesse a Escobar que lastimava não ter um filho, replicou-me:

– Homem, deixa lá. Deus os dará quando quiser, e se não der nenhum é que os quer para si, e melhor será que fiquem no Céu.

– Uma criança, um filho é o complemento natural da vida.

– Virá, se for necessário.

Não vinha. Capitu pedia-o em suas orações, eu mais de uma vez dava por mim a rezar e a pedi-lo. Já não era como em criança; agora pagava antecipadamente, como os aluguéis da casa.

CV
OS BRAÇOS

No mais, tudo corria bem. Capitu gostava de rir e divertir-se, e, nos primeiros tempos, quando íamos a passeios ou espetáculos, era como um pássaro que saísse da gaiola. Arranjava-se com graça e modéstia. Embora gostasse de joias, como as outras moças, não queria que eu lhe comprasse muitas nem caras, e um dia afligiu-se tanto que prometi não comprar mais nenhuma; mas foi só por pouco tempo.

A nossa vida era mais ou menos plácida. Quando não estávamos com a família ou com amigos, ou se não íamos a algum espetáculo ou serão particular (e estes eram raros), passávamos as noites à nossa janela da Glória, mirando o mar e o céu, a sombra das montanhas e dos navios, ou a gente que passava na praia. Às vezes, eu contava a Capitu a história da cidade, outras dava-lhe notícias de astronomia; notícias de amador que ela escutava atenta e curiosa, nem sempre tanto que não cochilasse um pouco. Não sabendo piano, aprendeu depois de casada, e depressa, e daí a pouco tocava nas casas de amizade. Na Glória era uma das nossas recreações; também cantava, mas pouco e raro, por não ter voz; um dia chegou a entender que era melhor não cantar nada e cumpriu o alvitre. De dançar gostava, e enfeitava-se com amor quando ia a um baile; os braços é que... Os braços merecem um período.

Eram belos, e na primeira noite que os levou nus a um baile, não creio que houvesse iguais na cidade, nem os seus, leitora, que eram então de menina, se eram nascidos, mas provavelmente estariam ainda no mármore, donde vieram, ou nas mãos do divino escultor. Eram os mais belos da noite, a ponto que me encheram de desvanecimento. Conversava mal com as outras pessoas, só para vê-los, por mais que eles se entrelaçassem aos das casacas alheias. Já não foi assim no segundo baile; nesse, quando vi que os homens não se fartavam de olhar para eles, de os buscar, quase de os pedir, e que roçavam por eles as mangas pretas, fiquei vexado e aborrecido. Ao terceiro não fui, e aqui tive o apoio de Escobar, a quem confiei candidamente os meus tédios; concordou logo comigo.

– Sanchinha também não vai, ou irá de mangas compridas; o contrário parece-me indecente.

– Não é? Mas não diga o motivo; hão de chamar-nos seminaristas. Capitu já me chamou assim.

Nem por isso deixei de contar a Capitu a aprovação de Escobar. Ela sorriu e respondeu que os braços de Sanchinha eram mal feitos, mas cedeu depressa, e não foi ao baile; a outros foi, mas levou-os meio vestidos de escumilha ou não sei que, que nem cobria nem descobria inteiramente, como o cendal de Camões.

CVI
DEZ LIBRAS ESTERLINAS

Já disse que era poupada, ou fica dito agora, e não só de dinheiro mas também de coisas usadas, dessas que se guardam por tradição, por lembrança ou por saudade. Uns sapatos, por exemplo, uns sapatinhos rasos de fitas pretas que se cruzavam no peito do pé e princípio da perna, os últimos que usou antes de calçar botinas, trouxe-os para casa, e tirava-os de longe em longe da gaveta da cômoda, com outras velharias, dizendo-me que eram pedaços de criança. Minha mãe, que tinha o mesmo gênio, gostava de ouvir falar e fazer assim.

Quanto às puras economias de dinheiro, direi um caso, e basta. Foi justamente por ocasião de uma lição de astronomia, à Praia da Glória. Sabes que alguma vez a fiz cochilar um pouco. Uma noite perdeu-se em fitar o mar, com tal força e concentração, que me deu ciúmes.

– Você não me ouve, Capitu.

– Eu? Ouço perfeitamente.

– O que é que eu dizia?

– Você... você falava de Sírius.

– Qual Sírius, Capitu. Há vinte minutos que eu falei de Sírius.

– Falava de... falava de Marte – emendou ela apressada.

Realmente, era de Marte, mas é claro que só apanhara o som da palavra, não o sentido. Fiquei sério, e o ímpeto que me deu foi deixar a sala; Capitu, ao percebê-lo, fez-se a mais mimosa das criaturas, pegou-me na mão, confessou-me que estivera contando, isto é, somando uns dinheiros para descobrir certa parcela que não achava. Tratava-se de uma conversão de papel em ouro. A princípio supus que era um recurso para desenfadar-me, mas daí a pouco estava eu mesmo calculando também, já então com papel e lápis, sobre o joelho, e dava a diferença que ela buscava.

– Mas que libras são essas? – perguntei-lhe no fim.

Capitu fitou-me rindo, e replicou que a culpa de romper o segredo era minha. Ergueu-se, foi ao quarto e voltou com dez libras esterlinas, na mão; eram as sobras do dinheiro que eu lhe dava mensalmente para as despesas.

– Tudo isto?

– Não é muito, dez libras só; é o que a avarenta de sua mulher pôde arranjar, em alguns meses – concluiu fazendo tinir o ouro na mão.

– Quem foi o corretor?

– O seu amigo Escobar.

– Como é que ele não me disse nada?

– Foi hoje mesmo.

– Ele esteve cá?

– Pouco antes de você chegar; eu não disse para que você não desconfiasse.

Tive vontade de gastar o dobro do ouro em algum presente comemorativo, mas Capitu deteve-me. Ao contrário, consultou-me sobre o que havíamos de fazer daquelas libras.

– São suas – respondi.

– São nossas – emendou.

– Pois você guarde-as.

No dia seguinte, fui ter com Escobar ao armazém, e ri-me do segredo de ambos. Escobar sorriu e disse-me que estava para ir ao meu escritório contar-me tudo. A cunhadinha (continuava a dar este nome a Capitu) tinha-lhe falado naquilo por ocasião da nossa última visita a Andaraí, e disse-lhe a razão do segredo.

– Quando contei isto a Sanchinha – concluiu ele –, ficou espantada: "Como é que Capitu pode economizar, agora que tudo está tão caro?". "Não sei, filha; sei que arranjou dez libras."

– Vê se ela aprende também.

– Não creio; Sanchinha não é gastadeira, mas também não é poupada; o que lhe dou chega, mas só chega.

Eu, depois de alguns instantes de reflexão:

– Capitu é um anjo!

Escobar concordou de cabeça, mas sem entusiasmo, como quem sentia não poder dizer o mesmo da mulher. Assim pensarias tu também, tão certo é que as virtudes das pessoas próximas nos dão tal ou qual vaidade, orgulho ou consolação.

CVII
CIÚMES DO MAR

Se não fosse a astronomia, não descobriria eu tão cedo as dez libras de Capitu; mas não é por isso que torno a ela, é para que não cuides que a vaidade de professor é que me fez padecer com a desatenção de Capitu e ter ciúmes do mar. Não, meu amigo. Venho explicar-te que tive tais ciúmes pelo que podia estar na cabeça de minha mulher, não fora ou acima dela. É sabido que as distrações de uma pessoa podem ser culpadas, metade culpadas, um terço, um quinto, um décimo de culpadas, pois que em matéria de culpa a graduação é infinita. A recordação de uns simples olhos basta para fixar outros que os recordem e se deleitem com a imaginação deles. Não é mister pecado efetivo e mortal, nem papel trocado, simples palavra, aceno, suspiro ou sinal ainda mais miúdo e leve. Um anônimo ou anônima que passe na esquina da rua faz com que metamos Sírius dentro de Marte, e tu sabes, leitor, a diferença que há de um a outro na distância e no tamanho, mas a astronomia tem dessas confusões. Foi isto que me fez empalidecer, calar e querer fugir da sala para voltar, Deus sabe quando; provavelmente, dez minutos depois. Dez minutos depois, estaria eu outra vez na sala, ao piano ou à janela, continuando a lição interrompida:

– Marte está à distância de...

Tão pouco tempo? Sim, tão pouco tempo, dez minutos. Os meus ciúmes eram intensos, mas curtos; com pouco derrubaria tudo, mas com o mesmo pouco ou menos reconstruiria o céu, a terra e as estrelas.

A verdade é que fiquei mais amigo de Capitu, se era possível, ela ainda mais meiga, o ar mais brando, as noites mais claras, e Deus mais Deus. E não foram propriamente as dez libras esterlinas que fizeram isto, nem o sentimento de economia que revelavam e que eu conhecia, mas as cautelas que Capitu empregou para o fim de descobrir-me um dia o cuidado de todos os dias. Escobar também se me fez mais pegado ao coração. As nossas visitas foram-se tornando mais próximas, e as nossas conversações mais íntimas.

CVIII
UM FILHO

Pois nem tudo isso me matava a sede de um filho, um triste menino que fosse, amarelo e magro, mas um filho, um filho próprio da minha pessoa. Quando íamos a Andaraí e víamos a filha de Escobar e Sancha, familiarmente Capituzinha, por diferençá-la de minha mulher, visto que lhe deram o mesmo nome à pia, ficávamos cheios de invejas. A pequena era graciosa e gorducha, faladeira e curiosa. Os pais, como os outros pais, contavam as travessuras e agudezas da menina, e nós, quando voltávamos à noite para a Glória, vínhamos suspirando as nossas invejas, e pedindo mentalmente ao Céu que no-las matasse...

... As invejas morreram, as esperanças nasceram, e não tardou que viesse ao mundo o fruto delas. Não era escasso nem feio, como eu já pedia, mas um rapagão robusto e lindo.

A minha alegria quando ele nasceu, não sei dizê-la; nunca a tive igual, nem creio que a possa haver idêntica, ou que de longe ou de perto se pareça com ela. Foi uma vertigem e uma loucura. Não cantava na rua por natural vergonha, nem em casa para não afligir Capitu convalescente. Também não caía, porque há um deus para os pais novos. Fora, vivia com o espírito no menino; em casa, com os olhos, a observá-lo, a mirá-lo, a perguntar-lhe donde vinha, e por que é que eu estava tão inteiramente nele, e várias outras tolices sem palavras, mas pensadas ou deliradas a cada instante. Talvez perdi algumas causas no foro por descuido.

Capitu não era menos terna para ele e para mim. Dávamos as mãos um ao outro, e, quando não olhávamos para o nosso filho, conversávamos de nós, do nosso passado e do nosso futuro. As horas de maior encanto e mistério eram as de amamentação. Quando eu via o meu filho chupando o leite da mãe, e toda aquela união da natureza para a nutrição e vida de um ser que não fora nada, mas que o nosso destino afirmou que seria, e a nossa constância e o nosso amor fizeram que chegasse a ser, ficava que não sei dizer nem digo; positivamente não me lembra, e receio que o que dissesse me saísse escuro.

Escusai minúcias. Assim que, não é preciso contar a dedicação de minha mãe e de Sancha, que também foi passar com Capitu os primeiros dias e noites. Quis rejeitar o obséquio de Sancha; respondeu-me que eu não tinha nada com isso; também Capitu, em solteira, fora tratá-la à Rua dos Inválidos.

– Não se lembra que o senhor foi lá vê-la?

– Lembra-me; mas Escobar...

– Eu virei jantar com vocês, e às noites sigo para Andaraí; oito dias, e está tudo passado. Bem se vê que você é pai de primeira viagem.

– Também você; onde está a segunda?

Usávamos então estas graças em família. Hoje, que me recolhi à minha casmurrice, não sei se ainda há tal linguagem, mas deve haver. Escobar cumpriu o que disse; jantava conosco, e ia-se à noite. Sobre tarde descíamos à praia ou íamos ao Passeio Público, fazendo ele os seus cálculos, eu os meus sonhos. Eu via o meu filho médico, advogado, negociante, meti-o em várias universidades e bancos, e até aceitei a hipótese de ser poeta. A possibilidade de político foi consultada, e cri que me saísse orador, e grande orador.

– Pode ser – redarguia Escobar –; ninguém diria o que veio a ser Demóstenes.

Escobar acompanhava muita vez as minhas criancices; também interrogava o futuro. Chegou a falar da hipótese de casar o pequeno com a filha. A amizade existe; esteve toda nas mãos com que apertei as de Escobar, ao ouvir-lhe isto, e na total ausência de palavras com que ali assinei o pacto; estas vieram depois, de atropelo, afinadas pelo coração, que batia com grande força. Aceitei a lembrança, e propus que os encaminhássemos a este fim, pela educação igual e comum, pela infância unida e correta.

Era minha ideia que Escobar fosse padrinho do pequeno; a madrinha devia ser e seria minha mãe. Mas a primeira parte se trocou por intervenção do tio Cosme, que, ao ver a criança, disse-lhe entre outros carinhos:

– Anda, toma a bênção a teu padrinho, velhaco. – E, voltando-se para mim: – Não desisto do favor; e há de ser depressa o batizado, antes que a minha doença me leve de vez.

Contei discretamente a anedota a Escobar, para que ele me compreendesse e desculpasse; riu-se e não se magoou. Fez mais, quis que o almoço do batizado fosse na chácara dele, e foi. Eu ainda tentei espaçar a cerimônia a ver se tio Cosme sucumbia primeiro à doença, mas parece que esta era mais de aborrecer que de matar. Não houve remédio senão levar o menino à pia, onde se lhe deu o nome de Ezequiel; era o de Escobar, e eu quis suprir deste modo a falta de compadrio.

CIX

UM FILHO ÚNICO

Ezequiel, quando começou o capítulo anterior, não era ainda gerado; quando acabou era cristão e católico. Este outro é destinado a fazer chegar o meu Ezequiel aos cinco anos, um rapagão bonito, com os seus olhos claros, já inquietos, como se quisessem namorar todas as moças da vizinhança, ou quase todas.

Agora, se considerares que ele foi único, que nenhum outro veio, certo nem incerto, morto nem vivo, um só e único, imaginarás os cuidados que nos deu, os sonos que nos tirou, e que sustos nos meteram as crises dos dentes e outras, a menor febrícula, toda a existência comum das crianças. A tudo acudíamos, segundo cumpria e urgia, coisa que não era necessário dizer, mas há leitores tão obtusos, que nada entendem, se lhes não relata tudo e o resto. Vamos ao resto.

CX
RASGOS DA INFÂNCIA

O resto come-me ainda muitos capítulos; há vidas que os têm menos, e fazem-se ainda assim completas e acabadas.

Aos cinco e seis anos, Ezequiel não parecia desmentir os meus sonhos da Praia da Glória; ao contrário, adivinhavam-se nele todas as vocações possíveis, desde vadio até apóstolo. Vadio é aqui posto no bom sentido, no sentido de homem que pensa e cala; metia-se às vezes consigo, e nisto fazia lembrar a mãe, desde pequena. Assim também, agitava-se todo e instava por ir persuadir às vizinhas que os doces que eu lhe trazia eram doces deveras; não o fazia antes de farto deles, mas também os apóstolos não levam a boa doutrina senão depois de a terem toda no coração. Escobar, bom negociante, opinava que a causa principal desta outra inclinação talvez fosse convidar implicitamente as vizinhas a igual apostolado, quando os pais lhe trouxessem doces; e ria-se da própria graça, e anunciava-me que o faria seu sócio.

Gostava de música, não menos que de doce, e eu disse a Capitu que lhe tirasse ao piano o pregão do preto das cocadas de Matacavalos...

– Não me lembra.

– Não diga isso; você não se lembra daquele preto que vendia doce, às tardes...

– Lembra-me de um preto que vendia doce, mas não sei mais da toada.

– Nem das palavras?

– Nem das palavras.

A leitora, que ainda se lembrará das palavras, dado que me tenha lido com atenção, ficará espantada de tamanho esquecimento, tanto mais que lhe lembrarão ainda as vozes da sua infância e adolescência; haverá olvidado algumas, mas nem tudo fica na cabeça. Assim me replicou Capitu, e não achei tréplica. Fiz, porém, o que ela não esperava; corri aos meus papéis velhos. Em São Paulo, quando estudante, pedi a um professor de música que me transcrevesse a toada do pregão; ele o fez com prazer (bastou-me repetir-lho de memória), e eu guardei o papelzinho; fui procurá-lo. Daí a pouco interrompi um romance que ela tocava, com o pedacinho de papel na mão. Expliquei-lho; ela teclou as dezesseis notas.

Capitu achou à toada um sabor particular, quase delicioso; contou ao filho a história do pregão, e assim o cantava e teclava. Ezequiel aproveitou a música para pedir-me que desmentisse o texto, dando--lhe algum dinheiro.

Fazia de médico, de militar, de ator e bailarino. Nunca lhe dei oratórios; mas cavalos de pau e espada à cinta eram com ele. Já não falo dos batalhões que passavam na rua, e que ele corria a ver; todas as crianças o fazem. O que nem todas fazem é ter os olhos que esta tinha. Em nenhuma vi as ânsias de gosto com que assistia à passagem da tropa e ouvia tocar a marcha dos tambores.

– Olha, papai! Olha!

– Estou vendo, meu filho!

– Olha o comandante! Olha o cavalo do comandante! Olha os soldados!

Um dia amanheceu tocando corneta com a mão; dei-lhe uma cornetinha de metal. Comprei-lhe soldadinhos de chumbo, gravuras de batalhas que ele mirava por muito tempo, querendo que lhe explicasse uma peça de artilharia, um soldado caído, outro de espada alçada, e todos os seus amores iam para o de espada alçada. Um dia (ingênua idade!) perguntou-me impaciente:

– Mas, papai, por que é que ele não deixa cair a espada de uma vez?

– Meu filho, é porque é pintado.

– Mas então por que é que ele se pintou?

Ri-me do engano e expliquei-lhe que não era o soldado que se tinha pintado no papel, mas o gravador, e tive de explicar também o que era gravador e o que era gravura: as curiosidades de Capitu, em suma.

Tais são os principais rasgos da infância: mais um e acabo o capítulo. Um dia, na chácara de Escobar, deu com um gato que tinha um rato atravessado na boca. O gato nem deixava a presa, nem via por onde fugisse. Ezequiel não disse nada, deteve-se, acocorou-se, e ficou olhando. Ao vê-lo assim atento, perguntamos-lhe de longe o que era; fez-nos sinal que nos calássemos. Escobar concluiu:

– Vão ver que é o gato que apanhou algum rato. Os ratos continuam a infestar-me a casa, que é o diabo. Vamos ver.

Capitu quis também ver o filho; acompanhei-os. Efetivamente, era um gato e um rato, lance banal, sem interesse nem graça. A única circunstância particular era estar o rato vivo, esperneando, e o meu pequeno enlevado. De resto, o instante foi curto. O gato, logo que sentiu mais gente, dispôs-se a correr; o menino, sem tirar-lhe os olhos de cima, fez-nos outro sinal de silêncio; e o silêncio não podia ser maior. Ia dizer religioso, risquei a palavra, mas aqui a ponho outra vez, não só por significar a totalidade do silêncio, mas também porque havia naquela ação do gato e do rato alguma coisa que prendia com ritual. O único rumor eram os últimos guinchos do rato, aliás frouxíssimos; as pernas mal se lhe moviam e desordenadamente. Um tanto aborrecido, bati palmas para que o gato fugisse, e o gato fugiu. Os outros nem tiveram tempo de atalhar-me, Ezequiel ficou abatido.

– Ora, papai!

– Que foi? A esta hora o rato está comido.

– Pois sim, mas eu queria ver.

Os dois riram-se; eu mesmo achei-lhe graça.

CXI
CONTADO DEPRESSA

Achei-lhe graça, e não lhe nego ainda agora, apesar do tempo passado, dos sucessos ocorridos e da tal ou qual simpatia ao rato que acho em mim; teve graça. Não me pesa dizê-lo; os que amam a natureza como ela quer ser amada, sem repúdio parcial nem exclusões injustas, não acham nela nada inferior. Amo o rato, não desamo o gato. Já pensei em os fazer viver juntos, mas vi que são incompatíveis. Em verdade, um rói-me os livros, outro o queijo; mas não é muito que eu lhes perdoe, se já perdoei a um cachorro que me levou o descanso em piores circunstâncias. Contarei o caso depressa.

Foi quando nasceu Ezequiel; a mãe estava com febre, Sancha vivia ao pé dela, e três cães na rua latiam toda a noite. Procurei o fiscal, e foi como se procurasse o leitor, que só agora sabe disto. Então resolvi matá-los; comprei veneno, mandei fazer três bolas de carne, e eu mesmo inseri nelas a droga. De noite, saí; era uma hora; nem a doente, nem a enfermeira podiam dormir, com a bulha dos cães. Quando eles me viram, afastaram-se, dois desceram para o lado da Praia do Flamengo, um ficou a curta distância, como que esperando. Fui-me a ele, assobiando e dando estalinhos com os dedos. O diabo ainda latiu, mas fiado nos sinais de amizade, foi-se calando, até que se calou de todo. Como eu continuasse, ele veio a mim, devagar, mexendo a cauda, que é o seu modo de rir deles; eu tinha já na mão as bolas envenenadas, e ia deitar-lhe uma delas, quando aquele riso especial, carinho, confiança ou o que quer que seja, me atou a vontade; fiquei assim não sei como, tocado de pena e guardei as bolas no bolso. Ao leitor pode parecer que foi o cheiro da carne que remeteu o cão ao silêncio. Não digo que não; eu cuido que ele não me quis atribuir perfídia ao gesto, e entregou-se-me. A conclusão é que se livrou.

CXII

AS IMITAÇÕES DE EZEQUIEL

Tal não faria Ezequiel. Não comporia bolas envenenadas, suponho, mas não as recusaria também. O que faria com certeza era ir atrás dos cães, a pedrada, até onde lhe dessem as pernas. E se tivesse um pau, iria a pau. Capitu morria por aquele batalhador futuro.

– Não sai a nós, que gostamos da paz – disse-me ela um dia –, mas papai em moço era assim também; mamãe é que contava.

– Sim, não sairá maricas – repliquei –; eu só lhe descubro um defeitozinho, gosta de imitar os outros.

– Imitar como?

– Imitar os gestos, os modos, as atitudes; imita prima Justina, imita José Dias; já lhe achei até um jeito dos pés de Escobar e dos olhos...

Capitu deixou-se estar pensando e olhando para mim, e disse afinal que era preciso emendá-lo. Agora reparava que realmente era vezo do filho, mas parecia-lhe que era só imitar por imitar, como sucede a muitas pessoas grandes, que tomam as maneiras dos outros; e para que não fosse mais longe...

– Também não vamos mortificá-lo. Sempre há tempo de corrigi-lo.

– Há, vou ver. Você também não era assim, quando se zangava com alguém...

– Quando me zangava, concordo; vingança de menino.

– Sim, mas eu não gosto de imitações em casa.

– E naquele tempo gostavas de mim? – disse eu batendo-lhe na face.

A resposta de Capitu foi um riso doce de escárnio, um desses risos que não se descrevem, e apenas se pintarão; depois estirou os braços e atirou-mos sobre os ombros, tão cheios de graça que pareciam (velha imagem!) um colar de flores. Eu fiz o mesmo aos meus, e senti não haver ali um escultor que nos transferisse a atitude a um pedaço de mármore. Só brilharia o artista, é certo. Quando uma pessoa ou um grupo saem bem, ninguém quer saber do modelo, mas da obra, e a obra é que fica. Não importa; nós saberíamos que éramos nós.

CXIII
EMBARGOS DE TERCEIRO

Por falar nisto, é natural que me perguntes se, sendo antes tão cioso dela, não continuei a sê-lo apesar do filho e dos anos. Sim, senhor, continuei. Continuei, a tal ponto que o menor gesto me afligia, a mais ínfima palavra, uma insistência qualquer; muita vez só a indiferença bastava. Cheguei a ter ciúmes de tudo e de todos. Um vizinho, um par de valsa, qualquer homem, moço ou maduro, me enchia de terror ou desconfiança. É certo que Capitu gostava de ser vista, e o meio mais próprio a tal fim (disse-me uma senhora, um dia) é ver também, e não há ver sem mostrar que se vê.

A senhora que me disse isto cuido que gostou de mim, e foi naturalmente por não achar da minha parte correspondência aos seus afetos que me explicou daquela maneira os seus olhos teimosos. Outros olhos me procuravam também, não muitos, e não digo nada sobre eles, tendo aliás confessado a princípio as minhas aventuras vindouras, mas eram ainda vindouras. Naquele tempo, por mais mulheres bonitas que achasse, nenhuma receberia a mínima parte do amor que tinha a Capitu. A minha própria mãe não queria mais que metade. Capitu era tudo e mais que tudo; não vivia nem trabalhava que não fosse pensando nela. Ao teatro íamos juntos; só me lembra que fosse duas vezes sem ela, um benefício de ator, e uma estreia de ópera, a que ela não foi por ter adoecido, mas quis por força que eu fosse. Era tarde para mandar o camarote a Escobar; saí, mas voltei no fim do primeiro ato. Encontrei Escobar à porta do corredor.

– Vinha falar-te – disse-me ele.

Expliquei-lhe que tinha saído para o teatro donde voltara receoso de Capitu, que ficara doente.

– Doente de quê? – perguntou Escobar.

– Queixava-se da cabeça e do estômago.

– Então, vou-me embora. Vinha para aquele negócio dos embargos...

Eram uns embargos de terceiro; ocorrera um incidente importante, e, tendo ele jantado na cidade, não quis ir para casa sem dizer-me o que era, mas já agora falaria depois...

– Não, falemos já, sobe; ela pode estar melhor. Se estiver pior, desces.

Capitu estava melhor e até boa. Confessou-me que apenas tivera uma dor de cabeça de nada, mas agravara o padecimento para que eu fosse divertir-me. Não falava alegre, o que me fez desconfiar que mentia, para me não meter medo, mas jurou que era a verdade pura. Escobar sorriu e disse:

– A cunhadinha está tão doente como você ou eu. Vamos aos embargos.

CXIV

EM QUE SE EXPLICA O EXPLICADO

Antes de ir aos embargos, expliquemos ainda um ponto que já ficou explicado, mas não bem explicado. Viste que eu pedi (cap. CX) a um professor de música de São Paulo que me escrevesse a toada daquele pregão de doces de Matacavalos. Em si, a matéria é chocha, e não vale a pena de um capítulo, quanto mais dois; mas há matérias tais que trazem ensinamentos interessantes, senão agradáveis. Expliquemos o explicado.

Capitu e eu tínhamos jurado não esquecer mais aquele pregão; foi em momento de grande ternura, e o tabelião divino sabe as coisas que se juram em tais momentos, ele que as registra nos livros eternos.

– Você jura?

– Juro – disse ela estendendo tragicamente o braço.

Aproveitei o gesto para beijar-lhe a mão; estava ainda no seminário. Quando fui para São Paulo, querendo um dia relembrar a toada, vi que a ia perdendo inteiramente; consegui recordá-la e corri ao professor, que me fez o obséquio de a escrever no pedacinho de papel. Foi para não faltar ao juramento que fiz isto. Mas hás de crer que, quando corri aos papéis velhos, naquela noite da Glória, também não me lembrava já da toada nem do texto? Fiz-me de pontual ao juramento, e este é que foi o meu pecado; esquecer, qualquer esquece.

Ao certo, ninguém sabe se há de manter ou não um juramento. Coisas futuras! Portanto, a nossa constituição política, transferindo o juramento à afirmação simples, é profundamente moral. Acabou com um pecado terrível. Faltar ao compromisso é sempre infidelidade, mas a alguém que tenha mais temor a Deus que aos homens não lhe importará mentir, uma vez ou outra, desde que não mete a alma no purgatório. Não confundam purgatório com inferno, que é o eterno naufrágio. Purgatório é uma casa de penhores, que empresta sobre todas as virtudes, a juro alto e prazo curto. Mas os prazos renovam-se, até que um dia uma ou duas virtudes medianas pagam todos os pecados grandes e pequenos.

CXV
DÚVIDAS SOBRE DÚVIDAS

Vamos agora aos embargos... E por que iremos aos embargos? Deus sabe o que custa escrevê-los, quanto mais contá-los. Da circunstância nova que Escobar me trazia apenas digo o que lhe disse então, isto é, que não valia nada.

– Nada?

– Quase nada.

– Então vale alguma coisa.

– Para reforçar as razões que já temos vale menos que o chá que você vai tomar comigo.

– É tarde para tomar chá.

– Tomaremos depressa.

Tomamos depressa. Durante ele, Escobar olhava para mim desconfiado, como se cuidasse que eu recusava a circunstância nova por forrar-me a escrevê-la; mas tal suspeita não ia com a nossa amizade.

Quando ele saiu, referi as minhas dúvidas a Capitu; ela as desfez com a arte fina que possuía, um jeito, uma graça toda sua, capaz de dissipar as mesmas tristezas de Olímpio.

– Seria o negócio dos embargos – concluiu –; e ele que veio até aqui, a esta hora, é que está impressionado com a demanda.

– Tens razão.

Palavra puxa palavra, falei de outras dúvidas. Eu era então um poço delas; coaxavam dentro de mim, como verdadeiras rãs, a ponto de me tirarem o sono algumas vezes. Disse-lhe que começava a achar minha mãe um tanto fria e arredia com ela. Pois aqui mesmo valeu a arte fina de Capitu!

– Já disse a você o que é; coisas de sogra. Mamãezinha tem ciúmes de você; logo que eles passem e as saudades aumentem, ela torna a ser o que era. Em lhe faltando o neto...

– Mas eu tenho notado que já é fria também com Ezequiel. Quando ele vai comigo, mamãe não lhe faz as mesmas graças.

– Quem sabe se não anda doente?

– Vamos nós jantar com ela amanhã?

– Vamos... Não... Pois vamos.

Fomos jantar com a minha velha. Já lhe podia chamar assim, posto que os seus cabelos brancos não o fossem todos nem totalmente, e o rosto estivesse comparativamente fresco; era uma espécie de mocidade quinquagenária ou de ancianidade viçosa, à escolha... Mas nada de melancolias; não quero falar dos olhos molhados, à entrada e à saída. Pouco entrou na conversação. Também não era diferente da costumada. José Dias falou do casamento e suas belezas, da política, da Europa e da homeopatia, tio Cosme das suas moléstias, prima Justina da vizinhança, ou de José Dias, quando este saía da sala.

Quando voltamos, à noite, viemos por ali a pé, falando das minhas dúvidas. Capitu novamente me aconselhou que esperássemos. Sogras eram todas assim; lá vinha um dia e mudavam. Ao passo que me falava, recrudescia de ternura. Dali em diante foi cada vez mais doce comigo; não me ia esperar à janela, para não espertar-me os ciúmes, mas quando eu subia, via no alto da escada, entre as grades da cancela, a cara deliciosa da minha amiga e esposa, risonha como toda a nossa infância. Ezequiel às vezes estava com ela; nós o havíamos acostumado a ver o ósculo da chegada e da saída, e ele enchia-me a cara de beijos.

CXVI
FILHO DO HOMEM

Apalpei José Dias sobre as maneiras novas de minha mãe; ficou espantado. Não havia nada, nem podia haver coisa nenhuma, tantos eram os louvores incessantes que ele ouvia "à bela e virtuosa Capitu."

– Agora, quando os ouço, entro também no coro; mas a princípio ficava envergonhadíssimo. Para quem chegou, como eu, a arrenegar deste casamento, era duro confessar que ele foi uma verdadeira bênção do Céu. Que digna senhora nos saiu a criança travessa de Matacavalos! O pai é que nos separou um pouco, enquanto não nos conhecíamos, mas tudo acabou em bem. Pois, sim, senhor, quando D. Glória elogia a sua nora e comadre...

– Então, mamãe?...

– Perfeitamente!

– Mas por que é que não nos visita há tanto tempo?

– Creio que tem andado mais achacada dos seus reumatismos. Este ano tem feito muito frio... Imagine a aflição dela, que andava o dia inteiro; agora é obrigada a estar quieta, ao pé do irmão, que lá tem o seu mal...

Quis observar-lhe que tal razão explicava a interrupção das visitas, e não a frieza quando íamos nós a Matacavalos; mas não estendi tão longe a intimidade do agregado. José Dias pediu para ver o nosso "profetazinho" (assim chamava a Ezequiel) e fez-lhe as festas do costume. Desta vez falou ao modo bíblico (estivera na véspera a folhear o livro de Ezequiel, como soube depois) e perguntava-lhe: "Como vai isso, filho do homem?" "Dize-me, filho do homem, onde estão os teus brinquedos?" "Queres comer doce, filho do homem?"

– Que filho do homem é esse? – perguntou-lhe Capitu agastada.

– São os modos de dizer da Bíblia.

– Pois eu não gosto deles – replicou ela com aspereza.

– Tem razão, Capitu – concordou o agregado. – Você não imagina como a Bíblia é cheia de expressões cruas e grosseiras. Eu falava assim para variar... Tu como vais, meu anjo? Meu anjo, como é que eu ando na rua?

– Não – atalhou Capitu –; já lhe vou tirando esse costume de imitar os outros.

– Mas tem muita graça; a mim, quando ele copia os meus gestos, parece-me que sou eu mesmo, pequenino. Outro dia chegou a fazer um gesto de D. Glória, tão bem que ela lhe deu um beijo em paga. Vamos, como é que eu ando?

– Não, Ezequiel – disse eu –, mamãe não quer.

Eu mesmo achava feio tal sestro. Alguns dos gestos já lhe iam ficando mais repetidos, como os das mãos e pés de Escobar; ultimamente, até apanhara o modo de voltar a cabeça deste, quando falava, e o de deixá-la cair, quando ria. Capitu ralhava. Mas o menino era travesso, como o diabo; apenas começamos a falar de outra coisa, saltou ao meio da sala, dizendo a José Dias:

– O senhor anda assim.

Não podemos deixar de rir, eu mais que ninguém. A primeira pessoa que fechou a cara, que o repreendeu e chamou a si foi Capitu.

– Não quero isso, ouviu?

CXVII
AMIGOS PRÓXIMOS

Já então Escobar deixara Andaraí e comprara uma casa no Flamengo, casa que ainda ali vi, há dias, quando me deu na gana experimentar se as sensações antigas estavam mortas ou dormiam só; não posso dizê-lo bem, porque os sonos, quando são pesados, confundem vivos e defuntos, a não ser a respiração. Eu respirava um pouco, mas pode ser que fosse do mar, meio agitado. Enfim, passei, acendi um charuto, e dei por mim no Catete; tinha subido pela Rua da Princesa, uma rua antiga... Ó ruas antigas! Ó casas antigas! Ó pernas antigas! Todos nós éramos antigos, e não é preciso dizer que no mau sentido, no sentido de velho e acabado.

Velha é a casa, mas não lhe alteraram nada. Não sei até se ainda tem o mesmo número. Não digo que número é para não irem indagar e cavar a história. Não é que Escobar ainda lá more nem sequer viva; morreu pouco depois, por um modo que hei de contar. Enquanto viveu, uma vez que estávamos tão próximos, tínhamos por assim dizer uma só casa, eu vivia na dele, ele na minha, e o pedaço de praia entre a Glória e o Flamengo era como um caminho de uso próprio e particular. Fazia-me pensar nas duas casas de Matacavalos, com o seu muro de permeio.

Um historiador da nossa língua, creio que João de Barros, põe na boca de um rei bárbaro algumas palavras mansas, quando os portugueses lhe propunham estabelecer ali ao pé uma fortaleza; dizia o rei que os bons amigos deviam ficar longe uns dos outros, não perto, para se não zangarem como as águas do mar que batiam furiosas no rochedo que eles viam dali. Que a sombra do escritor me perdoe, se eu duvido que o rei dissesse tal palavra nem que ela seja verdadeira. Provavelmente foi o mesmo escritor que a inventou para adornar o texto, e não fez mal, porque é bonita; realmente, é bonita. Eu creio que o mar então batia na pedra, como é seu costume, desde Ulisses e antes. Agora que a comparação seja verdadeira é que não. Seguramente há inimigos contíguos, mas também há amigos de perto e do peito. E o escritor esquecia (salvo se ainda não era do seu tempo), esquecia o adágio: longe dos olhos, longe do coração. Nós não podíamos ter os corações agora mais perto. As nossas mulheres viviam na casa uma da outra, nós passávamos as noites cá ou lá conversando, jogando ou mirando o mar. Os dois pequenos passavam dias, ora no Flamengo, ora na Glória.

Como eu observasse que podia acontecer com eles o que se dera entre mim e Capitu, acharam todos que sim, e Sancha acrescentou que até já se iam parecendo. Eu expliquei:

– Não; é porque Ezequiel imita os gestos dos outros.

Escobar concordou comigo, e insinuou que alguma vez as crianças que se frequentam muito acabam parecendo-se umas com as outras. Opinei de cabeça, como me sucedia nas matérias que eu não sabia bem nem mal. Tudo podia ser. O certo é que eles se queriam muito, e podiam acabar casados, mas não acabaram casados.

CXVIII
A MÃO DE SANCHA

Tudo acaba, leitor; é um velho truísmo, a que se pode acrescentar que nem tudo o que dura, dura muito tempo. Esta segunda parte não acha crentes fáceis; ao contrário, a ideia de que um castelo de vento dura mais que o mesmo vento de que é feito, dificilmente se despegará da cabeça, e é bom que seja assim, para que se não perca o costume daquelas construções quase eternas.

O nosso castelo era sólido, mas um domingo... Na véspera tínhamos passado a noite no Flamengo, não só os dois casais inseparáveis, como ainda o agregado e prima Justina. Foi então que Escobar, falando-me à janela, disse-me que fôssemos lá jantar no dia seguinte; precisávamos falar de um projeto em família, um projeto para os quatro.

– Para os quatro? Uma contradança.

– Não. Não és capaz de adivinhar o que seja, nem eu digo. Vem amanhã.

Sancha não tirava os olhos de nós durante a conversa, ao canto da janela. Quando o marido saiu, veio ter comigo. Perguntou-me de que é que faláramos; disse-lhe que de um projeto que eu não sabia qual fosse; ela pediu-me segredo, e revelou-me o que era: uma viagem à Europa dali a dois anos. Disse isto de costas para dentro, quase suspirando. O mar batia com grande força na praia; havia ressaca.

– Vamos todos? – perguntei por fim.

– Vamos.

Sancha ergueu a cabeça e olhou para mim com tanto prazer que eu, graças às relações dela e Capitu, não se me daria beijá-la na testa. Entretanto, os olhos de Sancha não convidavam a expansões fraternais, pareciam quentes e intimativos, diziam outra coisa, e não tardou que se afastassem da janela, onde eu fiquei olhando para o mar, pensativo. A noite era clara.

Dali mesmo busquei os olhos de Sancha, ao pé do piano; encontrei-os em caminho. Pararam os quatro e ficaram diante uns dos outros, uns esperando que os outros passassem, mas nenhuns passavam. Tal se dá na rua entre dois teimosos. A cautela desligou-nos; eu tornei a voltar-me para fora. E assim posto entrei a cavar na memória se alguma vez olhara para ela com a mesma expressão, e fiquei incerto. Tive uma certeza só, é que um dia pensei nela, como se pensa na bela desconhecida que passa; mas então dar-se-ia que ela, adivinhando... Talvez o simples pensamento me transluzisse cá fora, e ela me fugisse outrora irritada ou acanhada, e agora por um movimento invencível... Invencível; esta palavra foi como uma bênção de padre à missa, que a gente recebe e repete em si mesma.

– O mar amanhã está de desafiar a gente – disse-me a voz de Escobar, ao pé de mim.

– Você entra no mar amanhã?

– Tenho entrado com mares maiores, muito maiores. Você não imagina o que é um bom mar em hora bravia. É preciso nadar bem, como eu, e ter estes pulmões – disse ele batendo no peito – e estes braços; apalpa.

Apalpei-lhe os braços, como se fossem os de Sancha. Custa-me esta confissão, mas não posso suprimi-la; era jarretar a verdade. Não só os apalpei com essa ideia, mas ainda senti outra coisa; achei-os mais grossos e fortes que os meus, e tive-lhes inveja; acresce que sabiam nadar.

Quando saímos, tornei a falar com os olhos à dona da casa. A mão dela apertou muito a minha, e demorou-se mais que de costume.

A modéstia pedia então, como agora, que eu visse naquele gesto de Sancha uma sanção ao projeto do marido e um agradecimento. Assim devia ser, mas um fluido particular que me correu todo o corpo desviou de mim a conclusão que deixo escrita. Senti ainda os dedos de Sancha entre os meus, apertando uns aos outros. Foi um instante de vertigem e de pecado. Passou depressa no relógio do tempo; quando cheguei o relógio ao ouvido trabalhavam só os minutos da virtude e da razão.

– ... Uma senhora deliciosíssima – concluiu José Dias um discurso que vinha fazendo.

– Deliciosíssima! – repeti com algum ardor, que moderei logo, emendando-me: – Realmente, uma bela noite!

– Como devem ser todas as daquela casa – continuou o agregado. – Cá fora, não; cá fora o mar está zangado; escute.

Ouvia-se o mar forte – como já se ouvia de casa –, a ressaca era grande e, a distância, viam-se crescer as ondas. Capitu e prima Justina, que iam adiante, detiveram-se numa das voltas da praia, e fomos conversando os quatro; mas eu conversava mal. Não havia meio de esquecer inteiramente a mão de Sancha nem os olhos que trocamos. Agora achava-lhes isto, agora aquilo. Os instantes do Diabo intercalavam-se nos minutos de Deus, e o relógio foi assim marcando alternativamente a minha perdição e a minha salvação. José Dias despediu-se de nós à porta. Prima Justina dormiu em nossa casa; iria embora, no dia seguinte, depois do almoço e da missa. Eu recolhi-me ao meu gabinete, onde me demorei mais que de costume.

O retrato de Escobar, que eu tinha ali, ao pé do de minha mãe, falou-me como se fosse a própria pessoa. Combati sinceramente os impulsos que trazia do Flamengo; rejeitei a figura da mulher do meu amigo, e chamei-me desleal. Demais, quem me afirmava que houvesse alguma intenção daquela espécie no gesto da despedida e nos anteriores? Tudo podia ligar-se ao interesse da nossa viagem. Sancha e Capitu eram tão amigas que seria um prazer mais para elas irem juntas. Quando houvesse alguma intenção sexual, quem me provaria que não era mais que uma sensação fulgurante, destinada a morrer com a noite e o sono? Há remorsos que não nascem de outro pecado, nem têm maior duração. Agarrei-me a esta hipótese que se conciliava com a mão de Sancha, que eu sentia de memória dentro da minha mão, quente e demorada, apertada e apertando...

Sinceramente, eu achava-me mal entre um amigo e a atração. A timidez pode ser que fosse outra causa daquela crise; não é só o Céu que dá as nossas virtudes, a timidez também, não contando o acaso, mas o acaso é um mero acidente; a melhor origem delas é o céu. Entretanto, como a timidez vem do céu, que nos dá a compleição, a virtude, filha dela, é, genealogicamente, o mesmo sangue celestial. Assim refletiria, se pudesse; mas a princípio vaguei à toa. Paixão não era, nem inclinação. Capricho seria, ou quê? Ao fim de vinte minutos era nada, inteiramente nada. O retrato de Escobar pareceu falar-me; vi-lhe a atitude franca e simples, sacudi a cabeça e fui deitar-me.

CXIX
NÃO FAÇA ISSO, QUERIDA!

A leitora, que é minha amiga e abriu este livro com o fim de descansar da cavatina de ontem para a valsa de hoje, quer fechá-lo às pressas, ao ver que beiramos um abismo. Não faça isso, querida; eu mudo de rumo.

CXX
OS AUTOS

Na manhã seguinte acordei livre das abominações da véspera; chamei-lhes alucinações, tomei café, percorri os jornais e fui estudar uns autos. Capitu e prima Justina saíram para a missa das nove, na Lapa. A figura de Sancha desapareceu inteiramente no meio das alegações da parte adversa, que eu ia lendo nos autos, alegações falsas, inadmissíveis, sem apoio na lei nem nas praxes. Vi que era fácil ganhar a demanda; consultei Dalloz, Pereira e Sousa...

Uma só vez olhei para o retrato de Escobar. Era uma bela fotografia tirada um ano antes. Estava de pé, sobrecasaca abotoada, a mão esquerda no dorso de uma cadeira, a direita metida ao peito, o olhar ao longe para a esquerda do espectador. Tinha garbo e naturalidade. A moldura que lhe mandei pôr não encobria a dedicatória, escrita embaixo, não nas costas do cartão: "Ao meu querido Bentinho o seu querido Escobar 20-4-70". Estas palavras fortaleceram-me os pensamentos daquela manhã, e espancaram de todo as recordações da véspera. Naquele tempo a minha vista era boa; eu podia lê-las do lugar em que estava. Tornei aos autos.

CXXI
A CATÁSTROFE

No melhor deles, ouvi passos precipitados na escada, a campainha soou, soaram palmas, golpes na cancela, vozes, acudiram todos, acudi eu mesmo. Era um escravo da casa de Sancha que me chamava:

– Para ir lá... sinhô nadando, sinhô morrendo.

Não disse mais nada, ou eu não lhe ouvi o resto. Vesti-me, deixei recado a Capitu e corri ao Flamengo.

Em caminho, fui adivinhando a verdade. Escobar meteu-se a nadar, como usava fazer, arriscou-se um pouco mais fora que de costume, apesar do mar bravio, foi enrolado e morreu. As canoas que acudiram mal puderam trazer-lhe o cadáver.

CXXII

O ENTERRO

A viúva... Poupo-vos as lágrimas da viúva, as minhas, as da outra gente. Saí de lá cerca de onze horas; Capitu e prima Justina esperavam-me, uma com o parecer abatido e estúpido, outra enfastiada apenas.

– Vão fazer companhia à pobre Sanchinha; eu vou cuidar do enterro.

Assim fizemos. Quis que o enterro fosse pomposo, e a afluência dos amigos foi numerosa. Praia, ruas, Praça da Glória, tudo eram carros, muitos deles particulares. A casa não sendo grande, não podiam lá caber todos; muitos estavam na praia, falando do desastre, apontando o lugar em que Escobar falecera, ouvindo referir a chegada do morto. José Dias ouviu também falar dos negócios do finado, divergindo alguns na avaliação dos bens, mas havendo acordo em que o passivo devia ser pequeno. Elogiavam as qualidades de Escobar, um ou outro discutia o recente gabinete Rio Branco; estávamos em março de 1871. Nunca me esqueceu o mês nem o ano.

Como eu houvesse resolvido falar no cemitério, escrevi algumas linhas e mostrei-as em casa a José Dias, que as achou realmente dignas do morto e de mim. Pediu-me o papel, recitou lentamente o discurso, pesando as palavras, e confirmou a primeira opinião; no Flamengo espalhou a notícia. Alguns conhecidos vieram interrogar-me:

– Então, vamos ouvi-lo?

– Quatro palavras.

Poucas mais seriam. Tinha-as escrito com receio de que a emoção me impedisse de improvisar. No tílburi em que andei uma ou duas horas, não fizera mais que recordar o tempo do seminário, as relações de Escobar, as nossas simpatias, a nossa amizade, começada, continuada e nunca interrompida, até que um lance da fortuna fez separar para sempre duas criaturas que prometiam ficar por muito tempo unidas. De quando em quando enxugava os olhos. O cocheiro aventurou duas ou três perguntas sobre a minha situação moral; não me arrancando nada, continuou o seu ofício. Chegando a casa, deitei aquelas emoções ao papel; tal seria o discurso.

CXXIII
OLHOS DE RESSACA

Enfim, chegou a hora da encomendação e da partida. Sancha quis despedir-se do marido, e o desespero daquele lance consternou a todos. Muitos homens choravam também, as mulheres todas. Só Capitu, amparando a viúva, parecia vencer-se a si mesma. Consolava a outra, queria arrancá-la dali. A confusão era geral. No meio dela, Capitu olhou alguns instantes para o cadáver tão fixa, tão apaixonadamente fixa, que não admira lhe saltassem algumas lágrimas poucas e caladas...

As minhas cessaram logo. Fiquei a ver as dela; Capitu enxugou-as depressa, olhando a furto para a gente que estava na sala. Redobrou de carícias para a amiga, e quis levá-la; mas o cadáver parece que a retinha também. Momento houve em que os olhos de Capitu fitaram o defunto, quais os da viúva, sem o pranto nem palavras desta, mas grandes e abertos, como a vaga do mar lá fora, como se quisesse tragar também o nadador da manhã.

CXXIV
O DISCURSO

– Vamos, são horas...

Era José Dias que me convidava a fechar o ataúde. Fechamo-lo, e eu peguei numa das argolas; rompeu o alarido final. Palavra que, quando cheguei à porta, vi o sol claro, tudo gente e carros, as cabeças descobertas, tive um daqueles meus impulsos que nunca chegavam à execução: foi atirar à rua caixão, defunto e tudo. No carro disse a José Dias que se calasse. No cemitério tive de repetir a cerimônia da casa, desatar as correias, e ajudar a levar o féretro à cova. O que isto me custou imagina. Descido o cadáver à cova, trouxeram a cal e a pá; sabes disto, terás ido a mais de um enterro, mas o que não sabes nem pode saber nenhum dos teus amigos, leitor, ou qualquer outro estranho, é a crise que me tomou quando vi todos os olhos em mim, os pés quietos, as orelhas atentas, e, ao cabo de alguns instantes de total silêncio, um sussurro vago, algumas vozes interrogativas, sinais, e alguém, José Dias, que me dizia ao ouvido:

– Então, fale.

Era o discurso. Queriam o discurso. Tinham jus ao discurso anunciado. Maquinalmente, meti a mão no bolso, saquei o papel e li-o aos trambolhões, não todo, nem seguido, nem claro; a voz parecia-me entrar em vez de sair, as mãos tremiam-me. Não era só a emoção nova que me fazia assim, era o próprio texto, as memórias do amigo, as saudades confessadas, os louvores à pessoa e aos seus méritos; tudo isto que eu era obrigado a dizer e dizia mal. Ao mesmo tempo, temendo que me adivinhassem a verdade, forcejava por escondê-la bem. Creio que poucos me ouviram, mas o gesto geral foi de compreensão e de aprovação. As mãos que me deram a apertar eram de solidariedade; alguns diziam: "Muito bonito! Muito bem! Magnífico!". José Dias achou que a eloquência estivera na altura da piedade. Um homem, que me pareceu jornalista, pediu-me licença para levar o manuscrito e imprimi-lo. Só a minha grande turvação recusaria um obséquio tão simples.

CXXV
UMA COMPARAÇÃO

Príamo julga-se o mais infeliz dos homens, por beijar a mão daquele que lhe matou o filho. Homero é que relata isto, e é um bom autor, não obstante contá-lo em verso, mas há narrações exatas em verso, e até mau verso. Compara tu a situação de Príamo com a minha; eu acabava de louvar as virtudes do homem que recebera, defunto, aqueles olhos... É impossível que algum Homero não tirasse da minha situação muito melhor efeito, ou quando menos, igual. Nem digas que nos faltam Homeros, pela causa apontada em Camões; não, senhor, faltam-nos, é certo, mas é porque os Príamos procuram a sombra e o silêncio. As lágrimas, se as têm, são enxugadas atrás da porta, para que as caras apareçam limpas e serenas; os discursos são antes de alegria que de melancolia, e tudo passa como se Aquiles não matasse Heitor.

CXXVI
CISMANDO

Pouco depois de sair do cemitério, rasguei o discurso e deitei os pedaços pela portinhola fora, sem embargo dos esforços de José Dias para impedi-lo.

– Não presta para nada – disse-lhe eu –, e como posso ter a tentação de dá-lo a imprimir, fica já destruído de uma vez. Não presta, não vale nada.

José Dias demonstrou longamente o contrário, depois elogiou o enterro, e por último fez o panegírico do morto, uma grande alma, espírito ativo, coração reto, amigo, bom amigo, digno da esposa amantíssima que Deus lhe dera...

Neste ponto do discurso, deixei-o falar sozinho e peguei a cismar comigo. O que cismei foi tão escuro e confuso que não me deixou tomar pé. No Catete mandei parar o carro, disse a José Dias que fosse buscar as senhoras ao Flamengo e as levasse para casa; eu iria a pé.

– Mas...

– Vou fazer uma visita.

A razão disto era acabar de cismar, e escolher uma resolução que fosse adequada ao momento. O carro andaria mais depressa que as pernas; estas iriam pausadas ou não, podia afrouxar o passo, parar, arrepiar caminho, e deixar que a cabeça cismasse à vontade. Fui andando e cismando. Tinha já comparado o gesto de Sancha na véspera e o desespero daquele dia; eram inconciliáveis. A viúva era realmente amantíssima. Assim se desvaneceu de todo a ilusão da minha vaidade. Não seria o mesmo caso de Capitu? Cuidei de recompor-lhe os olhos, a posição em que a vi, o ajuntamento de pessoas que devia naturalmente impor-lhe a dissimulação, se houvesse algo que dissimular. O que aqui vai por ordem lógica e dedutiva tinha sido antes uma barafunda de ideias e sensações, graças aos solavancos do carro e às interrupções de José Dias. Agora, porém, raciocinava e evocava claro e bem. Concluí de mim para mim que era a antiga paixão que me ofuscava ainda e me fazia desvairar como sempre.

Quando cheguei a esta conclusão final, chegava também à porta de casa, mas voltei para trás, e subi outra vez a Rua do Catete. Eram as dúvidas que me afligiam ou a necessidade de afligir Capitu com a minha grande demora? Ponhamos que eram as duas causas; andei largo espaço, até que me senti sossegar, e endireitei para casa. Batiam oito horas numa padaria.

CXXVII
O BARBEIRO

Perto de casa, havia um barbeiro, que me conhecia de vista, amava a rabeca e não tocava inteiramente mal. Na ocasião em que ia passando, executava não sei que peça. Parei na calçada a ouvi-lo (tudo são pretextos a um coração agoniado), ele viu-me, e continuou a tocar. Não atendeu a um freguês, e logo a outro, que ali foram, a despeito da hora e de ser domingo, confiar-lhe as caras à navalha. Perdeu-os sem perder uma nota; ia tocando para mim. Esta consideração fez-me chegar francamente à porta da loja, voltado para ele. Ao fundo, levantando a cortina de chita que fechava o interior da casa, vi apontar uma moça trigueira, vestido claro, flor no cabelo. Era a mulher dele; creio que me descobriu de dentro, e veio agradecer-me com a presença o favor que eu fazia ao marido. Se me não engano, chegou a dizê-lo com os olhos. Quanto ao marido, tocava agora com mais calor; sem ver a mulher, sem ver fregueses, grudava a face no instrumento, passava a alma ao arco, e tocava, tocava...

Divina arte! Ia-se formando um grupo, deixei a porta da loja e vim andando para casa; enfiei pelo corredor e subi as escadas sem estrépito. Nunca me esqueceu o caso deste barbeiro, ou por estar ligado a um momento grave da minha vida, ou por esta máxima, que os compiladores podem tirar daqui e inserir nos compêndios de escola. A máxima é que a gente esquece devagar as boas ações que pratica, e verdadeiramente não as esquece nunca. Pobre barbeiro! Perdeu duas barbas naquela noite, que eram o pão do dia seguinte, tudo para ser ouvido de um transeunte. Supõe agora que este, em vez de ir-se embora, como eu fui, ficava à porta a ouvi-lo e a enamorar-lhe a mulher; então é que ele, todo arco, todo rabeca, tocaria desesperadamente. Divina arte!

CXXVIII
PUNHADO DE SUCESSOS

Como ia dizendo, subi as escadas sem estrépito, empurrei a cancela, que estava apenas encostada, e dei com prima Justina e José Dias jogando cartas na saleta próxima. Capitu levantou-se do canapé e veio a mim. O rosto dela era agora sereno e puro. Os outros suspenderam o jogo, e todos falamos do desastre e da viúva. Capitu censurou a imprudência de Escobar, e não dissimulou a tristeza que lhe trazia a dor da amiga. Perguntei-lhe por que não ficara com Sancha aquela noite.

– Tem lá muita gente; ainda assim ofereci-me, mas não quis. Também lhe disse que era melhor vir para cá, e passar aqui uns dias conosco.

– Também não quis?

– Também não.

– Entretanto, a vista do mar há de ser-lhe penosa, todas as manhãs – ponderou José Dias –, e não sei como poderá...

– Mas passa; o que é que não passa? – atalhou prima Justina.

E como em torno desta ideia começássemos uma troca de palavras, Capitu saiu para ver se o filho dormia. Ao passar pelo espelho, concertou os cabelos tão demoradamente que pareceria afetação, se não soubéssemos que ela era muito amiga de si. Quando tornou trazia os olhos vermelhos; disse-nos que, ao mirar o filho dormindo, pensara na filhinha de Sancha, e na aflição da viúva. E, sem se lhe dar das visitas, nem reparar se havia algum criado, abraçou-me e disse-me que, se quisesse pensar nela, era preciso pensar primeiro na minha vida. José Dias achou a frase "lindíssima", e perguntou a Capitu por que é que não fazia versos. Tentei meter o caso à bulha, e assim acabamos a noite.

No dia seguinte, arrependi-me de haver rasgado o discurso, não que quisesse dá-lo a imprimir, mas era lembrança do finado. Pensei em recompô-lo, mas só achei frases soltas, que uma vez juntas não tinham sentido. Também pensei em fazer outro, mas era já difícil, e podia ser apanhado em falso pelos que me tinham ouvido no cemitério. Quanto a recolher os pedacinhos de papel deitados à rua, era tarde; estariam já varridos.

Inventariei as lembranças de Escobar, livros, um tinteiro de bronze, uma bengala de marfim, um pássaro, o álbum de Capitu, duas paisagens do Paraná e outras. Também ele as possuía de minha mão. Vivemos assim a trocar memórias e regalos, ora em dia de anos, ora sem razão particular. Tudo isso me empanava os olhos... Vieram os jornais do dia: davam notícia do desastre e da morte de Escobar, os estudos e os negócios deste, as qualidades pessoais, a simpatia do comércio, e também falavam dos bens deixados, da mulher e da filha. Tudo isso foi na segunda-feira. Na terça-feira foi aberto o testamento, que me nomeava segundo testamenteiro; o primeiro lugar cabia à mulher. Não me deixava nada, mas as palavras que me escrevera em carta separada eram sublimes de amizade e estima. Capitu desta vez chorou muito; mas compôs-se depressa.

Testamento, inventário, tudo andou quase tão depressa como aqui vai dito. Ao cabo de pouco tempo, Sancha retirou-se para a casa dos parentes no Paraná.

CXXIX
A D. SANCHA

D. Sancha, peço-lhe que não leia este livro; ou, se o houver lido até aqui, abandone o resto. Basta fechá-lo; melhor será queimá-lo, para lhe não dar tentação e abri-lo outra vez. Se, apesar do aviso, quiser ir até o fim, a culpa é sua; não respondo pelo mal que receber. O que já lhe tiver feito, contando os gestos daquele sábado, esse acabou, uma vez que os acontecimentos, e eu com eles, desmentimos a minha ilusão; mas o que agora a alcançar, esse é indelével. Não, amiga minha, não leia mais. Vá envelhecendo, sem marido nem filha, que eu faço a mesma coisa, e é ainda o melhor que se pode fazer depois da mocidade. Um dia, iremos daqui até à porta do Céu, onde nos encontraremos renovados, como as plantas novas, *come piante novelle*,

Rinovellate di novelle fronde.

O resto em Dante.

CXXX
UM DIA...

Porquanto, um dia Capitu quis saber o que é que me fazia andar calado e aborrecido. E propôs-me a Europa, Minas, Petrópolis, uma série de bailes, mil desses remédios aconselhados aos melancólicos. Eu não sabia que lhe respondesse; recusei as diversões. Como insistisse, repliquei-lhe que os meus negócios andavam mal. Capitu sorriu para animar-me. E que tinha que andassem mal? Tornariam a andar bem, e até lá as joias, os objetos de algum valor seriam vendidos, e iríamos residir em algum beco. Viveríamos sossegados e esquecidos; depois tornaríamos à tona da água. A ternura com que me disse isto era de comover as pedras. Pois nem assim. Respondi-lhe secamente que não era preciso vender nada. Deixei-me estar calado e aborrecido. Ela propôs-me jogar cartas ou damas, um passeio a pé, uma visita a Matacavalos; e, como eu não aceitasse nada, foi para a sala, abriu o piano, e começou a tocar; eu aproveitei a ausência, peguei do chapéu e saí.

... Perdão, mas este capítulo devia ser precedido de outro, em que contasse um incidente, ocorrido poucas semanas antes, dois meses depois da partida de Sancha. Vou escrevê-lo; podia antepô-lo a este, antes de mandar o livro ao prelo, mas custa muito alterar o número das páginas; vai assim mesmo, depois a narração seguirá direita até o fim. Demais, é curto.

CXXXI
ANTERIOR AO ANTERIOR

Foi o caso que a minha vida era outra vez doce e plácida, a banca do advogado rendia-me bastante, Capitu estava mais bela, Ezequiel ia crescendo. Começava o ano de 1872.

– Você já reparou que Ezequiel tem nos olhos uma expressão esquisita? – perguntou-me Capitu. – Só vi duas pessoas assim, um amigo de papai e o defunto Escobar. Olha, Ezequiel; olha firme, assim, vira para o lado de papai, não precisa revirar os olhos, assim, assim...

Era depois de jantar; estávamos ainda à mesa, Capitu brincava com o filho, ou ele com ela, ou um com outro, porque, em verdade, queriam-se muito, mas é também certo que ele me queria ainda mais a mim. Aproximei-me de Ezequiel, achei que Capitu tinha razão; eram os olhos de Escobar, mas não me pareceram esquisitos por isso. Afinal não haveria mais que meia dúzia de expressões no mundo, e muitas semelhanças se dariam naturalmente. Ezequiel não entendeu nada, olhou espantado para ela e para mim, e afinal saltou-me ao colo:

– Vamos passear, papai?

– Logo, meu filho.

Capitu, alheia a ambos, fitava agora a outra borda da mesa; mas, dizendo-lhe eu que, na beleza, os olhos de Ezequiel saíam aos da mãe, Capitu sorriu, abanando a cabeça com um ar que nunca achei em mulher alguma, provavelmente porque não gostei tanto das outras. As pessoas valem o que vale a afeição da gente, e é daí que mestre Povo tirou aquele adágio que quem o feio ama bonito lhe parece. Capitu tinha meia dúzia de gestos únicos na Terra. Aquele entrou-me pela alma dentro. Assim fica explicado que eu corresse à minha esposa e amiga e lhe enchesse a cara de beijos; mas este outro incidente não é radicalmente necessário à compreensão do capítulo passado e dos futuros; fiquemos nos olhos de Ezequiel.

CXXXII

O DEBUXO E O COLORIDO

Nem só os olhos, mas as restantes feições, a cara, o corpo, a pessoa inteira, iam-se apurando com o tempo. Eram como um debuxo primitivo que o artista vai enchendo e colorindo aos poucos, e a figura entra a ver, sorrir, palpitar, falar quase, até que a família pendura o quadro na parede, em memória do que foi e já não pode ser. Aqui podia ser e era. O costume valeu muito contra o efeito da mudança; mas a mudança fez-se, não à maneira de teatro, fez-se como a manhã que aponta vagarosa, primeiro que se possa ler uma carta, depois lê-se a carta na rua, em casa, no gabinete, sem abrir as janelas; a luz coada pelas persianas basta a distinguir as letras. Li a carta, mal a princípio e não toda, depois fui lendo melhor. Fugia-lhe, é certo, metia o papel no bolso, corria a casa, fechava-me, não abria as vidraças, chegava a fechar os olhos. Quando novamente abria os olhos e a carta, a letra era clara e a notícia claríssima.

Escobar vinha assim surgindo da sepultura, do seminário e do Flamengo para se sentar comigo à mesa, receber-me na escada, beijar-me no gabinete de manhã, ou pedir-me à noite a bênção do costume. Todas essas ações eram repulsivas; eu tolerava-as e praticava-as, para me não descobrir a mim mesmo e ao mundo. Mas o que pudesse dissimular ao mundo, não podia fazê-lo a mim, que vivia mais perto de mim que ninguém. Quando nem mãe nem filho estavam comigo o meu desespero era grande, e eu jurava matá-los a ambos, ora de golpe, ora devagar, para dividir pelo tempo da morte todos os minutos da vida embaçada e agoniada. Quando, porém, tornava a casa e via no alto da escada a criaturinha que me queria e esperava, ficava desarmado e diferia o castigo de um dia para outro.

O que se passava entre mim e Capitu naqueles dias sombrios não se notará aqui, por ser tão miúdo e repetido, e já tão tarde que não se poderá dizê-lo sem falha nem canseira. Mas o principal irá. E o principal é que os nossos temporais eram agora contínuos e terríveis. Antes de descoberta aquela má terra da verdade, tivemos outros de pouca dura; não tardava que o céu se fizesse azul, o sol claro e o mar chão, por onde abríamos novamente as velas que nos levavam às ilhas e costas mais belas do universo, até que outro pé de vento desbaratava tudo, e nós, postos à capa, esperávamos outra bonança, que não era tardia nem dúbia, antes total, próxima e firme.

Releva-me estas metáforas; cheiram ao mar e à maré que deram morte ao meu amigo e comborço Escobar. Cheiram também aos olhos de ressaca de Capitu. Assim, posto sempre fosse homem de terra, conto aquela parte da minha vida, como um marujo contaria o seu naufrágio.

Já entre nós só faltava dizer a palavra última; nós a líamos, porém, nos olhos um do outro, vibrante e decisiva, e sempre que Ezequiel vinha para nós não fazia mais que separar-nos. Capitu propôs metê-lo em um colégio, donde só viesse aos sábados; custou muito ao menino aceitar esta situação.

– Quero ir com papai! Papai há de ir comigo! – bradava ele.

Fui eu mesmo que o levei um dia de manhã, uma segunda-feira. Era no antigo Largo da Lapa, perto da nossa casa. Levei-o a pé, pela mão, como levara o ataúde do outro. O pequeno ia chorando e fazendo perguntas a cada passo, se voltaria para casa, e quando, e se eu iria vê-lo...

– Vou.

– Papai não vai!

– Vou sim.

– Jura, papai!

– Pois sim.

– Papai não diz que jura.

– Pois juro.

E lá o levei e deixei. A ausência temporária não atalhou o mal, e toda a arte fina de Capitu para fazê-lo atenuar, ao menos, foi como se não fosse; eu sentia-me cada vez pior. A mesma situação nova agravou a minha paixão. Ezequiel vivia agora mais fora da minha vista; mas a volta dele, ao fim das semanas, ou pelo descostume em que eu ficava, ou porque o tempo fosse andando e completando a semelhança, era a volta de Escobar mais vivo e ruidoso. Até a voz, dentro de pouco, já me parecia a mesma. Aos sábados, buscava não jantar em casa e só entrar quando ele estivesse dormindo; mas não escapava ao domingo, no gabinete, quando eu me achava entre jornais e autos. Ezequiel entrava turbulento, expansivo, cheio de riso e de amor, porque o demo do pequeno cada vez morria mais por mim. Eu, a falar verdade, sentia agora uma aversão que mal podia disfarçar, tanto a ela como aos outros. Não podendo encobrir inteiramente esta disposição moral, cuidava de me não fazer encontradiço com ele, ou só o menos que pudesse; ora tinha trabalho que me obrigava a fechar o gabinete, ora saía ao domingo para ir passear pela cidade e arrabaldes o meu mal secreto.

CXXXIII

UMA IDEIA

Um dia – era uma sexta-feira –, não pude mais. Certa ideia, que negrejava em mim, abriu as asas e entrou a batê-las de um lado para outro, como fazem as ideias que querem sair. O ser sexta-feira creio que foi acaso, mas também pode ter sido propósito; fui educado no terror daquele dia; ouvi cantar baladas em casa, vindas da roça e da antiga metrópole, nas quais a sexta-feira era o dia de agouro. Entretanto, não havendo almanaques no cérebro, é provável que a ideia não batesse as asas senão pela necessidade que sentia de vir ao ar e à vida. A vida é tão bela que a mesma ideia da morte precisa de vir primeiro a ela, antes de se ver cumprida. Já me vais entendendo; lê agora outro capítulo.

CXXXIV
O DIA DE SÁBADO

A ideia saiu finalmente do cérebro. Era noite, e não pude dormir, por mais que a sacudisse de mim. Também nenhuma noite me passou tão curta. Amanheceu, quando cuidava não ser mais que uma ou duas horas. Saí, supondo deixar a ideia em casa; ela veio comigo. Cá fora tinha a mesma cor escura, as mesmas asas trepidas, e posto avoasse com elas, era como se fosse fixa; eu a levava na retina, não que me encobrisse as coisas externas, mas via-as através dela, com a cor mais pálida que de costume, e sem se demorarem nada.

Não me lembra bem o resto do dia. Sei que escrevi algumas cartas, comprei uma substância, que não digo, para não espertar o desejo de prová-la. A farmácia faliu, é verdade; o dono fez-se banqueiro, e o banco prospera. Quando me achei com a morte no bolso senti tamanha alegria como se acabasse de tirar a sorte grande, ou ainda maior, porque o prêmio da loteria gasta-se, e a morte não se gasta. Fui a casa de minha mãe, com o fim de despedir-me, a título de visita. Ou de verdade ou por ilusão, tudo ali me pareceu melhor nesse dia, minha mãe menos triste, tio Cosme esquecido do coração, prima Justina da língua. Passei uma hora em paz. Cheguei a abrir mão do projeto. Que era preciso para viver? Nunca mais deixar aquela casa, ou prender aquela hora a mim mesmo...

CXXXV
OTELO

Jantei fora. De noite fui ao teatro. Representava-se justamente Otelo, que eu não vira nem lera nunca; sabia apenas o assunto, e estimei a coincidência. Vi as grandes raivas do mouro, por causa de um lenço – um simples lenço! – e aqui dou matéria à meditação dos psicólogos deste e de outros continentes, pois não me pude furtar à observação de que um lenço bastou a acender os ciúmes de Otelo e compor a mais sublime tragédia deste mundo. Os lenços perderam-se, hoje são precisos os próprios lençóis; alguma vez nem lençóis há, e valem só as camisas. Tais eram as ideias que me iam passando pela cabeça, vagas e turvas, à medida que o mouro rolava convulso, e Iago destilava a sua calúnia. Nos intervalos não me levantava da cadeira; não queria expor-me a encontrar algum conhecido. As senhoras ficavam quase todas nos camarotes, enquanto os homens iam fumar. Então eu perguntava a mim mesmo se alguma daquelas não teria amado alguém que jazesse agora no cemitério, e vinham outras incoerências, até que o pano subia e continuava a peça. O último ato mostrou-me que não eu, mas Capitu devia morrer. Ouvi as súplicas de Desdêmona, as suas palavras amorosas e puras, e a fúria do mouro, e a morte que este lhe deu entre aplausos frenéticos do público.

– E era inocente – vinha eu dizendo rua abaixo –; que faria o público, se ela deveras fosse culpada, tão culpada como Capitu? E que morte lhe daria o mouro? Um travesseiro não bastaria; era preciso sangue e fogo, um fogo intenso e vasto, que a consumisse de todo, e a reduzisse a pó, e o pó seria lançado ao vento, como eterna extinção...

Vaguei pelas ruas o resto da noite. Ceei, é verdade, um quase nada, mas o bastante para ir até à manhã. Vi as últimas horas da noite e as primeiras do dia, vi os derradeiros passeadores e os primeiros varredores, as primeiras carroças, os primeiros ruídos, os primeiros albores, um dia que vinha depois do outro e me veria ir para nunca mais voltar. As ruas que eu andava como que me fugiam por si mesmas. Não tornaria a contemplar o mar da Glória, nem a serra dos Órgãos, nem a fortaleza de Santa Cruz e as outras. A gente que passava não era tanta, como nos dias comuns da semana, mas era já numerosa e ia a algum trabalho, que repetiria depois; eu é que não repetiria mais nada.

Cheguei a casa, abri a porta devagarinho, subi pé ante pé, e meti-me no gabinete; iam dar seis horas. Tirei o veneno do bolso, fiquei em mangas de camisa, e escrevi ainda uma carta, a última, dirigida a Capitu. Nenhuma das outras era para ela; senti necessidade de lhe dizer uma palavra em que lhe ficasse o remorso da minha morte. Escrevi dois textos. O primeiro queimei-o por ser longo e difuso. O segundo continha só o necessário, claro e breve. Não lhe lembrava o nosso passado, nem as lutas havidas, nem alegria alguma; falava-lhe só de Escobar e da necessidade de morrer.

CXXXVI
A XÍCARA DE CAFÉ

O meu plano foi esperar o café, dissolver nele a droga e ingeri-la. Até lá, não tendo esquecido de todo a minha história romana, lembrou-me que Catão, antes de se matar, leu e releu um livro de Platão. Não tinha Platão comigo; mas um tomo truncado de Plutarco, em que era narrada a vida do célebre romano, bastou-me a ocupar aquele pouco tempo, e, para em tudo imitá-lo, estirei-me no canapé. Nem era só imitá-lo nisso; tinha necessidade de incutir em mim a coragem dele, assim como ele precisara dos sentimentos do filósofo, para intrepidamente morrer. Um dos males da ignorância é não ter este remédio à última hora. Há muita gente que se mata sem ele, e nobremente expira; mas estou que muita mais gente poria termo aos seus dias, se pudesse achar essa espécie de cocaína moral dos bons livros. Entretanto, querendo fugir a qualquer suspeita de imitação, lembra-me bem que, para não ser encontrado ao pé de mim o livro de Plutarco, nem ser dada a notícia nas gazetas com a da cor das calças que eu então vestia, assentei de pô-lo novamente no seu lugar, antes de beber o veneno.

O copeiro trouxe o café. Ergui-me, guardei o livro, e fui para a mesa onde ficara a xícara. Já a casa estava em rumores; era tempo de acabar comigo. A mão tremeu-me ao abrir o papel em que trazia a droga embrulhada. Ainda assim tive ânimo de despejar a substância na xícara, e comecei a mexer o café, os olhos vagos, a memória em Desdêmona inocente; o espetáculo da véspera vinha intrometer-se na realidade da manhã. Mas a fotografia de Escobar deu-me o ânimo que me ia faltando; lá estava ele, com a mão nas costas da cadeira, a olhar ao longe...

"Acabemos com isto", pensei.

Quando ia a beber, cogitei se não seria melhor esperar que Capitu e o filho saíssem para a missa; beberia depois; era melhor. Assim disposto, entrei a passear no gabinete. Ouvi a voz de Ezequiel no corredor, vi-o entrar e correr a mim bradando:

– Papai! Papai!

Leitor, houve aqui um gesto que eu não descrevo por havê-lo inteiramente esquecido, mas crê que foi belo e trágico. Efetivamente, a figura do pequeno fez-me recuar até dar de costas na estante. Ezequiel abraçou-me os joelhos, esticou-se na ponta dos pés, como querendo subir e dar-me o beijo do costume; e repetia, puxando-me:

– Papai! Papai!

CXXXVII
SEGUNDO IMPULSO

Se eu não olhasse para Ezequiel, é provável que não estivesse aqui escrevendo este livro, porque o meu primeiro ímpeto foi correr ao café e bebê-lo. Cheguei a pegar na xícara, mas o pequeno beijava-me a mão, como de costume, e a vista dele, como o gesto, deu-me outro impulso que me custa dizer aqui; mas vá lá, diga-se tudo. Chamem-me embora assassino;

não serei eu que os desdiga ou contradiga; o meu segundo impulso foi criminoso. Inclinei-me e perguntei a Ezequiel se já tomara café.

– Já, papai; vou à missa com mamãe.

– Toma outra xícara, meia xícara só.

– E papai?

– Eu mando vir mais; anda, bebe!

Ezequiel abriu a boca. Cheguei-lhe a xícara, tão trêmulo que quase a entornei, mas disposto a fazê-la cair pela goela abaixo, caso o sabor lhe repugnasse, ou a temperatura, porque o café estava frio... Mas não sei que senti que me fez recuar. Pus a xícara em cima da mesa, e dei por mim a beijar doidamente a cabeça do menino.

– Papai! Papai! – exclamava Ezequiel.

– Não, não, eu não sou teu pai!

CXXXVIII
CAPITU QUE ENTRA

Quando levantei a cabeça, dei com a figura de Capitu diante de mim. Eis aí outro lance, que parecerá de teatro, e é tão natural como o primeiro, uma vez que a mãe e o filho iam à missa, e Capitu não saía sem falar-me. Era já um falar seco e breve; a maior parte das vezes, eu nem olhava para ela. Ela olhava sempre, esperando.

Desta vez, ao dar com ela, não sei se era dos meus olhos, mas Capitu pareceu-me lívida. Seguiu-se um daqueles silêncios, a que, sem mentir, se pode chamar de um século, tal é a extensão do tempo nas grandes crises. Capitu recompôs-se; disse ao filho que se fosse embora, e pediu-me que lhe explicasse...

– Não há que explicar – disse eu.

– Há tudo; não entendo as tuas lágrimas nem as de Ezequiel. Que houve entre vocês?

– Não ouviu o que lhe disse?

Capitu respondeu que ouvira choro e rumor de palavras. Eu creio que ouvira tudo claramente, mas confessá-lo seria perder a esperança do silêncio e da reconciliação; por isso negou a audiência e confirmou unicamente a vista. Sem lhe contar o episódio do café, repeti-lhe as palavras do final do capítulo.

– O quê? – perguntou ela como se ouvira mal.

– Que não é meu filho.

Grande foi a estupefação de Capitu, e não menor a indignação que lhe sucedeu, tão naturais ambas que fariam duvidar as primeiras testemunhas de vista do nosso foro. Já ouvi que as há para vários casos, questão de preço; eu não creio, tanto mais que a pessoa que me contou isto acabava de perder uma demanda. Mas, haja ou não testemunhas alugadas, a minha era verdadeira; a própria natureza jurava por si, e eu não queria duvidar dela. Assim que, sem atender à linguagem de Capitu, aos seus gestos, à dor que a retorcia, a coisa nenhuma, repeti as palavras ditas duas vezes com tal resolução que a fizeram afrouxar. Após alguns instantes, disse-me ela:

– Só se pode explicar tal injúria pela convicção sincera; entretanto, você que era tão cioso dos menores gestos, nunca revelou a menor sombra de desconfiança. Que é que lhe deu tal ideia? Diga – continuou, vendo que eu não respondia nada –, diga tudo; depois do que ouvi, posso ouvir o resto, não pode ser muito. Que é que lhe deu agora tal convicção? Ande, Bentinho, fale! Fale! Despeça-me daqui, mas diga tudo primeiro.

– Há coisas que se não dizem.

– Que se não dizem só metade; mas já que disse metade, diga tudo.

Tinha-se sentado numa cadeira ao pé da mesa. Podia estar um tanto confusa, o porte não era de acusada. Pedi-lhe ainda uma vez que não teimasse.

– Não, Bentinho, ou conte o resto, para que eu me defenda, se você acha que tenho defesa, ou peço-lhe desde já a nossa separação: não posso mais!

– A separação é coisa decidida – redargui, pegando-lhe na proposta. – Era melhor que a fizéssemos por meias palavras ou em silêncio; cada um iria com a sua ferida. Uma vez, porém, que a senhora insiste, aqui vai o que lhe posso dizer, e é tudo.

Não disse tudo; mas pude aludir aos amores de Escobar sem proferir-lhe o nome. Capitu não pôde deixar de rir, de um riso que eu sinto não poder transcrever aqui; depois, em um tom juntamente irônico e melancólico:

– Pois até os defuntos! Nem os mortos escapam aos seus ciúmes!

Concertou a capinha e ergueu-se. Suspirou, creio que suspirou, enquanto eu, que não pedia outra coisa mais que a plena justificação dela, disse-lhe não sei que palavras adequadas a este fim. Capitu olhou para mim com desdém, e murmurou:

– Sei a razão disto; é a casualidade da semelhança... A vontade de Deus explicará tudo... Ri-se? É natural; apesar do seminário, não acredita em Deus; eu creio... Mas não falemos nisto; não nos fica bem dizer mais nada.

CXXXIX
A FOTOGRAFIA

Palavra que estive a pique de crer que era vítima de uma grande ilusão, uma fantasmagoria de alucinado; mas a entrada repentina de Ezequiel, gritando "Mamãe! Mamãe! é hora da missa!" restituiu-me à consciência da realidade. Capitu e eu, involuntariamente, olhamos para a fotografia de Escobar, e depois um para o outro. Desta vez a confusão dela fez-se confissão pura. Este era aquele; havia por força alguma fotografia de Escobar pequeno que seria o nosso pequeno Ezequiel. De boca, porém, não confessou nada; repetiu as últimas palavras, puxou do filho e saíram para a missa.

CXL
VOLTA DA IGREJA

Ficando só, era natural pegar do café e bebê-lo. Pois, não, senhor; tinha perdido o gosto à morte. A morte era uma solução; eu acabava de achar outra, tanto melhor quanto que não era definitiva, e deixava a porta aberta à reparação, se devesse havê-la. Não disse perdão, mas reparação, isto é, justiça. Qualquer que fosse a razão do ato, rejeitei a morte, e esperei o regresso de Capitu. Este foi mais demorado que de costume; cheguei a temer que ela houvesse ido à casa de minha mãe, mas não foi.

– Confiei a Deus todas as minhas amarguras – disse-me Capitu ao voltar da igreja –; ouvi dentro de mim que a nossa separação é indispensável, e estou às suas ordens.

Os olhos com que me disse isto eram embuçados, como espreitando um gesto de recusa ou de espera. Contava com a minha debilidade ou com a própria incerteza em que eu podia estar da paternidade do outro, mas falhou tudo. Acaso haveria em mim um homem novo, um que aparecia agora, desde que impressões novas e fortes o descobriam? Nesse caso era um homem apenas encoberto. Respondi-lhe que ia pensar, e faríamos o que eu pensasse. Em verdade vos digo que tudo estava pensado e feito.

No intervalo, evocara as palavras do finado Gurgel, quando me mostrou em casa dele o retrato da mulher, parecido com Capitu. Hás de lembrar-te delas; se não, relê o capítulo, cujo número não ponho aqui, por não me lembrar já qual seja, mas não fica longe. Reduzem-se a dizer que há tais semelhanças inexplicáveis... Pelo dia adiante, e nos outros dias, Ezequiel ia ter comigo ao gabinete, e as feições do pequeno davam ideia clara das do outro, ou eu ia atentando mais nelas. De envolta, lembravam-me episódios vagos e remotos, palavras, encontros e incidentes, tudo em que a minha cegueira não pôs malícia, e a que faltou o meu velho ciúme. Uma vez em que os fui achar sozinhos e calados, um segredo que me fez rir, uma palavra dela sonhando, todas essas reminiscências vieram vindo agora, em tal atropelo que me atordoaram... E por que os não esganei um dia, quando desviei os olhos da rua onde estavam duas andorinhas trepadas no fio telegráfico? Dentro, as minhas outras andorinhas estavam trepadas no ar, os olhos enfiados nos olhos, mas tão cautelosos que se desenfiaram logo, dizendo-me uma palavra amiga e alegre. Contei-lhes o namoro das andorinhas de fora, e acharam-lhe graça; Escobar declarou que, para ele, seria melhor se as andorinhas, em vez de trepadas no fio de arame, estivessem à mesa do jantar cozidas. "Nunca comi os ninhos delas", continuou, "mas devem ser bons, se os chins os inventaram". E ficamos a tratar dos chins e dos clássicos que falaram deles, enquanto Capitu, confessando que a aborrecíamos, foi a outros cuidados. Agora lembrava-me tudo o que então me pareceu nada.

CXLI
A SOLUÇÃO

Aqui está o que fizemos. Pegamos em nós e fomos para a Europa, não passear, nem ver nada, novo nem velho; paramos na Suíça. Uma professora do Rio Grande, que foi conosco, ficou de companhia a Capitu, ensinando a língua materna a Ezequiel, que aprenderia o resto nas escolas do país. Assim regulada a vida, tornei ao Brasil.

Ao cabo de alguns meses, Capitu começara a escrever-me cartas, a que respondi com brevidade e sequidão. As dela eram submissas, sem ódio, acaso afetuosas, e para o fim saudosas; pedia-me que a fosse ver. Embarquei um ano depois, mas não a procurei, e repeti a viagem com o mesmo resultado. Na volta, os que se lembravam dela queriam notícias, e eu dava-lhes, como se acabasse de viver com ela; naturalmente as viagens eram feitas com o intuito de simular isto mesmo, e enganar a opinião. Um dia, finalmente...

CXLII
UMA SANTA

Entenda-se que, se nas viagens que fiz à Europa, José Dias não foi comigo, não é que lhe faltasse vontade; ficava de companhia a tio Cosme, quase inválido, e a minha mãe, que envelheceu depressa. Também ele estava velho, posto que rijo. Ia a bordo despedir-se de mim, e as palavras que me dizia, os gestos de lenço, os próprios olhos que enxugava eram tais que me comoviam também. A última vez não foi a bordo.

– Venha...

– Não posso.

– Está com medo?

– Não; não posso. Agora, adeus, Bentinho, não sei se me verá mais; creio que vou para a outra Europa, a eterna...

Não foi logo; minha mãe embarcou primeiro. Procura no cemitério de São João Batista uma sepultura sem nome, com esta única indicação: Uma santa. É aí. Fiz fazer essa inscrição com alguma dificuldade. O escultor achou-a esquisita; o administrador do cemitério consultou o vigário da paróquia; este ponderou-me que as santas estão no altar e no Céu.

– Mas, perdão – atalhei –, eu não quero dizer que naquela sepultura está uma canonizada. A minha ideia é dar com tal palavra uma definição terrena de todas as virtudes que a finada possuiu na vida. Tanto é assim que, sendo a modéstia uma delas, desejo conservá-la póstuma, não lhe escrevendo o nome.

– Todavia, o nome, a filiação, as datas...

– Quem se importará com datas, filiação, nem nomes, depois que eu acabar?

– Quer dizer que era uma santa senhora, não?

– Justamente. O protonotário Cabral, se fosse vivo, confirmaria aqui o que lhe digo.

– Nem eu contesto a verdade, hesito só na fórmula. Conheceu então o protonotário?

– Conheci-o. Era um padre-modelo.

– Bom canonista, bom latinista, pio e caridoso – continuou o vigário.

– E possuía algumas prendas de sociedade – disse eu –; lá em casa sempre ouvi que era insigne parceiro ao gamão...

– Tinha muito bom dado! – suspirou lentamente o vigário. – Um dado de mestre!

– Então, parece-lhe...?

– Uma vez que não há outro sentido, nem poderia havê-lo, sim, senhor, admite-se...

José Dias assistiu a estas diligências, com grande melancolia. No fim, quando saímos, disse mal do padre, chamou-lhe meticuloso. Só lhe achava desculpa por não ter conhecido minha mãe, nem ele nem os outros homens do cemitério.

– Não a conheceram; se a conhecessem mandariam esculpir santíssima.

CXLIII
O ÚLTIMO SUPERLATIVO

Não foi o último superlativo de José Dias. Outros teve que não vale a pena escrever aqui, até que veio o último, o melhor deles, o mais doce, o que lhe fez da morte um pedaço de vida. Já então morava comigo; posto que minha mãe lhe deixasse uma pequena lembrança, veio dizer-me que, com legado ou sem ele, não se separaria de mim. Talvez a esperança dele fosse enterrar-me. Correspondia-se com Capitu, a que pedia que lhe mandasse o retrato de Ezequiel; mas Capitu ia adiando a remessa de correio a correio, até que ele não pediu mais nada, a não ser o coração do jovem estudante; pedia-lhe também que não deixasse de falar a Ezequiel no velho amigo do pai e do avô, "destinado pelo Céu a amar o mesmo sangue". Era assim que ele preparava os cuidados da terceira geração; mas a morte veio antes de Ezequiel. A doença foi rápida. Mandei chamar um médico homeopata.

– Não, Bentinho – disse ele –; basta um alopata; em todas as escolas se morre. Demais, foram ideias da mocidade, que o tempo levou; converto-me à fé de meus pais. A alopatia é o catolicismo da Medicina...

Morreu sereno, após uma agonia curta. Pouco antes ouviu que o céu estava lindo, e pediu que abríssemos a janela.

– Não, o ar pode fazer-lhe mal.

– Que mal? Ar é vida.

Abrimos a janela. Realmente, estava um céu azul e claro. José Dias soergueu-se e olhou para fora; após alguns instantes, deixou cair a cabeça, murmurando: "Lindíssimo!". Foi a última palavra que proferiu neste mundo. Pobre José Dias! Por que hei de negar que chorei por ele?

CXLIV
UMA PERGUNTA TARDIA

Assim chorem por mim todos os olhos de amigos e amigas que deixo neste mundo, mas não é provável. Tenho-me feito esquecer. Moro longe e saio pouco. Não é que haja efetivamente ligado as duas pontas da vida. Esta casa do Engenho Novo, conquanto reproduza a de Matacavalos, apenas me lembra aquela, e mais por efeito de comparação e de reflexão que de sentimento. Já disse isto mesmo.

Hão de perguntar-me por que razão, tendo a própria casa velha, na mesma rua antiga, não impedi que a demolissem e vim reproduzi-la nesta. A pergunta devia ser feita a princípio, mas aqui vai a resposta. A razão é que, logo que minha mãe morreu, querendo ir para lá, fiz primeiro uma longa visita de inspeção por alguns dias, e toda a casa me desconheceu. No quintal a aroeira e a pitangueira, o poço, a caçamba velha e o lavadouro, nada sabia de mim. A casuarina era a mesma que eu deixara ao fundo, mas o tronco, em vez de reto, como outrora, tinha agora um ar de ponto de interrogação; naturalmente pasmava do intruso. Corri os olhos pelo ar, buscando algum pensamento que ali deixasse, e não achei nenhum. Ao contrário, a ramagem começou a sussurrar alguma coisa que não entendi logo, e parece que era a cantiga das manhãs novas. Ao pé dessa música sonora e jovial, ouvi também o grunhir dos porcos, espécie de troça concentrada e filosófica.

Tudo me era estranho e adverso. Deixei que demolissem a casa, e, mais tarde, quando vim para o Engenho Novo, lembrou-me fazer esta reprodução por explicações que dei ao arquiteto, segundo contei em tempo.

CXLV
O REGRESSO

Ora, foi já nesta casa que um dia, estando a vestir-me para almoçar, recebi um cartão com este nome:

Ezequiel A. de Santiago

– A pessoa está aí? – perguntei ao criado.

– Sim, senhor; ficou esperando.

Não fui logo, logo; fi-lo esperar uns dez ou quinze minutos na sala. Só depois é que me lembrou que cumpria ter certo alvoroço e correr, abraçá-lo, falar-lhe na mãe. A mãe – creio que ainda não disse que estava morta e enterrada. Estava; lá repousa na velha Suíça. Acabei de vestir-me às pressas. Quando saí do quarto, tomei ares de pai, um pai entre manso e crespo, metade Dom Casmurro. Ao entrar na sala, dei com um rapaz, de costas, mirando o busto de Massinissa, pintado na parede. Vim cauteloso, e não fiz rumor. Não obstante, ouviu-me os passos, e voltou-se depressa. Conhece-me pelos retratos e correu para mim. Não me mexi; era nem mais nem menos o meu antigo e jovem companheiro do seminário de São José, um pouco mais baixo, menos cheio de corpo e, salvo as cores, que eram vivas, o mesmo rosto do meu amigo. Trajava à moderna, naturalmente, e as maneiras eram diferentes, mas o aspecto geral reproduzia a pessoa morta. Era o próprio, o exato, o verdadeiro

Escobar. Era o meu comborço; era o filho de seu pai. Vestia de luto pela mãe; eu também estava de preto. Sentamo-nos.

– Papai não faz diferença dos últimos retratos – disse-me ele.

A voz era a mesma de Escobar, o sotaque era afrancesado. Expliquei-lhe que realmente pouco diferia do que era, e comecei um interrogatório para ter menos que falar e dominar assim a minha emoção. Mas isto mesmo dava animação à cara dele, e o meu colega do seminário ia ressurgindo cada vez mais do cemitério. Ei-lo aqui, diante de mim, com igual riso e maior respeito; total, o mesmo obséquio e a mesma graça. Ansiava por ver-me. A mãe falava muito em mim, louvando-me extraordinariamente, como o homem mais puro do mundo, o mais digno de ser querido.

– Morreu bonita – concluiu.

– Vamos almoçar.

Se pensas que o almoço foi amargo, enganas-te. Teve seus minutos de aborrecimento, é verdade; a princípio doeu-me que Ezequiel não fosse realmente meu filho, que me não completasse e continuasse. Se o rapaz tem saído à mãe, eu acabava crendo tudo, tanto mais facilmente quando que ele parecia haver-me deixado na véspera, evocava a meninice, cenas e palavras, a ida para o colégio...

– Papai ainda se lembra de quando me levou para o colégio? – perguntou rindo.

– Pois não hei de lembrar-me?

– Era na Lapa; eu ia desesperado, e papai não parava, dava-me cada puxão, e eu com as perninhas... Sim, senhor, aceito.

Estendeu o copo ao vinho que eu lhe oferecia, bebeu um gole, e continuou a comer. Escobar comia assim também, com a cara metida no prato. Contou-me a vida na Europa, os estudos, particularmente os de arqueologia, que era a sua paixão. Falava da antiguidade com amor, contava o Egito e os seus milhares de séculos, sem se perder nos algarismos; tinha a cabeça aritmética do pai. Eu, posto que a ideia da paternidade do outro me estivesse já familiar, não gostava da ressurreição. Às vezes, fechava os olhos para não ver gestos nem nada, mas o diabrete falava e ria, e o defunto falava e ria por ele.

Não havendo remédio senão ficar com ele, fiz-me pai deveras. A ideia de que pudesse ter visto alguma fotografia de Escobar, que Capitu por descuido levasse consigo, não me acudiu, nem, se acudisse, persistiria. Ezequiel cria em mim, como na mãe. Se fosse vivo José Dias, acharia nele a minha própria pessoa. Prima Justina quis vê-lo; mas, estando enferma, pediu-me que o levasse lá. Conhecia aquela parenta. Creio que o desejo de ver Ezequiel era para o fim de verificar no moço o debuxo que porventura houvesse achado no menino. Seria um regalo último; atalhei-o a tempo.

– Está muito mal – disse eu a Ezequiel, que queria ir vê-la –, qualquer emoção pode trazer-lhe a morte. Iremos vê-la, quando ficar melhor.

Não fomos; a morte levou-a dentro de poucos dias. Ela descansa no Senhor ou como quer que seja. Ezequiel viu-lhe a cara no caixão e não a conheceu, nem podia, tão outra a fizeram os anos e a morte. No caminho para o cemitério, iam-lhe lembrando uma porção de coisas, alguma rua, alguma torre, um trecho de praia, e era todo alegria. Assim acontecia sempre que voltava para casa, ao fim do dia; contava-me as recordações que ia recebendo das ruas e das casas. Admirava-se que muitas destas fossem as mesmas que ele deixara, como se as casas morressem meninas.

Ao cabo de seis meses, Ezequiel falou-me em uma viagem à Grécia, ao Egito e à Palestina, viagem científica, promessa feita a alguns amigos.

– De que sexo? – perguntei rindo.

Sorriu, vexado, e respondeu-me que as mulheres eram criaturas tão da moda e do dia que nunca haviam de entender uma ruína de trinta séculos. Eram dois colegas da universidade. Prometi-lhe recursos, e dei-lhe logo os primeiros dinheiros precisos. Como disse que uma das consequências dos amores furtivos do pai era pagar eu as arqueologias do filho; antes lhe pegasse a lepra... Quando esta ideia me atravessou o cérebro, senti-me tão cruel e perverso que peguei no rapaz, e quis apertá-lo ao coração, mas recuei; encarei-o depois, como se faz a um filho de verdade; os olhos que ele me deitou foram ternos e agradecidos.

CXLVI
NÃO HOUVE LEPRA

Não houve lepra, mas há febres por todas essas terras humanas, sejam velhas ou novas. Onze meses depois, Ezequiel morreu de uma febre tifoide, e foi enterrado nas imediações de Jerusalém, onde os dois amigos da universidade lhe levantaram um túmulo com esta inscrição, tirada do profeta Ezequiel, em grego: "Tu eras perfeito nos teus caminhos". Mandaram-me ambos os textos, grego e latino, o desenho da sepultura, a conta das despesas e o resto do dinheiro que ele levava; pagaria o triplo para não tornar a vê-lo.

Como quisesse verificar o texto, consultei a minha Vulgata, e achei que era exato, mas tinha ainda um complemento: "Tu eras perfeito nos teus caminhos, desde o dia da tua criação". Parei e perguntei calado: "Quando seria o dia da criação de Ezequiel?". Ninguém me respondeu. Eis aí mais um mistério para ajuntar aos tantos deste mundo. Apesar de tudo, jantei bem e fui ao teatro.

CXLVII
A EXPOSIÇÃO RETROSPECTIVA

Já sabes que a minha alma, por mais lacerada que tenha sido, não ficou aí para um canto como uma flor lívida e solitária. Não lhe dei essa cor ou descor. Vivi o melhor que pude sem me faltarem amigas que me consolassem da primeira. Caprichos de pouca dura, é verdade. Elas é que me deixavam como pessoas que assistem a uma exposição retrospectiva, e, ou se fartam de vê-la, ou a luz da sala esmorece. Uma só dessas visitas tinha carro à porta e cocheiro de libré. As outras iam modestamente, calcante pede, e, se chovia, eu é que ia buscar um carro de praça, e as metia dentro, com grandes despedidas, e maiores recomendações.

– Levas o catálogo?

– Levo; até amanhã.

– Até amanhã.

Não voltavam mais. Eu ficava à porta, esperando, ia até à esquina, espiava, consultava o relógio, e não via nada nem ninguém. Então, se aparecia outra visita, dava-lhe o braço, entrávamos, mostrava-lhe as paisagens, os quadros históricos ou de gênero, uma aquarela, um pastel, uma gouache, e também esta cansava, e ia embora com o catálogo na mão...

CXLVIII

E BEM, E O RESTO?

Agora, por que é que nenhuma dessas caprichosas me fez esquecer a primeira amada do meu coração? Talvez porque nenhuma tinha os olhos de ressaca, nem os de cigana oblíqua e dissimulada. Mas não é este propriamente o resto do livro.

O resto é saber se a Capitu da Praia da Glória já estava dentro da de Matacavalos, ou se esta foi mudada naquela por efeito de algum caso incidente. Jesus, filho de Sirach, se soubesse dos meus primeiros ciúmes, dir-me-ia, como no seu cap. IX, vers. I: "Não tenhas ciúmes de tua mulher para que ela não se meta a enganar-te com a malícia que aprender de ti". Mas eu creio que não, e tu concordarás comigo; se te lembras bem da Capitu menina, hás de reconhecer que uma estava dentro da outra, como a fruta dentro da casca.

E bem, qualquer que seja a solução, uma coisa fica, e é a suma das sumas, ou o resto dos restos, a saber, que a minha primeira amiga e o meu maior amigo, tão extremosos ambos e tão queridos também, quis o destino que acabassem juntando-se e enganando-me... A terra lhes seja leve! Vamos à História dos Subúrbios.

Fim